네타냐후

THE NETANYAHUS
Copyright ⓒ 2021 by Joshua Cohen
All rights reserved.

Korean translation copyright ⓒ 2024 by PSYCHE'S FOREST BOOKS
This Korean edition was published by arrangement with McCormick Literary
through Duran Kim Agency.

이 책의 한국어판 저작권은 듀란킴 에이전시를 통해 McCormick Literary와 독점계약한 도서출판 프시케의숲에 있습니다. 저작권법에 의해 한국 내에서 보호를 받는 저작물이므로 무단 전재와 복제를 금합니다.

네타냐후

1판 1쇄 펴냄 2024년 1월 22일

지은이	조슈아 코언
옮긴이	김승욱
편 집	안민재
디자인	룩앳미
제 작	세걸음
인쇄·제책	영신사

펴낸곳	프시케의숲
펴낸이	성기승
출판등록	2017년 4월 5일 제406-2017-000043호
주 소	(우)10885, 경기도 파주시 책향기로 371, 상가 204호
전 화	070-7574-3736
팩 스	0303-3444-3736
이메일	pfbooks@pfbooks.co.kr
SNS	@PsycheForest

ISBN 979-11-89336-68-4 03840

이 책의 내용을 이용하려면 반드시 저작권자와
도서출판 프시케의숲에 동의를 받아야 합니다.

네타냐후

조슈아 코언 지음
김승욱 옮김

프시케의숲

해럴드 블룸을 추모하며

"디아스포라를 제거하라.
그러지 않으면 디아스포라가 너를 제거할 것이다."

_제브 자보틴스키, 티샤 브아브, 1938년

일러두기

1. 외래어 표기는 국립국어원의 표기법을 따르되, 관행에 따라 일부 예외를 두었다.
2. 본문에 고딕체로 병기한 주는 모두 옮긴이 주다.

차례

1장	011
2장	043
3장	063
4장	073
5장	105
6장	129
7장	153
8장	173
9장	207
10장	225
11장	241
12장	265
감사의 말	293

1.

내 이름은 루벤 블룸이고 나는, 그렇다, 역사학자다. 하지만 곧 역사 속의 존재가 될 것 같다. 내가 죽어서 역사가 될 것이라는 뜻이다. 전통적으로 순수한 학자들만이 누릴 수 있었던 희귀한 유형의 변신이다. 법률가는 죽어도 법이 되지 않고, 의사는 죽어도 의학이 되지 않지만, 생물학 교수와 화학 교수는 죽은 뒤 그 몸이 분해되어 생물학과 화학의 일부가 되고, 지질학의 일부인 미네랄이 되어 자신들이 연구하던 학문 속으로 널리 흩어진다. 수학자가 죽어서 통계가 되는 것만큼이나 확실한 사실이다. 우리 역사학자들도 똑같은 과정을 거친다. 내 경험상, 우리는 인류 가운데에서 이 과정을 진짜로 겪는 유일한 사람들이다. 자신이 연구하던 대상이 되는 유일한 사람들이라는 뜻이다. 우리는 나이를 먹어 누렇게 바래고, 우리 몸을 구성하는 요소들과 함께 주름이 지고 금방이라도 바스라질 것처럼 변해가다가 마침내 우리 삶 자체가 과거 속으로 가라앉아 시간의 요체가 된다. 아니, 어쩌면 내가 유대인이라서 이런 말을 하는 건지도 모르겠다… 고이유대인이 '이방인'이나 '이교도'를 일컫는 말들은 '말씀이 육신이 된다'고 믿지만 유대인들은 '육신이 말씀이 된다'고 믿는다. 그게 더 자연스럽고 합리적인 화신이라고…

더 자세한 설명을 위해, 제2차 세계대전 직후 내가 아직 학생이던 시절에 이름은 밝히지 않겠지만 당시 미국 역사학회 회장이던 인물이 어느 심포지엄에서 만난 내게 해준 말을 인용하겠다. 그는 힘없이 내 손을 꼭 쥐며 이렇게 말했다. "블룸, 방금 뭐라고 했지? 유대인 역사학자?"

그는 확실히 내게 상처를 줄 의도로 이 말을 했지만, 오히려 나는 기쁨을 느꼈을 뿐이다. 지금도 그 말을 생각하며 나는 미소를 지을 수 있다. 이것이 뜻하지 않게 부정확한 말이 되었다는 점, 중의적인 표현이 일종의 심리테스트로 기능할 수 있다는 점을 인정한다. "'유대인 역사학자.' 이 말을 들으면 무슨 생각이 드는가? 어떤 이미지가 떠오르는가?" 중요한 건, 여기 적용된 수식어가 맞을 수도 있고 동시에 틀릴 수도 있다는 점이다. 나는 유대인 역사학자가 맞다. 하지만 유대인의 역사를 연구하는 사람은 아니다. 직업적인 면에서 나는 그런 연구를 한 적이 없다.

나는 미국 역사학자다. 아니, 예전에는 그랬다. 나는 교수로 반세기를 보낸 뒤, 뉴욕주 코빈데일의 코빈 대학에서 재직하던 미국 경제사 앤드루 윌리엄 멜론 기념교수 자리에서 최근 물러났다. 코빈데일은 셔터쿼 카운티의 심장부로 시골 풍경과 야생 풍경이 섞여 있으며, 이리 호 근처의 사과 과수원, 양봉장, 낙농장에 둘러싸여 있다. 지리적으로 무지한 뉴욕 시민들은 이곳을 깔보듯이 고집스럽게 '업스테이트'라고 부른다. (나도 한때는 그런 시민 중의 한 명이었다. 학생이 교사에게서 배우는 것보다 교사가 학생에게서 배우는 것이 더 많다는 유구한 지혜는 비록 거짓이지만, 나는 코빈데일을 절대 '업스테이트'라고 부르면 안 된다는 사실을 어찌어찌 일찌감치 깨달았다.) 처음에 내가 관심을 쏟은 분야는 미국이 건국되기 이전, 영국 식민지 시절의 경제 상황이었다. 그러나 변변치 않게나마 내가 명성을 얻은 것은 요즘 조세연구라고 불리는 분야 덕분이었다. 특히 조세 정책이 역사적으로 정치와 정치적 혁명에 미친 영향을 연구한 것이 큰 역할을 했다. 솔직히 그 분야는 내게 별로 즐겁지 않았지만, 어쨌든 내게 열려 있는 분야였다. 아니, 내가 발견하기 전에는 그 분야가 존재하지 않았다고 해야겠다. 갈팡질팡하다가 대륙을 발견한 콜럼버스처럼 나 역시 그 분야가 그곳에 존재했기 때문에 발견했을 뿐이다. 내가 학계에 진입할 무렵 미국은 이미 북적거리는 나라였다. 심지어 미국 경제사 분야에도 많은 사람이 북적거리고 있었는데, 나는 항상 숫자에 그럭저럭 밝은 편이었다. 세금의 역사를 주제로 선택한 덕분에 나는 식민지시대 교환학이라는 게토를 벗어났을 뿐만 아니라, 궁극적으로는 미국 그 자체에서 벗어나 유럽 도시국가, 봉건시대 조세징수도급, 교회 십일조, 고대의 관세 발달을 거쳐… 로제타석과 성경에까지 이르렀다(대부분의 사람들은 잊고 있지만, 로제타석과 성경은 둘 다 본질적으로 세금 서류에 불과하다…).

이보다 더 분명한 것이 있는가? 나도 이 질문의 답을 알고 싶다. 우리가 그 답을 알았던 적이 있기는 한가? 예전에 나는 트웨인의 말을 변형해서 인용하는 것으로 수업을 시작하곤 했다. 트웨인의 말은 원래 프랭클린의 말을 변형해서 인용한 것이고, 프랭클린은 수많은 영국인들의 말을 표절한 것으로 보인다. "…이 세상에서 확실하다고 말할 수 있는 것은 하나도 없다. 예외는 죽음과 세금과 과제 마감날짜뿐…"

워싱턴이 아버지의 벚나무에 도끼질을 하는 사건을 저지른 뒤 "난 거짓말을 하지 못한다"고 말했다는 이야기에서부터, 케네디 암살사건에 대해 선정적인 부분만을 골라서 만든 영화와 텔레비전 프로

그램에 이르기까지(케네디 암살에 관한 이야기들의 경우, 마피아, CIA, KGB, 매릴린 먼로가 모두 뉴욕의 21클럽에서 차단막으로 가려진 뒤쪽 칸막이 좌석에 모여 계획을 짠 것 같은 인상을 풍긴다), 각각의 시대와 이념 운동이 연대기를 자신의 목적에 딱 맞게 대략 페어 맞춰서 자화자찬을 일삼는 방식과 사실의 선택적인 이용에 내 직업상 내가 대부분의 사람들보다 더 적응되어 있다고 생각하고 싶다. 이처럼 자신의 목적에 맞게 역사적 사실을 편집하는 방식을 나는 학자로서 내 경력을 소개한 글에 적용했다. 인터넷에서 이 글을 찾아볼 수 있다. 노파심에 지나치게 자세히 설명하는 것이 미안하지만, Corbin.edu 사이트에 들어가서 '교수진'과 '역사학과'를 차례로 클릭한 다음 내 이름을 클릭하면 기본적으로 내 이력서와 비슷한 소개글을 볼 수 있을 것이다. 거기에는 코빈 우수교수상 9회 수상(1968, 1969, 1989, 1990, 1991, 1995, 1999, 2000, 2001), 미국 역사학회 '올해의 역사가'상 수상(1993), LSE와 싱가포르 국립대학 명예학위, 그리고 상당히 최신 자료가 담겨 있는 논문 및 저서 목록 등 화려하게 강조할 수 있는 기록들만 잔뜩 포함되어 있다. 아직 서점에서 구할 수 있는 내 저서로는 《과세의 일반역사》, 《대상이 없는 과세: 열 가지 세금에 나타난 미국 역사》, 《수입 쿼터, 수출 보조금: 비관세 무역장벽 여행》, 《엠바고의 역사》, 《블러드 머니: 노예제 과세》, 《조지 수얼 바우트웰: 노예제 폐지론자, 여성 참정권 운동가, IRS의 아버지》 등이 있다.

　내 말을 오해하면 안 된다. 나는 지금까지 내가 이룩한 일들이 자랑스럽다. 아니, 그렇게 말하고 생각하도록 훈련받았다. 가장 큰 이유는, 점점 넓어지기만 하는 나의 성취 지도에서 한 단계씩 올라갈 때마다 내가 원래 출신으로부터 점점 멀어질 것이라는 점이다. 나는

1922년 센트럴 브롱크스에서 태어나 루븐 유들 블룸이라는 이름을 받았으며, 키이우 출신 유대인 이민자인 부모님의 교육과 뒷받침 덕분에 중산층이 될 수 있었다. 부모님은 좋은 교육을 받을 수 있게 나를 좋은 학교에 보냈고, 내가 공부를 잘한다는 사실을 안 뒤에는 이디시어의 파렴치한 표현들을 동원해 나를 호되게 꾸짖었다.

진주만 공습 다음 날 나는 고등학교 때의 연인과 결혼한 뒤 군인으로 징집되었다. 군대에서는 내가 부기簿記 코스(가족들의 강요로 들었다)를 절반쯤 마쳤고, 몸 상태가 좋지 않고(가벼운 척추측만증, 휘어진 각도 12도), 타이핑 속도가 비범하다(분당 76단어)는 이유로 회계 사무원 자리에 나를 배치했다. 나는 전쟁기간 내내 조국을 떠나지 않고, 엘리엇("세월의 끝에서 연기를 피워 올리는 양초/ 쇠퇴. 예전에 리알토에서")과 파운드("고리대금은 자궁 속의 아이를 죽인다/ 젊은이의 구애를 막는다")의 심한 허세에 대해 쓴 귀하고 우아하고 작은 논문을 타이핑해서 귀하고 우아하고 작은 시 전문지에 기고했다가 거절당하며 대부분의 시간을 보냈다. 그 와중에 군대의 임금 지급을 처리하고, 포트베닝과 포트실을 오가는 여행경비를 지급하는 일도 했다.

전쟁 뒤에 나는 뉴욕 시티 칼리지에 등록했다. 처음에는 인문학, 특히 문학에 기울어져 있었지만, 다양한 압력(부모님, 현실적 고려)으로 인해 병렬식으로 수업을 들었다. 사회에 진출한 뒤 더 도움이 될 것 같아서였다. 이런 식으로 타협한 결과, 문학에 대한 나의 관심은 역사 수업을 듣는 것으로 나타났고, 회계 수업을 들으라는 다른 사람들의 권유는 경제학 수업을 신청하는 결과를 낳았다. 미국에 관한 관심은 그대로 남았다. 나는 시티 칼리지에서 마지막 학위까지 쭉 마쳤다. 그리고 절망의 지옥에서 한바탕 뒹군 뒤에, 코빈 칼리지(코빈 대학교가 당시에는 아직 칼리지였다)가 채용한 최초의 유대인이 되었다. 코빈 칼리지 역사학과에서 종신교수 트랙에 들어선 최초의 유대인 교수가 되었다는 뜻이 아니다. 학교 전체를 통틀어서 최초의 유대인이었다는 뜻이다. 교수진뿐만 아니라, 내가 아는 한, 전교생까지 모두 포함해서.

지금은 잊혔지만 뛰어난 비평가였던 밴 윅 브룩스는 '쓸모 있는 과거'라는 말을 만들어냈다. '현대적'이고, 분열되고, 뿌리 뽑힌 미국 지식인이라면 누구나 현재에서 의미를 찾고 미래의 방향을 알아내기 위해 반드시 스스로 창조해야 하는 과거를 뜻하는 말이다. 나는 공항에서 부모님의 집까지 차를 몰고 밴 윅 고속도로를 기어갈 때마다 이 말을 떠올리며 늦어서 다행이라는 감정과 좌절 사이를 오갔다. 달리 표현하자면, 교통체증이 싫어서 좌절을 느끼면서도 부모님과의 만남이 늦어지는 것이 기뻤다는 뜻이다. 내 앞에서 기다리는 것은 잔소리, 이런저런 부탁, 살인적인 동네 싸움을 무한히 실감나게 재현하는 이야기들뿐이었다. 너, 하버 부인이 뭐라고 했는지 아니? (아니, 그 하버 부인 말고!), 가트너한테 무슨 일이 있었는지 알아? (아니, 마누라는 이미 죽고, 심장병이 있고, 애는 소아마비, 뾰루지가 있는 그 가트너!) 갱생의 여지가 없는 정육점 주인, 빵집 주인, 식품점 주인이 계산을 틀리고 돈을 더 받아간다는 이야기, 랍비들이 끈질기게 자선금을 걷어간다는 이야기. 내가 '쓸모없는 과거'로 생각하는 모든 것, 유대인의 과거. 나는 거기서 벗어나 이교도 학교와 나이아가라 남쪽의 평화로운 산과 계곡으로 도망친 사람이었다.

종합하자면, 거의 평생 동안, 사실 상당히 최근에 발, 다리, 엉덩이를 잇달아 다치는 바람에 목숨을 위해 움직임을 포기하게 될 때까지, 나는 내 뿌리에서 좋은 점을 전혀 찾지 못했다. 그래서 내 뿌리를 부정하거나, 그럴 수 없을 때는 항상 무시해버렸다.

태어날 때부터 내 피부색은 그리 하얀 편이 아니었는데, 자라면서 피부가 두꺼워졌다. 대공황 시기에 아일랜드 동네, 이탈리아 동네와 이웃한 유대인 동네에서는 그럴 수밖에 없었다. 그랜드 콘코스 인근의 거리들에는 생각 없이 내뱉는 욕이 가득했지만, 나는 몇몇 또래들과 달리 싸움꾼이 아니었다. 그보다는 도발에 예수 그리스도 스타일로 대응하는 법을 배우며 자랐다. 사람들은 내게 예수를 십자가에 못 박은 종족이라는 비난을 일상적으로 던졌지만, 그들의 놀림과 조롱 앞에서 나는 다른 쪽 뺨을 내밀었다. 그것이 최선의 결과를 낳기를 바랐으나, 사실은 최악의 결과를 예상하면서. 비록 인생에는 온갖 문제가 바글거리지만 불평을 늘어놓는 것으로 마음이 놓이거나 복수를 할 수는 없으며, 품위를 지키는 것은 당연히 불가능하다는 사실을 나는 처음부터 줄곧 알고 있었다. 전쟁이 끝난 뒤 작은 마을의 유일한 유대인 가족이었던 우리 블룸 일가(나, 아내 이디스, 딸 주디스)에게 냉대는 일상이었다. 확실히 도시의 폭력과는 달라서, 거의 항상 공격적이기보다는 수동적인 냉대였다. 우리가 그런 대우를 견뎌내는 데 도움이 된 것은 강한 내면의 힘이라기보다는, 우리가 그래도 존슨 부인(일주일에 한 번씩 우리 집에 청소를 해주러 오는 가사도우미)이나 칼리지 카페테리아 종업원이나 수리공이나 운동장 관리인과는 다르다는 생각이었다. 우리가 흑인이 아니라는 생각. 당시의 표현을 빌리자면, 우리는 '유색인종'이나 '검둥이'가 아니었다. (이디스와 나는 '유색인종'이라는 말을 사용하던 세대고, 주디스는 '검둥이'라는 말을 사용하던 세대다.) 우리 집의 물건들을 고쳐주러 온 메이태그 사의 수리공이 싸구려 물건에 대해 빈정거리는 어리석은 말들이 반유대주의의 역사적 기록에 비하면 유난히 말랑말랑하고 효과 없는 무기일 뿐이라는 사실을 적어도 나와 이디스는 놓치지 않았다. 수리공의 말이 우리에게 어찌나 효과가 없었는지, 그런 말을 해롭다고 생각하는 것이 조상들을 무시하는 뻔뻔한 짓처럼 느껴질 정도였다. 사실을 따지자면, 과거 그리스인들은 갓 태어난 유대인 아기들을 탯줄로 목 졸라 죽였고, 로마인들은 뜨겁게 달군 쇠솔과 쇠빗으로 현자들의 살을 뜯어냈으며, 이단 심문관들은 갖가지 고문을 시행했고, 나치는 독가스와 불을 사용했다. 이런 역사 기록에 비하면, "자동차 안에 유대인을 몇 명이나 태울 수 있을까?" 같은 농담이 우리에게 무슨 피해를 입힐 수 있었겠는가? 심지어 입냄새를 풀풀 풍기며 숨죽인 소리로 '유대인 놈'이니 '유대인 새끼'니 하고 말하는 것도 마찬가지다. 내가 우리 집 폰티액 자동차를 코빈데일 정비소로 가져갔을 때, 늙은 딸기코 정비사가 작업복 주머니에서 기름 묻은 손을 꺼내 내가 내민 돈을 받고 내 머리를 토닥거리며 "경적을 마지막으로 확인한 게 언제지?"라고 묻는 것쯤 무슨 문제겠는가? 코빈데일 최초의 유대인으로서 이디스와 내가 더 자주 맞부딪힌 것은 살짝 생색을 내는 듯한 태도였다. 여기 살게 된 것을 행운으로 여기라는 태도, 자기들이 우리를 받아들여줬다는 태도. 사람들은 우리와 대화할 때 우리를 낮잡아보며 분에 넘치는 은혜를 베푸는 듯한 태도를 취했으며, 우리를 유심히 살펴보았다. 우리는 주민 모두에게 호기심의 대상이었고, 어떤 사람에게는 귀찮은 존재였다. 가장 반대가 심한 때는 우리가 정착한 초창기였다. 당시 코빈데일 골프앤드라켓 클럽은 계속 우리의 회원가입 신청서류를 잃어버렸다고 주장했다(그들이 우리에게 회원가입을 권유할 무렵에는 우리가 흥미를 잃어버렸다). 또한 매년 봄방학이 끝나고 학교로 돌아온 동료 교수들은 내가 실용적인 학문을 전공했을 것이라고 착각하고는 항상 세금신고서 '작성'을 도와달라고 요청했으며, 겨울방학 파티에서는 나와 이디스를 루돌프와 블리첸과 도너산타클로스의 사슴들 이름를 구분할 줄 모르고 겨우살이 밑에서 입술을 어떻게 해야 할지도 모르는크리스마스에 장식으로 걸어둔 겨우살이 밑에서 키스하는 관습이 있다 머저리로 취급했다. 코빈 칼리지 역사학과 크리스마스 파티에 우리가 처음 참석했을 때(내가 곧 말하려는 사건이 일어나기 1년 전), 당시 학과장이던 조지 로이드 모스 교수가 내게 항상 산타클로스 역할을 맡던 자신 대신 산타클로스 의상을 입고 선물을 나눠주면 어떻겠냐고 부탁한 것은 사실이다. 그는 이렇게 설명했다. "이건 우리 아내가 번뜩 떠올린 묘안이야. 우리 장인처럼 자네도 진짜 수염을 기르고 있으니… 장인의 시대에는 수염을 기른 사람이 흔했지만 지금은 점점 드물어지고 있으니 안타까운 일이지. 가짜 수염보다는 진짜 수염이 훨씬 더 품위 있고 효과적이잖아… 수염을 기른 사람을 쓰는 게 똑똑한 짓이라는 걸 나는 이미 알고 있었네. 게다가 아내도 좋아한다면… 자네가 유쾌한 노인 성 니콜라스 역할을 해준다면, 크리스마스를 진심으로 기리는 사람들이 자유로이 즐거운 시간을 보낼 수 있을 거라는 점은 말할 필요도 없겠지." 내가 베갯잇으로 만든 자루에 자그마한 편지 개봉용 칼, 학교 상징(날개가 묶인 채 입에 올리브 가지를 문 까마귀)과 모토('Petite, et dabitur vobis' 구하라, 그러면 너희에게 주실 것이요)를 새긴 작은 단검을 가득 넣어 끌고 다니며 방 안을 한 바퀴 돌았던 기억이 난다. 그날 사람들에게 물건을 나눠줄 때, 그리고 여전히 산타클로스 의상(영문과도 파티에서 그 의상을 사용할 예정이라서 아침에 연기演技 코치들에게 돌려줘야 했다)을 입은 채로 집으로 돌아올 때 그 물건들이 계속 내게 성흔聖痕을 남겼다. 나는 상처를 씻고, 수염을 하얗게 물들인 분도 씻어내고, 수염을 깨끗이 깎았다… (이야기를 계속하기 전에, 이 말을 해둬야 할 것 같다. 내가 강의를 시작했을 무렵, 코빈은 흑인에게 문을 연 지 얼마 되지 않아서 유색인종 학생 수가 0이었다. 그러나 내가 퇴직할 무렵에는 아프리카 학생회, 아프리카계 미국인 학생회, 히스패닉 퀴어 동맹, 트랜스젠더 안전공간 태스크포스가 활동하고 있었다. 원주민들의 구호를 조롱 삼아 익살스럽게 변형한 구호인 '이로쿼이 후프' '앨러게니 반자이'는 폐지되었고, 태머니파뉴욕시 태머니 홀을 본거지로 삼은 민주당 단체. 부패 정치를 비유하는 말로 쓰인다와 연결된 개발업자이며 뉴욕주 운하위원회를 이끈 적이 있는 학교 창립자 매더 코빈의 동상은 한때 맥락에 대한 고려가 전혀 없이 안마당에 당당히 서 있었으나 지금은 발치에 붙어 있는 쌍방향 설명판에 그가 날품팔이 노동자로 일하는 이민자들을 노예처럼 부리며 이득을 취한 것이 "대학의 가치관과 맞지 않으며" "문제가 많다"는 말이 적혀 있다. 모두 놀라운 변화지만, 오늘날 젊은이들이 그 어느 때보다 민감한 것도 사실이다. 솔직히 나는 이런 현상을 어떻게 이해해야 할지 몰라서 '경제적'인 관점에서 접근하려 했다. 민감성의 증가로 차별이 줄어들었는지, 아니면 차별 완화로 차별에 대한 민감성, 아니, 정확히 말하자면, 학생 단체가 차별이라고 인식하는 현상이 언제 어디서 어떻게 발생하는지에 대한 민감성이 증가했는지를 따져본 것이다. 학생 단체들의 포용적인 성향은 칭찬할 만한 것이지만, 그것이 그동안 불만의 문화로 자라난 것이 나는 마땅치 않다. 나의 많은 제자들, 특히 내가 교단에서 물러나기 직전의 제자들은 타인의 연약함과 분노에 워낙 포용적인 나머지 정작 자신에 대해서는 포용적인 태도를 발휘할 수 없게 되었다. 3학년의 토르케마다스페인의 초대 종교재판소장들과 2학년의 사보나롤라15세기 이탈리아의 종교 개혁가들은 거의 모든 말에서 잘못을 찾아내고, 사방에서 편협함과 편견을 발견해냈다. 동등한 권리를 둘러싸고 캠퍼스에서 벌어진 피투성이 전쟁을 다시 말하고 싶지는 않다. 과거 미국에서 벌어진 수많은 중요 시민 자유 투쟁과 마찬가지로 캠퍼스 전쟁이 시작될 때도 유대인들이 최전선에 섰다. 요즘 모든 학생이 너무 쉽게 자극받는다거나, 모든 걸 너무 민감하게 받아들인다거나, 선의를 너무 나쁘게 해석한다거나, 여성혐오와 인종차별주의와 동성애 혐오 등등이 캠퍼스에서 완전히 제거되었다고 말하려는 것은 아니다. 다만 우리 세대 때는 유대인이 백인 취급을 받으면 운이 좋은 것이었고, 사람들이 가장 싫어하는 색은 빨간색이었으며, 복수複數 대명사는 즐겨 쓰이지 않았고, 모든 소수집단에게 당대의 유행이자 가장 믿을 만한 보호책은 차별화가 아니라 동화였다는 점을 분명히 말하고 싶을 뿐이다.)

이디스와 내가 코빈에서 겪었던 별로 아프지 않은 공격 중에서 유일하게 정말로 상처가 된 것은 아마 학과장 모스 박사의 (아무 의도도 없고 예상할 수도 없었던) 또 다른 요청이었던 것 같다. 모스 박사는 내가 코빈 칼리지에서 정식으로 일하기 시작한 이듬해 첫 학기인 1959년 겨울 학기 초에 나를 자신의 방으로 불렀다. 나는 미국사 세미나 수업(지금도 필수과목인데, 당시에는 메이플라워호를 타고 온 필그림 파더스의 이야기로 수업을 시작했지만 요즘은 아메리카 원주민인 세니커족에게 손을 들어 인사하고 아프리카 노예선에 대해 이야기하는 것으로 수업을 시작한다)을 하러 가는 길에 내게 배정된 교수 우편함에 잠깐 들렀다. 당시에는 이메일이 없었고, 나는 내 지위와 미래에 대해 아직 지나칠 정도로 신경을 쓰고 있었으므로 하루에도 몇 번씩 우편함을 확인하는 버릇이 있었다. 수업을 하러 갈 때와 돌아올 때, 화장실에 갈 때와 돌아올 때, 볼일을 보러 갈 때와 돌아올 때 아무리 먼 길을 도는 한이 있어도 항상 그 작은 보관함에 들를 정도였다. 혹시 누가 날 보자고 할지도 모르잖아. 내가 (맨 위에 '긴급'이라는 스탬프가 찍힌) 급한 연락을 놓치면 어쩌지? 물론 내 우편함은 대개 비어 있었다. 기껏해야 간단한 메모 쪽지가 들어 있을 뿐이었다. '모의 유엔총회에 대한 교수진의 조언을 구합니다. 관심이 있는 분은 아래로 연락…' 하지만 이번에는 모스 박사가 사용하는 학과의 정식 용지에 타자로 작성한 메모가 접힌 채 놓여 있었다. 모스 박사는 편안함과 과장이 섞인 특유의 말투로 이렇게 썼다. "루브, 자네가 오늘 내게 시간을 조금 내어준다면, 자네와 아주 즐거운 시간을 보낼 수 있을 것 같네. 오늘 수업이 모두 끝난 뒤 곧장 내 방으로 와주겠나?" 물론입니다, 학과장님. 그의 말투는 단순한 권유가 아니라 소환이었다. 지금도 눈을 감으면, 모스 박사가 당시 비서이던 (린다) 그링글링 씨에게 묵직하고 우렁찬 목소리로 메모 내용을 구술하는 소리가 들리는 듯하다. 그링글링 씨는 나중에 모스 박사의 두 번째 아내가 되었다. 참고로, 그링글링 씨가 작성한 문서는 항상 알아볼 수 있었다. 그녀가 모스 박사의 구술을 타자기로 쳐서 모스 박사의 이름을 서명한 문서를 보면, 항상 M이 아주 깔끔하고 단정했기 때문이다. 모스 박사가 직접 쓴 M은 변덕스러운 대저택 같아서 Morse의 o와 r은 물론 s와 e의 위까지 지붕처럼 닿아 있을 때가 많았다. 그 서명은 사실상 "넌 내 것이다. 너는 내 뜻대로 살고 내가 너를 좌우한다"고 말하고 있었다. 반면 그링글링 씨가 대신 쓴 서명은 타인의 영역을 좀 더 존중하는 느낌을 주었다.

그날 내가 그 짧은 메모를 열두 번은 읽은 것 같다. 나는 탈무드

학자나 성서 해석학자나 사랑에 빠진 사춘기 소년처럼 그것을 읽고 또 읽으며 행간의 의미를 파악하려고 했다. 모스 박사의 의도가 무엇일까? 뭘 원하는 거지? 내가 무슨 잘못이라도 했나? 어떤 재앙이 날 기다리고 있을까? 내가 유대인이라서 겪는 불안감은 이제 다 닳아버렸다. 어쩌면 그때도 이미 닳은 상태였는지 모른다. 하지만 그걸로 현실이 사라지지는 않는다. 예전에는 그것이 현실이었다. 때로는 흥미롭기도 했다. 이런 불안감, 우리에게 대물림된 신경증을 하찮게 치부해버리는 함정에 빠질 생각은 없다. 우리의 불안감이 지금처럼 진부해진 것은 책, 영화, 텔레비전 등 미디어의 표현방법 때문이다. 지난 반세기 동안 우리의 불안감을 대중에게 알린 사람들의 창의력 부족 때문이다. 도시에서 와서 역사학과 교수로 신규 채용되어 종신교수 판결을 받기 전 2년 동안의 시험기간 중 막 두 번째 해를 시작하던 나는 우쭐거리면서도 몹시 긴장하고 있었다. 특히 무엇보다 몸을 움직이는 데 서투르고, 지나치게 머리만 쓰려고 하고, 자신을 깎아내리는 유대인 남자의 전형이 그대로 재현된 것처럼 겁을 먹고 있었다. 수많은 유대계 미국인 작가들과 우디 앨런 같은 사람은 바로 이런 유대인 남자를 비아냥거리는 작품으로 경제적으로나 성(性)적으로나 엄청난 성공을 거뒀다(필립 로스는 나보다 젊은 세대에 속하고, 벨로와 맬러머드는 나보다 윗세대에 속한다). 지금도 기억을 떠올릴 때마다 가끔 고통스러운 사실 하나는, 내가 미국 사회에 '슐러밀, 실리매즐, 네비시, 클러츠'일간이, 불운한 자, 우유부단한 사람, 서투른 사람. 모두 이디시어에서 유래함라는 단어들을 가르쳐준 집단에 속한다는 점이다. 블랙유머로 표현되는 죄책감과 특정 대상에 대한 집착을 올챙이배에 담고 있는 자들. 털이 많고, 땀을 많이 흘리고, 지방이 많은 몸에 콤플렉스까지 갖고 있고, 항상 실수를 두려워하는 사람. 자신이 말을 잘못한 게 아닐까, 엉뚱한 넥타이를 고른 게 아닐까, 넥타이핀을 잘못 고른 게 아닐까, 그냥 단추만 잠가도 되는데 커프스 버튼을 괜히 달았나, 코듀로이가 다시 유행하는데 마드라스 무명옷을 입지 말걸 그랬나 하고 항상 걱정하는 사람. 특히 무엇보다도 아주 기본적인 것들, 이를테면 미국의 주들이 합중국에 받아들여진 순서 같은 것을 혼동하지 않을지… 델라웨어, 펜실베이니아, 뉴저지… 나는 내 세미나 수업을 듣는 학생들의 뒤를 이어 학교의 상징색인 진홍색이 잔뜩 나부끼는 곳으로 나가면서 묵주를 알알이 돌리며 마음의 위안을 얻듯 이 이름들을 되뇌었다. 조지아, 매사추세츠, 코네티컷? 아니, 조지아, 코네티컷, 매사추세츠인가?

그링글링 씨가 나를 모스 박사의 방으로 안내한 뒤 잠시 문간에 서서 박사의 음료수 주문을 받았다. 박사는 내 몫까지 한꺼번에 주문했다. "김렛으로 줘요, 린다. 오늘은 김렛이 어울릴 것 같아." 이번에도 변화를 지적해보자. 옛날에는 린다 그링글링처럼 착하고, 정직하고, 유능한 중년 여성들이 상사의 말을 타자로 치고, 회의 일정을 잡고, 역사 전문가를 위해 칵테일을 타는 일을 했다. 모스 박사는 슬로진피즈나 진을 주문할 때도 있고, 김렛을 주문할 때도 있었다. 그에게 일종의 가정법 같은 기능을 하는 김렛을 만들 때는 라임즙 대신 레몬즙을 넣어야 했다. 그링글링 씨는 레몬을 직접 짜서 칵테일을 만들었다. 그 결과 모스 박사의 서한 중 일부에서는 감귤류 향기가 희미하게 났다(내가 그의 책상 위에 놓은 그 메모도 포함해서).

나는 학창시절이나 군대 시절에 무슨 허가증 같은 것을 제출할 때처럼 모스 박사의 책상 위 포탄 아래로 메모의 한 귀퉁이를 슬쩍 밀어 넣었다. 움푹움푹 패인 흔적이 있고 무섭게 생긴 둥근 포탄은 사람을 사냥하러 다니던 부족이 트로피처럼 전시해두던 두개골과 비슷했다. 모스 박사의 책상 위에 있는 물건은 그것뿐이었다. 포탄 모양의 문진과 내가 놓아둔 메모. 모스 박사는 의자를 뒤로 젖히고 한없이 느슨하게 앉아 있었다. "하루 종일 계속 혼잣말을 했어. 루브가 올 때까지 술은 안 된다… 루브가 올 때까지 술은 안 된다…"
"죄송합니다, 모스 박사님."
"루브, 내가 하마터면 실패할 뻔했어."
"수업을 마치자마자 온 겁니다. 최대한 서둘러서."
"자네는 아직도 의자에 앉지 않는군. 날 조지라고 부르지도 않고."
나는 술을 많이 마시는 편이 아니었지만, 모스 박사와 함께 칵테일을 마시는 동안에는 마음이 놓였다. 코빈에서는 칵테일을 마시는 동안 사람을 해고하는 법이 없었다.
모스 박사가 과장된 몸짓으로 포탄의 뚜껑을 열었다. 속을 파낸 두개골 같은 그 안에 그의 담배 도구들이 들어 있었다. 두개골 아래쪽을 뒤집으니 재떨이가 되었다. 술이 도착했을 때 우리는 담배에 불을 붙였다. 나는 옛날에 담배를 피웠고, 군대에서는 시가를 피웠다. 코빈 칼리지는 내게 파이프를 소개해주었다. 모스 박사는 낮에는 조롱박 모양의 파이프를 사용하고 밤에는 설대가 긴 파이프를 사용하는 경향이 있었지만, 우리 학과의 다른 사람들은 대부분 설대가 곧은 것이든 휘어진 것이든 빌리어드형 파이프를 사용했다. 다만 힐러드 박사는 옥수수 속대를 말려서 만든 파이프를 물고 다녔다. 내 파이프는 빌리어드였다. 설대가 완전히 똑바르지도, 그렇다고 완전히 휘어지지도 않은 형태였다. 지금 생각해보면, 두 가지 형태를 섞어보려는 헛된 실험작에 불과했다. 그링글링 씨가 가져온 진을 마시면서 달콤한 향이 나는 벌리(미국산 담배의 일종)를 피우는 것. 목구멍이 타는 듯하고 눈이 따끔거리고 담배통 주위에는 연기구름이 생겨나고, 파이프 몸통의 격자무늬는 창틀만큼 널찍하고 바깥의 가을풍경만큼 밝은 주황색과 노란색이었다.

　모스 박사는 태평한 성격이었다. 대영제국의 이른바 제국 100년 (1815~1914년경)을 연구하는 역사학자로서는 간신히 이름을 올릴 만한 수준이었고, 공적인 면에서 우리 관계는 수도와 식민지의 관계였다. 외교적인 관계이자 따뜻함을 강력히 고수하는 관계였다는 뜻이다. 내가 내 위치를 잘 안다는 점, 내가 이 학교에 고용된 이유를 잘 안다는 점이 확실히 이 관계에 도움이 되었다. 모스 박사는 군주 같은 상사였고, 나는 유대인 왕당파 연락관이자 역사학과의 미국 역사가들 사이에 침투한 스파이였다. 유대인이라면 그에게 잘 보이고 싶어 하기 마련이니, 유대인답게 먼저 나서서 이해하기 힘든 이 세계에서 그의 눈과 귀가 되어주고, 내 신세계 출신 동료들이 선을 벗어나지 않게 제어하는 일을 도와야 했다. 그들의 생산성을 유지하는 데 딱 알맞은 만큼만 내가 성실성을 발휘하고, 그들의 정직성을 유지하는 데 딱 알맞은 만큼만 양심적인 모습을 보여주면 된다는 뜻이었다. 모스 박사의 치세로부터 수십 년이 흐른 지금도 코빈 대학은 모든 분야의 미국 연구에서 대단히 뛰어나지만, 모스 박사뿐만 아니라 여러 사람이 '대륙'이라고 부르던 곳에 대한 연구는 한참 뒤처져 있다. 물론 요즘 학생들은 이것이 역사학과의 자유로운 분위기(기꺼이 발전하려는 태도)를 보여준다고 받아들인다. 그러나 진실은 훨씬 저주스럽다. 모스 박사가 경쟁을 견딜 수 없어서 깊이 있게 유럽을 연구하는 학자의 자리를 결코 만들지 않았다는 것이 진실이기 때문이다. 유럽은 그의 것이었다(프톨레마이오스 그리고 랜드 맥널리 사가 제작한 유럽 지도들이 그의 연구실에서 창문 맞은편 벽을 온통 차지하고 있었다). 모든 유럽제국이 침략하고, 점령하고, 병합하고, 분할한 변경 식민지는 모두 그의 것이었다. 그와 친한 사람들이 그의 승인을 얻어 유럽 연구를 하기도 했지만, 그들은 모스 박사와 마찬가지로 누군가의 학문적인 도전에 맞서 싸울 능력이 없음을 스스로 잘 아는 그저 그런 학자들이었다. 나는 모스 박사의 이런 면이 가장 당혹스러웠다. 자신의 한계를 알면서도 그것을 부끄러워하지 않다니. 그는 신경도 쓰지 않았다. 자신의 평범함을 가볍다 못해 거의 자랑스럽게 걸치고 다녔다. 투명하기만 한 그 학자의 가운 아래에는 행정가의 알몸이 있었다. 그가 와스프WASP, 앵글로색슨계 백인 신교도인 자신에게 만족하는 태도는 놀라울 정도였다. 적어도 나처럼 하찮은 일에도 안달복달하는 사람이 보기에는 그랬다. 요즘 같으면 모스 박사가 특권계층으로 분류되었을 것 같다. 그로튼, 예일, 하버드에서 연마된 세습재산인 돈, 채권, 주식증서에 태어날 때부터 폭 감싸여 있었던 덕분에 그 새하얀 피부에 대해 전혀 고민하지 않고 완전히 차분하고 편안하게 긴장을 풀 수 있는 능력이라니. 하지만 모스 박사를 깔아뭉개는 것처럼 보이고 싶지는 않다. 모스 박사의 편안하고 소박한 성격 덕분에 내가 중요한 교훈을 배웠기 때문이다. 청소년기와 학창시절 내게 자산이 되어주었던 적극성과 똑똑함이 교수가 된 지금은 오히려 부담이 된다는 교훈이었다. 이제는 내가 문자 그대로 수업을 이끄는 사람이 되었으므로, 실력을 자랑하는 애송이 행세를 마침내 그만둘 수 있었다. 물론 열정에 들뜬 풋내기처럼 지금도 계속 연구하고, 글을 써서 발표해야 하지만 이제는 누구에게도 내 포부를 전혀 과시하지 말아야 했다. 나는 코빈의 사람이었다. 적어도 그런 척이라도 해야 했다. 나는 이미 여기까지 성공했다. 이걸 받아들일 수 없다면, 심호흡을 하면서 성공한 척 연기하는 법이라도 배워야 했다. 내 생각에 모스 박사가 내게 자꾸만 술을 권하면서 전하려 한 말이 바로 이것이었던 것 같다. 물론 그가 술을 워낙 좋아하는 사람이기도 했다. 그는 김렛을 마시고, 조롱박 모양의 파이프로 담배를 피웠다. 온화한 성격과 커다란 덩치 때문에 나보다 훨씬 더 산타클로스 같았다. 머리가 벗어진, 유쾌한 산타클로스 할아버지. 그의 대머리는 익으라고 아주 오랫동안 밖에 내놓은 늙은 호박과 비슷했다. 모양이 좀 이상하고 무사마귀가 있는 호박에 군데군데 끊어진 빨간 정맥이 보이고, 하얀 서리 같은 피부에 자주색 모세혈관들이 얼어붙은 얼룩을 만들었다.

　이제야 우리 둘의 진짜 대화가 시작되는 부분에 이르렀다. 아이고, 내 새끼⋯, 잘 지내⋯? 형편없는 의자지만 편하게 앉아⋯처럼 무시해도 되는 말이 아니라 사람 대 사람으로 나누는 진짜 대화⋯를 시작하기 전에 한 가지 원칙을 미리 말해두고 싶다. 따옴표, 그러니까 지난 세월 동안 내 제자들이 저마다 "토끼 귀"니 "치뜬 눈썹"이니 "말하는 사람이 누구인지 알려주는 작은 빗방울"이니 하고 부른 그 인용부호는 역사가에게 신성한 것이다. 학문적인 글에서 인용문은 사실임을 보장하는 인장이다. '여기에 인용된 말은 예전에 누군가가 글로 쓰거나 말한 것이다. 정말이다'라는 뜻이다. 하지만 이렇게 단언하는 것만으로는 결코 충분하지 않기 때문에 각각의 인용문에는 전통적으로 출전出典에 관한 정보가 따라붙는다. '내 말을 의심하는 모든 사람을 위해, 여기에 저자의 이름(성을 앞으로), 책 제목(이탤릭체로), 페이지 번호를 밝힌다. 당신은 게으른 사람이니까. 이제 도서관으로 가서 내 말이 맞는지 확인해보라'는 뜻이다. 평생 이런 명령을 지침으로 삼은 탓에 나는 이것을 쉽사리 무시할 수 없게 되었다. 내 주장과 모순되는 기록이 존재하지 않고, 자료의 출처가 오로지 나뿐인 경우라 해도. 따라서 다음에 나오는 내용에서 나는 내가 들은 말을 기억하는 한 곧이곧대로 옮기려고 애쓸 것이다. 인용문의 신성함을 존중하지 않는 많은 저자들과 달리, 무슨 말이든 뻔뻔하게 하느님의 것으로 만들어버리는 신자들과 달리, 나는 직접 경험한 일들을 회상할 뿐이며, 그 일들로부터 지금까지 흐른 시간은 예를 들어 우주 창조로부터 유대민족의 이집트 탈출 때까지의 시간에 비하면 현저히 짧을 것임을, 심지어 예수가 직접 활동하던 시기로부터 복음서가 만들어진 때까지의 시간보다도 짧을 것임을 여기에 밝혀둔다.

우리 대화는 대학 도서관과 고등학교 이야기로 시작되었다. 만약 대화 내용을 확인하는 주를 달아야 하는 경우에는 별표(*)를 붙이고 다음과 같이 썼다. "Cf.참조 나와 모스 박사의 대화는 항상 내 아내, 대학 도서관, 내 딸, 고등학교를 무대로 한 드라마에 대한 이야기로 시작되었다." Ibid.위의 글과 같음 Ibid. Ibid. Ibid. 모스 박사는 세상과(그의 세상과) 사이좋게 지내려면 동료의 가족들 각자에 대해 딱 한 가지 사실만 외워두는 것이 예의바른 일이라는 말을 어렸을 때 누군가에게서 들었음이 분명하다. 동료나 동료의 가족을 만났을 때 기억해둔 사실을 언급하면 상대에게 아주 관심이 있는 것처럼 보일 것이라고 배웠을 것이다.

모스 박사는 이렇게 말했다. "훌륭한 장서를 갖췄지만 정리가 잘 안 된 도서관에서 이디스는 어떻게 하고 있나?" 나는 "별로 안 좋아요"나 "아직 거기서 파트타임으로 일하는 중인데요"나 "아직 거기서 책 정리만 맡고 있어요"나 "상사들한테 벌을 받고 있는 것 같은 기분이랍니다. 도서관이 문 여는 시간을 늘리고 학생들뿐만 아니라 일반 주민에게도 도서를 빌려주자고 제안했더니 '논란의 여지가 있고' '비할 데 없이 건방지다'고 했대요"라고 대답하지 않고 간단히 말했다. "잘 지냅니다."

그러자 모스 박사는 주디 이야기로 넘어갔다. 지난해에 코빈데일 고등학교에 수수께끼의 전학생으로 등장한 주디는 길버트·설리번의 작품과 셰익스피어 연극에서 주연을 따내면서 어느 정도 주목을 끌었기 때문에, 모스 박사는 가끔 주디를 줄리엣이라고 불렀다. "우리 아름다운 줄리엣은 요즘 아름답게 지내나? 〈미카도〉에서 정말 훌륭했는데."

"감사합니다. 잘 지내요." 내가 말했다.

"지금 몇 학년이지? 2학년?"

"3학년입니다. 전교 1등이에요. 잘하면 졸업식에서 고별사를 읽게 될 것 같습니다."

"대단하군! 중간에 전학 와서 최고 우등생이 됐으니. 다들 그 애를 엄청 싫어하겠어!"

"그래도 친구를 몇 명 사귀기는 했어요."

"물론 우리 학교에 지원하겠지? 이제는 우리가 여학생도 받고 있으니, 최고의 학생을 데려와야지."

"당연히 지원할 겁니다."

모스 박사는 활짝 웃었다.

"자넨 거짓말에 정말 서툴러, 루브, 그거 아나?"

내가 어떻게 대답해야 할지 몰라 안절부절못하는 동안 모스 박사가 말했다. "내가 그래서 자네를 좋아한다는 점을 알아주면 좋겠네."

대화주제 목록에서 그다음 순서는 수업이었다. 이것도 고전적인 순서였다. Loc. cit.위의 인용문 중 고대를 다룰 때 청동기시대 다음에 철기시대가 오는 것과 같다. 모스 박사는 가족 이야기, 학교 이야기를 언제나 순서대로 꺼냈고, 언제나 두 주제의 분량을 맞췄다. 당시에는 웃긴다고 생각했지만, 이제는 학과장이 내가 가르치는 주제나 학생들의 수준에 대해 묻지 않은 것, 그러니까 강의실의 물리적인 현황을 제외하고는 무엇도 묻지 않은 것에 감사할 수 있게 되었다. 모스 박사는 내 수업이 어떤 강의실에 배정되었는지, 난방은 잘 되는지, 바람이 들어오지는 않는지, 만약 바람이 들어온다면 어디서 들어오는지, 조명은 충분한지, 칠판과 칠판지우개가 깨끗이 관리되는지, 분필이 떨어지지 않게 공급되는지, 그러니까 내 주변환경이 '쾌적한지' 물어보았다. 이건 모스 박사가 직접 사용한 단어이자, 그의 판단기준이었다. 박사는 이렇게 설명했다. "주변환경이 쾌적한 건 중요하거든." 이곳에서 1년을 보내면서 나는 강의실에 대한 그의 질문에 아무 불만이 없더라도 어렴풋이 불만을 드러내거나 살짝 불편한 티를 내는 법을 이미 터득한 뒤였다. 내가 예를 들어 프리도니아 홀 203호 강의실에서 라디에이터가 새고 파이프에서 시끄러운 소리가 난다고 말하면 그는 유지보수 요청서를 제출할 수 있었다. 그러면서 자신이 유능하다고 느꼈다. 좀 더 정확히 말하자면, 내가 말한 강의실 번호와 문제를 메모해두면("203호. 라디에이터 새고 파이프 시끄러움… 얼마나 시끄럽지? 아주 많이?"), 그링글링 씨가 마실 것을 바꿔주려고 들어왔다가 나갈 때 쓰던 잔과 그 메모를 같이 들고 나가 모스 박사의 이름으로 요청서를 제출했다.

모스 박사는 그링글링 씨가 두 번째로 가져온 진을 한 모금 마신 뒤, 본론으로 들어갔다. "돈이라… 자네는 이 화제를 좋아하는지 몰라도 난 아니야… 이 학교의 모든 학과가 이런저런 요구를 해대고 있지… 예산을 더 달라, 사람을 더 뽑아달라, 봉급을 인상해달라, 보급품의 질을 높여달라… 영어과, 고전학과, 독일어과, 프랑스어과, 어디서나 상황이 똑같아. 아니, 역사학과만 빼고 어디서나. 하지만 모든 고통에 동참하는 것이 역사학과의 천성이지. 철학과가 괴로워하면 역사학과도 괴로워하는 식이야. 심리학과는 항상 그렇고. 러시아어과가 괴로우면 역사학과도 괴로워. 러시아의 우주적인 고통이라고나 할까. 하지만 최악은 실험과 관련해서 필요한 것이 많은 자연과학 학과들이지. 그냥 돈이 많이 드는 정도가 아니라, 그 학과들이 욕심을 부리거든. 무슨 전쟁이라도 난 것처럼 학과를 운영한다니까. 실험실에서 돼지를 상대로 전기충격 실험이나 하는 게 아니라 폭탄을 제조하는 건가 싶을 정도일세. 조폐국을 하나 세워서 화폐를 위조하는 신선한 방법을 개발한다면 그들의 시간과 노력이 더 값진 것이 될 텐데. 필요한 건 돈인데, 지갑은 비어 있고 주머니에는 구멍이 뚫려 있지 않나. 대학 평의원이며 학장이 돈과 관련해서 기울인 노력이 어떻게 됐는지 상상이 갈 걸세. 경제는 경제 전문가에게 맡기는 편이 최선이라는 말은 자네한테 굳이 할 필요도 없겠지. 저 윗사람들은 기금을 모금하거나 기부자를 찾아 나서지 않고, 각 학과의 예산을 샅샅이 훑고 있네. 혹시 사용하지 않은 돈을 찾아내서 다른 데로 돌릴 수 있지 않을까 하고 말이야."

모스 박사의 잔 안에서 얼음 덩어리들이 챙그랑 소리를 냈다. 마치 박수를 치는 것 같았다. 하지만 내 얼음은 떨리는 내 손 안에서 함께 떨면서 잔에 부딪혔다. "그러니까 감축의 문제가 아니라는 말씀입니까?"

모스 박사는 미간을 찌푸렸다. "그런 걱정은 말게, 루브. 자네는 걱정할 필요가 없어… 어차피 자네는 이미 잘리지 않았나?"

경악한 표정이 얼굴에 그대로 드러난 모양이었다. 모스 박사는 이렇게 말했다. "진정하게, 진정해. 내가 그냥 분위기를 바꿔보려고 할례에 관한 농담을 한 거야."

나는 콜록거리며 웃었다. 그러자 모스 박사가 한층 더 진지해진 목소리로 말을 이었다. "내 약속하겠네, 루브. 자네가 조정되거나 잘리는 일은 없을 거야. 우리가 역사학과다 보니 약탈을 당하는 중인 거지."

"왜 하필 우리입니까?"

"역사학과는 예외거든. 항상 그래. 역사학과에 돈이 많으니까. 수학과는 우리 금고를 부러워하고, 심지어 지질학과와 물리학과조차 우리를 질투한다네. 우리가 돈을 낭비하지 않으니까 이렇게 된 건데. 하지만 학교 행정부서와 총장은 겁도 없이 다른 주장을 하지. 우리가 사람을 새로 쓰지 않기 때문이라는 거야. 말이 되나? 절약을 실천하는 사람한테 짜증을 낸다니 말이 돼? 게다가 우리는 절약 말고도 엄청 많은 미덕을 갖고 있는데."

"말이 안 되죠." 나는 이렇게 말했지만 속으로는 다른 생각을 했다. '모스 박사가 마지막으로 채용한 사람이 나야. 히로시마와 나가사키 이후로 역사학과가 고용한 유일한 사람이기도 하고.'

"어쨌든," 모스 박사가 조금 방심한 것 같은 표정으로 말을 이었다. "일이 그렇게 된 걸세. 나더러 낭비하지 않았다고 잔소리를 했다고. 사람을 새로 채용하지 않으면, 우리가 쌓아둔 돈을 몰수해서 다른 데로 돌리겠다고 했네. 그 돈을 사용할 수 있는 다른 학과로. 그런데 솔직히 그 학과는 그 돈을 찔끔찔끔 낭비해버릴걸. 우리끼리 하는 말이네만, 내 생각에 학교의 요구는 일종의 부당행위야. 확실히 협박이기도 하고. 하지만 그럴 테면 그러라지. 이게 요즘 학교가 돌아가는 방식이니까. 학교를 점점 사업체로 보고 있단 말일세."

"그게 추세인 것 같기는 합니다."

그는 담배연기를 한 번 내뿜고 의자를 벽 쪽으로 돌려 지도를 향해 입을 열었다. "나는 우리 학과의 가족적이고 친밀한 분위기를 좋아하지만, 무엇을 선택해야 하는지는 분명하네. 패배를 인정하고, 그동안 힘들게 얻은 전리품을 농학과의 드리거트나, 오, 맙소사, 체육학과의 펌플러에게 넘기느니 학자 한 명을 더 우리 학과에 채용하는 편이 훨씬 나아."

"그럼 사람을 뽑는 겁니까?"

"그럴 걸세. 문 앞에 공고문을 붙일 거야. '사람을 구합니다—문의는 안에서'라고."

"특별한 자격요건이 있습니까?" 새 공고문이 문고리에 걸려 있는 모습을 상상하면서(유색인종, 아일랜드계, 유럽학 학자는 지원할 필요 없음) 내 머릿속에는 선호하는 조건과 우리 학과에 없는 사람들이 가득 떠올랐다. 근동, 극동, 비잔티움, 반反휘그당, 인구통계학, 사료편집, 힌두 애호가, 힌두어 능력자, 여자.

"요건은 없어. 제한이지. 학교에서 우리 자율권을 제한하는 거야.

우리가 돈이 많으니까, 다른 학과 수업도 가르칠 수 있는 사람을 채용해야 한다고 주장하고 있어. 우리처럼 돈을 절약하지 못한 학과들을 위해. 돈을 절약하지 못한 학과에 보상을 주겠다는 걸세."

"그건 불공평한 것 같은데요."

"실제로 그래. 공정함이라는 건 그 사람들이 지키기에 너무 명확하고 정직한 원칙인 게지. 그들은 '교차등록'이니 '학제간 융합'이니 하는 용어를 쓰더군. 합리화니 능률이라는 말도 하고. 아마 그게 미래라는 거겠지. 복수의 명령을 수행하는 다기능. 앞으로 몇 년 뒤에 학교 측이 자네에게 CPA공인회계사 시험 준비반을 가르치라고 한다 해도 나는 놀라지 않을 걸세. 활용할 수 있는 건 모두 활용해야 할 테니. 회계감사 결과가 엉망이었거든." 모스 박사는 얼마나 엉망인지 보라는 듯 시선을 아래로 내렸지만, 그의 책상에는 아무것도 없었다.

"그럼 제 역할은 뭡니까?"

모스 박사는 갑자기 정신을 바짝 차린 사람처럼 자신의 술잔을 보았다. "우리는 이런 침식에 반대할 힘이 없지만, 이번 학기 동안 신임 교수 후보 몇 명을 캠퍼스로 불러서 면접도 하고, 시험 삼아 수업도 해보게 하고, 대중 강연도 시킬 걸세." 모스 박사는 앞으로 몸을 기울였다. "자네가 필요한 건 그 부분이야, 루브."

"제가요?"

"오늘 자네한테 부탁을 하나 하려고 이렇게 불렀네."

"말씀만 하세요."

모스 박사는 인상을 찡그리더니 잔을 휘휘 돌리면서 자신의 말을 수정했다. "사실 부탁이라기보다 새치기에 가깝지. 자네도 알겠지만, 우리 학과의 모든 사람은 채용위원으로 활동할 책임이 있네. 교수들이 채용위원회에 돌아가며 배치되는 식이지. 자네는 우리 학과에서 가장 신참 교수이기 때문에, 원래는 한참 뒤에나 자네 차례가 돌아올 거야. 어쩌면 두 명, 아니면 세 명쯤 사람을 채용한 뒤에. 하지만 우리가 보기에 지금은 특별한 예외인 것 같네. 자네가 위원으로 활동하겠다고 동의하면, 나중에 또 이중으로 의무를 수행할 필요는 없을 걸세. 나중에 차례가 돌아올 의무를 지금 수행하는 걸로 확실하게 해둘 테니까. 의무를 조금 일찍 수행하는 것뿐이야."

"그럼 미국학 학자를 한 명 더 채용하는 겁니까?"

"바로 얼마 전에 자네를 채용했으니, 안타깝게도 그건 아닐세. 유럽사 분야의 구석구석에서 학자 쇼핑을 해야 할 것 같아."

"유럽사요?"

"나는 이 요건이 우리에게 불쑥 내밀어진 것을 일종의 구원으로 생각하려 하네. 나를 비롯한 여러 사람이 유럽이라는 부담에서 조금 벗어나 숨을 돌릴 수 있게 해주는 걸로."

"그렇다면 제가 채용위원회에 들어갈 이유가 없지 않습니까? 유럽은 제 분야가 아닌데요."

모스 박사는 담배 연기를 조금 내뿜었다. 다음에 할 말을 곰곰이 생각하면서 먼저 연기 속으로 말을 날려보내는 것 같았다. "위원회에서 활동하는 건 의무사항일세. 모든 교수는 반드시 한 학기 동안 위원으로 활동해야 해. 평가 대상인 후보의 전공 분야는 중요하지 않네. 다른 교수들은 모두 다음 학기에 활동할 위원회가 결정되어 있어. 더 이상 감당할 수 없을 만큼 많은 일을 맡은 사람도 여럿이고. 예를 들어 나와 힐러드 박사는 자네와 함께 채용위원회에 들어갈 뿐만 아니라, 종신교수 심사위원회에도 들어갈 걸세… 자네의 종신교수 자격을 심사하는 위원회에…"
"알겠습니다. 죄송합니다. 제게 그 일을 맡겨주셔서 정말 기쁩니다."
모스 박사는 손사래를 치며 퀴퀴한 분위기도 함께 흩어버렸다. "후보들 중 한 명이 특히 유망해 보이네. 중세시대를 전공한 유럽학 학자야."
"중세시대요?"
"내가 아는 한은 그래. 이베리아였던가? 15세기였지? 어쨌든, 우리는 자네 의견을 듣고 싶네."
"제 의견이요?"
"특히 자네 의견."
나는 어리둥절했다. 무엇에 대한 나의 의견을 원한다는 거지? 중세시대에 대한 의견? 이건 중세와 같은 뜻인가? 암흑시대와 같은 뜻인가? 나는 의견을 말할 자격이 없었다. 그 시대에 대해서라면 나보다 중세의 평범하고 무지한 농민, 시민, 주민이 더 전문가였다. 15세기가 언제인지는 알았다. 14세기와 16세기 사이에 있는 시기라는 것. 하지만 그건 슈퍼마켓에서 켈로그 슈가팝이 시리얼 진열대의 코코아 퍼프와 코코아 크리스피 아래에 있다고 말하는 것과 같았다. 이베리아에 대해서는 아예 그 의미도 알 수 없었다. 포르투갈과 스페인은 알겠는데, 카스티야와 아라곤이 이제는 이베리아라고? 게다가 무슬림은 어쩌고? 무어인은 모두 아랍인인가? 베르베르족이 모두 무어인인가? 나는 페르디난드와 이사벨라_{카스티야-아라곤 연합 왕국의 부부 공동 통치자}를 조지 번스와 그레이시 앨런_{미국의 부부 코미디언}과 혼동하기 일쑤였다. 내 경험 중에 그나마 이베리아와 가까운 것이라고는 서툴게

룸바 춤을 추거나 차차차를 추는 척한 것뿐이었다. 게다가 내 머릿속에서 춤추는, 조잡한 청소년용 시 구절은 또 뭔가? 시티 칼리지 시절의 풍자극에서 나온 건가, 아니면 그 전에 다니던 히브리 학교에서 배운 건가?

일천사백구십이년, 콜럼버스는 푸른 바다를 항해했고
종교재판소는 유대인을 추방했으며,
신발을 신지 않은 인디언들은 모두
말했다, "누— 지금 누굴 인디언이라고 부르는 거지?"

물론 내가 모스 박사 앞에서 이 시를 읊지는 않았다. 다만 이렇게 말했을 뿐이다. "중세 이베리아는 제 전문 분야가 아닙니다. 솔직히 그곳 전체가 다소 불가해의 영역으로 남아 있습니다."

모스 박사는 한숨을 내쉬며 파이프에 담배를 다져 넣었다. "그 후보의 전공이 중세 이베리아일세, 루브." 박사는 잠시 머뭇거렸다. "유대인의 역사도 전공 분야이고."

박사는 연기 속에 앉아서 잔을 끝까지 꿀꺽꿀꺽 비웠다.

"그래서 자네한테 묻는 거야." 박사는 쩝쩝 입맛을 다신 뒤 다시 주제로 돌아갔다. "내가 자네를 믿고 그 후보에 대한 환영과 안내를 맡겨도 되는지. 그 친구가 여기서 편안하게 지낼 수 있게 자네가 해줄 수 있는지. 편안한 느낌을 받는 건 중요하니까 말일세."

"쾌적한 느낌 말씀이죠?"

"그렇지. 그러니 이제 자네 생각을 말해주게."

"무슨 생각요?"

"자네만이 판단을 내릴 수 있을 것 같거든. 자네가 여기 코빈에서 아주 잘 적응해 지내고 있고, 그 후보는 자네와 같으니까."

"저와 같다고요?"

"자네가 내 생각을 이해해주니 기쁘군."

우리는 조용히 앉아 있었다. 나는 두 번째 잔을 건드리지 않을 생각이었지만, 결국 한 모금 마셨다.

"솔직히 말하겠네. 그 친구, 그 후보는 우리가 원한 사람이 아니야. 하필이면 허글스가 우리에게 밀어붙인 사람일세. 신학과의 허글스. 성경 수업을 담당할 사람이 필요하다면서. 우리 과에는 항상 지원서가 들어온다네. 빈 자리가 없을 때에도. 허글스가 그 지원서를 전부 살펴봤어. 그러고는, 히브리 쪽과 관련이 있는 유럽학 학자를 쏙 골라낸 걸세." 모스 박사는 파이프로 탁자를 쾅 쳤다. "성경을 가르칠 교사가 그렇게 절실히 필요하다면, 수녀라도 채용할 일이지. 차라리 자네 부인한테 돈을 주고 강의를 시킬 일이지. 자네 부인은 성경에 대해 잘 아나?"

나는 고개를 저었다. 모스 박사는 바지 주름에 떨어진 담배를 휘휘 밀어내고는 뒤로 몸을 기댔다. 뱃살 때문에 풀처럼 초록색인 카디건이 팽팽히 늘어났다. 가죽을 꼬아서 만든 단추들 사이 틈새로 땀에 젖은 셔츠가 조금씩 보였다. 나는 그 단추와 단추 틈새, 그리고 조금씩 보이는 하얀 셔츠를 멍하니 바라보며 종신교수직에 대해 생각했다.

"미안하네, 루브. 우리 학교가 미국에서 종교와 국가의 분리를 지지하지 않는 유일한 교양대학인 것 같아. 허글스는 무모하게도 그 후보의 이름을 학교 행정부서에 떡 하니 제시했네. 행정부서는 나한테 그 이름을 내놓았고. 허글스가 그렇게 나를 건너뛰는 바람에 나는 그 후보한테 초대장을 보낼 수밖에 없었어. 내가 이걸 그 후보의 탓으로 돌리는 건 절대 아닐세. 그 후보는 막후에 어떤 간계가 있었는지 모르지. 그냥 일자리를 구하는 학자일 뿐이야. 그것도 재능 있는 학자. 적어도 나는 그렇게 들었네."

내 잔은 이미 절반쯤 비었는데도, 내 손에 묵직하게 느껴졌다.

하지만 모스 박사는 빙긋 웃고 있었다. "우리 학교에서는 누구에게도 모든 분야의 전문가가 되라고 하지 않네. 자네도 마찬가지야. 채용위원회의 동료 위원들이 평가를 도울 걸세. 나는 갤브레이스 박사, 키멀 박사, 힐리드 박사를 위원으로 제안했네. 물론 내가 위원장을 맡겠다고 했고."

"그럼 제가 유일한 미국학 학자입니까?"

"그렇게 되겠지, 루브? 여러 모로 독특한 인물이 될 거야." 모스 박사는 포탄 뚜껑 쪽으로 고개를 쭉 빼고 파이프를 털었다. "그 후보의 학문적인 면모에 대해 자네가 구체적인 생각을 갖고 있다면, 뭐든지 말해도 좋네. 다만 그 후보 자체에 대한 자네의 생각도 그만큼 듣고 싶을 뿐이야. 그 후보의 성격. 적합성과 됨됨이 같은 것."

"어떤…?"

"그 후보가 여기에서 잘 지낼 수 있을지 알고 싶네. 코빈 공동체에 잘 섞여들 수 있을지."

"제가 그걸 평가할 수 있을 거라고 생각해주시니 감사합니다." 나는 잔을 비웠다. "적어도 그 정도는."

모스 박사는 쿡쿡 웃으며 마지막 담뱃재를 포탄 뚜껑에 털었다. 아직 불이 덜 꺼진 담뱃재에서 연기가 일었다. "외부인으로서 처음 여기에 와서 많은 사람 앞에 서서 자료를 발표하던 기분, 그 기분을 자네가 지금도 잊지 않았을 거라고 믿네, 루브. 아주 신경이 남아나지 않는 일이지. 다른 건 몰라도, 자네 덕분에 그 후보가 안정을 얻을 수 있을 거야."

대충 그런 이야기였다. 그 뒤에는 상세한 계획에 대한 이야기가 이어졌고, 그다음에는 모스 박사가 그 후보의 이름을 정확히 발음하려고 애썼으나 나는 그의 발음을 알아듣지 못했다. 벤토 네루, 벤제드린 나카모토, 벤젠 나티 야후… 이렇게 들렸다. 그래서 몸에 타르를 바르고 깃털을 장식한 채로 이글이글 화를 내는 최후의 모히칸족 같은 모습이 머릿속에…

결국 모스 박사는 그냥 자기 서랍을 뒤져서, 복사한 자료 여러 묶음을 내게 건넸다. 종이 색이 바래고 글자도 뭉개진 그 엉성한 자료의 표지 또한 가장자리가 두루마리처럼 둘둘 말려 있었는데, 그 틈새로 이름이 보였다. 벤-시온 네타냐후…

내게는 아무 의미가 없는 이름이었다. 누구에게든 마찬가지였다… 심지어 성(姓)조차도. 아직은 그 이름이 악명을 얻기 한 세대 전이었으니까. 당시 특히 미국에서는 그 이름을 아는 사람이 없었다. 아예 무명이라고 하기도 힘들 정도였다. 난해한 외국 이름일 뿐이었다. 영겁의 세월 동안 존재한 이름이자 미래에서 온 이름. 성경과 만화에 모두 나오는 이름.

호세아 왕고대 이스라엘 왕국의 마지막 왕의 후계자. 플래시 고든1930년대 우주 모험 만화의 주인공의 동료.

할례 때 내 이름은 루븐 벤 알터, 즉 알터의 아들 루븐이었다. 만약 내가 아들을 낳았다면 루븐의 아들을 뜻하는 벤 루븐이 되었을 것이다. 따라서 벤-시온은 시온의 아들이라는 뜻이었다. 내가 바르 미츠바 유대교의 남자 성인식 때 배운 히브리어로 그 정도는 알 수 있었다. 그게 전부였지만.

내가 만날 사람은 바로 시온의 아들이었다.

2.

브롱크스 펠럼 파크의 다듬어진 정글에서 그리 멀지 않은 곳에 상자처럼 생긴 건물이 하나 있다. 꾀죄죄한 흰색 벽돌로 지어진 이 건물의 주랑현관 차양에는 필라멘트가 타버린 전구들과 함께 들쭉날쭉한 글자들이 보인다. "감사합니다 주님"이라는 글자가 적혀 있을 때도 있고 사도행전 1장 7절이나 전도서 1장 9절처럼 암호 같은 말이 적혀 있을 때도 있지만, 의심하는 사람들을 안심시켜주는 이름만은 항상 자리를 지킨다. 어섬프션 교회assumption에는 '성모승천'이라는 뜻과 '멋대로 넘겨짚기'라는 뜻이 있다. 나는 이 건물에 이 차양이 내걸리기 전에 그 동네를 떠났지만, 그 뒤에 그곳을 다시 찾았을 때 받은 색다른 느낌이 마음에 남았다. 나는 설마 누가 교회 앞에서 차를 훔쳐갈까 싶어서 그 차양 앞에 차를 세우곤 했다. 그리고 그 교회의 이상한 이름은 내가 유대인이라는 사실을 누군가가 이용하려 할 때마다, 또는 내가 유대인임을 강조해서 누군가가 우위를 차지하려 할 때마다 일종의 우스갯소리나 말장난의 소재가 되었다. 코빈 힐렐힐렐은 기원전 유대교의 랍비로, 그의 이름을 딴 기관인 듯하다에서 나온 하시드엄격한 유대교 일파인 하시디즘의 추종자가 내게 다가와 야물커유대인 남자들이 정수리에 쓰는 납작한 모자를 써달라고 말하면서 기부를 부탁할 때, 또는 젊은 정치학과 학생이 '중동 평화를 위해' 청원서에 이름을 적어달라며 나를 궁지로 몰 때마다 나는 항상 아하, 이 사람들도 어섬프션 교회 신자로군, 이라는 생각이 들었

43

다. 모스 박사도 그 교회의 훌륭한 신자였지만, 따지고 보면 우리 모두 그렇다. 이교도든 유대인이든 모두. 심지어 선의까지 갖고 있다. 내가 어렸을 때 팔이 하나밖에 없고 연주창에 걸린 남자가 트리먼트 애버뉴 정류장 앞에 서서 손에 종이컵을 들고 짤랑거리며 동전을 구걸하곤 했다. 많은 세월이 흐른 뒤 나는 맨해튼의 버스에서 그와 우연히 마주쳤는데, 그는 메이시 백화점 쇼핑백을 두 팔과 두 손으로 들고 있었다… 어섬프션 교회의 신자가 아닌 사람이 어디 있겠는가? 아버지는 옛날에 가먼트 지구에서 착하고 모자라는 폴란드인과 함께 일할 때의 이야기를 자주 들려주었다. 그 폴란드인은 여자친구에게 청혼하고 싶어서 다이아몬드 반지를 샀다고 한다. 어느 날 그가 직장으로 반지를 가져와 함께 일하는 유대인들에게 보여주며 의견을 물었다. 천 재단사와 보석 세공인이 동의어라도 되는 것처럼. 유대인이라면 다방면에 전문지식을 갖고 있기라도 한 것처럼. 그는 너무나 진지한 얼굴로 모든 유대인 동료에게 다이아몬드를 보여주고 의견을 물으려 했다. "너희 민족이 이런 일의 전문가잖아… 말해봐, 얀켈, 이츠, 내가 속은 거야?… 너희 민족 사람한테서 이걸 사긴 했는데 내가 아는 사람은 아니었어. 내가 믿는 사람도 아니고… 혹시 내가 속았는지 말해줄 거지, 그렇지?" 공장의 모든 유대인은 당연히 재단가위를 내려놓고 반지를 자세히 살펴보았다. 빛에 비춰도 보고, 앞치마로 닦아도 보고, 눈이 또랑또랑한 갓난아기를 어르듯이 다정한 말도 건네보고 나서 정말 끝내주는 보석이라며 그 값에 이걸 샀다면 잘 산 거라고 말해주었다. 그 폴란드인은 환하게 웃었다. 어섬프션 교회에서 예배를 드리듯이. 우리 외삼촌의 이야기도 있었다. 스룰리 삼촌은 1940년대 말부터 1950년대 초까지 우리 부모님과 그랜드 콩코스 일대의 많은 사람에게 돈을 꾸러 다니는 데 대부분의 시간을 썼다. 얼마나 많은 사람이 삼촌에게 돈을 꿔줬는지는 아무도 모른다. 가게를 열 돈이라는데, 그 가게의 위치와 취급 품목이 매번 달라졌다(웹스터 거리에 농산물 노점을 열겠다, 파크 거리에 신발가게를 열겠다, 스패니시 할렘에 꽃가게를 열겠다, 빌리지에서 이미 유대인들이 모여 사는 곳을 벗어난 어딘가에 행정 사무 서점을 열겠다). 그러다 결국 삼촌은 사람들의 질문에 더 이상 대답하지 않고 사라져버렸다. 그래도 우리 어머니는 삼촌을 믿었다. 여전히 삼촌이 잘될 거라고, 다시 나타날 거라고 믿었다. 콜리 갱들이 삼촌을 찾으러 온 뒤에도, 만조네토 조직이 찾아온 뒤에도, 거의 알아보기 힘든(그렇다고 완전히 알아볼 수 없는 정도는 아닌) 스룰리 삼촌의 시신이 뉴타운 크리크 강변의 코지어스코 다리 공사현장 근처에서 발견된 뒤에도 계속 믿었다. 스룰리는 잘될 거야, 다시 나타날 거야… 믿음의 대상이 다를 뿐, 역시나 어섬프션 교회의 신자였다.

내가 어렸을 때 어섬프션 교회 건물에는 '영 이스라엘'이라는 이름의 시나고그가 있었다. 내가 히브리 학교를 다닌 곳이자 우리 부모님이 기도하던 곳. 그곳의 신도들이 정확히 언제 흩어져 건물이 매물로 나왔는지, 가톨릭을 믿는 카리브해 출신 주민들이 언제 그 건물을 사서 차양을 달고 다시 하느님에게 바쳤는지 나는 기억나지 않는다. 틀림없이 우리 아버지가 돌아가시기 얼마 전이었을 것이다. 아버지는 그곳을 시나고그가 아니라 슐유대교회이라고 불렀다. 아버지가 돌아가셨을 때 나는 그 시나고그가 아닌 다른 곳에서 카디시근친의 상중에 매일 교회에서 예배하며 아람어로 기도하는 것를 해야 했다.

어렸을 때 나는 또 다른 위풍당당한 벽돌 건물에서 평일 오전을 시작했다. PS114라고 불리는 그 건물에서 시끄럽게 떠들어대는 노처녀들과 젊은 과부들이 아이들을 가르치며, 미국은 모든 남자가 평등한 나라이니 십중팔구 모든 여자도 평등할 것이라고, 모두 원하는 말을 할 수 있는 나라라고, 각자 원하는 삶을 살 수 있는 나라라고, 어떤 신이든 마음대로 섬길 수 있는 나라라고, 법이 무신론자도 평등하게 보호해주기 때문에 심지어 아예 신을 섬기지 않아도 되는 나라라고, 심지어 불가지론자도 시민권만 있다면 자유로이 미래를 고를 수 있는 나라라고 허둥대며 크게 외쳤다.

이런 주입식 교육이 종소리와 함께 끝나면, 나는 먼지 쌓인 벙커처럼 생긴 영 이스라엘 지하실까지 몇 블록을 억지로 걸어갔다. 그곳의 책꽂이에 쌓여 있는 책들 때문에 공기에서 곰팡내가 났고, 책꽂이는 정말 생뚱맞은 순간에 익살맞은 광대처럼 넘어지곤 했다. 페일오브세틀먼트 대학살에서 살아남은 늙은 랍비들이 그곳에 모여, 조금 전 여자들이 외친 진리를 부정하고 무너뜨리고 조롱했다. 여기 미국에서 자신들이 무너뜨리고 조롱하고 파괴할 자유를 누리고 있다는 사실을 완전히 무시한 채, 그들은 여자들이 외친 진리를 마당으로 끌어내 땅속에 깊이 묻어버리고 그 위에 소금을 뿌렸다. 시멘트를 뿌려 그 위를 덮었다. 거기서 어떤 것도 꽃을 피우지 못하게.

지금은 그 지하실에 아이티인들이 잔뜩 모여 북을 두드리며 무아지경에 빠지고, 크리올 말로 교황을 향해 소리를 질러대고 있을 것이다. 하지만 그 옛날 그때에는 헛소리를 지껄이는 사람들의 언어가 달랐다. 그들이 광란 상태에 빠져 떠들어대는 말은 히브리어와 아람어였다.

내 어린 시절의 하루는 세속과 종교로 양분되어 있었다. 때로는 세속에 반대하는 종교의 주장이 워낙 체계적이고 정밀해서 나는 아무래도 랍비들이 나와 함께 수업을 들은 것 같다는 터무니없는 의심을 품었다. 랍비들이 내 책가방 속에 몰래 숨어 들어가서, 교실 고리에 걸어둔 가방 속에서 하루를 보내며 권리장전에 대한 이아넬로 선생님의 가르침이나 계통발생론, 유전, 화석 기록에 대한 머피 선생님의 가르침을 빨아들인 것 같았다. 하늘이 황혼의 색깔로 물들어갈 때 자기들이 무엇을 부정하고 매도해야 하는지 정확히 알아내려고.

  내 마음에 가장 걸린 것은 그들이 가르치는 역사가 서로 다르다는 점이었다. 일반 학교에서 가르치는 역사는 항상 발전을 이야기했다. 계몽주의가 빛을 밝힌 뒤 세상이 꾸준히 개선되었다고 했다. 모든 나라가 계속 미국을 닮아가려고 노력하고 미국이 자신의 모습을 더욱 강화하려고 애쓰기만 한다면, 세상이 계속해서 무한히 개선될 것이라고 했다. 과거는 현재에 이르는 과정에 불과하고, 현재는 지금 미국이 도달한 최고의 상태에 불과하며, 내일의 해방과 자본의 전파가 현재를 압도하여 궁극적으로 전 세계가 민주주의로 변화할 것이라고 했다. 이런 사회 개량론에는 한계가 없었다. 이 나라와 마찬가지로, 그 주장 또한 계속 성장할 뿐이었다. 그 주장에는 끝이 없었다. 개방적이고, 광대하고, 기운을 북돋아주었다. 반면 히브리 학교에서 가르치는 역사는 폐쇄적이었다. 그것은 역사가 아니었다. 과거도, 현재도, 미래도 없었다. 존재하는 것은 시간이었다. 지구처럼 둥글고 완벽한 시간은 하느님이 빛이 있으라고 말한 순간 생겨났으며, 계절이나 수확이나 별 세계의 현상과 그것에 좌우되는 명절 등의 반복이 아니라 억압, 폭력, 죽음의 반복이 시간을 표시했다. 그 반복 사이에 있는 것은 자꾸만 늦어지는 메시아를 향한 영원한 기다림이었다. 내가 다니는 공립학교 친구들은 메시아가 이미 왔다고 믿었다. 메시아가 이미 왔는데 우리가, 내가, 그것을 알아차리지 못했다는 것이다… 나 말고 우리가 학살당하느라 너무 바빴기 때문인지도 모른다… 오래된 무교병 더미와 더러운 사모바르 부품들 사이에서 유대인의 고통과 상실 연대기를 이렇게 요약해서 내게 강제로 주입하던 퀭한 랍비들에게 미국 역사는 이교도 역사와 동의어였다. 공립학교의 가르침만 들으면 미국이 새로운 예루살렘 같았지만, 랍비들에게는 아니었다. 오히려 그들에게 미국은 로마, 아테네, 바빌로니아, 이집트-미즈라임의 새로운 화신이었다. 그것은 디아스포라, 즉 갈룻이었다. 그 역사 속의 악당들, 파라오, 느부갓네살, 안티오코스, 하드리아누스, 티투스, 하만, 흐멜니츠키, 히틀러, 스탈린 등은 자기들만의 이유로 개별적인 악을 행하는 개인이 아니었다. 그들은 모두 사막 시절부터 이스라엘의 원수였던 아말렉의 아바타에 불과했다. 미국의 유대인들은 자기들이 상대해야 할 아말렉을 기다리는 중이었다. 어쩌면 코글린 신부_{가톨릭 신부로 유대인 금융가들을 공격한 적이 있다}가 그 사람일 수 있었다. 아니면 프리츠 율리우스 쿤_{2차 세계대전 이전에 미국에서 나치 활동을 한 독일인}이거나. 헨리 포드도 있었다. 브라운셔츠_{나치 당원}나 KKK도. 조금 시간이 흐른 뒤에는 린드버그_{최초로 대서양을 무착륙 비행한 미국의 비행사}도 후보가 되었다. 그러나 이런 인물들의 이름이나 얼굴이나 활동은 중요하지 않았다. 중요한 건 증오가 다시 그릇을 찾을 것이고 우리는 미국에서도 쫓겨날 것이라는 점이라고 랍비들은 말했다. 이베리아, 러시아, 독일에서 그랬던 것처럼 이번에도 쫓겨나거나 살해당할 것이라고. 두고 봐라, 반드시 온다. 랍비들은 이렇게 장담했다. 우리 역사(랍비들은 1인칭 복수 대명사를 모스 박사보다 훨씬 더 많이 사용했다)는 트라우마의 연대기에 가까웠다. 시내 산에서 받은 십계명처럼 우리가 받아들인 트라우마들이 우리의 운명을 결정했다. 그 흐름을 바꿀 길은 없었다. 적의 힘에 우리는 저항할 수 없었다. 대량학살은 유대인의 운명이고, 거기서 살아남지 못한 유대인들은 최소한 살아남은 자들이 그들의 죽음을 미리 운명으로 정해진 희생으로 해석할 것이라는 확신 정도는 가질 수 있었다.

이렇게 서로 반대되는 교육을 계속 받다 보면 어떤 아이라도 머리가 돌아버릴 것이다. 특히 나처럼 진지하고, 남의 말을 곧이곧대로 잘 믿어버리는 아이라면 더욱 문제였다. 우리 세대의 똑똑하고 조숙한 아이들이 대부분 그랬듯이, 나도 어렸을 때 손에 닿는 책을 무조건 다 읽었고, 어른들의 지혜를 존중해야 한다고 배웠다. 그래서 책에서 읽은 내용이나 남에게 들은 말을 모두 진리로 알고 무조건 외웠다. 그것이 오류를 저지를 수 있는 인간의 작품이 아니라, 절대 오류가 없는 최고의 지성이 낳은 산물이라도 되는 것처럼. 미국인이나 유대민족 같은 집단지성의 산물, 또는 대통령, 그러니까 FDR프랭클린 D. 루스벨트이라는 세 글자로 표기되는 사람이나 하느님, 그러니까 YHVH야훼라는 네 글자로 표기되는 신처럼 초인간적인 지성을 지닌 존재의 산물이라도 되는 것처럼. 그렇게 해서 내 어린 시절은 상충하는 예외적 상황 사이에 걸려 있었다. 선택의 자유가 있는 미국적 상황과 선택받는 유대인의 상황 사이에…

내가 이 갈등을 해결한 적이 있는지는 잘 모르겠다. 호르몬의 변화를 거치면서 최대한 책을 많이 읽자는 쪽으로 방향을 정하고 그냥 성숙해진 것 같다. 바르 미츠바 이후 나는 히브리 학교를 그만두었다. 7일 간의 창조 이야기를 버리고, 그 자리에 수십억 년에 걸쳐 단세포 생물이 다세포 생물이 되고 점점 진화했다는 설명을 채워 넣었다. 종교 대신 이 설명을 받아들이는 사람은 누구나 이 가르침을 사춘기에 대한 은유로, 아동기에서 청소년기로 넘어가는 진화 이야기로 취급하게 된다.

하지만 나는 군에서 제대한 뒤에야(그리고 한 번도 만나지 못한 어린 딸과 내 아내에게 돌아온 뒤에야) 분명히 깨달았다. 나의 불길한 운명은 현실이 되지 않을 것이라고. 이 나라에서 나를 살해할 사람은 없다고. 누가 나와 가족들을 수용소로 끌고 가거나, 화덕에 밀어 넣어 버리는 일은 없을 것이다. 내 나라는 훈장으로 장식된 군복 외에 그 어떤 제복도 내게 입히지 않을 것이다. PS114에서 우리를 가르친 자그마한 가톨릭 신자 선생님들이 옳았다. 베르됭 전투에서 턱을 잃고 스타이비선트 고등학교에서 공민학을 가르치던 옛날 선생님의 말씀이 옳았다. 심지어 시티 칼리지의 옛 교수들, 뚱하고 계몽되고 트로츠키를 따르던 그 교수들조차도 옳았다는 것이 점점 증명되었다. 그것이 그들의 본의는 아니었지만. 그래도 그들이 옳고 랍비들이 틀렸다. 미국은 가장 예외적인 예외였다. 나야말로 이 나라가 꾸는 꿈의 깨어 있는 증거였다. 점점 쌓여 가는 나의 학위들은 이 나라가 베푸는 고결한 선행의 증거였다. 이 나라의 법이나 정책이나 선전에 아직도 상당한 결함이 있다면, 그것을 바로잡는 것이 나의 사명이자 역사의 사명이었다.

나는 그렇게 생각했다. 내가 잊으려 애쓰던 전쟁부터 내가 미처 예상하지 못했던 대항문화가 등장할 때까지 사회가 바삐 꽃을 피우던 그 시기에. 연합군의 최고사령관 아이크_{아이젠하워의 애칭}가 대통령이었다. 주_州간 고속도로가 만들어지고 있었다. 화장실의 인종차별이 폐지되고 있었다. 알래스카와 하와이가 바로 얼마 전 합중국의 일원이 되었다. 우리는 새로운 국기와 지구본을 주문하고, 옛 국기와 지구본은 더러운 걸레와 펑크 난 농구공처럼 내던져버렸다. 이제 국기에는 50개의 별이 줄을 맞춰 엇갈리게 그려져 있었다. 소련의 세력이 유럽 전역에 퍼져 있었지만, 새로운 나라가 만들어졌다. 그 나라의 이름 이스라엘을 감당하기에는 그 국경이 너무 좁아서, 투명한 푸른색 지중해 너머까지 그 이름이 흘러 넘쳤다. 인구과잉이든, 핵위협이든, 아시아의 공산주의 억제정책이든, 소비주의가 지식인 세계로 스며들어와 파편화된 상대주의가 되는 현상이든, 어떤 문제 앞에서도 우리의 독창성이 우리를 구할 것이다. 기술이 우리를 구할 것이다. 달을 식민지화하는 것도 몇 년 안에 이루어질 것이다. 그로부터 몇 년 뒤에는 우리가 인공 달을 쏘아 올리고 다른 행성들도 식민화해서 거기에 식당을 열 것이다. 크롬과 네온으로 장식된 드라이브 스루, 플라이 스루 식당들. 그때는 자동차들이 공중을 날아다닐 테니까. 우리는 로봇을 하인으로 부릴 것이다.

내가 지금 말하고 있는 바로 그 시기, 즉 1959년 9월 가을학기 첫머리에 내가 모스 박사를 만난 때와 1960년 1월 봄학기 첫머리에 네타냐후 박사가 학교에 나타난 시기 사이에 누가 길에서 나를 불러 세워 잘 지내느냐고 물었다면, 가족들도 잘 지내느냐고 물었다면 나는 더할 나위 없이 좋다고 대답했을 것이다. 이디스가 도서관에서 도서분류법 개혁을 시도하고 있다고 자랑하고, 주디의 성적과 대학 입학 가능성에 대해 마구 수다를 떨었을 것이다. 세금을 연구하면서 기쁨을 느낀다고, 심지어 학생들에게서도 기쁨을 느낀다고 말했을지도 모른다. 코빈데일의 가을은 가장 아름다운 계절이었다. 이파리들이 붉게 변해가는 동안 나는 학생들과 함께 플리머스와 영국 식민지 아메리카(9월)를 출발해 미국 독립전쟁과 헌법제정(10월)을 거쳐, 연방주의(11월)로 들어갔다가 마침내 포트 섬터남군이 이 요새를 포격한 것이 남북전쟁의 시작이었다의 출입문으로 곧장 행군했다. 미국사 기초수업. 강의가 끝난 뒤 나는 갈라진 나무뿌리가 있는 해밀턴 거리의 인도로 서둘러 걸어갔다. 울컷 거리에서 우회전, 덱스터 거리에서 좌회전, 갤러틴 거리에서 우회전해서 에버그린 거리로 가면 우리의 멋진 뾰족지붕 집이 나왔다. 해가 점점 짧아지면서 기온이 서늘해졌다. 집에 도착해 문을 열면 닭고기 굽는 냄새가 났다. 이디스는 샐러드를 뒤적이거나 드레싱이 담긴 통을 흔들어 잘 섞었다. 식탁은 이미 차려져 있었다. 주디는 2층에서 플루트 연습을 하거나 거울 앞에서 자신의 옆얼굴을 그리는 연습을 했다. 나는 로브로 갈아입고 벽난로에 쓸 나무를 조금 쌓아두었다. 저녁식사를 마친 뒤 우리는 벽난로 앞에 모여 조각그림 맞추기를 하다가, 가끔 〈코빈데일 가제트〉 지난 호("사과 따는 계절이 돌아왔어요")와 두툼한 〈뉴요커〉 과월호("흐루쇼프와 닉슨의 부엌 만남")를 찢어 아늑한 불꽃에 먹이로 주었다.

　물론 어느 역사가도 나의 설명에 만족하지 않을 것이다. 역사가가 아니라도 정신이 멀쩡한 사람이라면 역시 마찬가지다. 희망사항이 너무 많이 담겨 있으니까.

　현실은 이러했다. 내 아내는 심심해했고, 내 딸은 화가 나 있었다. 우리가 벽난로 주위에 모여 앉은 것은 맞지만, 벽난로에 온기가 전혀 없을 때가 가끔 있었다. 불을 피우는 내 솜씨가 아주 한심해서, 부싯깃에 불을 붙이는 데에만 성냥 한 상자를 다 쓰곤 했기 때문이다. 아주 드물게 장작에 불을 붙이는 데 성공한 경우에도 나는 반드시 굴뚝의 연도를 열어두어야 한다는 걸 잊어버렸기 때문에 집 안에 온통 연기가 자욱해졌다. 벽난로의 불도 우리 가족과 같은 문제를 안고 있었다. 산소가 부족하다는 것. 내가 차가운 재와 500달러 지폐 모양의 500피스 퍼즐을 옆에 두고 앉아서, 위대한 보호무역주의자 윌리엄 맥킨리의 옷깃 모양을 맞추려고 애쓰던 기억이 난다. 나는 우리가 정말로 신경을 집중해야 하는 퍼즐은 바로 우리 자신이라는 사실을 알면서도 그 깨달음을 전달할 능력이 없었다. 이디스는 제대로 학위를 받아서, 단순히 책을 정리하는 일이 아니라 책을 읽어야 하는 직업을 갖고 싶어 했다. 주디는 이 집과 자신의 코에서 벗어나 자유로워지기를 원했다. 그 아이는 자기 코가 너무 길고, 너무 크고, 너무 울퉁불퉁하다고 생각했다. 우리 집은 동네의 다른 집들과 마찬가지로 네덜란드 이민자들의 건축양식이었다. 아니, 좀 더 정확히 말하자면 그 양식을 재현한 집이라고 해야 할 것 같다. 사람들이 향수를 느끼던 남북전쟁 직후에 지어진 집이기 때문이다. 따라서 집이 낡고, 바람이 잘 들어오고, 금방 무너질 것 같았다. 처음에 나는 미늘벽판자와 덧창이 있는 이 집의 금욕적인 모습에 매료되었으나, 1년을 지내고 나니 이 집의 이중 정체성이 의심스러워졌다. 네덜란드 이민자 양식의 건물을 앞에서 보면 주택처럼 보인다. 옆에서 보면 헛간 같다. 나는 이것이 거슬렸다. 우리가 인간인지 동물인지 확신할 수 없게 되었다. 겨울을 나기 위해 집을 손볼 곳이 많은데도(지난겨울에 우리는 특히 지붕널에 대해 교훈을 얻었다), 나는 계속 일을 미루면서 저녁식사가 끝나면 2층 서재로 가버리곤 했다. 내 서재는 복도 끝에 있었다. 벚나무 목재로 벽을 장식한 이 방의 책꽂이에는 내 나름의 방식으로 책이 꽂혀 있어서 이디스도 손을 대지 못했다. 나는 서재 문을 닫아두었지만, 아주 조용히 가만히 있으면, 숨소리마저 죽이면, 주디가 잠자리에 들 준비를 하는 소리가 들렸다. 그러고는 곧 침대에 올라가 눕는 소리가 들렸다. 문 아래로 환한 빛이 웅덩이처럼 고여 있다가, 딸깍 하는 소리와 함께 웅덩이가 말라붙어 사라졌다. 그러고 나면 적어도 한동안은 나뭇결에 가해지는 스트레스와 압력, 이디스가 가끔 돌아누울 때 나는 삐걱 소리, 주디가 칭얼거리듯 코 고는 소리만이 내가 이 집에 혼자 있지 않다는 유일한 증거였다. 그런 시간에 나는 세금 계산을 밀어두고 유대인에게 관심을 돌렸다. 나는 책상에서 일어나 기지개를 켜고 이렇게 말하곤 했다. "유대인을 위한 시간이네." 하지만 이 말을 하지 않고 생각만 할 때도 있었다. 그러고는 내가 스스로 짠 한 학기용 연구 커리큘럼(농장경제의 원자재 가격 거품)을 버리고 구석에 놓아둔 아늑한 포수 미트 모양의 가죽 리클라이너로 가서 바닥 스탠드를 켜고 네타냐후 박사의 논문, 비평, 콘베르소그리스도교로 개종한 유대인을 뜻하는 스페인어와 마라노중세 스페인과 포르투갈에서 그리스도교로 개종하거나 개종당한 유대인와 이베리아 종교재판(스페인과 포르투갈)을 다룬 그의 박사논문에 푹 빠졌다.

    스탠드의 그린글라스 갓이 내뿜는 초록색 빛은 내게 질투와 선망, 수치심을 뜻했다. 솔직히 나는 나의 이 비밀 서재, 갑작스러운 비밀 작업, 유대인이라는 주제에 대한 관심이 뜻하지 않게 다시 고개를 든 것이 창피했다. 나는 영 이스라엘에서 이런 주제를 억지로 공부했다. 죽음까지는 아니어도 최소한 부모님의 마뜩잖은 반응 정도는 각오하고서. 그런데 이제 다시 그 비극적인 이야기들을 파고들자니, 하면 안 되는 일을 하는 것 같아서 기분이 이상했다. 심지어 이번에는 내 고용주를 위해 그 어느 때보다도 더 이 일에 주의를 기울이고 있었다.

페이지를 넘기면서(영어로 작성된 글이었으나, '벤 시온' '벤시온' 'B. 네타냐후'가 히브리어로 쓴 저작이 자주 언급되는 것으로 보아, 그의 연구 중 대부분이 내 손이 닿을 수 없는 곳에 있음을 알 수 있었다), 결론처럼 읽히는 그의 머리말에 열심히 주의를 기울이며 기도문처럼 읽히는 그의 결론까지 계속 읽으려고 애쓰면서, 나는 또한 집 안에서 나는 모든 소리에 동시에 주의를 기울이고 있음을 깨달았다. 집의 기초가 수런거리다 가라앉는 소리에서부터 냉장고의 진동과 시계가 똑딱거리는 소리를 거쳐 다람쥐가 다니는 빗물 도랑과 지붕에 밤이 시끄럽게 떨어지는 소리까지. 우연하게 발생하는 그 소리들에 잔뜩 귀를 기울이면서 동시에 겁을 먹은 내가 마치 붙잡힐까 봐 두려워하는 것 같은… 누구에게 붙잡힌다는 거지? 아내와 딸? 밀고하는 달? 코빈데일 보안관실이 대리로 임명한 무장 무법자 부대가 호위하는 신학대학의 종교재판? 무슨 죄로 붙잡힌다는 거야? 맡은 일을 한 죄? 나는 지금 지시받은 일을 하는 중이라고 계속 속으로 되뇌었다. 이것은 위원으로서 반드시 해야 하는 일이며, 우리 과에 꼭 필요한 일이었다. 나는 그저 지시를 따르고 있을 뿐이었다! 저들이 나를 기둥에 묶고, 아궁이에 불을 지피는 데 써야 할 것들로 내 몸에 불을 붙이려면 붙이라지. 나는 마지막 순간에 이렇게 외칠 것이다. 모스 박사의 이름으로!

하지만 글을 더 깊숙이 읽으면서 나는 분개했다. 이 글을 읽는 것만으로도 신성모독이 되는 것 같다는 느낌을 떨치기 힘들었다.

네타냐후 박사의 연구주제가 무엇인가? 처음에 나는 이 답을 명확히 알 수 없어서 답답했다… 하지만 네타냐후 박사도 명확히 밝히지 못했다… 만약 그의 글에 등장하는 오싹한 사제들 중 일부가 되살아나 요약본을 요구한 다음 내가 사용한 단어 하나하나에 대해 무딘 쇠가위로 손가락을 하나씩 자르겠다고 협박한다면, 나는 아마 다음과 같은 답을 내놓을 것이다. "종교재판에 대해 당신이 아는 것은 모두 틀렸다Everything you know about the Inquisition is wrong."

모두 여덟 단어이니, 양쪽 엄지손가락은 지킬 수 있을 것이다.

네타냐후 박사의 말에 따르면, 종교재판소는 반드시 종교재판소들이라는 복수형으로 보아야 한다. 이 재판소들은 교황과 가톨릭교회가 직접 만든 것, 그리고 군주들이 교회와 공모해서 만든 것으로 나뉜다. 이 정치화된 기관이 가장 먼저 등장한 곳은 이베리아였다. 스페인이 먼저, 그다음이 포르투갈. 종교재판소들의 진정한 목적과 교리는 상관없었다. 이단을 조사하거나, 유대인을 개종시키거나, 개종한 유대인들이 계속 신실한 가톨릭 신자로 남아 있게 하려는 것이 아니었다. 전혀. 그들의 진정한 목적은 새로운 개종 사례들을 무효화해서 새로운 그리스도교 신도들을 최대한 많이 유대인으로 되돌리는 것이었다. 공개적으로 천명된 적은 없지만 관계자들이 내심 인정하던 목적이다.

아무리 줄여서 말해도 놀라운 사실이었다. 유대인의 과거뿐만 아니라 그리스도교의 역사 또한 크게 고쳐 써야 한다는 뜻인데, 네타냐후 박사에게는 그리스도교의 역사가 곧 일반적인 역사였다.

그의 표현을 빌리자면, 종교재판은 중세 가톨릭의 "중대한 순간" 또는 "결정적인 갈림길" "격변" "액년厄年"이었다. 수 세기 동안, 특히 십자군전쟁 내내, 가톨릭교회의 가장 중요한 목표는 더 많은 사람을 가톨릭 신자로 만드는 것이었다. 유대인과 가톨릭 신자가 모두 아득한 옛날부터 동의하는 지점이다. 수백 년 동안 그들이 동의한 부분은 십중팔구 이것이 유일했을 것이다. 네타냐후 박사 또한 이것을 전제로 받아들였다. 그러나 그는 15세기가 끝나갈 무렵, 정확히 말하자면 콜럼버스가 출발하기 전날, 이 목표가 갑자기 바뀌었다고 주장했다. 가톨릭교회가 신도들을 가려내서 가장 최근에 들어온 양들을 원래 조상에게 돌려보내는 데 관심을 갖게 되었다는 것이다.

내가 이해하기로 네타냐후 박사는 이 주장을 증명하고 이런 변화가 왜 발생했는지를 설명하는 데 학자로서의 삶을 모두 바쳤다. 나는 그가 내세운 증거(그가 스페인어와 포르투갈어는 물론 심지어 라틴어와 라디노스페인계 유대인이 쓰는 스페인어. 히브리 문자로 표기한다로 번역 없이 인용한 비밀스러운 자료들)를 직접 평가할 능력이 없는 사람이지만, 그의 설명은 내 마음을 건드렸다. 신경이 쓰였다. 사실상 설명이 아니기 때문이었다. 설명이라기보다는… 신조라고 말하고 싶다.

네타냐후 박사의 주장이 옳다면, 가톨릭교회는 유대인들을 개종시키는 데 십자군의 힘을 절반 이상 쏟았으면서 왜 그들을 곧바로 다시 유대교로 돌려보냈을까? 개종자들이 가톨릭신자로서 형편없는 사람들이라서? 아니, 모두가 그런 것은 아니었다. 그럼 그들이 가톨릭신자로서 너무 훌륭했기 때문에? 아니, 이번에도 역시 모두가 그런 것은 아니었다. 그보다 이유는 이러했다. 가톨릭신자들에게 아직 증오할 사람이 필요하다면, 유대인은 반드시 고통받을 운명을 타고난 종족으로 남아 있어야 했다.

나는 지금 아주 조금만 경박하게 굴고 있다. 심지어 내가 승화, 응축, 전치의 차이, 또는 투사投射와 내사의 차이, 또는 전이의 혈통을 정신분석학적으로 미세하게 구분하는 전문적 지식을 배운 적은 한 번도 없지만 네타냐후 박사의 논리전개가 불행한 방어적 과거에 오염된 결과라고 주장한 것은 전혀 경박한 말이 아니다. 리비도, 즉 성적인 에너지가 다른 것, 이를테면 사업이나 문학, 고화폐학, 우표학, 한국 태권도 등에 쏟는 에너지로 변환되어야만 사회적으로 받아들여질 수 있다는 것이 프로이트의 추측이라면, 네타냐후 박사가 학문을 통해 종교적인 욕구를 충족시키려 했다고 말해도 크게 터무니없지는 않을 것이다. 그의 방식은 어떤 의미에서 명칭의 혼동에 불과하다. 지나치게 위험할 것 같은 명칭을 무의식 또는 반(半)의식적으로 좀 더 구미에 맞는 단어로 대신하는 것. 따라서 그가 말하는 '역사'는 사실 '신학'이고, '사실'은 '믿음'이다. 그에게 '유대인'은 천동설을 믿으며 지구가 평평하다고 생각하는 단순한 중세인이 아니라, 플라톤의 이상 또는 원형(原型), 헤겔의 절대, 영겁의 세월 동안 대체로 항상 변하지 않는 본체였다.

네타냐후 박사는 자신이 연구한다는 중세인들과 마찬가지로, 특정한 것들이 영원히 불변한다는 주장을 당연하게 받아들였다. 따라서 언제나 똑같은 상태로 견뎌내는 '유대인'과 되돌릴 수 없는 시간의 흐름을 조화시킬 필요가 있었다. 인과관계, 우발적인 사건, 완성된 실재와 완성 중인 실재, 충동, 시도, 무엇이 사물을 구성하는가 또는 사물과 사건을 시작시키거나 중단시키거나 발생시키는 것은 무엇 또는 누구인가 하는 문제와 조화시킬 필요가 있었다. 역사는 시간을 사건들의 연속으로 취급한다. 우리 인간들이 자유의지로 발생시키는 사건들이다. 역사의 첫 번째 교훈은 첫 번째 원인은 존재하지 않는다는 것이다. 공립학교 시절 나를 가르친 선생님들의 말처럼, 우리는 역사를 바꾸는 법을 배우기 위해 역사를 배운다. 그러나 신학은 시간을 변화의 연속으로 취급한다. 하느님의 의지로 우리를 찾아온 변화들이다. 하느님은 자신만의 이유로 사건들을 일으키며, 존재의 짜임새를 바꾸거나 수정할 때는 무계획적으로 아무렇게나 하는 것이 아니라, 인간의 머리로는 오로지 기적으로만 또는 우리 죄에 대한 응보로 당연히 받아야 하는 처벌로만 해석되는 신비로운 계획 또는 패턴을 따른다. 적어도 랍비들은 내게 이렇게 가르쳤다. 랍비들은 1490년대와 1940년대가 똑같다고 주장하는 능력이 뛰어났다. 그 두 시대를 설명할 수 있는 세세한 차이점이 없기 때문이라는 것이 그 이유였다. 어렸을 때 내가 이런 주장을 듣고 고민에 빠졌다면, 언뜻 동료처럼 보이는 사람이 스스로 역사가라면서 역사라는 학문을 부정하고 그 주장을 똑같이 되풀이하는 것을 보았을 때에는 완전히 말문이 막혔다. 당혹스러운 깨달음이었다. 네타냐후 박사는 신자였다. 그의 믿음과 랍비들의 행동 사이에 차이가 조금이라도 있다면, 그것은 그가 불가사의한 계획에 따라 행동하는 신이 아니라 증오심을 바탕으로 행동하며 유대인을 끊임없이 평가하고 억압하는 전 세계 수많은 이교도를 변화의 원동력으로 지목했다는 점뿐이었다. 그는 이교도가 유대인을 개종시키고, 개종을 무효화하고, 학살하고, 추방하는 등 억압을 통해 변화를 일으킨다고 보았다. 이렇게 해서 네타냐후 박사는 신학을 역사로 둔갑시킬 수 있었다. 그는 변화의 책임을 신에게서 벗겨내 인간에게 부과하고, 자유재량권이 군주, 의회, 법정, 공작, 남작, 주교, 추기경, 그리고 세대를 거듭하며 이어지는 유대인 학살 폭도의 손에 넘어가게 했다. 그들은 가장 예상치 못한 순간에 높은 구름 위에서 내려와 유대인의 삶에 절대적인 권위를 행사하며, 유대인이 살아야 하는 곳(게토), 밖에 나가면 안 되는 시간(해가 진 뒤), 그들이 써야 하는 모자(뾰족한 원뿔형), 그들이 가질 수 있는 직업(대금업)에 관한 법률들을 통과시켰다. 뿐만 아니라 유대인을 대상으로 가끔 아우토다페스페인의 종교 재판에 의한 화형를 실행하고, 유혈 폭동을 일으키고, 죽음의 수용소를 만들었다. 따라서 네타냐후 박사는 확실히 신자지만, 전능하신 하느님을 전능한 이교도만큼 믿지는 않았다고 말하는 편이 더 정확할지도 모르겠다. 학자의 눈에는 하느님보다 이교도를 식별해서 설명하기가 확실히 더 쉬운 모양이었다. 하느님과 달리 왕, 성직자, 유대인 학살자 등 유대인 세계를 다스린 자들에게는 이름과 생존연대가 있고, 그들이 살던 곳과 국적도 알려져 있기 때문이다. 그러니 그들의 말을 인용할 수도 있고, 십자가나 별표로 그들의 행적을 표시할 수도 있었다. 그러나 이 속세의 옷을 벗긴다면, 네타냐후 박사의 글에서 각주라는 로브와 한없이 긴 인용문헌 목록이라는 쇠사슬를 벗겨내면, 그들의 이야기는 전혀 역사가 아니었다. 기껏해야 신학으로 해석한 반反역사, 또는 반反역사로 기술하고 정신분석학을 살짝 가미한 신학일 뿐이었다. 둘 다이자 둘 다 아니라고나 할까? 아니면 어섬프션 교회의 또 다른 신조?

네타냐후 박사의 글을 읽는 동안 나는 간혹 오탈자, 문법 실수, 또는 우아하지 못한 문장(영국식 영어 표현인 'perchance' 우연히, 아마를 어설프게 흉내 내는 것)을 발견하고 수정했다. 실제로 펜을 들어(나중에는 교정을 위해 학교 사무실에서 빨간 마커를 집으로 가져와 사용했다) 시제를 바로잡고, 'there'를 'their'로 고치고, 'indeed'와 'therefore'에 가위표를 긋고, 쓸데없이 반복되는 표현이나 동어반복을 지웠다. 'pivotal'중추의, 중요한이라는 단어도 모두 지웠다.

이렇게 함으로써 내가 나 자신의 역사를 억제하는 것 같은 느낌이 들었다. 나는 과거를 차단하고 있었다. 오래전 지하 교실에서 들었으나 그동안 잊어버렸던 랍비들의 거친 목소리. 그들 역시 외국인답게 동의어와 반의어가 잔뜩 나오는 부적절하고 딱딱한 영어로 내게 다시 중얼거리고 있었다. 자기만족을 경계하라고… 미국을 경계하라고…

이것은 학문적인 평가를 위한 평범한 준비가 아니라, 자기평가에 더 가까웠다. 내가 과거의 나와 지금의 나를 되돌아보며 비교한 것은 이때가 생전 처음이었다. 나는 종신교수를 지망하는 역사가이자, 세속적인 미국 생활에 적극적으로 참여하는 사람이었다. 그러면서 그가 글에서 다룬 고풍스러운 유대인이라도 되는 것처럼, 이스라엘인 무명 학자의 머릿속을 은밀히 살펴보고 있었다. 개종했으나 내가 버린 신앙으로 강제로 돌아와 내적인 번민으로 너무 지친 나머지 시간이 얼마나 흘렀는지도 모르고 있다가, 사랑이 넘치는 새들의 노랫소리에 화들짝 놀라 커튼을 연 뒤에야 창밖에 아침이 왔음을 알아차리는 사람이었다.

3.

관계자 분께[9월 중순에 이렇게 시작하는 편지가 왔다. 그링글링 씨가 이 편지를 복사해서 내 교수 우편함에 넣어두었다],

이번 기회를 빌려, 벤시온 네타냐후 박사를 코빈 대학 역사학과 교수 자리에 추천하고 싶습니다.

저는 그의 후보 자격을 더할 나위 없이 진심으로 보증합니다.

히브리와 동계同系 학문을 위한 드롭시 대학 총장으로서 저는 10년이 훌쩍 넘게 (간헐적으로) 네타냐후 박사(와 그의 아름다운 아내 칠라)의 지인이라는 분명한 영예와 기쁨을 누리고 있습니다.

그토록 대담하고 재기 넘치는 사람이 등장했을 때, 여기 드롭시에서 우리 모두가 얼마나 기뻤는지 상상도 못하실 겁니다. 진정한 천재이자 또한 중요 정치가 겸 정치 영웅이기도 한 사람이 필라델피아 중심부의 작은(우리는 '까다로운'이라는 표현을 선호합니다) 랍비 신학교에 나타나는 것은 매일 있는 일이 아니지 않습니까.

그것은 진정 기적이었습니다.

그렇지만 이것이 미국 학계의 많은 특권 중 하나라는 점도 반드시 인정해야 할 것 같습니다. 우리처럼 아주 작은 학교조차 가끔은 외국의 위대한 인물을 데려올 수 있을 만큼 자원을 동원할 수 있다는 점 말입니다. 비록 안타깝게도 그 자원을 계속 유지할 수는 없을 것 같습니다만…

제가 '벤'이라고 부르는 그 사람(우리는 개인적으로 친구입니다)은 여기 드롭시에 올 때 이미 대단한 명성을 지니고 있었습니다. 같은 세대에 속한 사람들 중에서 이스라엘(당시에는 팔레스타인)의 저명한 학자이자 히브리 연구가이며, 시온주의를 심오하게 해설할 수 있고, 시온주의 운동의 근간을 이루는 가장 중요한 문헌들, 즉 헤르츨, 노르다우, 쟁월의 저작뿐만 아니라 그의 정신적 스승인 제브 자보틴스키의 말년 저작과 축복받은 기억력을 지닌 그의 비범한 아버지 나탄 밀레이코우스키의 저작까지도 히브리어와 영어로 번역할 수 있는 귀한 번역자입니다.

전쟁이 유럽의 우리 형제들을 유린할 때, 벤은 이곳에서 유대인의 삶에 헌신하며 미국의 장래 랍비들(과 다른 신앙과 다양한 종파에서 온 소수의 유망한 성직자들)에게 히브리어, 히브리 문학, 유대 역사를 가르치는 한편 저의 지도로 종교재판 시대 이베리아의 비밀 유대인 집단에 대한 논문을 마무리했습니다. 어이없게도 제가 그를 지도하게 된 것은 어디까지나 형식을 채우기 위한 일이었음을 거리낌 없이 인정합니다. 드롭시에서 박사과정을 밟는 모든 학생은 반드시 교수의 지도를 받아야 하는데, 제가 그 자리에 선택된 것이 제게는 감사한 일이었습니다. 그 일로 도움을 받은 사람이 바로 저였기 때문입니다.

그가 저를 지도해주었습니다.

논문을 쓰는 동안 제가 벤의 뛰어난 자질과 능력에 감탄하던 기억이 납니다. 그러나 제가 무엇보다도 감탄한 것은 바로 그의 강한 의지와 인내심, 많은 노력이 필요한 강의를 계속하고 해외에서 날아오는 우울한 예측을 받아들이면서도 논문을 위한 연구와 초고 작성을 계속할 수 있는 그 능력이었습니다. 저라면 그 많은 일들 중 하나밖에 감당하지 못했겠지만 벤은 아니었습니다. 그는 파란만장하던 그 시기 내내 미국에서 자보틴스키의 최고 대변인이라는 위치에 맞게 정치적인 책임 또한 온전히 감당해냈습니다. NZO, 즉 신시온주의 조직New Zionist Organization(과거의 ZO, 즉 시온주의 조직)의 후원으로 벤은 이 나라를 종횡무진 돌아다니며 주의회와 연방의회에서 정치가들에게 로비를 하고, 커뮤니티 센터와 예배당에서 기업가와 문화계 인사, 일반 시민을 똑같이 만나고, 이스라엘 독립에 대해 미국인들에게 설명했습니다. 그러면서도 드롭시에서 일을 빼먹은 적이 한 번도 없습니다! 논문 지도회의도! 수업도!

그는 지도회의에 나타나서, 그것도 정시에 나타나서! 무심하게 말하곤 했습니다. "방금 워싱턴에서 돌아왔습니다. 영부인 베스 트루먼 여사가 인사를 전해달라고 하십니다." 그러고는 주앙 2세나 알폰소 5세의 궁정에서 펼쳐진 복잡한 음모에 대해 설명하기 시작했습니다.

간단히 말해서, 그는 자신의 앞날뿐만 아니라 나라를 위해, 유대인 국가를 세우기 위해 지칠 줄 모르고 일한 사람입니다! 그가 도대체 잠은 언제 잤는지 지금도 모르겠습니다!

1948년 이스라엘이 독립을 선언하자, 벤은 안락하고 안전한 '필리'필라델피아를 떠나 위험한 예루살렘으로 돌아갈 준비를 하기 시작했습니다.

드롭시의 우리들은 그를 보내기가 아쉬웠지만, 그에게는 그것이 절대적인 선택이었습니다. 조국과 동포가 그를 필요로 했으니 그의 선택을 우리는 "완전히 이해할 수 있었습니다."

그 뒤의 10년 중 절반이 넘는 기간 동안 벤과 저는 정기적으로 연락을 주고받았습니다(히브리어도 사용했지만, 주로 영어를 썼습니다).

벤은 교육과 정치 분야에서 자신이 어떤 폭풍 같은 활동을 하고 있는지 제게 알려주었습니다. 그리고 저는 거의 제 일처럼 그의 활동에 관한 소식을 챙겼습니다. 특히 그가 학술 출판을 통해 신생국가인 이스라엘의 학문적 지평을 넓히려고 노력하는 데에 관심을 기울였습니다. 매주 그에게서 새로운 소식이 들려오는 것 같았습니다. 새로운 논문을 보낼 때도 있고, 다급한 요청을 할 때도 있었습니다. 하지만 애가 탔습니다. 그가 편집한 학술지 6월호가 12월에야 필라델피아에 도착하는 상황이었으니까요! 그나마 그렇게라도 도착한다면 다행이었습니다! 그래도 저는 참고문헌 시리즈든 논쟁에 관한 소책자든 그가 추진하는 모든 일에 지극히 기쁜 마음으로 손을 보탰습니다…

그가 이룩한 일들에 관한 소식과 그 과실이 모두 즐거웠지만, 저는 좌절감도 놓치지 않았습니다. 벤은 힘겨운 상황에서 분투하는 조국의 대학이 가진 것이 별로 없어 고생하는 상황에 점점 마음이 급해진다는 이야기, 미국의 우월한 연구 설비와 학술지를 쉽게 구할 수 있는 환경과 훌륭한 우편 서비스가 좋다는 이야기를 저와 주고받는 연락에서 거의 매번 언급했습니다. 나중에는 조건만 적당하다면 이곳으로 돌아올 수도 있다는 말을 살짝 흘리기도 했습니다. 그가 원하는 조건을 구체적으로 말하자면, 그가 논문을 책으로 고쳐 쓰는 동안 적어도 부분적으로나마 생활비를 충당할 수 있는 수당 또는 연구 지원금이었습니다.

저는 한동안 상당한 감언이설을 동원해야 했으나, 필라델피아 권역의 인심 좋은 기부자 몇 명(유명한 가발 제조회사의 소유주들, 그리고 자동차 사업에 종사하며 한데 뭉뚱그러서 '더 펩 보이즈'미국의 자동차 관련 서

비스 회사라고 불리는 유대인 남성 세 명) 덕분에 벤에게 1년짜리 특별 연구원 자리를 제의할 수 있었고 벤은 그 제의를 받아들였습니다.

벤은 아름다운 아내 칠라, 그리고 이제 세 명으로 불어난 잘생기고 똑똑한 아들들과 함께 키스톤 주립대학까지 힘든 여정을 이겨내고, 여느 때처럼 기운차고 근면하게 연구와 강의에 임하는 생활을 다시 시작했습니다.

아니, 여느 때보다 더 기운차고 근면했습니다. 다시 돌아온 벤은 이곳에 연구원으로 머무르는 기간을 최대한 활용하려고 열심이었으므로 가차 없이 자신을 몰아붙이고, 거기에 맞춰 다른 사람들도 몰아붙였습니다. 그의 열성은 모두의 마음을 건드리고 모든 이슈에 힘을 불어넣었습니다. 예를 들어, 그가 세미나 수업에서 영어 사용을 금지했을 때 그 수업을 취소하지 않고 계속 들은 학생들은 히브리어 실력이 놀라울 정도로 향상되었습니다. 교수들 중 일부가 캠퍼스에서 반드시 정수리 모자를 착용해야 한다는 규정을 만들려고 했을 때 벤이 중재에 나선 덕분에 이미 이스라엘에서 공부한 적이 있는 사람들과 그리스도교 신자들은 예외가 되었습니다. 시온주의가 현실에 활발히 적용된 사례들입니다. '실용적인 시온주의'의 정의를 그대로 보여주지요. 이 이념 덕분에 벤은 평일에 히브리어를 가르칠 때는 머리에 모자를 쓰지 않을 수 있었습니다. 동시에 제 설교문을 미리 읽어보는 가장 귀한 독자 역할도 했습니다. 교수진 중 어떤 랍비보다도 훨씬 뛰어난 그의 박학다식 덕분에 저는 시간을 절약할 수 있었고 사실, 문법, 판단과 관련된 민망한 실수를 예방할 수 있었습니다. 저는 드롭시에서 제 집까지 그와 함께 천천히 걷던 일을 영원히 기억할 겁니다. 벤은 제가 다음 안식일에 할 설교에 대해 자비로운 비평을 해주었고, 제 집에서는 칠라가 제 아내 캐롤라이나에게 타히니, 팔라펠 볼, 파슈티다 등에 후무스를 곁들인 요리를 만드는 법을 가르쳐주고 있었습니다(그 뒤로 캐롤라이나가 이 요리들 중 몇 개를 자신의 레퍼토리로 만든 것이 기쁩니다). 네타냐후의 세 아들은 우리 아들 로니와 함께 집 앞 진입로에서 놀았습니다. 로니가 브나이 브리스 국제적으로 영향력 있는 유대인 단체 소프박스 더비 어린이용 무동력 자동차 경주를 위해 세 아이를 가르치는 중이었습니다(그 아이들은 한 번도 경험해보지 못한 경주에서 5위라는 훌륭한 성적을 거뒀습니다).

한 해가 날 듯이 지나갔습니다. 유월절이 지난 뒤 벤은 계약을 갱신하고 싶다고 저를 찾아왔습니다. 그도 이곳에 있기를 원하고, 그의 가족들도 이곳에 있기를 원했습니다. 하지만 그의 연구원 자격에는 기한이 정해져 있었습니다. 가족들의 비자 기한도 거기에 맞춰져 있었고요. 제가 가장 신경이 쓰인 것은 바로 그 비자 문제였습니다.

그때 제가 얼마나 자신있게 대답했는지 생각하면 지금도 창피합니다. 저는 방법이 있을 거라고 말했습니다. 틀림없이 모종의 합의나 조정이 가능할 것이라고요.

그러나 학기가 끝나갈 무렵 기부자들을 찾아갔더니, 제 생각과는 다른 답이 돌아왔습니다. 가발 업계가 최근 불경기라고 하더군요. 멕시코에 경쟁업체가 워낙 많고 멕시코로 옮겨가는 공장도 많아서 그들은 기부 약속을 연장할 수 없다고 말했습니다… '더 펩 보이즈'는 프랜차이즈를 확장 중이라 안타깝게도 지원 기간을 연장할 생각이 없었습니다…

저는 이사회를 찾아갔습니다만, 거기서도 거절당했습니다. 남편과 사별한 부유한 여성들과 함께한 오찬에서는 굶주린 채로 자리를 떠났습니다. 빛이 보이는 곳으로 가봐도 문전박대를 당할 뿐이었죠.

　비극적인 일이었습니다. 외부의 지원이 없다면, 드롭시는 그를 감당할 여유가 없었습니다.

　그것은 제가 예방할 수 없는 비극이었습니다만, 저는 책임감을 떨칠 수 없었습니다.

　설교단에 서는 성직자 양성에 매진하는 현실적인 직업학교를 운영하는 데 한계가 있다는 생각이 다시 들었습니다. 여러 종교의 성직자들이 모이는 자리에서 저는 사제들과 목사들에게 자주 탄식합니다. 어느 종교에서나 대부분의 사람이 성직자에게 요구하는 것은 그저 결혼식과 장례식 주재뿐이고, 올바른 소수만이 기초적인 수준을 넘어서는 성직자 교육을 위해 기꺼이 현금을 내놓는다는 것은 안타깝지만 끈질기게 사라지지 않는 진실이라고요… 이런, 말이 옆길로 샜군요…

　벤은 이제 예전보다 훨씬 더 불안정한 처지입니다. 일자리도 없이 미국에 발이 묶였고, 쓰려던 책은 아직 미완성 상태죠. 가족이 다섯 명이나 된다는 점은 말할 필요도 없습니다. 온 가족이 다시 이스라엘로 돌아가 자리를 잡으려면 그동안 저축한 돈이 사실상 모두 날아갈 겁니다.

　따라서 그의 마지막 선택지는, 자신의 생활을 지키고 가족을 부양하기 위해 스스로를 시장에 내놓는 것입니다…

　제가 아는 한 상세하게 벤의 경력을 설명한 것은, 미국의 기준으로 봤을 때 그의 이력서가 조금 어긋나 보일 수 있다는 점을 잘 알기 때문입니다. 우리가 '빈틈'이라고 부르는 것이 군데군데 있죠. 그러나 이스라엘에서는 그렇게 어긋난 부분들이 상당히 흔하다는 점을 말씀드리고 싶습니다. 일반적인 유대인 사회에서는 그렇습니다. 예를 들어, 미국에는 나치의 인종학살을 피해 도망쳐 교수로 일하고 있는 사람들이 많습니다. 뉘른베르크 포고문으로 인해 독일 대학에서 갖고 있던 지위를 모두 잃어버린 사람들입니다. 이런 맥락에서, 알베르트 아인슈타인 박사나 한나 아렌트 박사 같은 유명인들, 미국의 애국자이기도 했던 그분들을 언급하고 싶습니다. 1933년부터 1945년 사이 그들의 이력서에 '빈틈'이 있는 것을 우리가 흠으로 생각합니까? 그들의 경력에 '구멍'이 있다는 이유로 우리가 그들에게 불리한 결정을 내립니까? 당연히 아닙니다! 그런 짓을 한다면 제정신이 아닌 겁니다! 비록 벤의 경력에 나타나는 공백들은 성질이 다르지만, 아주 관련이 없지는 않습니다. 벤이 유럽에서 직접 시련을 겪지는 않았어도, 타자기 부족과 타자기 리본 배급제부터 대학 문서고에 불을 지르려고 계속 시도하는 아랍인 방화범과 서적 파괴자에 이르기까지 이상적이라고 하기 힘든 팔레스타인의 상황과 씨름해야 했기 때문입니다. 다시 말해서, 역사가 그에게도 영향을 미쳤다는 뜻입니다. 역사 때문에 그는 역사가가 되지 못했으나, 그로 인해 낙담하기는커녕 앞으로 나서서 현재에 정면으로 맞섰습니다. 젊은이들이 각자의 뒷마당에서 진짜 전투를 벌이는 동안, 벤은 국경을 초월한 전쟁을 치렀습니다. 대중매체의 치욕마저 감수하고 십자군처럼 전쟁을 치르며 그는 자신의 상황을 알리고 여론에 영향을 미치고자 했습니다. 이런 정치적 요인들을 고려하지 않는다면, 그를 결코 평가할 수 없다고 생각합니다. 제 생각에 벤은 유대인의 진정한 영웅입니다! 옛날 방식의 전사-역사가인 그의 활동은 예언자의 말처럼 "이방의 빛"(이사야서 42장 6절), 즉 오르 고임 or l'goyim 을 제공합니다!

결론을 내리자면, 벤이 반드시 다른 곳에서 경력을 이어가야 하는 지금 상황이 저의 개인적인 기록은 물론 드롭시의 기록에도 오점으로 남을 것이라고 생각합니다. 또한 만약 그가 무일푼이 되어 유대인의 나라로 돌아갈 수밖에 없게 된다면, 미국 유대인 사회에 돌이킬 수 없는 손실이 될 것이라고 확신하고 있습니다. 따라서 미국에도 돌이킬 수 없는 손실이 될 것입니다.

미국은 기회의 땅이라고 일컬어지는 곳입니다.

저는 코빈 대학이 네타냐후 박사를 그에게 걸맞은 자리에 임명해 미국의 이러한 평판을 확인해주시기를 바랄 뿐입니다.

진심을 담아,
랍비 차임 '행크' 에덜먼 박사,
히브리와 동계 학문을 위한 드롭시 대학 총장

4.

10년: 불도마뱀의 수명, 플라비우스 왕조가 콜로세움을 세우는 데 걸린 시간이자 오디세우스가 이타카로 돌아가는 데 걸린 시간, IRS가 미납세금을 거둘 수 있는 법정 기간으로 이 기간이 지나면 밀린 세금을 납부할 의무가 사면된다… 지금 내가 회상하고 있는 그 가을로부터 대략 10년 전에 이스라엘이 건국되었다. 살던 곳에서 쫓겨나거나 난민이 된 유대인들이 지구 반대편에 있는 그 손톱만 한 나라에 모여 열심히 한 나라의 국민으로 거듭나는 중이었다. 그들을 묶어주는 것은 불순한 정권들에 대한 증오와 복종이고, 거친 적의가 대중적인 연대감을 불러일으켰다. 이와 동시에 미국에서도 비슷한 대중적 현상이 벌어졌다. 민주주의와 시장경제, 다양한 집단 사이의 결혼으로 유대인이라는 개념이 부지런히 지워지거나 유대인이 동화되는 현상이었다. 그러나 장소나 구체적인 현상과는 상관없이, 전 세계의 거의 모든 유대인이 20세기 중반에 뭔가 다른 것으로 변하는 과정과 관련되어 있었음은 여전히 부정할 수 없는 사실이다. 그 변화의 시점에, 그들 내부의 오랜 차이점들, 즉 신앙생활과 언어의 차이는 말할 것도 없고 과거의 국적이나 계급 차이 같은 것들이 짧은 한 순간 동안 어느 때보다 생생히 드러나 임종 직전의 마지막 거친 숨을 내쉬었다는 점 또한 마찬가지다.

돌이켜보면, 페일오브세틀먼트 유대인과 독일 유대인의 차이, 또는 리투아니아 유대인과 하시디즘을 신봉하는 유대인의 차이가 우스울 정도로 사소해 보일지 모른다. 이기적이고, 자기중심적이고, 쩨쩨하고, 하찮은 관습과 음식의 문제, 또는 심지어 단순한 옷차림의 문제로 보일 수 있다. 그렇다고 해서 그런 문제가 존재하지 않았다거나, 사람들의 삶에 근본적인 영향을 미치지 않았다고 볼 수는 없다. "작은 차이의 나르시시즘 der Narzissmus der kleinen Differenzen" 정신분석학에서, 공통점이 많은 관계일수록 사소한 차이에 민감하게 반응한다는 뜻. 프로이트의 유명한 말이다. 이 말의 수수께끼를 풀어내는 데는 '작은' 독일어 실력만으로 충분하고, '작은' 자존심만 갖고 있어도 이 말이 거슬릴 수 있다.

내가 이런 이야기를 꺼낸 것은 내 부모님과 이디스의 부모님을 소개하기 위해서다. 꼭 이 순서대로 소개하지는 않을 수도 있다. 그분들을 대할 때는 항상 순서에 주의를 기울여야 했다.

사랑은 보통 일대일의 관계이며 영원하지 않다. 그러나 증오는 불멸의 형식론을 지향하는 경향이 있다. 신분이 변할 때마다 상황에 맞게 증오의 형태도 변하기 때문에, 우크라이나와 러시아계 유대인인 내 부모님과 라인 강 지방의 유대인인 이디스의 부모님이 구세계에서 느끼던 차이가 신세계인 미국에서는 브롱크스와 맨해튼 사이, 그랜드 콘코스와 어퍼 브로드웨이 사이, 대중교통과 캐딜락 사이, 휴가 없는 생활과 로렐라이 휴가와 플로리다에서 1년 중 절반을 보내는 생활 사이의 경쟁관계로 세속화되었다.

오랜 분쟁의 변형은 지금도 이민자들이 현지화될 때의 첫 단계다. 분쟁을 새로운 형태로 갱신하는 것이 곧 달라진 문화에 적응하는 변화다.

마르크스주의자라면 블룸 집안과 스타인메츠 집안 사이의 반감을 계급투쟁으로 설명할지 모른다. 노동자와 가진 자 사이의 긴장이라고. 블룸 집안은 의류를 만들고(아버지는 천 재단사이고, 어머니는 다림질 담당이었다), 스타인메츠 집안은 천을 제공했다(이디스의 친척들은 섬유 담당이고, 부모님은 부속물 담당이었다). 반면 자본주의자라면, 그러니까 양쪽 부모님 모두와 같은 자본주의자라면, 두 집안 사이의 반감을 문화적으로 설명할지 모른다. 내 부모님은 벽에 달력을 압정으로 고정하고 라디오를 들은 반면, 이디스의 부모님은 벽에 유화를 걸고 첼로를 켰다.

아니, 그렇게 생활한 분은 내 장모님인 사빈이고, 장인어른 월터는 그냥 돈만 댔다. 단추, 걸쇠, 쬠쇠, 지퍼, 징, 브래지어 후크, 양말과 속옷용 고무줄 등을 공급하고 번 돈이 산더미였다. 사빈은 장인어른의 회사에서 접수원으로 일하기 시작하면서 아내 노릇을 그만두었고, 정신분석을 받았으며, 나중에는 스스로 정신분석가가 되려고 발칸 출신 이민자가 바워리 근처에서 운영하는 반(半)인가 정신분석 학원에 다녔다. 계속 그곳에 다니기만 했다. 사빈은 그 발칸인이 그녀에게 이제 충분히 공부했다고 말하면(그는 뇌중풍으로 쓰러질 때까지 끝내 그 말을 하지 않았다) 스스로 상담소를 차리겠다고 했지만, 매번 미래 시제로 이 이야기를 했다. 장차 어느 곳(어떤 동네, 어떤 건물, 몇 층)에 상담소를 차릴 건지, 내부를 어떻게 장식("동양식으로") 할 건지. 사빈은 자신이 패션, 디자인, 문화 전반의 전문가라고 자부했으며, 그럭저럭 취향이 좋은 편이긴 해도 안목은 별로 없었다. 콘서트에 대해 말할 때는 티켓 값이 얼마인지, 자신의 좌석이 친구들의 좌석보다 얼마나 좋은지를 따졌다. 예술에 대해 말할 때는 월트가 경매에서 어떤 예술품에 얼마를 불렀으며 그와 경쟁한 상대는 누구인지를 설명했다. 사빈은 자신의 의견을 여러 사람에게 즐겨 말했으나, 그건 사실 사빈이 글로 읽은 비평가들의 의견이었다. 잭슨 폴록은 사람들이 작품을 보고 느끼는 기분에는 관심이 없고, 그 자신이 작품을 만들 때의 기분에만 관심이 있다는 의견이 그랬다. 또 비밥을 들을 때는 듣는 행위 자체가 즉흥연주가 된다는 의견도 마찬가지였다. 어느 날 주디의 초등학교 연극공연을 본 뒤 사빈이 우리 부모님에게 이런 이야기를 하자, 부모님은 사빈이 폴란드에서 온 폴락 일가를 이야기하는 줄 알았다. 새가 새인 것은 금방 알겠는데, 디즈는 개고 몽크는 고양이라고?˚찰리 파커와 디지 길레스피가 1952년에 발표한 재즈 앨범 〈버드 앤드 디즈〉와 관련된 언급. 셀로니어스 몽크도 이 앨범에 참여했다 사빈은 이디스를 데리고 맨해튼 업타운의 '비스트로'˚작은 술집 또는 식당와 '브라스리'˚별로 비싸지 않은 프랑스풍 식당를 돌아다니며 프랑스어로 주문하게 시켰다. 사빈의 내면에는 모든 것을 알아야 한다는 충동이 있었다. 적어도 새로운 것이라면 모두 알아야 하고, 무지를 들켜서는 안 되었다. 주디는 할머니에게 레비 우드베리의 신작 '하프를 위한 콘체르토'를 들어봤는지, 패기 이튼 갤러리의 새 전시회를 봤는지 물어보는 식으로 잔인한 장난을 쳤다. 그러면 사빈은 "물론이지"라고 대답했다. 둘 다 실제로는 존재하지 않는데도. 레비 우드베리는 잭슨 정부에서 가장 오랫동안 재무장관으로 일한 사람이고, 페기 이튼은 잭슨 정부의 육군장관인 존 헨리 이튼의 아내로 갖가지 스캔들에 휩싸인 사람이었다. 나는 주디가 이 두 사람을 포함한 여러 인물의 이름을 이용해서 할머니를 푹푹 찔러댄 뒤에야 주디가 내게서 그 이름들을 알게 되었음을 깨달았다.

주디는… 아마도 양쪽 부모님이 모두 사랑을 인정하는 단 하나의 공통점이었을 것이다. 부모님들은 똑같은 질문을 끊임없이 던지는 방식으로 주디에 대한 사랑을 표현했다. 누가 널 더 사랑해주니?… 오마랑 오파?독일어로 각각 외할머니, 외할아버지 아니면 버브와 제이드?이디시어 에서 유래한 단어로 각각 할머니, 할아버지

    이런 경쟁 때문에 우리에게는 명절이 괴로웠다. 정신적인 괴로움이 아니라, 일정 짜기의 괴로움이었다. 명절 때는 양가 부모님의 집에서 각각 하룻밤을 보내는 것이 전통이므로, 우리는 매년 양가에 가는 순서를 바꿔가며 시간을 쪼개야 했다. 올해 명절 첫날 저녁식사를 우리 부모님 집에서 먹고 둘째 날에는 이디스의 부모님 집에서 먹었다면, 내년에는 첫날 저녁식사를 이디스의 부모님 집에서 먹고 둘째 날에는 우리 부모님 집에서 먹는 식이었다. 랍비들이 모든 유대교 명절을 적어도 디아스포라 때는 하루가 아니라 이틀로 만든 이유가 바로 이것이라고 나는 확신한다. 스타인메츠 일가와 블룸 일가가 상한 고기와 썩은 우유처럼 한자리에 섞이는 상황을 미연에 방지하기 위해서였을 것이다.

    1959년 로시 하샤나 유대교 신년제 때 이디스와 나는 새로운 전통을 만들기로 했다. 뉴욕에 가지 않기로 한 것이다. 우리가 코빈데일에 와서 맞는 두 번째 해인 그때 우리는 부모님을 우리 집으로 초대했다. 그러면서 양가 부모님이 뉴욕에서부터 각각 차를 몰고 오거나 심지어 차 한 대에 함께 타고 코빈데일까지 와서 이틀 연속 한 지붕 아래에서 식사도 같이 하고 잠도 같이 자야 하는 상황이니 초대를 거절할 것이라고 짐작했다. 그러면 나, 이디스, 주디가 평화롭게 명절을 보낼 수 있을 터였다. 아니, 좀 더 정확히 말하자면, 명절을 쇠지 않을 가능성이 높았다. 물론 허드슨 강을 따라 순례하듯 맨해튼

을 돌아다니던 순간이 그립기는 할 것이다. 브로드웨이 공연을 보려고 애쓰던 일이나, 4번 애버뉴가 아직 서점 거리였던 시절에 그곳의 서점들을 돌아다니던 일이나(나는 이편을 더 좋아했다), 5번 애버뉴에서 스크리브너스 서점과 브렌타노스 서점에 들르던 일 같은 것. 하지만 그런 순간을 즐기기 위해 기울여야 하는 노력이 너무 지나친 것 같았다. 한 해 전 코빈데일로 이사한 지 얼마 되지 않아서 막 이삿짐을 정리하고 강의를 시작한 시점에 다시 그 혼란스러운 도시로 돌아가야 했던 기억이 아직 생생한 만큼, 그런 노력을 기울이고 싶지 않았다. 그때는 정말 기진맥진했다. 1959년은 먼 곳으로 이사 와서 생활의 모든 것이 바뀌었던 그때만큼 정신없지 않았지만, 이디스와 나는 전례를 세우고 싶었다. 주디는 반대했다. "여름마다 뉴욕으로 가는 걸 고대했는데, 이제 와서 발을 뺀다고요? 계획을 다 세워 놨는데, 내 유일한 친구들한테 '미안, 〈웨스트사이드 스토리〉를 보러 가지 못할 것 같아' '패티 듀크가 헬렌 켈러로 나오는 〈미러클 워커〉를 보러 갈 때도 나는 빼줘' 이렇게 말하라는 거예요? 그래도 헬렌 켈러는 날 때부터 귀와 눈이 멀었지. 나는 완전히 독재자로 변한 부모 때문에 그렇게 되고 있어요."

"적어도 헬렌 켈러는 그렇게 말할 수 없었어." 내가 말했다.

"적어도 마오쩌둥은 자기가 독재자라고 인정해요."

이디스는 한숨을 내쉬었다. "걔들은 네 유일한 친구가 아니야, 주디. 그런 말을 하면 안 되지. 여기서도 새로운 친구들을 많이 사귀었잖아. 메리랑 조앤, 그리고 연례 문학 모임에서 달 표면에 관한 네 시를 좋아한다던 그 여자애, 그 애들은 네 친구가 아니야? 걔들이 알면 뭐라고 하겠니? 네가 걔들을 그렇게 무시하면 되겠어? 토드 프루는 또 어떻고? 리허설 때마다 널 집까지 바래다주잖아. 토드랑은 그냥 친구야, 아니면 그 이상이야?"

주디는 양손을 위로 치켜들며 소리쳤다. "파시스트." 주디의 반응에 이디스는 흔들렸지만, 나는 우리 결정을 굳게 지켰다. 단호하게 굴었다. 아주 많이. 양발을 굳게 디디고 서서. 우리가 지금 사는 곳은 코빈데일이다, 우리 집도 여기고, 블룸 우주의 새로운 중심도 여기다. 도시에 사는 친척들은 이 우주의 궤도로 들어와 다시 자리를 잡아야 할 거다. 우리 부부가 중심인 이 가족의 우선순위를 새로 매겨야 할 때였다. 그래서 우리는 전화기를 들고(내가 이디스에게 전화하라고 시켰다) 선언했다. 모든 길은 코빈데일로 통합니다. 부모님을 이곳으로 초대할게요.

이디스의 부모님만이 이 초대를 받아들였다. 내 부모님은 그냥 됐다고 말했다.

우리는 양가 부모님이 모두 그냥 됐다고 말하기를 기대했는데(나는 결과에 경악해서 이 말을 계속 혼자 되뇌었다), 이디스의 부모님은 오시겠다고 하고 내 부모님은 거절했다. 내가 직접 전화해서 감언이설로 설득했는데도, 부모님은 재고하려 하지 않았다. 심지어 자신들의 차이를 보여줄 기회가 뜻하지 않게 생겼다고 생각했는지, 한층 더 강력하게 고집을 부려서 나는 깜짝 놀랐다.

"네 아버지를 바꿔주마." 어머니는 내 애원에 지쳤는지 이렇게 말했다. 아버지도 더 이상 참지 못하고 수화기를 낚아챘다.

"우리가 왜 안 가겠다는지 아니?" 아버지가 말했다. "내가 말해드리죠, 교수님. 네 장인장모랑 달리 우리는 유대인인 게 부끄럽지 않기 때문이야. 로시 하샤나에 유대인이 뭘 하는지 아니?"

"가족이 함께 모이는 거요?"

"아냐, 교수님. 슐에 간다. 코빈빌 어디에 슐이 있는지 말해볼래?"

"데일이에요. 코빈데일."

"빌이든 데일이든 그게 뭐 중요해? 거긴 슐이 없어. 넌 그런 건 생각도 안 해봤지?"

"슐에 대해서요? 네, 솔직히 생각 안 했어요."

"그럼 우리 똑똑한 교수님, 코빈빌데일에서 가장 가까운 슐이 어디 있는지는 아니?"

"아뇨, 몰라요. 하지만 아버지는 아시는 것 같으니까, 제게 알려주세요."

"이 말 들었어? 얘가 모른대, 당신 아들 교수님이 모른대." 아버지가 말했다. 아마 어머니에게 하시는 말씀이겠지만, 하느님도 들으라고 하는 말이라 해도 놀랍지 않을 것 같았다.

아버지는 다시 내게 고함을 지르기 시작했다. "나야 당연히 알지. 찾아봤으니까. 너만 지도를 찾아볼 수 있는 게 아니야. 네가 사는 곳에서 가장 가까운 슐은 펜실베이니아주 이리에 있어."

이제 와서 스타인메츠 부부에게 초대를 취소한다고 말하기는 너무 늦었다. 이디스에 따르면 그랬다. 두 분은 자기를 낮춰가며, 자기들만이라도 올 생각이었다. 그것이 그들 나름의 경건함이었다.

양측 부모님 중 누구라도 코빈데일에 오시는 것은 이번이 처음이었다. 우리는 장인장모에게 어느 방을 내어드릴지 결정해야 했다. 서재가 가장 좋을 것 같았다. 이디스의 말에 따르면 그랬다. 학교에 내 연구실이 따로 있으니, 집에 있는 서재는 우리 상상 속에서 둘째 아이를 위한 또 하나의 침실이었다. 비록 둘째 임신을 우리가 계속 미루고 있지만. 이디스는 우리가 둘째 아이에 대해 결정을 내릴 때까지는 그 방을 손님방으로 사용하자고 말했다. 접이식 소파베드를 들여놓으면 가장 무난하게 손님을 재울 수 있을 것 같다고. 이디스는 번쩍이는 광고를 펼쳤다. '침실을 새로 만들지 말고, 소파 값에 침실을 하나 더… 하이드어베드Hide-A-Bed, 안주인의 비밀…'

다음 주말에 침대가 배송된다고 했다. 이디스는 손끝으로 어느 침대를 가리켰다. 드롬더리라는 모델이었다. 하지만 이디스가 '주름장식' 옵션이 붙은 '아비시니안 카키'색 제품을 주문한 이유를 설명하기도 전에 내가 반대했다. 당신 부모님한테 내 서재를 내주기 싫어, 내 서류랑 자료에 손을 대면 어떻게 해. 내 저항이 워낙 심해서 이디스는 다른 제안을 내놓았다. 우리가 브롱크스에서 산, 펼칠 수 없는 소파를 대신해서 그 접이식 소파베드를 아래층 작은방에 놓자고. 부모님에게는 우리 침실을 내어드리고, 우리가 그 접이식 침대에서 자면 된다는 것이었다(이디스는 우리 침실을 항상 '주 침실'로, 아래층 화장실을 '파우더룸'으로, 측면 포치를 '베란다'로, 마당을 '잔디밭'으로 불렀다). 그녀는 자신이 이렇게 결정했으니 이제 무를 수 없다고 말했다.

끔찍한 하이드어베드가 도착해서 낡은 소파(우리가 신혼 때 갑자기 불이 붙어서 수없이 서로를 어루만진 곳)를 치운 날, 이디스는 부엌을 말쑥하게 정리하고 식당에서 청소기를 돌렸다. 그러고는 등받이가 낙타색인 접이식 소파에 처음 앉는 일을 좀 더 차분한 저녁 때로 미루고 싶은 건지, 아니면 그곳에 앉을 자격이 있는 사람을 위해 아껴두고 싶은 건지, 하여튼 그 옆에 서서, 자신이 시어머니의 요리법을 베껴 넣어둔 낡은 앨범을 뒤졌다. 시어머니의 브리스킷을 만들 생각이라고 했다. 이디스는 이렇게 항상 누구도 정하지 않은 규칙을 지키려고 애쓴다. 흥정을 할 때는 빈틈이 없는 사람이니, 처음에 내 서재를 침범하겠다고 위협한 것은 어쩌면 아래층 작은방에 새 가구를 들여놓고 자기 부모님에게 우리 침대를 내어드리려는 궁극적 목적을 달성하기 위한 수단이었을 수도 있다.

문을 두드리는 소리가 났다. 내가 계단을 절반도 내려가기 전에 손님들이 스스로 문을 열고 들어왔다. 월터는 여행가방 두 개를 들고 있었고(하룻밤 여행에 가방 두 개), 사빈은 스카프를 두른 채 나를 끌어안았다. 베르가모트 향수 냄새가 후광처럼 사빈을 둘러싸고 있었다.

월트는 빈손이 없어서 악수 대신 짐가방을 내게 내밀었다. "이건 뭔가? 문을 잠가두지도 않았어?"

"그렇죠."

"그만큼 안전하다고?"

"지금까지는 그랬습니다. 어쨌든 여긴 집이잖아요."

"그러니 더욱더 문을 잠가야지. 누가 멋대로 들어올 줄 알고."

"여기 사람들은 전부 문을 잠그지 않아요. 멋대로 들어오는 사람도 없고요. 마당에 자전거도 그냥 내놓고, 쓰레기통을 사슬로 고정하지도 않습니다. 여긴 도시가 아니에요."

"도시가 아니야?" 사빈이 딸과 인사하려고 부엌으로 가면서 말했다. "또 내가 모르는 걸 말해보게."

내가 두 분의 짐가방을 2층에 두고 내려와 보니 사빈은 아직도 놀라움을 극복하지 못한 상태였다. 아니면 나를 위해 다시 놀란 척한 것이거나.

"루벤, 이 애는 누군가? 자네 내 딸한테 무슨 짓을 한 거야?"

사빈은 마치 마녀를 고발하듯이 이디스를 손가락질했다. 아내는 냄비와 프라이팬 앞에서 바삐 마법약을 끓이고 있었다.

"무슨 요리야?" 월트가 말했다. "맛있는 냄새가 나는데."

이디스가 자신이 만들고 있는 요리들의 이름을 불러주자 사빈은 치명적이고 독성이 있는 음식들만 가득한 메뉴판에서 먹을 수 있는 요리를 하나만 골라야 하는 사람처럼 당황해서 멍하니 그 이름들을 이디스에게 다시 돌려주었다. 브리스킷, 쿠글, 치메스.

"난 그런 요리 가르친 적 없어." 사빈이 말했다.

이디스는 숟가락으로 어머니를 물리쳤다. "알아요. 시어머니의 요리예요."

사빈은 코웃음을 쳤다. "내가 집에서 제대로 가르치지 못한 걸 결혼생활에서 보상받았다니 다행이구나."

이디스는 냄비 안에서 숟가락으로 시끄러운 소리를 냈다.

"게다가 널 돕는 사람이 하나도 없어? 설마 이 많은 걸 너 혼자 한 거니? 아니지?"

사빈은 도우미를 어디에 숨겨뒀는지 찾으려는 사람처럼 눈을 가늘게 떴다. 우리가 도우미를 소파베드처럼 접어서 어느 팬트리에 숨겨놓았다고 생각하기라도 한 건지.

월트가 말했다. "여기 구경 좀 시켜주겠니?"

"저는 국수를 지켜봐야 해서요. 루벤이 안내해드릴 거예요."

"그래." 사빈은 팔로 나를 감싸며 말했다. 처음엔 한 팔, 그다음엔 두 팔. "이디스는 주부의 허드렛일을 하게 놔두고, 친애하는 사위 루벤이 구경시켜주면 되겠어."

고딕 양식을 흉내 낸 캠퍼스의 매력이나 일부만 지어진 브루털리즘 양식의 학생회관은 잊어버리자. 오래된 상점들과 농민공제조합이 있는 칼리지 드라이브의 구석 상점가도 잊어버리자. 세네카족 보호구역의 반쯤 키치화된 공예품 매점과 도공들의 버려진 유토피아인 팔랑스테르푸리에가 제창한 사회주의적 생활 공동체 또는 그들이 살던 공동주택, 이 건물들 사이에 펼쳐져서 강과 호수에 연한 세피아색 그림자를 드리우는 싱싱한 숲도 잊어버리자. 우리 장인장모는 코빈데일이나 그 주변의 어떤 것에도 관심이 없었다. 자신들이 이미 들어와 있는 이 집 외에는 어떤 것에도 전혀 관심이 없었다. 우리 집이 특별히 흥미로운 건물이거나, 하다못해 실내장식이 특별히 흥미로워서는 아니었다. 순전히 이 집의 가격이 얼마인지 두 분이 알기 때문이었다. 우리가 얼마나 잘 살고 있는지가 두 분의 관심사였다. 특히 두 분은 내가 잘하고 있는지 판단하려 했다. 스타이브슨트 고등학교를 갓 졸업한 자기네 딸이랑 결혼해서 임신시키더니 전쟁터로 나가버린(두 분은 이렇게 기억했다) 가난한 이디시 애송이… 벽에 박사학위증이 걸려 있고 책도 출간했는데 시티 칼리지에서 간신히 계량경제학 강의를 하다가 결국 종신교수가 되는 데는 실패한(두 분은 거기서 종신교수가 되는 게 식은 죽 먹기라고 생각했다) 천재학자 겸 건방진 놈… 돈을 못 버는 경제학자(역사를 만들지 못하는 역사학자만큼 흔하다)… 점점 쪼그라드는 지위와 뉴욕(두 분에게는 그곳이 온 세상이었다)에서 흔적을 남기지 못하는 무능력에 마침내 분노해서 야만적인 황야 한복판에 있는 학교에서 종신교수 가능성이 있는 일자리를 제안하자마자 덥석 받아들여 두 분의 딸과 손녀를 데리고 부서지기 직전인 낙엽처럼 '업스테이트'로(하지만 사실은 서쪽) 냉큼 날아가버린 고질적인 실패자… 이번 방문은 사위의 정체를 확인할 수 있는 기회였다. 재평가가 아니라(스타인메츠 집안에 재평가는 없었다), 이디스가 배우자 선택에 현명하지 못했고 주디는 아예 아버지를 선택할 수 없었으니 불운하다는 생각을 확인할 기회.

나는 집 안을 돌아다니며 두 분에게 구경시켜주었다. 영주라기보다는, 사생아로 태어난 영주의 막내아들이 팁을 얻으려고 가이드를 해주는 것 같은 기분이었다. 사빈은 집에 있는 석판화와 각종 견본 집의 출처에 대해 조금 꼬치꼬치 캐물었다. 치펀데일식 쟁반형 탁자에서부터 다리가 껑충하고 전체적으로 섬세한 셰이커 의자에 이르기까지 유품 경매에서 사들인 모든 골동품의 가격도 물었다. 1880년대에 석탄처럼 새까만 하게 어딘가에서 결혼하지 않은 레이디들의 지역모임이 아무 장식 없는 막대기 같은 것을 조립해서 만든 의자는 한 쌍에 36달러였다. 사빈은 이 의자들을 들어 갈대처럼 가벼운 무게를 확인했다. 그러고는 하이드어베드와 치펀데일 탁자도 들어보려고 했다. 마치 우리 집 물건들을 쉽게 손으로 옮길 수 있는지 확인하면서 우리가 뉴욕으로 돌아갈 가능성을 가늠해보려는 것 같았다. 한편 월트는 내 서재의 몰딩에 간 금에서부터 다락방에서 내리게 되어 있는 접이식 사다리의 빠진 발판과 헐거운 문에 이르기까지 결함이란 결함을 습관적으로 모조리 찾아내 고치려고 드는 상태에 빠져 있었다. 2층 주디의 방을 조금 지난 복도에서 월트는 카펫에 배를 깔고 엎드려 노출된 전기 소켓을 살펴보더니 마누엘이 금방 고칠 수 있겠다고 말했다. 마누엘이 오면 하루 만에 모든 문제를 해결할 수 있으며, 수리비도 많이 들지 않을 거라고. 월트는 마누엘이 오래전부터 자신이 사는 건물의 일을 해주고 있는데, 아주 믿을 만한 사람이라고 말했다. 나는 내게 푼돈도 한 번 내민 적이 없는 장인어른이, 물론 내가 그 푼돈을 받지는 않았겠지만 어쨌든, 그 장인어른이 맨해튼에서 살고 있는 아파트의 공동주택 조합 일을 해주는 수리공을 순전히 우리 집 전기 소켓 덮개 교체만을 위해 뉴욕주 맨 끝에 있는 이곳까지 보내주겠다고 말하고 있는 것임을 조금 지난 뒤에야 깨달았다.

"여긴 두 분이 쓰실 방입니다."

"자네 방이라는 뜻이겠지." 사빈은 내가 자기 딸과 함께 잠을 자는 침대를 쿡쿡 찔러보면서 말했다. 그러고는 발레리나 플랫슈즈를 벗고 침대에 앉았다.

"편히 지내세요."

"자네가 쓸 화장실이 따로 있나?" 월트는 궁금한 기색이었다.

"네."

"그럼 주디랑 화장실을 같이 쓸 필요는 없겠군."

"그렇죠."

월트는 고개를 끄덕이고는 안으로 들어가 세면대 앞에 서서 양쪽 수도꼭지를 틀어보았다. 그다음은 샤워기 차례였다. 물이 확 쏟아지면서 울부짖는 것 같은 소리를 냈다.

"월트." 사빈이 말했다. "하지 마."

월트는 윙크를 하더니 샤워실 안에서 문을 닫아버렸다.

"저 사람 저 안에 한동안 있을 거야."

"생각할 것이 많으신가 보죠?"

"아니, 그냥 저 안에 한동안 있을 거야."

나는 밖으로 나가려고 했지만 사빈이 말했다. "잠깐, 여기 앉아보게." 사빈이 자신이 앉은 침대 옆자리를 툭툭 두드렸지만, 나는 창가로 가서 창턱에 몸을 기댔다. "자네 부모님도 오셨으면 좋았을 텐데

아쉽네. 자네 어머니의 요리를 오늘 맛볼 수 있다 해도."
"두 분은 슐에 가시는 걸 좋아해요. 기도를 좋아하시거든요."
"자네를 위해 기도하시나?"
"저희 모두를 위해 하시죠."
화장실 문 뒤에서 물이 으르렁거렸다.
"내가 궁금해서 그러는데, 자네 부모님은⋯ 분리 쪽인가 공유 쪽인가?"
"네?"
"자네 부모님이 따로 주무시는지, 한 침대에서 주무시는지 묻는 거야."
"제 부모님요? 함께 주무시죠. 적어도 제가 어렸을 땐 그랬어요."
"부부가 서로 다른 침대를 사용한 마지막 세대가 우리 세대라는 거 아나? 내가 자네 부모님과 같은 세대라고 생각하면 기분이 좀 이상해지겠지만, 그게 사실이긴 하지. 침대와 침대 사이에 협탁이 있고, 거기에 작은 약병들을 주루룩 늘어놓은 채 따로 잠을 자는 마지막 세대가 바로 우리였어." 사빈은 이디스의 협탁 쪽으로 몸을 기울여 서랍을 거칠게 열어보더니, 반대편으로 다시 몸을 기울여 내 서랍을 가볍게 흔들어보면서 서랍이 빈 것을 확인하고는 속으로 뭔가 추측을 하듯이 작게 끙끙거리는 소리를 냈다. "물론 가난한 집에서는 그럴 여유가 없었지. 자네 부모님도, 조부모님도 틀림없이 그래서 항상 침대를 같이 썼을 걸세. 하지만 우리 부모님은 따로 주무셨어. 조부모님도 마찬가지고. 침대 두 개를 살 여유가 있었거든. 독일에 살 때는 심지어 침실이 아예 따로 있을 정도였어. 두 분은 그걸 프랑스식이라고 생각하셨던 것 같은데, 사실 그 관습의 바탕이 된 건 영국식 사고방식이지. 어떻게 보면 빅토리아 시대의 방식이야. 독일계 유대인에게 그건 창피한 일이 아니라 찬사의 대상이었네. 프랑스 사람들이 따로 자는 관습을 좋아하는 건 바람을 피우기 위해서야. 심지어 여자들은 자기만의 거처, 즉 내실을 갖고 있기도 하지. 하지만 내실이 침실은 아니야. 침실이 포함될 수는 있지만, 그보다는 바람을 피우는 방이자 애인 때문에 혼자 토라질 수 있는 방에 가깝지. 반면 영국인들은 침대를 함께 쓰는 게 위험한 일이라서 따로 자는 관습을 고수했네. 잘 때 다른 사람과 가까이 있으면 폐렴, 독감, 감기 같은 전염병이 옮을 수 있으니까. 과거에는 그런 병이 아주 치명적일 때가 많았거든. 내 생각에 우리 부모님 세대는 침실은 물론이고 특히 침대를 같이 쓰면 성교 횟수가 늘어난다는 믿음 또한 갖고 있었던 것 같네. 그 횟수가 늘어나면 임신 횟수도 늘어났겠지. 믿을 만한 피임도구가 없던 시대니까. 어쩌면 전염병 얘기는 임신 상태를 벗어나지 못해 속이 상한 과거 여자들이 성교에 대한 이런 생각을 감추려고 만들어낸 건지도 몰라. 어쨌든 나는 그게 좀 거슬리는데, 자네는 안 그런가? 결혼한 부부가 침대를 같이 쓰지 않아도 쉽게 성교를 할 수 있다는 걸 과거 세대가 생각하지 못했을까?"

타일 바닥을 로퍼로 밟을 때 나는 끽끽 소리가 화장실 문 뒤에서 들리더니 곧 가스가 슉슉 새어나오는 것 같은 소리가 나다가 폭포 같은 물소리 속으로 사라졌다. 사빈은 그냥 베개를 베고 침대에 누워 팔다리를 쭉 펴고 천장을 빤히 바라보았다.

"지금 잘 지내는지 말해줄 건가, 루벤? 개인적인 이야기를 해줄 거야?"

"저는 잘 지냅니다. 아무 일 없어요. 개인적으로는, 우리 조상들의 성생활에 대해 생각하지 않으려고 노력 중입니다."
"이디스는?"
"이디스요?"
"도서관에서 일하면서 집에서도 겉치레를 해야 하는 게 이디스한테 너무 힘들지 않겠어?"
"아닐걸요."
"내가 월트를 위해 일할 때 얼마나 힘들었는지 내가 잘 알아."
"하지만 이디스는 저를 위해 일하는 게 아니라 학교에서 일해요."
"둘이 가까이 있는 걸 말하는 거야. 항상 둘이 마주칠 수밖에 없는 상황이잖아, 안 그래? 학교에서, 집에서, 침대에서. 아마 어디 갇힌 기분일걸."
"이디스는 도서관 안쪽 서가에서 일해요."
"그럼 주디는? 여기 잘 적응하고 있나?"
"벌써 1년이 지났는데요."
"상당히 변화가 컸을 거야. 도시에서 사귄 친구들과 어느 날 갑자기 멀어져서, 여기 새 학교에서 새로운 생활을 시작해야 했으니."
"그건 이디스도, 저도 마찬가지죠."
"사춘기 여자애랑 같아? 적어도 신체적으로는 다르지. 이디스 말로는 여기 농촌 사내애들이 죄다 주디한테 데이트를 신청한다던데."
"저야 그런 건 모르죠. 이디스가 뭐라고 하던가요?"
"여기 농촌 사내애들이 죄다 주디한테 데이트를 신청한다고. 사과 따러 가자고 한다나 뭐라나. 어찌나 상징적인지."
"걔들이 말하는 사과는 진짜 사과일 겁니다. 지금은 상징의 계절이 아니에요. 어쨌든 주디는 주로 학교 공부와 대학 입학원서 작성에 매달려 있어요."

"당연히 그렇겠지. 대학에 들어가는 게 그 애한테는 유일한 탈출구니까… 대학에서 부모랑 같이 살지 않으려면… 틀림없이 더 좋은 대학에 들어갈 걸세."

"공부를 열심히 하고 있어요."

"자네가 도와주고 추천장을 잘 받으면… 내가 있는 자선위원회 사람들한테 좋은 추천장을 써달라고 부탁할 생각을 하고 있었네."

"그게 꼭 필요할지 잘 모르겠네요."

"꼭 필요한 건 아니지만, 그래도 부탁해볼까 하는 거야. 유니언 클럽, 메트로폴리탄과 카네기홀 이사회에서 내가 아는 사람들한테. 뭐든 도울 수 있으면 도와야지."

"감사합니다."

"감사는 주디가 하겠지. 여기서 떠나게 되면 아주 들떠서 어쩔 줄 모를 텐데. 나라면 틀림없이 그럴 걸세."

"저기, 사실, 이디스와 저는 여기가 마음에 듭니다."

"내가 루벤 자네를 생각하면서, 자네 식구들 모두를 생각하면서, 자네 상황을 이해하려고 노력한다네. 도시에서 왔다는 이유로 대학 사람들한테 소외당하지만, 교양도 없고 이도 없고 동물들과 너무 많은 시간을 보내는 대학 밖의 사람들보다는 그래도 그들과 가깝겠지. 그런데 그 대학 밖의 사람들이 글은 읽을 줄 아나?"

"제 이웃들요? 아니면 동물들요?"

"내 말을 오해하지 말게, 루벤. 여긴 틀림없이 좋은 학교일 거야. 여러 면에서 진지한 연구를 하기에 이상적인 환경일 것 같아. 하지만 연구에 이상적인 이 외진 환경이 문명 생활의 다른 모든 면에는 절대로 적합하지 않을뿐더러 심지어 적대적이기까지 하지. 베를렌의 말처럼, 아니 랭보였나? 하여튼 도시가 없는 곳이 권태야. 박물관도 없고, 콘서트홀도 없으니, 즐길 거리를 스스로 만들어내는 수밖에."

"도시에서 살 때도 가끔 심심했어요."

화장실 물 내리는 소리와 함께, 누군가가 가래를 끌어올려 쏟아지는 물속으로 뱉는 소리가 들렸다. 사빈은 자신이 누워 있는 곳 바로 위 천장에 회칠이 떨어진 부분이 있는 것을 발견하고 못마땅한 표정을 지었다.

"이런 환경에서는, 그러니까 자네가 스스로 처박혀 있는 것 외에 유일한 자극이라고는 평범한 동료들밖에 없는 이런 환경에서는 살아남기가 힘들 수 있어. 저속한 외지인 혐오증보다 무지가 더 은근한 적이지. 선동하지 않고도 쉽게 휘저을 수 있는 내부의 적이니까. 군복도, 라이플도, 소이탄도 필요 없어. 그냥 일자리, 직함, 대학만 있으면 돼. 대학에 잠복해 있는 거거든. 지식에 일생을 바친다 해도, 사회에서 받을 수 있는 보상은 어디 연구소에 자리를 얻는 것뿐일세. 하지만 진짜 비극은 그 사람 본인이 그걸 보상으로 여긴다는 거야. 숲 한복판에서 높은 돌담에 둘러싸인 건물에서 일하는 걸. 거기선 누구에게도 상처를 입힐 수 없으니 스스로에게 상처를 입힐 수밖에. 솔직히 자살하지 않는 사람도 있다는 게 기적일세."

"아직은 아니에요."

"하지만 그런 사람들은 동료의 배우자와 자고, 자기 집 대지 경계선을 놓고 쩨쩨한 다툼을 벌이고, 지능이 떨어지는 아이들처럼 앙심을 품고, 자기 불안감 때문에 남의 시간을 빼앗지. 창가에서 손을 흔들고, 울타리 너머로 수다를 떨고, 옆집 문을 두드린 뒤 우유나 소금을 조금 빌려달라고 말하는 거야. 그러다 이웃의 아내나 딸을 빌려달라고 하기도 하고. 사람을 도무지 그냥 내버려두지 않는다고."

"그럼 이제 뉴욕에는 불륜을 저지르는 사람이 하나도 없다는 말씀인가요? 실망스러운데요."

사빈은 옆으로 돌아누워 나를 마주보았다. "어디서나 같은 일이 벌어져. 불륜과 말다툼, 공통점이 별로 없는 무의미한 사람들이 참석하는 무의미한 파티. 심지어 그것조차 대부분 자아도취적인 상호의존 행위지. 하지만 자네는 교수회의가 열리는 회의실에서 나오더라도 여전히 코빈턴에 있어."

"코빈데일입니다."

"반면 나는 약속장소를 나서면 온갖 유혹이 있는 세계적인 대도시가 눈앞에 펼쳐진다네."

"온갖 더러움과 범죄와 수많은 사람도 있죠. 그래서 계속 월세가 올라가는 것이고요."

화장실에서 두루마리 휴지를 푸는 소리가 났다. 금속 휴지걸이가 돌돌돌 돌아가며 작게 긁히는 소리를 냈.

"자네가 여기에 올라와 있는 걸 생각하면 우울해진다네, 루벤. 숲속에 있는 이 집에서 자네 식구들이 촛불을 하나 켜놓고 남루한 집시처럼 둘러앉아 주위의 침묵과 어둠과 무지를 지워버리려고 이야기를 나누는 모습을 생각하면."

나는 침대 옆 램프를 켰다가 껐다. "여긴 전기가 들어옵니다, 사빈. 촛불을 켤 필요가 없어요. 게다가 보시다시피, 수돗물도 나오고요."

"그런 뜻으로 말한 게 아니야. 은유적으로 한 말일세."

나는 몸을 돌려 창밖을 보았다. "저 밖에 무엇이 보이는지 말씀드릴까요? 숲이 아니라 풀밭이 보입니다. 은유적인 말씀이 아니에요. 포장된 도로에 자동차들이 달리고, 지붕에 전 세계의 소식을 끌어오는 안테나가 설치된 집들이 보입니다. 전선이 연결된 전신주도 있으니, 지금 당장 제가 원한다면 드 보부아르에게 전화를 걸어 그녀의 내실에 대해 물어볼 수도 있어요. 장 폴 사르트르에게 전화해서, 사르트르 씨, 제가 지금 장모님과 함께 있는데, 장모님이 프랑스어를 모른다는 사실을 증명할 수 있게 도와주시겠습니까, 실부플레'부탁합니다라는 뜻의 프랑스어, 라고 물어볼 수도 있고요. 이걸로도 우리가 무지한 시골뜨기가 아니라는 사실을 증명하는 데 부족하다면, 장모님의 딸이 일하는 곳에 한 번 가보셔도 될 겁니다. 거긴 도서관이고, 심지어 책도 갖춰져 있거든요."

"자네 흥분했군… 내 딸은 계속 서가에서 일하는데 자네는 흥분했어…"

나는 유리창을 두드렸다. 세게. "내년에 주디가 스스로 고른 대학에 들어가서, 그 애는 장모님의 도움 없이도 원하는 대학에 들어갈 겁니다. 그렇게 대학에 들어가서 우리에게 편지를 보내면 이디스는 도서관이 새로 사들일 제록스 복사기로 그 편지를 복사할 거고 우리는 비행기를 타고 센트럴파크로 날아가 공중에서 뿌릴 겁니다."

"자네를 흥분시키려고 한 얘기가 아니야, 루벤."

"그럼 하지 마세요."

화장실에서 막힌 변기를 뚫는 압축기 소리가 났다.

"내가 무지라고 말한 건 어디까지나 자네 일과 관련된 거였네. 자네가 유대인이라는 이유로 학교에서 추가로 시키는 일들 말이야."

나는 돌아보고 싶은 충동을 억제했다. "이디스한테서 무슨 말을 들으셨습니까?"

"별로."

나는 그대로 서서 덜레스 일가의 집을 빤히 바라보았다. 사람 없는 타이어 그네가 최면술사의 펜던트처럼 바람에 흔들리고, 집 앞에는 태우려고 쌓아둔 낙엽 더미가 있었다. 거리 저편에서는 주디가 배낭 때문에 어깨를 웅크리고 아무 생각 없이 솔방울을 차면서 가만가만 집으로 걸어오는 중이었다.

"이디스한테서 무슨 말을 들으셨든, 아니면 그 말을 장모님이 어떻게 해석하셨든, 부정확하지는 않을 겁니다. 제가 바로 얼마 전에 어느 유대인 학자의 연구 성과를 평가하는 위원회에 참여해달라는 요청을 받았으니까요."

"자네가 유대인 학자들에 대해 뭘 아는데?"

"잘 모릅니다. 하지만 여기 있는 사람들 대부분보다는 많이 알죠."

화장실 압축기가 위장에 가스가 찼을 때와 비슷한 소리를 냈다.

"뉴욕에서는 이런 일이 절대 일어나지 않는다는 걸 인정해야지." 사빈이 말했다. "이런 모욕적인 일은."

"뉴욕에서 그런 일이 일어나지 않는 건 유대인이 여러 명이기 때문입니다. 어쨌든 제 생각에 진짜 모욕은 반유대주의와는 아무 상관이 없어요. 진짜 모욕을 당한 건 학교와 우리 학과, 그리고 후보자 본인입니다."

"학교에도 자네가 이런 말을 했겠지?"

내 숨결에 창문에 김이 서려, 길을 건너는 주디의 모습이 흐릿해졌다. "그건 창문을 향해 이야기하는 것과 같아요."

"루벤, 내가 무슨 생각을 하는지 아나?"

나는 소매 끝으로 창문에 서린 김을 지우고 사빈을 바라보았다. "그건 중요하지 않습니다."

화장실에서 최종적이고 결정적으로 목구멍을 가다듬는 것처럼 물을 내리는 소리가 나더니, 물비누 용기의 펌프를 세게 끽끽 누르는 소리가 이어졌다.

"자네가 그 일에 화를 내든 안 내든, 그런 요청 자체가 원래 불쾌한 일이든 아니든, 아니 원래 불쾌한 일이라는 게 철학적으로 존재할 수 있든 아니든, 내 생각에 자네는 여전히 지금 상황에 대해 혼란을 느끼고 있어. 만약 자네가 그 위원회에 참여해서 그 유대인을 채용하기로 결정한다면, 사람들은 자네가 유대인이라서 좋게 봐줬다고 말할 걸세. 만약 자네가 그 유대인을 채용하지 않기로 결정한다면, 사람들은 자네가 유대인이라서 좋게 봐주는 것 같은 인상을 피하려 한다고 말할 거고. 잠깐. 자네가 무슨 말을 하려는 건지 알아. 자네 혼자 내리는 결정이 아니라 모두의 결정이라는 거겠지. 하지만 결정은 자네 것이 아니더라도 혼란은 자네 것이 맞아. 내 생각에 그건 여기 숲에서 다른 유대인과 함께 지내야 한다는 두려움에서 나오는 혼란인 것 같네. 자네는 유일한 유대인으로 살아가는 것에 상당히 익숙해졌을 거야. 그러니 그 특별한 지위를 잃는 게 두려운 거지. 유대인이 한 명 더 생기면, 자네는 더 이상 귀여움을 받지 못할 테고… 마스코트의 지위도 잃고…"

"고맙습니다, 장모님, 정말 감탄스러운 해석이긴 한데, 저는 믿음이 안 갑니다."

주디가 막 집에 들어왔다. 그 애가 문을 쾅 닫는 바람에 사빈이 놀라서 똑바로 일어나 앉았고, 월트는 수건을 사랑스럽게 만지작거리며 화장실에서 뛰어나왔다.

"주디가 왔어?" 사빈이 말했다. "주디인가?"

"자네 집 수건 말인데, 너무 거칠어." 월트가 말했다.

높고 탱탱한 주디의 목소리가 2층까지 올라왔다.

"우리 짐가방 어디 있지?" 사빈이 말했다. "월트, 초록색 짐가방." 그러고는 크게 소리를 질렀다. "주디, 얼른 올라와서 인사나 하자! 주디!"

"이것 좀 만져봐." 월트가 내게 수건을 건넸다. "폴리에스테르거나, 아니면 어쨌든 폴리 어쩌고일 거야. 아마 300그램, 기껏해야 350그램이겠지. 침대보는 몇 수로 표시하고, 수건은 그램으로 표시한다네. 이렇게 거칠고, 흡수력을 높여주는 바늘땀도 없는 걸 보니, 이건 화장실용 수건이 아니라 주방 수건이야. 내가 시내로 돌아가면 사람을 시켜서 면 수건을 좀 보내줄 테니 자네가 잊지 말고 나한테 말하게. 최고급 테리 천, 이집트산 천으로 만든 수건을 한 다스 보내주지. 심지어 글자도 새길 수 있다네. 상상해보게. B자를 멋들어지게 수놓는 거야. 색만 선택해."

"월터, 짐가방."

"여기 있습니다." 내가 말했다. "제가 벽장에 넣었어요."

주디가 월트에게 날 듯이 달려들자 그는 아이를 덥석 들어 올려 사빈에게 넘겼다. 사빈은 아이의 두 뺨에 입을 맞추고 머리를 쓰다듬었다. "정말 예쁘구나."

"그러지 마세요, 오마. 저 안 예뻐요."

"정말 예뻐. 여배우처럼."

"제발요, 오마."

나는 열린 벽장 옆에 서서 짐가방을 가리켰다. "어느 가방요?"

월트는 어깨를 으쓱하고, 사빈이 말했다. "아까 말했잖아. 초록색이라고." 그러자 월트가 초록색 짐가방을 들어 주디 옆에, 발톱에 색을 칠한 사빈의 발 옆에 털썩 내려놓았다.

"월터, 이건 짐가방이야. 잠자는 침대에 놓으면 안 된다고. 짐가방이 얼마나 더러운지 알아?"

"아니. 짐가방이 얼마나 더러운데? 우리 물건을 넣은 가방인데, 더러우면 얼마나 더럽다고."

"가방 안이야 깨끗하지만 밖은 더럽지. 당신이랑 반대로. 다 아는 사실이야. 여행가방 겉을 깨끗이 닦는 사람 본 적 있어?"

"그럼 당신은 여행가방 안을 깨끗이 닦는 사람 본 적 있어?"

"바닥에 내려놔." 월트는 고분고분 지시에 따랐다.

이디스가 들어왔다. 무대에 늦은 타악기 연주자처럼 얼굴이 벌겋게 달아오르고 당황한 표정으로. 반죽이 튄 앞치마 끈이 뒤로 늘어져 있었다. 넓은 집에서 혈연으로 연결된 많은 출연진이 모두 침실한 곳에 복닥복닥 모여 있었다. 이건 연극인가 아니면 유대식 관습인가? 아니면 그냥 비좁은 도시 아파트 분위기를 명절에도 되살리려는 무의식적인 시도인가?

"내가 뭘 놓쳤나요?" 이디스가 물었다.

"놓치다니, 뭘?" 내가 물었다.

사빈이 계속 주디의 매무새를 정돈해주면서 말했다. "우리가 선물을 좀 가져왔다."

"선물요? 로시 하샤나 선물?"

"너무 그렇게 경건하게 굴지 말게, 루벤. 로시 하샤나 선물이 아니라, 이 애가 대학을 방문하는 걸 기념한 선물이야. 이제 다 큰 우리 손녀 주디를 위한 선물. 가을 컬렉션으로 나온 옷일세. 이 애가 최고의 모습이었으면 하거든. 자네는 성적을 기반으로 합격 여부가 결정된다고 하겠지만, 최고의 모습으로 꾸미는 게 나쁜 일은 아니잖나."

"올 A를 받는 것도 그렇죠."

이디스가 말했다. "쉿, 루벤."

"SAT에서 1,600점을 받는 것도 그렇고요."

사빈은 주디에게 말했다. "우리한테 패션쇼를 한 번 보여줄 거지?" 그러고는 월트를 향해 말을 이었다. "뭘 꾸물거려? 가방 열어야지." 월트는 바닥에 앉아서 여행가방의 지퍼를 열어 뚜껑을 옆으로 펼쳤다. 그러자 폭발 현장 같은 모습이 드러났다. 하얀 덩어리들, 어두운 색 천에 흐르는 크림 같은 광택.

사빈은 비명을 지르며 침대에서 벌떡 일어나 월트를 옆으로 밀어버리고 바닥에 주저앉아서 가방 안을 이리저리 뒤졌다. 거기서 옷을 꺼내는 모습이 마치 슬퍼서 흐르는 눈물을 닦으려고 티슈 상자에서 티슈를 뽑는 것 같았다. 단정한 검푸른색과 갈색과 분홍색의 원피스와 치마와 블라우스가 온통 우유 같은 하얀색으로 얼룩져 있었다. "말도 안 돼." 사빈은 한 번에 하나씩 옷을 뽑아냈다. "진짜 말도 안 돼." 사빈이 옷을 들어올리면 저절로 펼쳐진 옷에서 로르샤흐 검사지 같은 얼룩이 드러났다. 사빈은 옷을 던져버렸다. "엉망이 됐어. 전부 엉망이야. 그놈의 찐득거리는 물건이 샌 거야."

"찐득거리는 물건이라니요?" 내가 말했다.

사빈은 이디스에게 말했다. "내가 월트한테 그걸 따로 싸라고 했어."

"내 탓을 하면 안 되지." 쭈그리고 있던 월트가 몸을 일으켰다. "내가 짐을 싼 게 아니잖아."

"당신이 가방을 트렁크에 넣을 때 내가 조심하라고 했잖아. 그런데도 그냥 던져 넣었겠지… 그러고는 저지Jersey로 들어서면서 도로가 울퉁불퉁해서…"

사빈은 끈이 달린 검은색 천 싸개를 높이 들어올렸다. 그러자 들어라, 들어라, 하는 장엄한 선언이 적힌 고대의 두루마리처럼 천이 펼쳐지면서 플라스틱 튜브가 떨어졌다. 나는 그것을 바닥에서 주워 들고 눈앞으로 가까이 가져와 라벨을 읽었다. 표백제 같은 냄새가 훅 끼쳤다. '날씬하게… 깔끔하게… 매끈하게… 국소용, 콧속에 삽입하지 말 것…'

사빈이 말했다. "정말 미안하다, 주디. 네 엄마가 사라고 해서 저 웃기는 코 크림을 샀어. 네가 대학을 방문한다고 해서 옷을 잔뜩 사주고 싶었거든. 그래서 네 사이즈를 물어보려고 네 엄마한테 전화했는데, 네 엄마가 나더러 차이나타운 맨 끝에 있는 이상한 특별 약국에서 파는 저 이상한 특별 코 크림을 사오라는 거야."

주디가 비명을 질렀다. "엄마, 그걸 말했어요?"

"안 했어."

"엄마가 말 안 했는데, 할머니할아버지가 어떻게 알아요?"

월트가 말했다. "그건 그냥 약초 가게야. 뒤쪽 카운터에는 거북이랑 개구리도 있더라."

"엄마, 어떻게 그런 짓을."

"그런데 가까이 가보니까 그냥 등딱지랑 개구리 껍데기뿐이었어.

거북이나 개구리가 실제로 있지는 않더라고. 고약해. 네 친구들이 거기 가보라고 하던? 아니면 우리를 그리로 보내라고 했어? 만약 내 친구들이 나한테 그 가게를 권했다면, 난 그 녀석들하고 곧 친구 관계를 끊었을 거다."

"엄마, 말도 안 돼. 왜 그랬어요?"

사빈이 말했다. "네가 네 코를 안 좋아한다고 네 엄마가 말했어. 그래서 수술비를 대달라고 한다고."

"진짜예요?"

"네가 코를 많이 골고 숨도 잘 못 쉰다고 하더라."

"말도 안 돼."

"코에서 공기가 잘 흐르지 못하니까 두통도 있고, 콧속에 염증도 생긴다고 했어. 냄새도 잘 못 맡는다고."

"그건 오히려 축복일 수 있죠." 내가 말했다. "이 미끈거리는 물건의 냄새가 좀 독하니까요."

주디는 내 말을 무시하고, 이디스를 계속 다그쳤다. "이젠 엄마를 못 믿겠어요."

이디스가 가늘게 떨면서 부드럽게 말했다. "주디스 리 블룸, 네가 뉴욕에서만 이 크림을 판다면서 이걸 구해달라고 나한테 부탁했잖아. 그래서 내가 네 할머니할아버지한테 부탁한 거야. 그게 어디에 쓰는 물건인지 내가 어떻게 숨길 수 있었을까, 응? 누가 쓸 물건인지 어떻게 숨길 수 있었겠어? 그 코가 사라지는 로션을 내가 쓸 거라고 했어야 돼? 아니면 네 아빠의 코에 바를 거라고 했어야 할까?"

"거짓말하는 법까지 내가 말해줘야 돼요, 엄마?"

"그럼 나는 너한테 감사인사를 하는 법을 꼭 일깨워줘야 하는 거니? 어때? 고맙다는 말은 어디 갔어? 오마와 오파한테 인사해야지. 코가 사라지는 로션은 아주 비싸."

"수술보다는 싸겠지." 사빈이 말했다.

내가 말했다. "저 애가 제 지붕 아래에 사는 한 저는 절대 수술을 못 받게 할 겁니다." 이걸 서약처럼 말해놓고 나는 아차 싶었다. 내 말이 끝나는 순간 주디는 복도로 달려나가 제 방으로 들어가더니 문을 쾅 닫았다.

"무시무시한 수술이야. 정말 무시무시해." 월트가 소리 높여 내 편을 들며 끼어들었다. "내 말 명심해라, 이디스. 코 수술이 안전하다고 여자들한테 말하는데, 그 수술을 받은 여자들은 애를 못 낳는다는 게 드러났어."

"그만하세요, 아빠. 코에다 무슨 짓을 해도 애를 낳는 것과는 상관없어요."

"사실을 알면 놀랄 거야, 이디스. 정말 놀랄걸. 그리고 저 크림도 틀림없이 암을 유발할 거다. 코에 암이 생기게 할 거야. 게다가 심지어 효과도 없을걸."

사빈이 말했다. "전부 그렇게 떠들기만 할 거야?" 사빈은 이리저리 움직이며 더러워진 옷들을 카펫 위에 늘어놓고 얼마나 상했는지 가늠해보고 있었다.

내가 말했다. "그 크림이 코에 무슨 효과가 있든, 확실히 코가 아닌 물건에 영향을 미치지는 않을 거예요."

"루벤." 이디스가 말했다.

"왜?" 월트가 말했다. "그 말이 맞아… 루벤이 맞아… 이게 효과가 있다면 왜 코에만 효과가 있겠어? 이게 효과가 있다면, 왜 저 옷들이 줄어들지 않았지? 저 여행가방도 오즈의 먼치킨《오즈의 마법사》에 등장하는 체구가 작은 사람들한테 맞는 여행가방처럼 변했어야지. 아니면 혹시 우리가 거대한 옷을 사서 거대한 여행가방에 담은 건가? 거 이름이 뭐더라? 킹콩한테나 맞는 크기였던 거야?"

"아빠, 제발요."

"마법의 콩처럼 줄어드는 크림을 사다니! 내가 너희한테 다리를 하나 팔아도 되겠다!"

그러고 나서 월트는 방귀를 뀌었다.

"더러워 죽겠어." 이디스는 이렇게 소리치고 쿵쿵거리며 밖으로 나가 주디의 잠긴 문 앞에 서서 애원했다. 사빈은 이디스가 나가는 것을 지켜보다가, 옷을 어떻게든 정리해보려는 작업을 다시 시작했다. 여기서는 정장 상의 하나, 저쪽에서는 색이 맞지 않는 하의 하나를 들어서 카펫 위에 놓고 매끈하게 폈다. 그 과정에서 이제 꾸덕꾸덕하게 굳어가는 크림이 사빈의 손과 얼굴에 묻는 바람에 나는 만약 이 기적의 크림이 정말로 문제를 해결해준다면, 단순히 코뿐만 아니라 다른 곳에도 효과를 발휘한다면, 지금 내 앞에 펼쳐진 이 광경, 내 집에서 펼쳐지는 드라마에 끼어든 이 침입자들이 모두 곧 줄어들고 시들어서 사라져버릴 거라는 생각이 들었다.

"거기 가만히 서서 뭐 하는 거야?" 사빈이 소리쳤다. "이거 다 마르기 전에 닦아내야지."

나는 아까 월트가 준 수건을 아직 손에 들고 있음을 깨닫고 유격수처럼 언더핸드로 월트에게 돌려주었다. 완전히 피 위 리즈_{메이저리그에서 유격수로 활약했던 해럴드 리즈의 별명} 같았다. 그러고 나서 나는 주방 수건과 페이퍼타월 등 수건을 더 가져오려고 아래층으로 내려가다가 층계참에서 숯이 타는 것 같은 냄새를 맡았다. 부엌으로 달려가 보니, 크림의 악취와 고기의 악취가 뒤섞이고, 재가 된 브리스킷 냄새가 콧속으로 들어왔다.

5.

친애하는 루벤 블룸 PhD. 박사 교수님. [추수감사절 직전 내 우편함에 도착한, 외국 종이 크기의 많이 닳은 편지는 이렇게 시작되었다.]

제 이름은 페레츠 레바비이며, 저는 예루살렘의 히브리 대학에서 아시리아학, 아리아학, 인도-유럽 언어학 및 문헌학을 강의하고 있습니다.

이런 편지를 드리는 것을 먼저 사과하고 싶습니다. 교수님께 편지를 써야 할지 확신이 서지 않아서 속으로 고민하다가 정신을 차려보니 제가 이미 책상에 앉아 펜을 준비해둔 상태였습니다. 제가 편지지를 접어 봉투에 주소를 쓰고 봉투를 봉해서 우표를 사려고 우체국에서 줄을 서 있을 때에도 저는 여전히 이 편지를 보내야 하는지를 두고 고민하고 있을 겁니다. '무의식'이라는 통칭으로 불리는 그 악마에 저는 믿음이 잘 가지 않는 것 같습니다. 요즘 유행 중인 그 악마의 존재가 제게는 아스모데우스나 벨리알에 비해, 아니면 천국에서 종신직을 얻는 데 실패하고 타락한 천사 사탄에 비해 헤아릴 수 없이 더 그럴 듯하게 보이지 않습니다. 어쩌면 저는 이들 모두의 영향을 받고 있을지도 모르죠. 어쩌면 제가 단순히 책임 있는 사람으로 행동하는 것인지도 모르고요. 판단은 교수님과 교수님의 천사들에게 맡기겠습니다.

제가 교수님에게 편지를 쓴 것은 벤-시온 네타냐후, 아니 요즘은

벤-시온 네타냐후 박사 PhD.라고 불리는 사람 때문입니다. 그가 현재 교수님이 계시는 곳의 역사학과 교수직 후보로 물망에 올라 있다고 들었습니다. 네타냐후 본인에게서 직접 들은 정보입니다. 그가 추천장을 써서 채용위원회 간사인 교수님께 보내달라는 요청을 담은 전보를 몇 주 전부터 여기 교수들에게 홍수처럼 보내고 있어서요. 제 동료 중 이 요청을 거절한 사람이 몇 명인지는 모르겠습니다… 저만 유일하게 그의 요청을 받아들인 건 아니어야 할 텐데요… 제 나름대로 교수님에 대해 알아본 결과, 교수님이 뉴욕 시립대학에서 공부했다는 사실을 알고 기뻤습니다. 제가 아직 베를린의 프리드리히 빌헬름에서 페터 뤼그너로 불리던 시절(Dr. phil. habil.박사학위의 독일식 표기, 1930)부터 친하게 지내던 수많은 동료들이 그곳에 자리를 잡았기 때문입니다. 혹시 막스 그로스 박사를 아시는지요? 에릭 페퍼 박사는요? 그분들이 제 신원을 보증해줄 겁니다. 저는 우리 도서관에서 유일하게 구할 수 있는 교수님의 글을 찾아냈습니다. 귀국의 앤드루 잭슨 대통령이 펼친 재정정책에 관한 글이었는데, 솔직히 그때까지 저는 잭슨 대통령을 잘 몰랐습니다. 인디언 재정착에 대한 재정지원을 훌륭하게 살펴본 교수님의 글을 읽고 나서, 저는 교수님이 열정적이고 지적인 분이라고 확신하게 되었습니다. 귀로 들을 수 있는 것을 듣고 눈으로 볼 수 있는 것을 볼 뿐만 아니라, 동물적인 감각을 넘어서는 영혼의 감수성을 추가로 갖고 있는 분이라고요. 그래서 망설이지 않고 교수님께 직접 편지를 쓰게 되었습니다. 교수님의 신중함을 전적으로 믿습니다.

먼저 네타냐후가 미국 고등교육기관에서 자리를 얻는 것에 반대할 사람은 여기 히브리 대학에 거의 없거나 전혀 없다는 말씀을 드리고 싶습니다. 그를 위해 공식적인 추천장을 써주는 것을 거절한 사람들까지 포함해서 드리는 말씀입니다. 사실 이스라엘 국경 너머의 어느 고등교육기관이라도 마찬가지입니다. 또한 이스라엘 학계 전체뿐만 아니라 이스라엘 정부 전체를 통틀어 봐도 네타냐후가 고향으로 돌아오는 쪽보다는 그곳에서 계속 일하는 편을 좋아하는 사람이 많을 겁니다. 제가 방금 드린 말씀을 잠깐 생각해보시고, 교수님이 제 입장이었다면 어떻게 하셨을지 생각해보십시오. 누군가가 먼 나라에서 일자리를 잡게 해주고 싶다면, 교수님은 그를 실제보다 넘치게 칭찬해서 교수님의 명예를 잃어버리시겠습니까? 아니면 아무 말도 하지 않는 것으로 교수님의 명예를 보존하시겠습니까? 만약 교수님의 지나친 칭찬으로 그가 일자리를 얻게 된다면, 교수님은 어떤 책임감을 감당해야 할까요? 교수님이 거짓 칭찬을 해주지 않은 탓에 또는 정직한 말만 하겠다고 고집한 탓에 그가 일자리를 얻지 못한다면, 교수님은 어떤 죄책감에 시달리게 될까요?

하지만 이런 건 랍비식 의문들이죠. 그리고 저는 랍비가 아닙니다… 일개 강사일 뿐입니다. 제가 하는 일에서 진실을 지키기 위해, 저는 모든 상황에서 결과와 상관없이 진실을 지켜야 합니다… 이 아래의 글에서 제가 교수님께 믿을 만한 평가를 제공할 수 있다면 좋겠습니다. 교수님은 어떤 의도나 해로운 말이 거의 없는, 사실만을 보게 되실 겁니다.

우리가 살펴보려는 대상을 소개하기 위해, 지금은 사라진 유럽 유대인 문화의 유명 인물에 대해 먼저 말씀드리겠습니다. 교수님도 이디시 문학을 통해서라도 틀림없이 이 인물을 접해보셨을 겁니다. 공동체의 지원으로 지적인 노고를 이어간 고독한 학자 현자, 수염을 기른 고명한 인물. 그는 공부하는 사람입니다. 공부하는 집에서 사는 사람입니다. 책에 둘러싸여. 정신에 둘러싸여. 그가 대단한 후광을 얻었기 때문에, 특히 유럽 유대인들의 비극 이후에는 신성한 후광을 두르게 되었기 때문에, 그의 시작에 대해 묻기가 어려워졌습니다. 그는 어떻게 해서 존재하게 되었는가? 왜? 좀 더 거칠게 표현하자면, 그가 어떻게 해서 그런 지위를 얻었는가? 왜 그가 모든 사람보다 높은 지위에 올라, 예시바고도의 탈무드 연구를 하는 유대교 대학의 어두운 구석에 앉아서 누구의 방해도 받지 않고 종일 연구할 수 있게 되었는가? 누가 또는 무엇이 그에게 그것을 허락해주었는가? 이미 비범한 사람들 사이에서도 그를 예외적인 존재로 도드라지게 만든 특별한 재능이 무엇이며, 특별한 지적 능력은 무엇인가? 저도 젊었을 때 유대교를 연구하면서, 이런 인물들을 적잖이 만났습니다. 그들이 순전히 능력만으로 그런 위치에 이르렀다고 믿었지요. 각각의 공동체에서 가장 똑똑하고 유능한 사람이 언어실력, 인지적 재능, 기억력 등을 기반으로 선발되어, 공동체를 대신해서 신성한 글을 연구하는 특권을 얻었다고 믿었습니다. 공동체를 위해 하느님의 승인과 천국의 한 조각을 얻어내기 위해서요.

그러나 어른이 되어 학계에 발을 들이고 나니, 진실이 눈에 들어왔습니다. 그 사람들에게 이름뿐인 그런 명예직을 준 것은 순전히 그들이 강단에 서는 것을 막기 위해서라는, 아니 그들이 젊은이들을 잘못 가르쳐 타락시키는 것을 막기 위해서라는 진실 말입니다.

그들에게 달리 할 수 있는 일이 뭐가 있었을까요? 자존심 강하고 타협을 모르는 사람들, 스스로 생계를 해결할 수 없거나 그럴 의지가 없는 사람들에게 달리 어떻게 할 수 있었을까요? 자비를 베풀기 위해서가 아니라 선제적인 방어책으로 그들에게 어느 구석진 자리와 양피지를 주고 연구하게 하는 것이 최선의 방법 아닐까요? 학식 있는 사람들을 방치하면 어떻게 되는지는 우리 모두 알고 있습니다. 방치당하면 그들은 분노합니다. 그 분노가 곪아서 어떻게 되는지도 우리는 모두 알고 있습니다. 이단, 배교, 가짜 메시아사상이 나옵니다. 유대 역사에는 오만한 자존심에 상처를 입어 전통에 반기를 든 똑똑한 사람들의 얘기가 가득합니다.

네타냐후도 바로 그런 사람입니다. 자존심에 상처를 입고 괴로워하는 지식인. 어쩌면 역사를 연구하는 데에는 잘 맞을 수도 있는 그의 기질은 강의와는 전혀 맞지 않습니다. 안타깝게도 제가 아는 한 역사 분야에서 강의와 사무적인 일처리 부담이 전혀 없는 자리는 없습니다. 그런데 네타냐후는 이 두 가지 모두 자신 같은 사람에게는 어울리지 않는 하찮은 일이라고 생각합니다.

그의 정신과 마음가짐은 개별적인 연구직, 학생들을 가르치는 일이나 서류작업의 부담도 없고 심지어 논문을 발표할 부담도 없는 연구직에 가장 잘 맞습니다. 하지만 그런 명예직이 학계에 흔하지 않으니 유감스럽습니다. 무기를 개발하는 공학자나 물리학자라면 또 모르겠습니다만, 명성도 없고 툭하면 싸움을 거는 외국인이 인문학 분야에서 그런 자리를 기대할 수는 없지요.

이제 연구에 대해 말씀드리자면, 혼자 고립되어서 연구하는 사람들이 흔히 그렇듯이 그의 연구에도 결점이 없지 않습니다. 네타냐후는 유대인의 과거를 정치화해서, 그들의 트라우마를 선동으로 바꿔놓는 경향을 몇 번이나 드러냈습니다.

제가 말씀드리고자 하는 것은 다음과 같습니다. 십자군 시대의 유대인 학살과 종교재판에 관해 그가 제시한 사실들이 정확하다고 인정해줍시다. 그가 이 사실들을 바탕으로 해석한 내용도 유용하다고 칩시다. 예를 들어 중세시대 국가권력의 분산이나 군주와 귀족과 신흥 시민계급 사이에서 계속 발전하는 삼각분할에 대한 해석, 또는 레콩키스타라고 불리는 에스파냐 국토회복운동 기간 동안 폭력적인 이슬람 통치에서 해방되어 감사한 마음으로 가톨릭교도가 된 수많은 유대인들에 대한 해석, 그들이 가톨릭 사회에서 성공을 거두자 가톨릭교회가 유대주의의 정의를 종교에서 종족으로 바꿔 유대 혈통 개종자들의 숙청을 정당화한 것에 대한 해석 같은 것 말입니다. 훌륭합니다. 좋습니다. 뛰어납니다. 그러나 거의 모든 글에 등장하는 공통점이 있습니다. 그가 논하고자 하는 현상이 사실은 중세 초기 로렌이나 중세 후기 이베리아의 반유대주의가 아니라 20세기 나치 독일의 반유대주의임이 드러나는 지점. 그러고는 특정한 비극이 특정한 디아스포라에 어떤 영향을 미쳤는지 설명하던 글이 갑자기 유대 디아스포라라는 비극 전체에 대한 통렬한 비난으로 변하고, 그 디아스포라가 반드시 이스라엘 건국으로 끝나야 한다는 주장이 나옵니다. 역사를 설명의 대상이 아니라 처방의 대상으로 보는 것 같습니다. 유대인의 고난을 이렇게 정치화하는 것이 우리 학자들뿐만 아니라 미국 학자들에게도 똑같은 영향을 미칠지 저는 잘 모르겠습니다. 그러나 어떤 경우라도 십자군 시대의 유대인 학살과 이베리아의 종교재판과 나치 제국을 연결시켜 유대인이 같은 역사를 계속 반복적으로 겪고 있다고 단언하는 것은 엉성한 유추의 범주를 넘어서는 일로 판단해야 마땅합니다. 유대인의 역사에 대한 그런 주장은 미신과 너무 흡사해서 위험할 정도입니다.

이런 정치화 충동의 근원에 대해서도 말씀드리겠습니다. '네타냐후'는 밀레이코우스키라는 성을 히브리식으로 바꾼 이스라엘 이름입니다. 슬라브의 땅 전역에는 작디작은 마을들이 밀알처럼 무수히 흩어져 있는데, 저마다 인도 게르만 공통 조어에서 '갈다'라는 뜻을 지닌 melh를 어원으로 삼아 다양하게 변형시킨 이름을 갖고 있습니다. 밀레이코보, 밀리코우 등은 '방앗간 마을'이라는 뜻입니다(미국에도 틀림없이 무수한 방앗간 마을들이 있을 겁니다). '방앗간 마을에서 온 사람'이 '하느님이 내리신'('네탄-야후'의 웅대한 의미가 이것입니다)이라는 뜻으로 바뀐 것은 대단한 변화입니다. 네타냐후의 아버지 나탄 밀레이코우스키는 카자흐 사람들의 피가 많이 흐른 폭력적인 해인 1879년에 리투아니아 국경 근처 백러시아의 크레보에서 태어나 유명한 예시바인 볼로진에서 랍비가 되기 위한 공부를 하다가 시온주의의 영향을 받았습니다. 하지만 다시 생각해보니 '시온주의'라는 이름이 잘못 지어진 것 같습니다. 역사적으로 부정확한 의미를 띠게 되었으나, 이 용어의 현재 의미가 너무나 강력해서 원래 의미가 시대착오로 여겨질 지경입니다. 시온주의의 역사를 자세히 얘기하기는 무척 어렵습니다. 시도할 때마다 형이상학으로 빠지고 맙니다. 사회주의자, 공산주의자, 무정부주의자, 시온주의자… 유대인들이 근대와 현대를 거치며 오로지 본연의 모습을 지키기 위해서, 다시 유대인이 되기 위해서 얼마나 많은 정체성을 표방해야 했는지 생각해보세요… 하지만 이번에는 자의로 자유롭게 유대인이 되기 위해서…

간단히 말해서 요즘 여기뿐만 아니라 해외에서도 시온주의는 곧 서유럽의 창조였다고 가르칩니다. 전통적인 유대주의에 대해서는 잘 몰랐지만 저널리즘에 대해 잘 알고 카페에 드나드는 법도 잘 알았던 헤르츨 같은 코스모폴리탄들의 운동이었다는 겁니다. 그들은 히브리어를 전혀 몰랐습니다. 심지어 이디시어도 몰라서 오로지 독일어만 썼지요. 그들에게 정치적 각성의 계기가 된 것은 오스트리아-헝가리 제국의 쇠퇴를 촉진한 국민국가 소란과 드레퓌스 사건이었습니다. 시온주의는 어디서든 기회가 생길 때마다 유대인의 정치적 자율권을 얻어내려 했습니다. 영국령 동아프리카, 네덜란드령 수리남, 아르헨티나에 유대인 국가를 세우려 했고, 키프로스나 마다가스카르나 바하칼리포르니아에 유대인 정착지를 건설하려 하기도 했습니다. 그러나 또 다른 시온주의, 별도의 시온주의도 있었습니다. 이 시온주의의 추종자들은 자기들의 사상이 더 유구하고 더 순수하다고 주장했습니다만, 유대인들은 항상 순수성을 주장하는 사람을 경계해야 합니다. 이 시온주의는 동유럽과 페일오브세틀먼트 유대인촌을 낳았습니다. 이것은 하느님이 고대 이스라엘 사람들에게 약속한 땅에 정착하고자 하는 가난한 신자들의 운동이었습니다. 그들이 이 땅에 정착한다면 하느님의 약속이 이루어져 지상에 일종의 낙원이 만들어질 것이라고 했습니다. 랍비 밀레이코우스키의 시온주의입니다. 여러 곳을 돌아다니며 연설로 사람들의 마음을 움직이던 랍비 밀레이코우스키는 '네타냐후'라는 필명으로 자신의 주장을 출판했습니다. 그렇습니다, 교수님의 학교에서 후보로 고려하고 있는 사람의 이름, 가명의 달인인 그 사람의 이름이 정말로 한때 가명이었던 겁니다! 자신을 감추고자 할 때는 반드시 주의해야 합니다. 이번 세대에 자신을 감추려고 지은 이름이 다음 세대에는 악명이 될 수도 있으니까요! 랍비 밀레이코우스키가 '네타냐후'라고 서명한 글에는 그의 주장이 또렷이 드러나 있습니다. 빈, 부다페스트, 스위스의 시온주의자들과 달리 그는 강대국들이 내키는 때에 내키는 곳을 유대인에게 고향으로 '내어줄' 때까지 기다리는 것을 거부했습니다. 하느님은 팔레스타인에서 역사적인 고향을 이미 유대인에게 '주셨'습니다. 그 땅이 그곳에서 그들을 기다리고 있으니(그 땅이 네탄-야후이니), 가서 취하기만 하면 된다는 겁니다.

최초의 시온주의 회의에서 서로 극단적으로 반대되는 주장을 펼친 이 두 세력이 분열했습니다. 서구의 '정치적'이고 '발전적'인 시온주의와 동구의 '실용적'이고 '혁명적'인 시온주의는 주로 지리적 위치와 방법을 놓고 불화를 빚었습니다. '어떤 땅' 또는 '약속의 땅'을 협상으로 얻을 것인가 아니면 탈취할 것인가가 문제였습니다. 여러 당파와 대표단의 불화는 격렬했고, 제1차 세계대전의 발발과 영국의 관여가 그들을 전장으로 동원했습니다. 정치적 방법을 주장하는 시온주의자들은 팔레스타인에 유대인 국가를 세울 수 있게 지원해달라고 영국 정부에 압력을 가한 반면, 실용적인 시온주의자들은 팔레스타인에서 싸우겠다며 로열 퓨질리어 연대에 자원입대했죠. 그러나 지리적 문제가 확실히 결정된 것은 팔레스타인이 오스만튀르크의 지배에서 벗어난 뒤였습니다. 따라서 이제는 방법론만이 논쟁의 대상으로 남은 가운데, 영국은 즉시 동맹에서 적으로 변신했습니다.

1920년 무렵 랍비 밀레이코우스키가 영국 위임통치령 팔레스타인을 처음으로 찾아와 정착하는 듯했으나 곧 떠나버렸습니다. 장차 여기저기 돌아다니며 살게 된 아들을 위해 선례를 하나 세운 셈입니다. 적어도 우리의 네타냐후는 가족을 데리고 돌아다니지만, 그의 아버지인 랍비는 1920년대에 대체로 아내와 아홉 자녀를 두고 전 세계를 돌아다니며 건국을 위한 기금을 모금했습니다. 땅 구입비, 이민자 정착비, 그리고 궁극적으로는 유대인 저항군이 쓸 무기 구입비 등을 마련하기 위해서였습니다. 유대인 저항군은 이제 '수정주의 시온주의'라고 불리게 된 실용주의 운동(반면 정치적 시온주의는 계속 그냥 '시온주의'라고 불렸습니다)이 임시로 만든 군사조직입니다. 이 수정주의자들의 지도자는 카리스마가 넘치는 오데사 출신 블라디미르 '제브' 자보틴스키였습니다. 그는 트럼펠도르와 함께 유대인 군단을 창설해 영국 편에서 싸우다가 나중에는 그들을 불구대천의 원수로 선포했습니다. 그가 자주 말했듯이, 그는 영국을 '위해' 싸웠다기보다는 튀르크인들에 '맞서' 싸웠다고 해야 할 겁니다. 자보틴스키가 이끈 운동에는 거의 군사적인 까다로움과 엄격함이 속속들이 배어 있었습니다. 그가 이끄는 수정주의자들이 아랍인을 증오한 건 맞지만, 우유부단한 유대인 형제들에 대한 증오심도 거의 비슷한 수준이었습니다. 바이츠만이나 벤구리온 같은 사람들이 그들 눈에는 마르크스주의에 양보하는 사람으로 보였습니다. 힘으로 빼앗아야 하는 땅을 구걸로 얻으려 하고, 강연장에서는 사람을 흥분시키는 연설을 하면서 직접 손을 더럽히려 하지는 않는, 약해빠진 비겁자로 본 겁니다. 수정주의자들은 자비를 베푸는 법이 없고, 타협도 하지 않았습니다. 팔레스타인, 영국 국왕, 이슬람 법률 전문가 등 상대를 가리지 않았습니다. 우리 네타냐후가 어렸을 때의 분위기가 바로 이러했습니다. 그는 거의 아버지가 없는 상태로 여기저기 돌아다니며 어린 시절을 보냈습니다. 그의 삶에서 유일하게 일관성을 유지한 것은 이념뿐입니다. 그는 1929년 히브리 대학교에 입학했습니다. 아랍인들이 성전 산을 놓고 폭동을 일으킨 해이자, 수정주의자들(통곡의 벽의 주권이 유대인에게 있다고 주장했습니다)이 심한 보복에 나서는 바람에 영국이 그들을 단속하는 한편 자보틴스키의 거주권을 무효화해 사실상 팔레스타인에서 추방한 시기이기도 합니다. 그 뒤에 이어진 혼란은 너무 복잡해서 간단히 설명할 수 없을 것 같습니다. 너무 복잡하고, 너무 고통스럽고, 너무 지루합니다. 가문의 분쟁이 이 방인과 관련되어 있을 때, 가문과 이방인 중 누가 더 크게 다치는지 저는 자주 생각합니다. 여기서는 그냥 서로 경쟁하던 유대인 파벌들 사이에서 폭동이 발생했다고 말하는 걸로 충분할 것 같습니다. 네타냐후는 거리에서 벌어진 싸움에 전혀 참가하지 않았지만, 그건 그가 학교 수업에 매진했기 때문이 아닙니다. 학기말 리포트를 쓰는 대신 신문 사설 필자로 나선 그는 영국 측의 검열과 폐쇄가 일상인 수정주의 간행물에 칼럼을 쓰기 시작했습니다. 네타냐후가 〈베이타르〉(그가 공동 설립자로 나선 매체)와 〈하-야르덴〉(그가 공동 편집자로 활약한 곳)에 기고한 글 중 일부를 발췌해서 교수님이 읽을 수 있게 번역해보았습니다. "좌파가 이스라엘 땅을 둘러싼 위기를 만들어냈다 [⋯] 좌파는 자신에게 고개를 숙이지 않는 모든 유대인과 싸운다 [⋯] 그 땅에서 유대인이 반드시 대다수를 확보해야 한다. 그러지 않으면, 우리가 현재 유럽에서 겪고 있는 홀로코스트가 내일 이곳에서 아랍인, 베두인족, 드루즈파의 손에 재현될 것이다 [⋯] 15세기에 스페인에서 온 유대인 난민을 아랍의 야만인들이 사냥했듯이, 20세기인 지금도 디아스포라라는 지옥에서 온 난민이 고향의 문 앞에서 사냥당하고 있다." 다른 글에서 그는 중세 비유를 버리고, 이스라엘을 미국에 비유합니다. 유대인을 '앵글로색슨'으로, 아랍인을 '인디언'으로 보는 겁니다. "그 땅의 정복은 모든 식민화 프로젝트 중 가장 초창기의 가장 근본적인 것에 속한다 [⋯] 홍인종과 끊임없이 분쟁하던 앵글로색슨족은 미국의 양편에 자리한 두 대양의 해안에 뉴욕과 샌프란시스코라는 광대한 도시를 짓는 것만으로 만족하지 않았다. 그 두 도시를 세운 뒤 그들은 그 두 곳 사이의 길을 직접 확보하려고 했다 [⋯] 미국 정복자들이 땅 한복판의 농경지대를 야만적인 인디언 손에 그대로 남겨두었다면, 현재 미국에 유럽식 도시는 기껏해야 몇 개밖에 안 되고 전 국토에 야만적인 홍인종이 수천만 명, 수억 명이나 살고 있었을 것이다. 곡물과 채소 등 여러 일용품에 대한 유럽의 수요가 워낙 커서 농경지대의 원주민 인구가 자연스레 엄청나게 성장했을 테니 바닷가 도시들에도 그들이 필연적으로 몰려왔을 것이다."* 저는 바로 이 시기에 독일을 떠나 대학에서 일을 시작

---

* 이처럼 강렬한 의미가 내포된 글에는 번역뿐만이 아니라 주석 또한 필요하다는 사실을 깨달았습니다. 다행히 지금은 소멸한 이 간행물들을 이스라엘에서조차 구하기 힘들기 때문에, 제가 개인적으로 갖고 있던 이 간행물들의 과월호 몇 권을 편지에 동봉합니다. 제 번역이 정확한지 다른 언어 전문가가 쉽게 확인할 수 있도록, 여기서 인용한 구절에 밑줄을 그어 표시했습니다. 교수님 또는 귀교의 위원회에 자료가 더 필요하다면 제가 기꺼이 돕겠습니다. 3파운드(또는 미국 달러로 상응하는 금액)에 해당하는 우편환을 이스라엘 우편은행에 제 이름으로 보내주시기만 하면 됩니다. 이런 요청을 드려도 될지 망설여지기는 합니다만, 저도 간행물 원본을 최소한 어느 정도는 계속 보유하고 싶은데 대학 측이 강사들에게 등사 장비 사용을 제한하면서 그 한도를 넘어서는 경우 요금을 물리고 있습니다⋯ 최근 모종의 이유로 이 정책이 바뀔지도 모른다는 희망을 갖게 되기는 했습니다만⋯

했기 때문에 잘 기억하고 있습니다. 작지만 점점 힘을 얻어가는 언어로 작은 신문을 발행하는 작은 정착지에 들어온 지 얼마 되지 않은 저는 읽을 수 있는 것이라면 무엇이든 닥치는 대로 읽었습니다. 심지어 이렇게 수상쩍은 간행물조차 캠퍼스 벤치에 앉아 뒤적이다가 〈푈키셔 베오바흐터〉나치당 중앙기관지나 〈데어 안그리프〉나치당 베를린 지구가 발행한 신문가 환영할 만한 주장을 발견하곤 했지요. 저는 이런 장광설을 쓴 'B. 네타냐후'가 바로 저의 아카드 세미나와 수메르 세미나 수업에 결석했던 그 'B. 네타냐후'임을 즉시 알아차렸습니다. 그러나 그가 '벤 소커'나 '니테이,' 혹은 글에서 맹렬한 비난을 쏟아내는 자보틴스키 추종자 'N' 등 여러 가명을 사용한다는 사실을 깨닫는 데에는 좀 시간이 걸렸습니다. 그가 반복적으로 사용하는 표현과 학생 같은 수다를 알아보는 데에도 역시 시간이 걸렸고요. 끊임없이 글을 쏟아내며 오합지졸을 선동하는 이자의 가장 도발적인 칼럼은 대학 생활을 중점적으로 다루며, 대학 지도자들을 반복적으로 공격했습니다. 그러면서 대학 지도자들을 국가 지도자의 대용품으로 취급했습니다. 미국 태생의 대학총장 주다 리언 매그니스, 팔레스타인 위임통치령의 전 법무장관 노먼 벤트위치를 저주하는 글이 여러 차례 실렸습니다. 벤트위치는 네타냐후의 칼럼이 게재된 시점에 마침 정치학 교수로서 '국가주의가 어떻게 종교로 바뀌고 있는가'라는 제목의 강연을 할 예정이었습니다. 안타깝게도 저는 이 의문의 답을 찾아내지 못했습니다. 다른 사람들도 마찬가지였습니다. 벤트위치가 입을 열기도 전에 강당으로 폭탄이 투척되었기 때문입니다. 저는 객석 중간쯤에 앉아 있다가 엄청난 폭음, 사람들이 놀라는 소리, 불꽃이 피식 꺼지는 소리를 들었습니다. 학생들과 교수들이 겁을 먹고 하나가 되어 바퀴벌레 무리처럼 출구를 향해 달려가던 것이 기억납니다. 저 또한 서둘러 밖으로 나가면서, 폭탄 하나가 터지지 않았다고 해서 다음 폭탄 역시 실패할 것이라고 볼 수는 없다는 생각을 했습니다. 바로 그때 고약한 구름 같은 것이 제게 다가오고, 저는 현기증을 느끼며 쓰러져 사람들에게 짓밟혔습니다(그때 다친 발목이 지금도 완전히 낫지 않았습니다). 알고 보니 강당에 투척된 것이 유황 폭탄이었던 겁니다. 악취가 나고 몸에 닿으면 피부에 물집이 잡히는 폭탄. 폭탄을 던진 범인은 아바 아히메이어라는 학생이었습니다. 폭탄을 만든 자는 수학을 전공하는 엘리샤 네타냐후였고요. 우리가 지금껏 이야기한 네타냐후의 남동생입니다. 그리고 우리의 네타냐후는 이 사건 전체의 기획자였습니다(그렇다고 합니다).

한 벌뿐인 제 정장과 머리카락에 밴 유황의 악취가 빠지기도 전에, 영국이 승인한 유대인 에이전시의 정치부장 하임 아를로소로프가 텔아비브의 바닷가에서 총에 맞아 숨졌습니다. 이 일로 체포된 세 명 중 한 명이 아히메이어였습니다. 이 사건은 대단한 화제가 되었습니다. 유대인이 유대인을 죽인 것은, 유대인 나라에 (유대인 은행가, 유대인 목수, 유대인 재단사 외에) 유대인 살인자도 생긴다면 유대인 나라가 다른 나라와 똑같은 정상국가가 될 것이라는 자보틴스키의 예언을 여러모로 실현해준 사건이었으니까요. 네타냐후는 다양한 필명을 사용해서, 체포된 범인들을 적극적으로 지지했습니다. 이제 연로한 랍비가 된 그의 아버지도 마찬가지였는데, 그는 감옥에서 범인들을 면회한 직후 세상을 떠났습니다. 아들이 쓴 수정주의적 사망기사에 따르면, 랍비 밀레이코우스키는 그동안 앓고 있던 만성 질환 때문이 아니라 유대인 나라를 세우는 데 그토록 헌신하는 젊은이들이 몹시 가혹한 대우를 받을 것이라는 슬픔 때문에 세상을 떠났다고 합니다. 슬픔은 네타냐후의 비난을 더욱 통렬하게 만들었습니다. 그는 영국이 인정한 모든 조직과 협력한 모든 유대인에게 무차별적으로 분노를 쏟아냈습니다. 특히 대학을 향해 분노하면서, 교수, 학장, 총장을 '원숭이' '설치류' '비겁한 반역자' '시온주의를 실패시키려고 혈안이 된 시온주의자'라고 불렀습니다. 저는 이런 주장을 펴는 것이 미친 짓이었음을 강조하고 싶습니다. 당시 네타냐후가 아직 학부생이었음을 기억하셔야 합니다.

아무리 똑똑한 학생이라도 이런 행동을 하고 용서받을 수는 없습니다. 하물며 네타냐후는 외국 기준으로 봤을 때만 똑똑한 학생이었습니다. 외국 기준을 존중하지 않는다는 뜻은 아닙니다. 미국의 교육 기관이라면 어디서든 그가 '스타'가 되었겠지만, 역사적 사정으로 인해 이스라엘의 기준이 더 높아졌음을 이해해주시기 바랍니다. 네타냐후가 히브리 대학에 다니는 동안 해마다 새로운 난민이 쏟아져 들어왔습니다. 제2차 세계대전 전야쯤에는 학교가 유럽에서 온 최고의 교수들이 무시무시하게 들끓는 피난처로 변해버렸을 정도입니다. 모두 명성과 위신을 위해 서로를 밀쳐댔습니다. 역사학과만 봐도, 베어, 쾨브너, 체리코버 교수가 있었는데, 이들이 유창하게 구사할 수 있는 언어를 모두 합하면 대략 스물두 개였습니다. 폴락은 두 눈으로 각각 다른 책을 읽는 방식으로 책 두 권을 동시에 읽을 수 있다고 자랑했고, 그의 원수인 디누르는 두 손으로 각각 한 권씩 책 두 권을 동시에 쓸 수 있다고 자랑했습니다. 강의와 사무용품을 놓고 그와 다투던 셸로모 도브 고이테인은 카이로 게니자_{유대교 회당에 딸린 서}고를 해석하는 작업을 막 시작한 참이었습니다. 복도를 걷다가 먼지를 뒤집어쓴 레오 아리예 메이어나 엘리에이저 수케닉을 만나는 것은 흔한 일이었습니다. 이 두 고고학자는 예루살렘의 성벽을 발굴하다가 잠시 짬을 내어 문서고의 참고자료를 찾아보곤 했습니다. 바람을 좀 쐬러 나가다가 마르틴 부버나 게르숌 숄렘을 위해 문을 열어주어야 하는 경우도 흔했습니다(제가 한 번 부버를 위해 미처 문을 열어주지 못한 적이 있는데, 부버는 그대로 곧장 걷다가 문에 부딪혔습니다). 이 사람들은 대부분 천재였습니다만, 일부는 트라우마에 시달리고 있었습니다. 심한 고난을 겪은 뒤 숨을 쉴 수 있게 된 것만으로, 살아 있는 것만으로 만족하는 망명자들이었던 겁니다. 어떤 사람들은 영국의 존재에 개의치 않았습니다. 심지어 영국의 문화와 예의를 좋아하는 사람도 있었습니다. 따뜻하고도 낯선 이곳에서 마주치는 유럽 상류계급의 흔적이 그들에게는 친숙했거든요. 좌파에 속하는 사람들도 있었습니다. 아니, 스스로 좌파라고 고백했지만 사실은 부르주아의 취향을 지닌 마르크스주의자들이었습니다. 그러나 정치적으로 어떤 입장을 천명하든, 그들의 시온주의는 기본적으로 문학적이고 시적이었습니다. 젊었을 때 유럽에서 꿈꾸던 삶을 되살리려 애쓰고 있었으니, 조지 5세 치하의 예루살렘에 영원히 머무르라고 해도 기꺼이 그렇게 했을 겁니다. 책상물림인 그들은 원한 적 없는 살육에서 방금 도망쳐 온 만큼, 여기서 또 다른 살육을 조장할 리가 없었습니다. 심리적인 면뿐만 아니라, 신체적으로도 그런 일에는 맞지 않았습니다. 무장봉기와는 전혀 어울리지 않는 환자 집단이었으니까요. 그런데 열성분자인 네타냐후는 이런 현실을 받아들이지 못했습니다. 그들의 정치적 피로를 감수하지 못했습니다. 또한 자기보다 더 많은 경력과 자격을 갖춘 사람을 참아넘기지 못했습니다. 대학이 자신의 재능을 거부했다며 미리 파업이라도 하듯이 소란스럽게 목소리를 높였는데, 이념적으로도 대학에 똑같은 거부감을 느꼈을지도 모르겠습니다. 타나크, 탈무드, 카발라, 하시둣, 쐐기문자, 양상논리학, 물질, 반물질, 양자역학 분야의 세계적인 천재들이 우글우글한 곳, 자신의 이름을 딴 정리를 갖고 있고 획기적인 저서의 에스페란토어 번역본이 나와 있으며 베를린, 뮌헨, 파리, 바젤, 취리히, 빈, 페테르부르크, 모스크바의 대학에서 갖가지 학위를 받은 사람들이 우글우글한 곳, 이런 곳에서 모든 교육을 이스라엘에서 받았고 박사학위도 없고 저서도 없으며 테러를 선동한 전력이 있는 불평분자가 어떻게 자리를 잡을 수 있었겠습니까? 예산도 별로 없는 이 작은 나라의 작은 대학에서 모든 구석자리마저 이미 주인이 정해졌는데, 그가 자리 잡을 수 있는 어둡고 조용한 구석자리가 어디 있었을까요?

 없었습니다. 해외로 나가는 방법밖에는. 제브 자보틴스키가 그의 해답이었습니다. 폴란드 침공 직전에 네타냐후는 학교를 떠나 그 정신 나간 오데사 출신 노인에게 운명을 걸었습니다. 자보틴스키는 추방당한 뒤로, 네타냐후의 랍비 아버지처럼 유럽을 방랑하고 있었습니다. 모든 것을 빼앗기고 약해진 몸으로 부들부들 떨면서 어디서든 기회만 생기면 연설을 했습니다. 산 제물을 바치는 예언자처럼 유대인 동포에게 인종학살이라는 대격변이 임박했다고 경고하며, 나치에 맞서 싸울 유대인 군대를 모으려고 했습니다. 나라가 없는 군대를 만들려고 한 겁니다. 유대인에게는 군대가 먼저이고, 나라는 그 다음이라고 했습니다. 군대를 만들면 자연히 나라가 따라올 것이라는 것이 그의 신념이었습니다. 자보틴스키가 주장한 방법이 이상해 보일 수는 있지만, 그의 본능은 옳았습니다. 나치의 위협은 현실이었으니까요. 실제로 존재하는 현실이었습니다. 그런데 과거부터 그에게 반대하던 시온주의자들은 그 주장을 부정했습니다. 지금 생각해보면, 다가오는 살육을 미리 내다본 사람은 자보틴스키뿐이었던 것 같습니다… 이디시 시인도 몇 명 있었던 것 같습니다만, 시인들이야 항상 살육을 예상하지 않습니까… 1940년에 자보틴스키는 미국에서 수정주의자들을 이끄는 일을 네타냐후에게 맡겼습니다. 네타냐후가 사실상 자보틴스키의 역할을 해야 하는 자리였습니다. 자보틴스키는 앞으로 어떤 살육이 다가올지 알았을 뿐만 아니라, 유대인이 살아남아 그 일이 지나간 뒤 번성하려면 미국의 도움이 필요하다는 것도 알았습니다. 자보틴스키가 보기에, 특히 젊은 네타냐후가 보기에, 유럽은 이미 끝났고(유럽이 죽음을 가져왔습니다) 미래는 미국에 있었습니다. 영국의 대외정책은 관직을 채우고 있는 세습적인 엘리트들의 생각이 바뀌어야만 변할 수 있었습니다. 그러나 그들은 유대인에 대한 증오를 기반으로 한 교육을 받았고, 자신의 계급을 배반할 이유가 없었습니다. 반면 미국의 대외정책은 대중적인 호소를 통해서, 투표권을 지닌 평범한 사람들을 겨냥한 광고전과 정보 캠페인을 통해서 결정될 수 있었습니다. 네타냐후는 바로 이 때문에 미국이 몹시 중요하다고 봤습니다. 모든 대외관계가 먼저 국내 문제로 다뤄지는 세계 유일의 국가였으니까요. 이민자가 많은 인구 구성과 민주주의 시스템 덕분에 해외 문제라는 것이 존재하지 않는 세계 유일의 국가였으니까요. 만약 유대인 국가라는 꿈을 많은 미국인의 마음에 불어넣을 수 있다면, 그들은 조약, 원조 협정, 소련으로부터의 보호조치 등을 통해 그 꿈을 실현해줄 정치가들을 당선시킬 것입니다. 이것이 네타냐후의 계획이었습니다. 그가 미국을 돌아다닌 것은 시나고그에서 미국의 유대인을 만나기 위해서만은 아니었습니다. 교회에서 미국의 그리스도교인을 만나고, 수정주의적 시온주의의 복음을 전파하고, 유럽 출신 유대인들의 팔레스타인 정착과 군사훈련을 돕기 위한 기금을 모금하려는 목적도 있었습니다. 그러나 네타냐후가 이 작업에 착수하고 얼마 되지 않았을 때 자보틴스키가 직접 뉴욕으로 와서 공개적인 자리에 몇 번 모습을 드러내더니 뉴욕주 캣스킬스 어딘가에 있는 민병대 훈련캠프로 모습을 감췄습니다. 공교롭게도 교수님이 근무하시는 학교와 가까운 곳인 것 같은데, 거기서 자보틴스키는 치명적인 심장발작을 일으켰습니다.

자보틴스키의 죽음으로 네타냐후는 후원자를 잃었습니다. 외국 땅에 혼자 버려진 그는 팔레스타인으로 돌아가봤자 비난 외에는 받을 것이 없었습니다. 그동안 유럽이 불탔습니다. 네타냐후는 뒤로 물러나 다시 연구에 열중하기로 하고, 필라델피아의 작고 이상한 랍비 신학교에서 박사학위를 받을 계획을 짰습니다. 그 학교는 작고 이상한 랍비들을 '성전聖殿'의 지도자로 길러내는 데 온 힘을 쏟는 곳이었습니다. 이런 일에 대해서는 저보다 교수님이 더 잘 아실 겁니다. 하지만 상상해보십시오! 동포들이 역사상 최악의 비극을 겪고 있을 때, 벤-시온 네타냐후는 유럽도 팔레스타인도 아니라 펜실베이니아주 필라델피아에서 중세 스페인에 대한 글을 쓰고 있었습니다! 홀로코스트 시기에 종교재판에 대한 글을… 유럽의 유대인들을 구하지 못한 자신의 무능함 대신 이베리아에서 스스로를 구하지 못한 유대인들에 대한 글을 쓰다니… 정말 어이없지 않습니까! 전쟁이 끝난 뒤 그는 어떤 감정을 느꼈을까요? 아니, 논문을 완성한 뒤 그가 무엇을 축하할 수 있었을까요? 확실히 유대인 국가의 건국을 축하할 수는 없었을 겁니다. 그의 적들은 유대인 국가의 건국을 승리로 주장했으나, 그 승리는 수많은 사람의 목숨을 대가로 치르고 얻은 것이었습니다. 그들이 쟁취한 나라가 아니라, 재앙에 대한 배상으로 죄책감 때문에 주어진 나라. 그가 보기에 이 나라는 수용과 양보를 주장하는 사람들, 유대인다운 모습은 거의 없고 네빌 체임벌린영국의 총리의 화신 같은 사람들이 이끄는 곳이었습니다. 벤구리온과 바이츠만처럼 자보틴스키의 무덤에 침을 뱉은 사람들. 롱아일랜드에 묻힌 그의 시신이 이스라엘로 돌아오는 것조차 허락하지 않을 사람들. 신생국가 이스라엘 정부에 기용된 수정주의자는 한 명도 없었습니다. 수정주의 운동은 크네세트이스라엘 국회에 아무런 영향도 미치지 못했습니다. 이제 시온주의는 하나뿐이었습니다. 수정주의는 수정당해 망각에 묻혔습니다. 그래도 네타냐후는 이곳으로 돌아왔습니다. 온갖 어려움에도 불구하고 돌아올 수밖에 없었던 그는 정치적 역할, 군사적 역할, 지식인의 역할, 또는 학계에서 아무 역할이라도 하려고 했습니다. 아니, 어쩌면 순전히 이스라엘이 실패하는 걸 목격하려고 돌아왔는지도 모릅니다. 하지만 물론 이스라엘은 실패하지 않았습니다. 아직은 실패하지 않았습니다. 네타냐후는 지금도 끈질기게 버티면서, 추위에 떨고 있는 자신을 누군가가 데려가주기를 거의 10년 동안 기다리고 있습니다. 그는 국가의 기록에서 배제되어 좌절한 랍비 겸 외교관의 자식, 역사에서 배제된 역사학자였습니다. 비극적인 일입니다. 과거 대학의 동료들이 네타냐후의 정치적인 견해 때문에 그를 피했다면, 이제는 이 비극 때문에 그를 피했습니다. 그가 품은 앙심과 분노 때문에. 솔직히 저도 그를 피했습니다. 어쩔 수 없는 일이었습니다. 당시 우리 대학의 행정은 엉망진창이었습니다. 분자를 쪼개고 상대성이론을 상세히 설명할 수 있는 사람은 수십 명이나 되었지만, 행정과 회계 업무를 처리할 수 있는 사람은 전혀 없었습니다. 원래 우리 대학은 독립전쟁 이후 요르단 영토로 둘러싸인 유엔 관리구역 안의 스코푸스 산 캠퍼스에 있었으나, 어쩔 수 없는 이유로 그곳을 떠난 뒤 예루살렘 중심부의 재건되지 않은 수도원에서 업무를 처리하고 있었습니다. 가톨릭교회가 소유한 수도원이었습니다. 우리 대학의 동료들 중 네타냐후를 도운 적이 있는 유일한 인물은 너그러우면서 교활한 조세프 클라우즈너 박사 교수였습니다. 그는 《히브리 백과사전》의 편집자를 구하던 출판업자 알렉산더 펠리에게 네타냐후의 이름을 알려주었습니다만, 이것을 친절한 행동으로 보시면 안 됩니다. 아니, 오로지 친절하기만 한 행동으로 보시면 안 됩니다. 그 나름의 모욕적인 행동이기도 했기 때문입니다. 솔직히, 제가 지금껏 들어본 것 중에 가장 창의적인 모욕이었습니다. 새로운 조국에 조국의 기원起源을 담은 새 백과사전을 마련해주는 일을 맡게 되었다고 상상해보십시오. 벤예후다가 만든 현대 히브리어 사전 덕분에 히브리어가 재창조된 이래, 이 언어로 펼쳐질 가장 야심적이고 포괄적인 지식 프로젝트를 책임지게 되었다고 상상해보십시오. 여기서 명심해야 할 것이 있습니다. 백과사전 편집자라면 거의 무엇이든, 누구든 항목으로 집어넣을 수 있습니다. 편집자 본인만 빼고. 편집자만은 항상 반드시 배제되어야 합니다. 네타냐후는 과거 자신의 적이었던 모든 사람에 대한 설명을 편집해야 했습니다. 자신이 반유대주의에 대한 설명을 직접 기술하기도 했습니다. 그러나 자신을 언급할 수는 없었습니다. 이렇게 자신을 지워야만 살아갈 수 있다니 얼마나 기분이 나빴을까요! 유대인들은 정말로 눈부신 복수를 합니다! 저는 네타냐후가 여기 남아 영원히 끝나지 않을 이 훌륭한 프로젝트를 계속 담당할 것이라고 생각했습니다만, 여기서 그가 느낀 고통이 너무 심했는지도 모릅니다. 이 일을 하면서 자꾸 되새기게 된 사실들이 너무 수치스러웠는지도 모릅니다. 클라우즈너와 다른 동료인 예샤야후 리버비츠 박사 교수를 비롯해서, 백과사전 집필에 참여했던 여러 사람이 그가 다른 자리를 찾아 다시 해외로 나갔으나 어디에서도 확답을 받지 못한 채로 추천장을 부탁하는 전보를 동료들에게 보냈다는 소식을 들었습니다. 클라우즈너와 리버비츠, 역사학과 교수 절반, 그리고 나중에는 저도 그 전보를 받았습니다.

  이 편지가 너무 길게 느껴지신다면, 그것이 바로 저의 솔직함을 보여주는 증거라고 생각해주시기 바랍니다. 여기서 저는 제가 아는 것을 대부분 말씀드렸고, 제 생각에 대해서는 지나치게 많은 말씀을 드렸습니다. 하지만 그중에 방해를 목적으로 쓴 것은 전혀 없습니다. 저 역시 난민으로서 사람이 변할 수 있음을 잘 알고 있습니다. 한 사람 안에 아주 많은 모습이 들어 있다는 것도 알고, 그들이 겉으로 보여주는 모습이 비극적이었다가, 희극적이었다가, 무자비했다가, 불쌍했다가, 당황했다가, 하는 식으로 다양하게 변할 수 있다는 점도 압니다. 교수님이 만나게 될 네타냐후가 또 다른 네타냐후이기를 교수님을 위해 바랍니다. 제가 지금까지 묘사한 사람과는 전혀 닮은 점이 없는 진짜 다른 사람이기를 바랍니다. 그렇게 된다면, 때에 맞춰 변화를 가져오시는 하느님을 찬양해야지요. 이 편지 때문에 제 말을 나쁘게 받아들이지 않고, 제가 설명한 네타냐후의 결점들을 제것으로 생각해버리지 않은 교수님도 찬양하겠습니다. 기도서가 아니라 하이네의 시에 나오는 기도문으로 이 편지를 끝맺고자 합니다.

"뫼건 프렘더 위버 운스 알레 우타일런!" "우리 모두 낯선 사람들에게 평가받기를!"

마음에서 우러난 진심을 담아,
페레츠 레바비(페터 뤼그너) 박사 교수
히브리 대학교
이스라엘 예루살렘

6.

추수감사절에는 내 부모님이 오셨다. 두 분은 동이 트기도 전에 엉뚱한 방향으로 출발해서 10시간이 넘게 걸리는 여행을 하겠다고 고집을 부렸다. 먼저 브롱크스를 출발해 펜 역으로 가서, 레이크 쇼어 라인을 타고 온 길을 되짚어 가는 여정이었다. 두 분은 올버니, 스케넥터디, 유티카, 시러큐스, 로체스터를 거쳐(우리 부모님은 정거장을 확인하느라 정신이 팔려서 창밖의 변화하는 풍경을 알아차리지 못하는 분들이었다) 버펄로까지 와서 버스에 올라타 황량하게 파헤쳐진 벌판을 달리며 괴상한 참회를 했다. 이디스의 부모님이 우리와 명절을 보내고 가신 뒤로, 내 부모님 알터와 헤나 역시 반드시 우리와 명절을 보내기로 결심을 다졌다. 유대 명절이 아니라 세속적인 명절로 만족해야 한다면 그렇게 해서라도.

  식탁에는 편안한 가정식 같은 음식이 차려졌다. 내 부모님에게 낯설게만 보이는 그 음식들은 이디스가 포장지에 적힌 설명을 보고 혼자 힘으로 만든 것이었다. 얌과 마시멜로가 들어간 '인스턴트' 캐서롤, '인스턴트' 크랜베리 수플레, '인스턴트' 속. 물론 인스턴트와는 거리가 먼 칠면조도 있었다. 깃털을 다 뽑고 그레이비를 번들번들하게 바른 거대한 동산 같은 고기를 내가 식탁에서 직접 자르려고 시도했으나, 아버지가 끼어들어 칼을 가져갔다. 천이든 고기든 자르는 일은 다 똑같았다. 전문가는 전문가였다.

어머니와 아버지가 긴 여행 끝에 도착했을 때 워낙 허기진 상태였기 때문에 우리는 곧바로 식탁에 앉아 빨리 해치워야 할 허드렛일처럼 식사를 하는 경험을 안겨드렸다. 30분도 안 돼서 디저트를 먹고 있을 정도였다. 10시간이 넘게 차를 갈아타고 왔는데, 저녁식사는 30분 만에 거의 끝나버렸다. 디저트는 호박파이, 파인애플 업사이드 다운 케이크, 사과-대황 푸딩이었다. 푸딩에는 로켓 모양 통에 담은 생크림이 하얀 꽃 모양으로 푸짐하게 뿌려져 있었다.

이디스의 부모님이 오셨을 때와 내 부모님이 오셨을 때의 가장 특징적인 차이점은 아마 디저트를 다 먹은 뒤에도(아버지는 생크림 통 노즐에서 떨어지는 마지막 크림 방울까지 핥아 드셨고 어머니는 아버지의 손을 찰싹 때리셨다), 심지어 새로 내온 디저트까지 다 먹은 뒤에도 두 분이 이 집의 다른 방에 대해서는 조금의 호기심도 드러내지 않은 채 계속 자리에 앉아 계셨다는 점일 것이다. 매트리스의 단단함, 각종 가정용품의 보증기간, 포마이카와 마이카르타로 만든 가구의 표면 느낌, 변색된 구리 세척, 도자기 복원, 창문 새시의 방한 장치 등에 대한 관심은 말할 것도 없었다.

두 분은 그냥 식당의 풍경에 만족한 듯, 거기서 이어진 방이 보이는 것에 만족한 듯 의자에 등을 기댔다. 이 집의 2층은 두 분에게 다른 세상이었다. 다른 사람의 아파트거나 내세처럼 여기는 듯했다.

이디스와 내 앞에는 커피가, 두 분 앞에는 차가 있었다. 두 분은 지금도 설탕에 절인 과일이 바닥에서 단맛을 내게 만드는 구식 방식으로 차를 마셨다. 우리는 과일 설탕절임이 없어서 포도 잼을 대신 내놓았고, 아버지는 먹고 남은 크랜베리 소스를 조금 차에 넣어 휘저었다.

나는 지루했다. 틀림없이 이디스도 지루했을 것이다. 하지만 그걸 겉으로 드러낸 사람은 주디뿐이었다. 뜨거운 음료를 죄다 거절한 주디는 오가는 대화를 들으며 과장된 한숨을 내쉬었다. 우리의 대화 주제는 뉴욕에서 코빈데일까지 직행버스가 있는가(없다), 코빈데일을 오가는 기차가 여객열차였던 적이 있는가 아니면 처음부터 항상 화물열차였는가(화물열차였다), 내가 코빈에서 일할 때와 시티 칼리지에서 일할 때의 차이점은 무엇인가(아버지: "여기서는 학생들이 시험을 그렇게 많이 치른다며. 그게 최종 성적 평점에서도 큰 부분을 차지하는 거냐?")였다. 여기 도서관에 대한 이디스의 의견도 화제에 올랐다. 장서가 제대로 갖춰진 분야가 어디인가(듀이 분류법에 따라 630번 대인 농업 분야), 장서가 부족한 분야가 어디인가(다른 분야가 대부분 그렇지만, 특히 490번 대인 기타 언어 분야), 대출 기한은 얼마나 되는가(책에 따라 다르다), 반납이 늦어졌을 때 벌금은 얼마인가(하루에 1센트씩). 아버지가 답변을 재촉하는 사이사이에 주디가 계속 끼어들려고 시도했지만 아버지는 매번 아이를 무시했다. 결국 어머니가 아버지의 목덜미를 손바닥으로 잡자 아버지가 말했다. "왜?"

어머니가 말했다. "주디가 할 말이 있다잖아." 그러고는 어머니가 주디에게 고개를 끄덕이자, 주디는 이렇게 중얼거렸다. "그냥 이제 그만 일어나겠다는 얘기를 하려고요."

"얼마나 중요한 일이 있길래 그래?" 아버지가 말했다.

"제 테마요."

"네 테마? 그게 뭔데?"

"제 프롬프트예요."

"프롬프트라." 아버지는 마치 박하를 맛보듯이 이 단어를 잠시 생각하며 앉아 있다가, 어머니가 아버지의 목을 꼬집는 손에 점점 더 힘을 주고 있는데도 이렇게 말을 이었다. "넌 내 말을 안 믿을지도 모르지만 나도 영어를 할 줄 알아. 그러니 너도 영어로 말해야지. 우리 둘이 함께 영어로 이야기를 나눌 수 있게."

주디가 한 발 물러섰다. "대학 지원서류에 들어갈 에세이를 말한 거예요."

"아하. 대학에 지원하기 위해 에세이를 써야 한다는 거로군."

"하지만 그건 사실 아빠가 저를 마음대로 굴릴 기회가 되어줄 뿐이에요. 제가 몇 페이지나 글을 써서 아빠한테 읽어봐달라고 부탁하면, 아빠는 온통 새빨간 표시를 해서 돌려줘요. 제가 얼마나 멍청한 실수를 했는지 보여주려고요."

"대부분 이렇게 고치면 좋겠다고 제안한 것뿐이야. 수정한 게 아니야." 내가 말했다.

"그게 틀림없이 도움이 될 거야." 어머니가 나를 도우려고 나섰다.

이디스가 말했다. "확실히 글을 더 좋게 만들어주지."

"대학이 그 글을 바탕으로 합격시킬 학생을 선택하는 거니?" 아버지가 내게 휙 고개를 돌리며 말했다. "애가 가고 싶어 하는 학교에 네가 전화해서 나도 당신처럼 교수인데 내 딸을 학생으로 받아들여주시오, 라고 말할 수는 없다는 거야?"

"그런 식으로는 안 돼요, 아버지. 게다가 주디한테는 어쨌든 제 참견이 필요없고요. 다른 사람의 참견도 마찬가지예요. 아이가 혼자 잘하고 있어요."

주디가 말했다. "그럼 왜 내 글에 빨간 표시를 하는 건데요?"

아이의 말에 일리가 있었다. 내가 아이의 글을 너무 많이 고친 것 같기도 했다. 내 실수 때문에 아이의 글을 고친 것 같기도 했다. 확실히 내가 아이를 너무 밀어붙였던 것 같다. 학교 측이 제시한 주제 중에서 가장 진부한 것을 가지고도 기번이나 칼라일의 글은 물론 심지어 링컨과 더글러스 간의 토론 같은 글을 뽑아내기를 기대하면서. 다음의 백지에 '과거에 보내는 편지'를 쓰시오, '미래에 보내는 편지'를 쓰시오, '만약 내가 미국 대통령이라면…'이라는 주제를 곰곰이 생각해보시오. 이런 과제에 맞춰 주디는 글자를 한쪽으로 기울이고 고리를 크게 그리는 필체로 초고를 썼다. 파머 필체미국에서 가장 널리 퍼져 있는 손글씨 쓰는 방법를 꼼꼼히 따랐다고 할 수는 없는 필체였다. 글을 다 쓰면 주디는 밤을 틈타 원고를 내 서재 문 아래로 밀어 넣었다. 나는 일을 마치고 밤늦게까지 그 글을 읽거나, 아예 일을 하지 않고 끝까지 읽으면서 그 글의 구조를 손봤다. 아이를 벌하려는 것이 아니라 글을 좋게 다듬는 것이라고 속으로 되뇌었지만, 내가 글을 붙잡고 있는 시간이 길어질수록 내 가슴을 묵직하게 짓누르는 유대인 생각도 뒤로 미룰 수 있다는 점을 지하 호수만큼 마음 깊이 알고 있었다.

"에세이 주제를 하나 예로 들어봐라." 아버지가 말했다.

"아주 많아요." 주디가 말했다. "학교마다 다르거든요. 지금 제가 쓰고 있는 주제는 공정함이에요."

"공정함?" 아버지는 주먹으로 뺨을 받쳤다. "공정함에 대해 넌 뭐라고 썼지?"

"아빠한테 물어보세요." 주디가 나를 가리켰다. "의견을 말한 사람이니까요."

"난 그냥 사람이 아니라 네 아빠야." 나는 이렇게 말하고 나서, 내 아버지를 향해 말을 이었다. "주디한테 여기서 글을 읽어보라고 할까요?"

"싫어요, 아빠."

"그러지 말고, 주디. 어전공연? 낭송?"

"하기 싫어요."

아버지가 말했다. "나도 저 애한테 읽어달라고 하고 싶지 않아. 저 애가 제 입으로 글의 내용을 이야기할 수 없다면, 그건 아무것도 아니지."

그건 배서 대학에 지원하기 위한 에세이였던 것 같다. 코넬과 펜실베이니아 대학을 제외한 대부분의 아이비리그 대학에 비해 유대인 쿼터가 높고, 프린스턴과 달리 여학생을 받아들인다는 이유로 주디는 배서를 가장 가고 싶은 학교 중 하나로 꼽았다. 주디가 쓴 모든 에세이 중에서 이 글이 가장 골치를 썩였다. 아니, 어쩌면 나만 골치를 썩였던 건지도 모른다. 학교 측이 제시한 주제를 그대로 옮기면 '공정함이란 무엇인가?'였다. 각 단어의 첫 글자가 대문자로 표기되어 있었다. 주디와 나는 그해 가을 주말마다 오후에 이 주제에 긴 시간을 쏟았다. '공정함이란 무엇인가?'라는 이론적인 질문과 '무엇이 공정한가?'라는 실용적인 질문은 어떻게 다른가? 공정함이 평등과 자주 충돌할 수 있다는 점에 대해서는? (예를 들어, 공정함은 개인의 성취를 고려해줄 수 있지만 평등은 결코 그렇게 할 수 없다.) 우리는 'equality'평등와 'equity'형평성를 찾아보았다. 나는 주디에게 'egality' 평등를 찾아보라고 했다. 우린 'equitability'가 옳은지 'equitableness'가 옳은지, 'equatable'이 무엇인지를 놓고 논쟁을 벌였다. 그밖에 수많은 개념들에 대해 이야기하면서 나는 주디의 이상주의에 맞서 구체적인 주장을 내놓지 못했다. 주디의 이상주의 속에서 그렇게 나의 퇴보를 인식한 것이 내 화를 부추겼다. 주디가 뿜어내는 단어들, 표현들, 로고포에이아_단어와 함께 연상되는 맥락을 이용해 단어의 명시적 의미 이상을 추구하는 것_적이고 초보적이고 애국적인 감정들에 나는 예전부터 어렴풋이 동의했다. 아니, 그런 줄 알았지만, 아이의 목소리로 그런 주장을 듣다 보니 진부하고 순진하게 들렸다. 마치 아이가 어른 옷을 입고 엄마 흉내를 내는 것 같았다. "공정함은 민주주의의 실행이에요… 여자들이 공정한 몫을 받는 것, 흑인을 포함한 이 나라의 소수집단이 평등한 대우를 받는 것이 공정함이에요… 결정을 내릴 때 과거의 유산이나 집안의 연줄을 고려하지 않는 것이 공정함이에요. 사람을 판단하지 않고 사실을 판단하는 것…"

주디는 그날 식탁에서 자신의 원고 중 생각나는 구절들을 간간이 섞어가며 이런 주장을 펼쳤다. 즉석에서 스스로 열기를 끌어올려 유창하게 주장을 펼치다가 마침내 이렇게 요약했다. "공정함은 또한 이 나라에서 자기 돈으로 코 수술비를 댈 수 있는 사람이라면 누구든 수술을 받을 수 있는 것이어야 해요."

박수를 치려고 허리를 꼿꼿이 세우고 있던 이디스가 갑자기 의자에 앉은 채 널브러졌다. 조용히 참고 있던 어머니는 이디스의 무릎에 한 손을 얹고 주디에게 말했다. "네 코는 내 친척인 젤다 아주머니를 닮은 거야. 너를 사랑하는 남자들은 그 코 때문에 너랑 결혼할 거다. 마음에 안 드는 코를 감수하고 결혼하는 게 아니야. 이 점을 반드시 기억하렴. 아주 많은 남자들이 젤다를 아름답다고 생각했어."

주디는 코웃음을 쳤다.

침묵이 뚜껑처럼 우리 머리 위로 내려앉자 아버지가 눈을 가늘게 뜨고 말했다. "공정함이라." 마치 어둠 속에서 들려오는 소리 같았다.

"나도 공정함을 원해." 그러고는 잠시 쉬었다가 말을 이었다. "너희한테도 공정해지고 싶고. 그러니까 네가 말해봐라, 주델. 난 잘 모르겠으니까. 방금 네가 공정함에 대해 말한 걸 반드시 학교에다 말해야 하는 거냐? 학교가 그런 걸 좋아하니까? 아니면 네가 정말로 그런 걸 믿기 때문에 스스로 그런 말을 한 거야? 내가 알기로는 말이다, 내가 그런 건 또 잘 알지, 사람이 살다 보면 직장에서든 개인적으로든 가끔 하기 싫은 일을 해야 하거든. 너의 그 코, 그 예쁜 코를 붙잡고 수술도 해야 하지. 남들의 기대에 맞게."

"아뇨, 제이드, 전혀 그렇지 않아요. 저는 제가 믿지도 않는 말을 글로 쓰지 않아요. 이건 100퍼센트 제 의견이라고요. 100퍼센트."

"알았다." 아버지는 숟가락으로 접시를 가볍게 두드리며 말했다. "100퍼센트란 말이지. 그냥 내가 뭐라고 말하기 전에 그걸 물어봐야 할 것 같았다. 신념이 없는 사람과 어떤 문제를 놓고 왈가왈부하는 건 멍청한 짓이니까. 하지만 그 글에 쓴 말을 네가 믿는다고 하고, 이건 형식이, 형식적인 글이 아니라니까 얘기가 다르지." 아버지는 의자를 확 뒤로 밀었다. 아마 생각했던 것보다 더 세게 민 것 같았다. 어머니는 자신의 무릎으로 시선을 내리고 이디스는 내게 시선을 맞추는 것을 보며 나는 속으로 나 자신을 타이르려고 해보았다. 루브, 아버지가 이제 뭘 하시려는 건지 넌 알지, 아버지가 이제 무슨 말을 하시려는 건지도 알고, 주디가 그 말에 어떤 기분이 될지도 알아. 그러니까 지금 얼른 끼어들어. 농담을 하든지, 커피를 엎지르든지, 아버지의 찻잔을 쓰러뜨리든지, 캣스킬스의 마법사처럼 식탁 위의 식기들은 그대로 둔 채 식탁보만 빼내는 묘기를 부리든지, 뭐라도 해서 아버지의 관심을 네 딸에게서 네게로 돌려봐. 아버지가 성질을 부려서 분위기를 망치는 걸 막아보라고.

하지만 나는 할 수 없었다. 아버지는 아버지고 나는 아들이었으니까. 가만히 앉아서 아버지의 말씀을 받아들이며, 내가 내 딸의 눈에 이렇게 보이는구나, 거만하고 지나치게 자신 있고 뻔뻔하고 비열하게 보이는구나, 하는 생각을 열심히 마음에 새기려고, 정말 열심히 애쓰는 수밖에 없었다.

"자기가 믿는 대로만 행동하는 사람." 아버지가 말했다. "그런 사람의 인생이 어떨 것 같니? 그런 행동을 하는 사람을 뭐라고 부를까?"

주디가 말했다. "정직한 사람? 영웅?"

"죽은 사람. 내가 보기에는 죽은 사람이야."

"너무 냉소적이세요."

아버지는 주디를 향해 숟가락을 휙 흔들었다. "만약 내가 지금 대학에 지원하려 한다면, 그 대학 대장들한테 내 생각을 말하는 게 아니라 그들이 듣고 싶어 할 것 같은 말을 할 거다. 그 대장들을 보면 그들에게 무슨 말을 해야 하는지 알 수 있지. 그러면 그들이 나를 뽑아줄 테니 모두 원하는 걸 얻는 셈이야. 그들은 원하는 말을 듣고, 나는 대학에 들어가고. 이게 내 조언이다. 최고의 조언이지. 이 조언을 해준 나는 비록 평생 이 나라의 학교에 다녀본 적이 없지만. 여기서는 일만 했고, 키이우에서는 헤데르에 다녔다. 헤데르가 뭔지 아니?"

"아뇨."

"유대인 아이들이 다니는 학교야, 헤데르는." 아버지는 다시 숟가락을 톡톡 두드리기 시작했다. "하지만 지금 주제는 그게 아니라 공정함이지. 헤데르도 아니고, 내가 정식 교육을 받은 적이 없다는 것도 아니야." 아버지는 주디와 시선을 마주쳤다. "나라면 내가 지금 너한테 하는 말, 공정함에 대한 내 생각을 대학에 말하지 않을 거다. 멍청이가 아니니까. 정식 교육은 받지 못했지만 멍청이는 아니야. 교육 대신 인생 경험이 있거든. 거기서 나는 공정함은 그냥 생각에 불과하다는 걸 알았다. 소련 사람들도 생각이 있긴 하지만, 그게 효과가 없잖아. 자연에 어긋나는 거니까."

"하지만 제이드, 바로 그게 요점이에요. 일종의 원칙 같은 거라고요. 공정함은 우리가 살면서 지키려고 노력해야 하는 것이다. 이 나라에서 우리는 무리의식과 족벌주의적 부족적 관계를 극복하고 함께 평등하게 살아가는 법을 배워야 돼요. 열린 마음으로 남들을 바라보고, 우리와는 다른 사람들을 돕는 것이 사실은 우리를 돕는 일이기도 하다는 걸 깨달아야 해요."

"그게 진실인 것 같니? 난 공장에 다녔다. 노조에도 들어갔지. 시위할 때 양편에 모두 서봤지만, 그런 건 한 번도 못 봤어."

"할아버지가 아직 눈을 뜨지 않으신 걸 수도 있죠."

아버지는 화가 나서 숟가락을 탁 내려놓고 양쪽 눈가를 집게손가락으로 잡아당겼다. "눈을 뜨면 어떻게 되는데? 눈을 뜨는 데도 한도가 있으니, 나중에는 일본인 눈처럼 쭉 찢어져버릴걸." 이 말을 하고 나서 아버지는 혀를 내밀었다.

"애들 같군."

아버지는 과장된 행동을 그만두고 다시 숟가락을 들었다. "말해봐라, 주델." 온화하고 유머러스한 아버지의 목소리가 착각을 일으켰다. "나한테 공정한 게 뭔지 말해봐. 검둥이는 생각할 필요 없어. 여자들도 마찬가지고. 세상의 모든 검둥이와 여자는 빼고, 나만 생각해라." 아버지는 숟가락을 가슴에 턱 대더니 어머니를 향해 흔들어댔다. 마치 아버지에 대해 생각한다면 반드시 어머니도 거기에 포함되어야 한다고 말하는 듯했다. "아니면 유대인 학살 때 목숨을 잃은 내 부모님을 생각해봐. 그래도 우리 아버지는 사람의 손에 죽었지만, 어머니는 그놈이 모는 말에 밟혀 돌아가셨어. 1905년 욤키푸르유대교의 속죄일, 르지시치우에서. 거기에 공정한 게 어디 있어? 그 뒤로 나는 키이우에서 마구간을 떠돌아다니는 고아가 되었지. 그게 공정해? 가족도, 돈도, 아무것도 없는데?"

"그건 끔찍한 일이에요, 제이드. 하지만 그 뒤에 공정함을 찾아 미국으로 오셨잖아요."

"아니, 공정함을 추구한다는 위대한 소련 혁명에서 도망쳐 미국으로 왔지. 그리고 여기서는 어디서 일할 때마다 가진 걸 죄다 탈탈 털리는 세월을 몇 년이나 보냈고."

"하지만 과거가 반드시 미래로 이어지지는 않아요. 그런 세상을 꿈꾸는 거잖아요."

"사람은 누구나 생긴 대로 태어나서 고생할 걸 다 고생해. 하느님도 우리를 평등하게 만들어주지 못하는데, 우리가 뭐라고 우리 법으로 그렇게 할 수 있다는 거냐?" 아버지는 식탁보에 잡힌 주름 하나를 숟가락으로 쿡쿡 찔렀다. "아니면 하느님은 우리가 평등해지는 걸 원치 않는지도 모르지."

"그럴지도 모르죠." 주디의 태도가 건방졌다.

"그럼 네가 골라봐, 주델. 하느님은 할 수 없는 거냐, 하기 싫은 거냐?"

"저는 안 고를 거예요. 하느님을 믿지 않으니까요."

"알터." 아버지가 위기를 맞았음을 알고 어머니가 끼어들었다. 하지만 아버지는 어머니에게 화를 냈다. "헤냐, 그만. 내가 내 손녀한테 정당한 질문을 던지고 있잖아… 주델, 내일, 만약 내일 KKK단이 차를 몰고 여길 지나가면서 총을 마구 쏘아댄다면 넌 어떻게 하겠니? 에버그린 거리 한복판에 서서 공정함을 외칠 거야? 아니지. 널 도와줄 사람들한테 도망칠 거다. 네가 믿을 수 있는 사람들한테 도망칠 거야. 다른 유대인들, 가족들."

이디스가 손마디로 식탁을 두드리더니 일어서서 접시를 치우기 시작했다. 아버지가 이디스에게 시선을 돌렸다. "어떠냐, 이디스? 생각해봐. 만약 KKK단이 와서 도망쳐야 한다면. 너희 모두 도망쳐야 한다면. 루벤, 대학의 다른 교수들이 너희를 자기 집 헛간에 숨겨줄 것 같니? 역사를 잘 아는 역사학과가 널 숨겨줄까? 교수들이 너한테 음식을 가져다줄까? 네가 똥오줌을 싼 통을 치워줄까?"

"더러운 소리 그만해, 알터." 어머니가 말했다. 이디스는 디저트 접시를 살짝 기울어진 모양으로 한 손에 쌓은 채, 아버지의 접시에 손을 뻗었지만 아버지가 접시를 놓지 않았다.

"접시가 비었어요." 이디스가 말했다. "다 드신 거예요."

"아냐." 아버지는 이렇게 말하고 나서 징을 치듯이 숟가락으로 접시를 쳤다. 그러고 나서야 깨지지 않은 접시에서 손을 뗐다. 아버지는 다시 주디에게 시선을 돌렸다. "미국에서는 유대인이 아닌 사람들과 어울리고, 유대인이 아닌 사람들과 결혼하고, 전통에서 도망쳐 새로운 이름과 새로운 코를 얻고, 자신을 바꾸고, 인디언처럼 칠면조를 먹으라고 말하지. 그러면 그 보상으로 공정함을 얻는다고. 그런 거래이지. 그래서 넌 모든 걸 바꾼 뒤에 약속대로 공정함을 얻으려고 하지만, 어느 관공서의 어느 사무실을 가도 모두 문이 닫혀 있어. 이 나라는 거래에서 자기 몫을 제대로 하는 법이 없거든. 설사 자기 몫을 하더라도, 어쩌다 우연히 너를 공정하게 대우하더라도, 아니면 순전히 네 옆의 다른 사람을 너보다 더 불공정하게 대우한 탓에 네가 상대적으로 기분이 나아지더라도, 공정함으로는 해결할 수 없는 문제가 항상 생길 거다. 그런 문제가 생기는 순간, 모두가 가라앉는 배에서 뛰어내려 자기 동포한테 달려가지."

"하지만 주변에 있는 사람들이 곧 동포라는 게 민주주의예요." 주디가 말했다. "이웃들, 같은 나라의 국민들."

"누가 민주주의 얘기를 했니? 난 공정함과 어긋나는 현실을 말하는 거야. 신앙심이 거의 없는 유대인들, 그러니까 네 외가의 조부모 같은 사람들, 그런 사람들도 죽을 때는 기도를 시작할 거다. 랍비를 부를 거야. 랍비한테 병상에 누운 자기 옆에서 기도를 해달라고 말하겠지. 그러고는 이렇게 말할 거다. '이건 공정하지 않아!'"

"공정함에 반대하는 할아버지의 주장이 그건가요? 진짜로요? 죽음이 불공정하니까, 우리도 공정해질 수 없다고요? 삶이 우리를 속이니까 우리도 다른 사람을 속일 수 있다고요?"

주디는 깔깔 웃어대고 아버지는 불쑥 일어서서 미끈거리는 파이 잔해에 손을 쑥 집어넣더니, 앞쪽이 납작하고 전체가 밝게 광이 나는 쐐기 모양의 파이 주걱을 잡았다. 주걱 끝부분이 골판지처럼 구불구불하고 손잡이는 끝으로 갈수록 급격히 가늘어지는 파이 주걱은 마치 화려한 흙손 같았는데, 아버지는 주걱을 흔들어 그 끝에 끈적끈적하게 묻어 있던 호박 파이 소를 털어냈다. "난 40년 동안 천을 자른 사람이다. 그런 내가 네 코는 못 해줄 것 같니?"

그 순간 나는 일어나서 두 사람 사이를 몸으로 막았다. 그렇게 해서 내 키가 아버지보다 더 크다는 점을 일깨워주었다. 몸의 폭도 아버지보다 컸다. 풍요로운 미국의 혜택을 입은 몸이었다. 미국이 얼마나 공정한지는 몰라도, 그 덕분에 내 뼈가 커졌다. 아버지가 내 몸을 찔러 배꼽을 하나 더 만들어도 나는 아무 감각이 없을 것이다. 배가 너무 불러서. 배를 찌르면, 그동안 내가 먹은 것이 모두 그냥 빠져나올 것이다.

이디스가 몸을 구부리고 식당으로 조심스레 돌아왔다. "루벤?"
"알터." 이제는 어머니도 일어서 있었다.
주디는 침착하고 반항적인 얼굴로 아버지를 바라보며 말했다. "어디 한 번 해보세요."
이디스가 아버지의 손목을 쥐고 파이 주걱을 빼앗았다. 어찌나 재빠르고 능숙하게 움직였는지 아버지는 얼어붙은 듯이 꼼짝도 하지 못했다. 이디스가 파이 주걱을 부엌 싱크대에 떨어뜨리는 소리가 시끄럽게 들렸을 때에야 그 분위기가 깨어져 아버지는 패배자처럼 어깨를 으쓱하며 식탁을 떠나 아래층 작은방으로 가서 하이드어베드에 앉았다. 그러다 아예 드러누웠다. 식탁을 함께 치울 생각이 없는 것 같았다. 말이라도 해볼 생각조차 없는 것 같았다. 아버지는 살짝 기지개를 켜고 하품을 했다.
아버지가 던져버린 호박 파이소가 식당 벽을 타고 천천히 뚝뚝 떨어졌다.
그날 밤 집 옆에 울타리로 가둬둔 쓰레기통으로 쓰레기를 버리러 나가는 길에 나는 딜레스 일가의 땅 경계선을 표시해주는 뾰족한 원뿔 모양의 전나무들 옆을 지나가며 KKK단에 대해 생각했다.
유대인 학살이 이 거리를 밝히는 모습, 착하고 어리석은 엘렌 모스, 내 상사의 아내인 그녀가 따로 떨어져 있는 차고에 납작 엎드려 있는 우리에게 녹이지 않은 냉동음식을 가져오는 모습, 나와 이디스와 주디의 배설물이 찰랑거리고 거기에 파리 떼가 잔뜩 앉아 있는 더러운 양동이를 끌고 나가는 모습, 이파리가 검은색인 덤불에 양동이를 쏟는 모습을 생각해보았다.

부모님은 하이드어베드에 잠들어 계시고 이디스는 우리 침실에서 뒤척이고 있을 때, 나는 배가 꽉 찬 채로 죄책감을 느끼며 내 서재에 앉아 그날 저녁의 일을 되돌아보았다. 내가 무엇을 했어야 하는지, 그 이유는 무엇인지, 내가 믿는 것은 무엇이며 왜 믿는지 속으로 자문했다. 공정함에 대해 자문했다. 공평함, 편견 없음, 냉정함에 대해 자문했다. 모두 영어에서 객관성과 중립성을 표현하는 무의미한 용어들이었다. 생각하면 할수록 내가 그 개념을 제대로 이해하고 있는지 아리송해졌다. 하지만 공정함이라는 말과 함께 연상되는 감정을 생각해보려고 했을 때 떠오르는 것이라고는 칠면조 요리의 소에 들어가는 가장 핵심적인 재료인 퀘이커 오츠 포장상자에 그려진 침착하고 차분하고 조용한 남자뿐이었다.

나는 주디가 쓴 에세이의 최신 수정본을 보려고 했지만 원고를 찾을 수 없었다. 내 책상에는 중간고사 리포트가 잔뜩 쌓여 있었는데, 내가 점수를 매긴 것은 그중 절반밖에 되지 않았다. 리포트의 수준이 주디의 글에 비해 상당히 낮았지만, 학생들은 내 자식이 아니었으므로(나는 학생을 자식처럼 생각하는 선생이 결코 아니었다) 사람의 배 같은 모양의 그래프가 나오게 점수를 매겨야 했다. 어쨌든 주디는 워낙 자존심이 세서, 자신이 존중하지 않을 뿐만 아니라 지원할 생각도 없는 대학의 기준에 자신의 글을 맞추려 하지 않았다. 나에 대한 예의로 코빈에 지원할 생각도 하지 않았다. 솔직히 내가 지원서를 멋대로 작성해서 제출하는 방법을 생각해보기는 했다. 순전히 우리 블룸 일가는 우리 아버지가 관용구를 혼동해서 '아이보리 리그'라고 부르는 대학들만 노리는 거만한 엘리트주의자가 아니라는 점을 내 동료들에게 보여주기 위해서.

딸의 앙심을 살까 봐 두려운 마음을 제외하면, 내가 그 생각을 실천하지 못하게 막은 것은 오로지 구체적인 계획의 부재뿐이었다. 코빈에 지원한다면 거의 확실히 받게 될 전액 장학금을 주디가 거절했을 때, 그것이 어떤 결과를 낳을지 알 수 없었다.

주디가 다른 학교 지원을 위해 쓴 에세이 초고를 몇 페이지씩 찾을 때마다("제가 내려야 했던 가장 어려운 결정은…") 학생들의 중간고사 리포트도 함께 발견되었다. 내가 삐뚤빼뚤 밑줄을 긋고 동그라미를 그려놓은 것도 있고, 꼿꼿이 선 물음표나 늘어진 느낌표로 내 뜻을 표시할 수 없는 것도 있었다. 하다못해 "연압['연합'의 오기] 규약으로 남부 연망['연방'의 오기]이 설립되고, 그것이 노예주들의 성고['성공'의 오기]로 이어졌다"는 문장 옆에도 늘어진 느낌표를 붙여줄 정도였는데, 이 중에 그나마 똘똘함이 느껴지는 것은 게리 패리어라는 학생의 리포트였다. 그는 'G맨'이라는 별명에 걸맞은 글을 제출했다. "'만인이 평등하게 창조되었다'는 유명한 말은 평등이 창조와 함께 끝났음을 암시한다. 이 평등을 우리 정부 안에 소중히 모셔놓고 입법을 통해 강제하려는 모든 시도는 소비에트주의에 버금가는, G-d[일부 유대인들이 하느님God을 함부로 쓸 수 없다는 뜻에서 이렇게 표기한다]에게 몹시 혐오스러운 행태로 취급되어야 한다"…

이 리포트 아래에는 아무렇게나 접은 탓에 주름이 진 싸구려 종이 몇 장이 어지럽게 놓여 있었다. 들쭉날쭉한 타자 글자들에는 지나치게 많이 쏟아진 수정액과 잉크 얼룩이 져 있고, 클립으로 함께 묶어둔 낡은 봉투에는 리버티 벨_{미국의 자유를 상징하는 종} 문양의 소인이 찍혀 있었으며, 여기저기 줄을 그어 지운 자국이 있었다. 필라델피아의 랍비가 보낸 편지였다. 그 아래에도 또 종이가 쌓여 있었는데, 지나치게 큰 유럽 종이에 손으로 선을 긋고 뛰어난 필체로 글을 쓴 편지였다. 함께 클립으로 묶여 있는 항공우편 봉투에는 석류, 장난꾸러기 가젤, 뻣뻣한 수염을 기르고 못마땅한 표정을 지은 헤르츨이 그려진 호화로운 우표가 잔뜩 붙어 있었다. 나는 흥분한 나머지, 이 편지를 보낸 히브리 대학 교수가 헤르츨처럼 생겼을 것이라고 짐작해 버렸다.

  자연증식하는 종이들을 뒤지다 보니 세금 연구 관련 자료들이 그 안에 뿔뿔이 흩어져 있어서 나는 점점 당황했다. 내 연구가 모두 이렇게 뒤죽박죽이 되다니.

  나는 손을 뻗어 종이 한 무더기를 바닥으로 쓸어버리고 그 옆에 주저앉아 새로 분류하기 시작했다. 학생들의 글과 주디의 글을 별도로 분리하고, 위원회 관련 자료와 내 연구자료 및 원고도 따로 정리했다. 그러는 동안 여기저기서 히브리어가 적힌 종이들이 계속 발견되었다. 이 언어의 현대식 활용형이 내게는 너무 어려워서 제목만 히브리어로 쓰려고 해도 졸음이 몰려올 정도였는데⋯ 히브리어가 적힌 종이들은 서서히 낙엽처럼 변해가는 중이었다. 녹슨 것처럼 색이 변하고, 바스락거리고, 꿈처럼 난해한⋯

  ⋯나는 코빈 캠퍼스보다 훨씬 더 웅장한 캠퍼스의 눈부신 가을 나무들 사이에 나와 있는 꿈을 꿨다. 옥스브리지와 비슷한 곳을 생각

하면 된다. 중세 석조건물, 낯설고 환상적인 풍경, 새빨간 단풍이 든 나무들. 주디가 내 옆에서 걷고 있었다. 이디스의 부모님이 사준 멋진 정장을 입고, 머리에는 테가 없는 납작한 모자를 쓰고, 비슷하게 생긴 가방을 어깨에 걸친 모습. 붉게 볼터치를 칠한 얼굴 한복판의 코 집게는 금속과 고무 재질이고 스프링이 달린 자전거 클립처럼 생긴 물건으로, 치열 교정기의 코 버전이었다. 주디는 코를 똑바로 펴기 위해 잘 때도 그 집게를 풀지 않았다. 내 꿈속에서조차 그걸 하고 있는 모습이 너무 자연스럽다 못해 심지어 매력적으로 보였다. 마치 코 집게가 교정 장치가 아니라 주디의 오마가 사용하는 클립 귀걸이와 어울리는 장신구라도 되는 것처럼…

…어느 석조 건물을 향해 걷는 주디를 내가 뒤따라갔다. 깔끔하게 잔디를 깎은 광활한 연병장에 난 길을 따라서. 연병장에서 총검술 연습과 유연체조를 하던 젊은 생도들은 우리가 석조 건물로 다가가는 동안 주디에게 추파를 던지며 휘파람을 불었다…

…이제 우리는 복도에 들어와 있었다. 처음에는 코빈의 복도와 비슷하더니, 코빈데일 고등학교의 복도처럼 벽에 사물함이 늘어서 있고 날카로운 소리가 들리는 곳으로 바뀌었다. 복도 양편에 있는 교실들은 대부분 불이 꺼져 어둡고 문도 닫혀 있었는데, 문이 살짝 열린 소수의 교실에서 복도 바닥으로 빛줄기들이 뻗어 나왔다. 주디가 앞서 걸어가고 나는 그 뒤를 따르며 간격을 유지했다. 주디는 빛줄기 속을 걸어갈 때도 절대 고개를 돌리는 법이 없었다. 빛을 온몸으로 받으며 기운찬 걸음으로 계속 딱딱하게 나아갔다. 마치 주디의 자아 전체가 집게에 물린 것처럼. 주디의 몸이 죔쇠가 된 것 같았다. 하지만 내게는 그렇게 나를 옥죄는 물건이 없었으므로, 빛줄기

를 지날 때 교실 안쪽을 살짝 들여다보았다. 각각의 교실에는 주디의 동급생 한 명, 주디가 새로 사귄 친구 한 명이 갈색 외투를 입고 중절모를 쓴 덩치 큰 남자들에게 둘러싸여 있었다. 전쟁 전 브롱크스의 어느 구석에서 내가 본 적이 있는 사람들이었다. 그들은 아이들을 붙잡아두고, 심문을 위한 고문을 하고 있었다. 포신 메리 부스티는 고리에 거꾸로 매달려 기름이 끓고 있는 통 속으로 점점 내려가고 있었는데, 이 고문을 하는 자는 예전에 스룰리 삼촌의 식료품점에 들러 봉투를 가져가던 사람이었다. 조앤 게리, 한 동네에 사는 어린 조앤은 소매를 걷어붙인 쾌활한 콜리 형제의 손에 들린 작은 솔과 빗에 살갗이 벗겨지는 고문을 당하는 중이었다. 주디가 출연한 연극에서 로미오 역할을 했고 졸업식 고별사를 놓고 주디와 경쟁하면서도 무대 밖에서도 로미오 역할을 하려고 계속 오디션에 도전하던 평범한 퀘이커 소년 토드 프루(이 아이의 아버지인 프루 박사는 코빈 대학의 영문과 학과장이었다)는 기둥에 묶여 있고 그 앞에서 폴 맨조네토가 이렇게 말했다. "얼른 말해. 우리가 알고 싶은 건 이것뿐이야. 루스벨트가 왜 보스의 명령대로 철로를 폭파하지 않은 거지?" 토드가 뭐라고 중얼거렸지만 입에서 나온 것은 피뿐이었다. 맨조네토의 부하 한 명이 그 피를 닦아낸 뒤 손수건을 뭉쳐서 토드의 입에 재갈을 물렸다. 또 다른 남자는 바닥에 엎드려 분필로 윤곽을 그리고 있었는데, 맨조네토가 그를 향해 허리를 숙이고 거친 목소리로 말했다. "놈한테 맛을 보여줘… 미 카피시, 시? 논 아마자로…'알아들었어? 죽이지는 말고…'라는 뜻의 이탈리아어 누가 불 좀 꺼줄래?" 내가 막 안으로 들어가려는데 내 면전에서 문이 쾅 닫혔다. 나는 주디를 따라잡으려고 서둘러 걸어갔다…

…복도 끝에 로비 같은 공간이 있었다. 거기서 우리와 마주친 이디스는 주디와 나를 알아차리지 못한 척하면서 이디스가 아닌 것처럼 굴었다. 장모님 또래거나 어쩌면 더 나이가 많아 보이는 점잖은 노부인 같은 비서가 어깨를 웅크린 채 아장거리는 걸음으로 우리를 데리고 타자실과 우편실을 통과한 다음 코빈의 내 연구실 문 앞에 우리를 두고 가버렸다…

…연구실은 내가 거의 사용하지 않는 곳이었다. 다른 사람과 함께 쓰고 있기 때문에. 계약이 만료돼서 떠난 뒤에 머그잔과 상한 샌드위치가 남는다는 것 외에는 내가 전혀 알지 못하는 비종신 교수나 조교 여러 명과 이 작고 초라한 비둘기장 같은 방을 공유해야 했다. 공유자 명단에는 자보틴스키도 포함되어 있었는지, 그가 내 책상(아니, 내가 앉을 권리가 있는 책상이라고 해야겠다)에 앉아 있었다. 틀림없는 자보틴스키였다. 어두운 색의 둥근 뿔테 안경, 포마드를 발라서 옆으로 고정한 강철 회색과 강철 하얀색의 히틀러 같은 머리카락, 그 위에 얹은 술 달린 사각모, 수척한 몸 위로 텐트처럼 솟은 줄무늬 더블 양복, 꿀꺽 삼켜버린 웃음이든 어금니가 사라진 틈을 더듬는 혀든 내면의 흔들림을 감추는 강인한 턱. 그가 손가락으로 주디와 의자를 차례로 가리켰다. 내가 앉을 의자는 없었다. 마치 나는 그 자리에 존재하지 않는 것 같았다… 마치 내가 속하지 않은 장면을 단순히 관찰하고 있는 것 같았다. 아니면 그들이 내 존재를 일부러 무시하고 있는 것이거나… 자보틴스키가 책상에서 서류철 하나를 들어 서류를 넘기면서 미간을 찌푸리고 입술을 깨물었다. 그러다가 이렇게 말했다. "전쟁 중에 넌 뭘 했지?"… 나는 소리를 지르고 싶었다. "그만둬. 저 애는 아직 어려. 진주만 공격 다음 날 잉태된 애라

고." 하지만 목소리가 나오지 않았다. 게다가 주디가 더 훌륭한 반응을 보였다. 그냥 빙긋 웃는 것. 나와 달리 주디는 농담을 제대로 알아들을 줄 알았다. 그래서 코 집게가 가하는 압력 때문에 공허하게 들리는 높은 소리로 킥킥 웃었다. 새가 지저귀는 소리와 비슷해서 나쁘지 않았다. 자보틴스키가 서류철에서 종이 한 장을 손가락으로 들어올려, 점점 흘러내리는 안경 너머로 눈을 가늘게 뜨고 보다가 이렇게 말했다. "훌륭한 성적이야. 정말 훌륭하군. 과외활동에서도 다재다능한 능력을 보여주었고… 체스클럽, 독일어, 프랑스어, 캐멀롯, 잡탕요리. 야외미술광… 어떤 그림이지?"…"주로 수채화예요."…"훌륭해. 2학년과 3학년 오케스트라. 다루는 악기는?"…"플루트예요."…"훌륭해, 플루트라."…"저는 예술과 외국어가 좋아요."…"부 아베 에테 트레 오큐페'상당히 바빴군'(불어), 니히트 바'그렇지'(독어)? 교양과목은 모든 젊은이의 교육에 필수적이지만, 신체단련이 부족한 것 같아 걱정스럽군. 건강한 몸에 건강한 정신이 깃든다. 젊은이들은 반드시 건강해야 돼. 여기서 우리가 시키는 공부를 감당하려면 더욱더. 스포츠에는 관심이 없나?"…"이제 막 겨울 스포츠에 취미를 붙이는 중이에요. 스키, 스케이트. 뉴욕에 살 때는 신체활동에 참여할 기회가 별로 없었지만, 지금은 자연 속에 살고 있으니 그걸 최대한 이용하고 있어요. 걱정하시지 않아도 됩니다."…자보틴스키는 서류철을 내려놓았다. 내 눈에 언뜻 히브리어 글자들이 보였지만, 그가 서류철 표지를 덮어버렸다. "괜찮겠나?" 그는 이렇게 묻고는 주디의 대답을 기다리지도 않고, 통통 붓고 가늘게 떨리는 손을 뻗어 코 집게를 부드럽게 빼내더니 그것으로 서류철을 집었다. 주디는 내내 눈을 한 번도 깜박이지 않았다. 자보틴스키는 숨을 몰아쉬며 의자에 등을 기대고, 얼굴 쪽으로 내려온 사각모의 술을 원래 위치로 되돌린 뒤, 손가락이 우두둑거리는 소리와 함께 숨을 고르며 묵직하고 냉소적인 시선으로 주디를 바라보았다. 에로티시즘 또한 없지 않았다. 그가 거의 숨을 헐떡이며 물었다. "자네는 어떤 지시라도 주저없이 실행할 준비가 되어 있나? 자네가 보기에 불쾌한 지시라도?"…"그렇습니다."…자보틴스키는 대충 손을 저었다. 아니면 다시 안경의 가운데 연결부위 위로 다시 내려와 있던 술을 휙 쳐낸 것 같기도 했다. "만약 적에게 붙잡힌다면 죽을 것 같은 고통 속에서도 전혀 정보를 발설하지 않겠다고 맹세하는가?"…주디는 고개를 끄덕였다…"좋아. 그럴 줄 알았네." 자보틴스키는 책상 서랍 몇 개를 열었다가 닫았다. 마치 자신의 꿈이 안전하게 보관되어 있는지 확인하려는 것 같았다. 그러고는 말을 이었다. "이제 다 끝난 것 같군." 그는 내게 고개를 돌려 마침내 나의 존재를 인정했다. "내 동료 위원이 따로 물어보고 싶은 것이 있다면 또 모르지만."…내가 주디를 심사하는 위원회의 일원이라는 뜻임이 분명했지만, 우리가 지금 어떤 기관을 위해 일하고 있는 것인지 짐작도 가지 않았다. 게릴라 끝내기 학교? 나치 사냥의 인문학을 가르치는 캠프? 자보틴스키에게 저 애가 내 딸인 걸 모르느냐고 물어볼까 하다가 마음을 고쳐먹었다. 지금 날 시험하는 겁니까? 우리 둘 중 누가 면접 대상이죠? 주디입니까, 나입니까, 블라디미르 제브? 그때 내 머리 위에서 갑자기 뭔가 열리는 것이 느껴져서 위를 쳐다보았다. 이디스가 항상 하는 말에 따르면, 내가 거짓말을 할 때 그렇게 위를 쳐다보는 경향이 있다고 한다. 내 머리 위에는 천장 타일과 형광등 대신 극장이나 재판정에서 볼 수 있는 널찍한 2층 발코니 관람석이 있었다. 거기에 다양한 집합을 이루며 하늘로 승천

하는 모양으로 놓인 교회 신도석 같은 긴 의자를 내 제자들과 동료들, 채용위원회 위원들, 모스 박사가 가득 메웠고, 내 아버지와 어머니가 있는 입석 아래 화려한 박스석에는 스타인메츠 부부가 있었다. 스룰리 삼촌은 비르케나우 수용소를 겪었다는 이유로 결혼한 아내의 창백한 알몸을 안고 있었다. 결혼 이유 때문에 남편에게 상냥하게 대할 수밖에 없었던 숙모는 삼촌이 사라진 뒤, 창문 하나 없는 아파트의 부엌에서 스스로 가스를 틀어놓았다… 그들이 내게 고래고래 질문을 던지고 있었다… 고함을 지르는 그들의 입에서 불이 뿜어져 나왔다…

7.

꿈은 내 마음대로 되는 것이 아니다. 신경학에서부터 초자연적인 믿음에 이르기까지 모든 전승이 그렇게 믿고 있다. 어떤 꿈은 예언으로 여겨지는 반면, 나머지 꿈은 무의미한 것, 즉 아직 드러나지 않은 예언으로 여겨진다. 그러나 모든 꿈은 우리에게 강요된 것으로 보아야 한다. 심지어 깨어 있을 때 꾸는 꿈도 그렇다. 이런 백일몽은 동경과 구분하기가 힘들다…

우리 똑똑한 공주 주디, 우리가 희망과 활력을 쏟은 딸, 우리 집의 '얌전한 선각자'이자 '최고의 기대주'…나는 오래전부터 주디가 주도권을 쥘 것이라고 생각하며 돌아다녔다. 코빈데일의 귀족들과 세상을 떠난 운하 관련 거물들의 유서 깊고 안락한 저택 앞을 지나가며 생각했다. 언젠가 주디가 이 집에서 살 거야. 문풍지는 물론이고 날도와줄 점원조차 전혀 눈에 띄지 않는, 고속도로변의 새 체인점에서 장을 보며 이런 생각을 했다. 언젠가 우리 딸이 여기 주인이 돼서 모든 걸 바로잡을 거야. 주디가 원하는 것, 이디스가 되고 싶었던 것을 주디가 모두 성취할 것이라고 나는 확신했다. 훌륭한 경력을 쌓을 것이다. 사업에서, 산업계에서. 학계의 정치적 역학관계를 넘어. 월스트리트에서 경력을 쌓을 것이다. 주식과 주식중개. 주디는 어떤 어려움도 없이 성공할 것이다. 주디가 그렇게 성공하더라도 계속 불행할 것이라는 점에는 전혀 개의치 않았다. 그 문제는 주디가 알아서 할 것이다. 그만 불행해지기로 할 것이다. 그만하기로 할 것이다. 어쩌면 그해 추수감사절에 주디가 바로 그런 결심을 한 건지도 모른다.

그날로부터 거의 반세기가 지난 뒤에도 주디는 자신의 행동에 대해 그날의 비명 외에 더 좋은 설명을 내놓지 않았다. 세이렌의 비명 같은 그 소리가 나의 잠 속으로 뚫고 들어와, 서재 바닥에서 담요처럼 서류들을 덮고 잠들어 있던 나를 깨웠다.

그날 나는 부모님을 역까지 차로 모셔다드리고 주디를 친구들과의 약속장소로 데려다주기 위해 원래 일찍 일어나야 했다. 주디는 친구들과 홀리데이 밸리로 썰매를 타러 가겠다고 했다. 우리가 집을 나서기로 한 시각은 아침 6시였다. 아니, 강박적으로 일찍 일어나는 내 부모님이 나와 주디를 깨우기로 한 시각이 그때였다. 하지만 주디는 밤새 한 잠도 자지 않았다. 바로 그 이유로 계속 깨어 있었다.

적어도 내가 머릿속으로 정리한 바에 따르면 그렇다. 주디는 한 잠도 자지 않고 깨어 있었다. 주디가 계속 시계를 바라보며 잠들지 않았다는 것을 내가 알아차렸더라면. 내 부모님이 아래층 작은방에서 일어나서 하이드어베드를 접어놓고 짐을 싸는 소리를 듣고 주디가 침대에서 나와 문 앞의 카펫에 무릎을 꿇고 앉아서 문에 양손을 대고 그 호리호리한 몸무게를 양손에 싣고 문고리 바로 위에 눈이 스치게 얼굴을 대고 문고리를 내려다보다가 그 황동 문고리 받침에 자신의 얼굴이 일그러진 모양으로 비친 것을 보았다는 사실을 내가 알았더라면.

6시 정각에 내 부모님은 주디의 방 앞에 와 있었다. 아니, 아버지가 와 있었다. 아버지는 바깥쪽 문고리를 돌려보았지만 문이 잠겨 있었다. 그래서 아버지는 노크를 했다. "일어나라, 우리 예쁜이. 이제

출발해야지." 대답이 없었다. 그래서 아버지는 좀 더 큰 목소리를 냈다. "일어나, 우리 예쁜 주델. 얼른 움직여야지." 그러자 주디가 졸린 목소리로 말했다. "들어오세요." 아버지는 문고리를 덜걱덜걱 움직였다. "문이 잠겼어. 뭐가 무서워서 문을 잠갔을까?" 주디가 말했다. "저도 잡아당기고 있는데 문이 안 움직여요." 물론 문에는 아무 문제도 없었고, 주디 역시 문을 잡아당기고 있지 않았다. 오히려 온 힘을 다해 문을 밀고 있었다. "이제 열어보세요, 제이드." "그래. 뒤로 물러서라." 아버지는 분명히 이 말을 했다고 항상 주장했고, 계단 꼭대기에 서 있던 어머니와 침실에서 나와 어머니와 나란히 서 있던 이디스는 아버지의 주장이 옳다고 하기도 하고 틀리다고 하기도 했다. 두 사람의 주장은 상황에 따라, 집안의 분위기에 따라 달라졌다.

"됐어요, 제이드." 주디가 말했다. "뒤로 물러섰어요." 물론 주디는 물러서지 않고 그 자리에서 그대로 무릎을 꿇고 있었다. 명상에 잠긴 스님이나 허리 숙여 인사하는 이맘 같은 자세로 문고리에 얼굴을 바짝 대고, 숨을 한 번 내쉬며 양손을 그냥 중력에 맡겨 팔이 옆으로 늘어지게 했다. 그래서 나의 야만적인 아버지가 의류공장 노동자답게 힘을 끌어모아 문으로 돌진했을 때, 문이 벌컥 열리면서 안쪽 문고리가 주디의 코를 후려쳤다. 마치 그 코가 얼굴에서 제거해버려야 하는 긴 못이라도 되는 것처럼.

적어도 내가 상상하기로는 일이 이렇게 진행되었을 것 같다. 나는 상상할 수밖에 없었다. 그 자리에 없었으니까… 그동안 내내 잠들어 있던 나는 주디가 마지막에 지른 비명소리에…

그 뒤로 지금까지 그 일이 끊임없이 내 꿈에 나온다. 주디의 무릎이 담즙 색깔 카펫에 단단히 박혀 있고, 그 애가 그토록 싫어하던 코에서 거울 같은 황동 문고리로 땀방울이 떨어지고, 완벽한 순간을 포착하기 위해, 자기가 그토록 원하는 방향으로 할아버지가 코를 망가뜨릴 수 있게 주디가 괴상한 자제력을 발휘해서 가만히 기다리는 모습.

하지만 사실 주디가 원하던 것보다 더 큰 결과가 나왔다. 주디는 단순히 미용을 위한 코 성형을 말했을 뿐인데, 아버지와 내가 정신이 혼미한 상태로 울부짖는 주디를 데리고 휘청거리며 병원에 들어서는 순간 의사들이 이미 알아차렸듯이 당시 주디는 완전한 재건수술이 필요한 상황이었기 때문이다.

카펫에 떨어진 피는 이디스가 아무리 닦아도 지워지지 않았다. 이디스가 닦다가 지쳤을 때 어머니가 그 뒤를 이어 카펫을 닦았지만, 담즙 색깔이 자주색으로 변했을 뿐이다.

부모님은 집으로 돌아가셨다. 언제 어떻게 출발했는지는 기억나지 않는다. 이디스는 두 분을 쫓아낸 뒤, 며칠 동안 인근의 바닥 공사 전문가들과 몇 차례나 통화를 하면서 감정을 풀었다. 이디스는 주디가 병원에서 퇴원해 돌아오기 전에 업자를 구슬려서 새 카펫을 깔고 싶어 했다.

문은 내 담당이었다. 문에 금이 가고 핏자국이 묻어서 새로 달아야 했다. 이디스가 반드시 그렇게 해야 한다고 주장했다. 나는 직접 문을 경첩에서 떼어내며, 그게 무슨 업적이라고 엄청 자랑스러워하는 나 자신에게 깜짝 놀랐다. 주디의 방에 구멍이 뻥 뚫렸다.

나는 문을 내 차의 지붕에 묶고 '셔터퀵 목재' '비머스 윈도우 & 도어' 등 약 10여 군데를 돌아다녔지만, 새로운 문을 따로 주문해야 하기 때문에 크리스마스가 지난 뒤에야 배송받을 수 있다는 말을 들었다.

 그들은 다른 모델을 갖고 있다고 말했다. 정말로 갖고 있었다. 하지만 이디스는 반드시 똑같은 문이어야 한다고 고집을 부렸다. 그 방에만 다른 디자인의 문이 달리면, 그 뒤에 숨은 비극적인 사건이 드러날 것이라고. 나는 문을 주문한 뒤 한동안 자동차를 몰고 돌아다니며 숲을 둘러보고 건축현장을 둘러보았다. 집에서 떼어낸 문을 쓰레기 치우는 사람과 이웃이 다 볼 수 있는 집 앞에 내놓지 않고 눈에 띄지 않게 버릴 수 있는 곳을 찾기 위해서였다. 결국 나는 코빈 카페테리아 뒤쪽의 쓰레기통에 문을 비스듬히 기대어 세워두기로 했다. 산에서 눈이 내리는 계절에 어떤 학생이 그걸 보고, 썰매로 사용할 수도 있지 않겠나 싶어서.
 나는 코빈데일 고등학교에 들러 주디의 과제물을 받아 집으로 와서 내가 답을 쓴 뒤 다시 학교에 갖다 주었다. 운율 분석, 산과 염기, 미적분에 관한 연습문제였다. 미적분이 좀 골치아팠다.
 이디스는 주디의 병상 옆 의자에서 밤을 보내고, 나는 집에서 주디의 방 안을 멍하니 돌아다니며 선반과 책꽂이를 기웃거렸다. 그래서 주디의 수채화 물감 세트 중에서 가장 많이 사용한 색이 무엇인지(검은색) 알게 되었고, 주디가 연습곡 악보에 가장 많이 그려놓은 음(C에서 C#)에서 트릴을 연주하듯 손가락을 움직여보기도 했다. 베개 밑에서 삐져나온 매끄러운 잠옷 귀퉁이를 보고 나는 이걸 미처 알아차리지 못한 나 자신을 욕했다. 내가 주디를 병원으로 데려갈 때 아이가 옷을 완전히 입은 상태였음을 알아차리지 못하다니. 피투성이가 된 얼굴 때문에 아이가 무슨 옷을 입고 있는지 알아차릴 정신이 없었음이 분명했다. 그때 주디는 외조부모가 준 옷을 입고 있었는데, 이미 더러워져서 버릴 수밖에 없는 옷이었다. 그런데 내 꿈에서는 구겨지지도 않고 얼룩도 하나 없는 모습으로 나왔다. 잠옷을 베개 밑에서 잡아당겨 꺼내 보니 그 안에 코 집게가 둘둘 말려 있었다. 주디는 미용 안내서 뒤표지에 실린 이 물건의 광고를 보고 쿠폰을 잘라 보냈다. 그리고 평범한 갈색 종이로 포장된 물건이 욤키푸르 직후에 도착한 뒤로는 단 하루도 빼지 않고 밤마다 그 집게를 사용했다. 잠을 이루지 못한 그날 밤만 빼고… 자보틴스키가 그 집게로 주디의 서류를 집었던 그날…

나는 이디스가 필요하다고 말한 물건들(십자말풀이 책, 여러 퍼즐들)과 함께 집게를 봉투에 넣어 차를 몰고 병원으로 갔다. 그리고 그 엉터리 집게를 손에 쥐어주었다.

"주디의 코 집게? 이걸 뭐 어쩌라고? 주디가 이걸로 뭘 어쩌라고? 이젠 이거 필요 없잖아."

"아이가 그걸 하고 있지 않았어."

"그래서?"

"우리가 병원으로 데려왔을 때 말이야. 그 일이 일어났을 때. 그걸 하고 있지 않았어."

"그게 무슨 의미인데?"

"그날 일이 우연한 사고가 아니라는 거지."

이디스는 한바탕 울고 나서 의자에서 일어나 엘리베이터까지 나를 바래다준 뒤, 그 집게를 쓰레기통에 던져 넣었다. "하나 물어볼게, 루벤. 내가 임신한 게 우연한 사고였어?"

"아니."

"그럼 우리 결혼이 우연한 사고였다고 생각해?"

"아니, 전혀."

"증거 있어?"

"당신 외에는 없어. 당신의 말이 내 유일한 증거야."

"우리 둘이 함께 하는 말이 당신의 유일한 증거지. 그런데 이번 주디 일은 그냥 우연한 사고였다는 게 우리 둘이 하는 말이야."

"알았어."

"그 말을 자꾸 반복하다 보면, 언젠가 우리가 그 말을 믿게 될지도 몰라."

볼일이 있어서 나갔다가 문을 열 때마다 주디가 문 뒤편에 있던 것을 생각했다. 내가 문을 너무 급하게 열 때마다 주디의 얼굴이 그 뒤에 있었던 걸 생각했다… 그 일을 연습하고 있었을까? 심지어 나를 범인으로 만들려고 했던 걸까? 주디가 여러 권짜리 참고자료나 무거운 하드커버 책을 빌리려고 했던 건? 마르크스의 《자본론》으로 뭘 하려고 했을까? 사다리 꼭대기에서 책을 떨어뜨린 다음에 재빨리 아래로 내려가, 깜짝 놀란 표정을 짓고 있는 얼굴 한복판의 덩어리를 그 책으로 얻어맞는 것? 접이식 차고 문의 판자와 판자 사이 틈에 주디가 너무 가까이 다가갔을 때는 또 어떤가? 그때마다 주디가 같은 일을 시도했는데 실패했던 건가? 내 사춘기 시절 브롱크스의 우리 동네에는 고무줄을 이용한 자위 테크닉 덕분에 음경의 피부를 길게 늘여서 생후 1주에 잘려나간 포피를 다시 만드는 데 성공했다고 주장하는 아이가 있었다. 그 방법이 정말로 효과가 있었는지 궁금하다. 그 애가 나한테, 아니 골목에서 우리 모두에게 그것을 보여줬지만, 나는 그 애 말이 맞는지 잘 알 수 없었다. 가장 최근의 소식에 따르면 그 녀석은 보험, 재보험, 소비자금융 분야에서 큰돈을 벌었다고 했다. 어쨌든 나한테도 그런 것이 필요했던 것 같다. 사람 몸을 잡아 늘이는 중세시대의 엉성한 고문대 같은 것. 그렇게 내 딸을 이해하고 싶었다.

주디의 서랍들을 들춰본 뒤 나는 내 서재를 뒤져 주디의 에세이 중 어떤 것을 최종본으로 할지 결정해서 타자로 쳤다. 그리고 입학지원 서류도 정리해서 주디의 이름을 서명했다. 이디스가 주디를 집으로 데려오는 날 나는 우체국으로 갔다. 12월의 어둑어둑한 날씨에 우체국 건물이 얼마나 예쁘고 소박해 보이던지. 벽돌로 지은 예쁘고 소박한 건물이었다. 접수대에는 벌써 전나무 화관이 걸려 있었다. 집으로 돌아오는데, 별 모양 불빛들이 반짝 켜지고 잔디밭에 장식된 소형 당나귀 모형이 지푸라기 요람 속의 아기를 사랑스럽게 바라보았다.

방학 동안에도 나는 매일 학교에 나갔다. 젖혀진 커튼, 깨끗이 닦은 창문, 나무에서 반짝거리는 불빛에 밝아진 실내, 이런 것들을 학교 가는 길에 목을 쭉 빼고 보기 위해서라도. 모든 집이 광고에 나오는 집 같았다. '이제 저희 스폰서의 말씀을 잠시 듣고 오겠습니다…'

우리 집만 어두웠다. 작년에 아무 장식 없는 우리 창문이 이웃들에게 '여기는 유대인이 사는 곳'임을, 우리가 잘 어울리지 않는 사람들임을 분명히 알렸다면, 올해에는 거기에 '슬프게도'라는 말이 덧붙었다.

우리는 심지어 하누카(11월이나 12월에 진행되는 유대교 축제)가 언제였는지도 기억나지 않았다.

이디스와 내가 서로를 벌하는 동안 주디는 온몸의 뼈가 부러진 사람처럼 계속 침대에 누워 이불을 꼭꼭 덮고 좋아서 어쩔 줄 몰랐다.

사실 멍든 곳이 좀 아프고 눈 주위가 살짝 판다처럼 변했을 뿐인데도. 공주처럼 베개를 목에 받친 주디는 부목을 대고 붕대를 붙인 코가 거즈 안테나처럼 불룩 솟아 있는데도 그 장애를 극복하고 텔레비전을 보았다.

텔레비전은 바로 얼마 전에 구입한 새 것이었다. 내가 그렇게 약해져 있지 않았다면, 그렇게 사치스러운 선물을 절대 냉큼 내밀지 않았을 것이다. 그것은 우리 모두가 우리 모두에게 함께 주는 선물이었다. 어쨌든 나는 속으로 그렇게 되뇌었다. 집에 웃음이 좀 필요해, 밝은 것이 필요해, 시장에 나온 신제품은 컬러텔레비전이야. 나는 필코 사의 덩치 큰 '미스 아메리카' 모델을 골랐다. 금색 소나무 콘솔이 소나무 그루터기처럼 생긴 물건이었다. 나는 이디스가 반대하기 전에, 아니 이 텔레비전을 샀다는 사실을 알기도 전에, 배달원에게 텔레비전을 주디의 방에 설치해달라고 말했다.

그리고 처음에는 주디에게, 그다음에는 도서관에서 퇴근한 이디스에게 이것이 어디까지나 임시 조치임을 분명히 밝혔다.

주디가 회복하고 나면, 텔레비전은 아래층의 제자리로 돌아갈 것이라고.

주디는 퀴즈 프로그램을 좋아했다. 아이가 진통제에 취한 채로 웃음을 터뜨리며 퀴즈의 답을 외치는 소리가 마음을 울렸다.

내 서재에서는 텔레비전에서 퀴즈를 내는 소리가 잘 들리지 않았기 때문에 나는 주디가 외치는 답변만 듣고 질문이 무엇인지 짐작할 수밖에 없었다(주디의 답이 정답이라면 그렇다는 얘긴데, 주디는 문제를 거의 다 맞혔다). 바스코 다가마. 인도 항로를 발견한 포르투갈의 항해가는 누구입니까? 빌럼 바렌츠. 바렌츠 해는 누구의 이름을 따서 명명되었습니까? 주디는 소리쳐 답을 외치고, 출연자들의 오답을 향해 고함을 질렀다. 그러다 자신의 답이 정답으로 판명되면 박수를 쳤다. 자신에게 박수를 보내며 환호했다. 신경에 거슬렸다. 거의 조증 환자 같은 변화였다. 적어도 피투성이 미라 같은 외양을 감안한다면.

스위치를 딸깍 움직이거나 다이얼을 돌리는 것만으로, 또는 문을 얼굴에 쾅 들이박는 것만으로 모종의 쾌락 회로가 살아나서 주디가 어릴 때처럼 웃고 있는 것 같았다. 아니, 아픈 얼굴로 참을 수 있는 만큼 최대한 웃음을 짓고 있는 것 같았다.

주디는 탐험가와 탐험 분야를 가장 좋아했지만, 발명가와 발명품, 해부학, 태양계에 관한 질문들도 좋아했다. 질문들이 조작되었다는 의심도 좋아했다. 설사 출연자 전원이 부정행위를 하더라도 주디는 이기고 있었으니까. 계속 자기 점수를 기록해둔 주디는 어느 날 자신이 3만2천 달러와 산후안 크루즈 표 두 장을 땄다고 말했다. 출연했다면 딸 수 있었다가 아니라, 땄다고 말했다. "누가 나랑 같이 가서 해변에서 놀래요?"

이디스와 나는 지극정성으로 주디의 수발을 들었다. 아니, 손발을 놀린 사람은 이디스고 나는 부서진 마음을 품었다. 우리는 까치발로 계단을 올라가, 여기저기가 울퉁불퉁하고 아직 햇빛에 바래지 않은 새 카펫 위를 걸어 주디의 방으로 향했다.

우리는 문설주를 두드린 다음, 아직 문이 달리지 않은 문지방에서 기다렸다. 진통제와 캐나다 드라이 음료수를 쟁반에 담아 들고, 퀴즈 프로그램의 의례적인 멘트에 관련된 이야기만 했다. 이를테면 이런 멘트들. '기분 좋아요, 아주 좋아요, 여기 출연하게 돼서 얼마나 기쁜지 몰라요… 피오리아 주민 모두에게 아주아주 거창한 할리우드식 인사를 하고 싶어요… 빨리 퀴즈를 풀고 싶어요…'

아래층에서 이디스와 나는 서로 사귀다 헤어졌지만 병상에 있는 여주인을 위해 의견 차이를 일단 제쳐두려고 노력하는 하녀와 집사처럼 이야기를 나눴다. 작게 소곤거리며 주디의 식사에 대해 이야기했다. 작게 소곤거리며 주디가 식사를 했는지, 무엇을 얼마나 먹었는지 이야기했다. 작게 소곤거리며 가족 이름으로 크리스마스카드를 보내기에는 이미 늦었는지 이야기했다. 작년의 경험으로 알게 되었듯이, 가족 크리스마스카드는 코빈데일 여성연맹, 앨곤퀸 하이츠 동네 위원회, 에버그린 거리 상호부조 연맹 회원들에게 거의 의무사항이었다. 텔레비전 소리가 쾅쾅 울리고 부엌에서는 식기세척기가 돌아가는 와중에도 우리는 작게 소곤거리며 이런 이야기를 나눴다.

서로에게 정말로 해야 할 이야기가 있을 때는 포치로 나갔다.

주디가 걸어가다가 문에 부딪혔다(우리가 의사에게 말해준 사고 경위). 미끄러져서 넘어지면서 문에 부딪혔다(내가 코빈데일 고등학교에서 주디를 가르치는 교사들에게 말해준 사고 경위). 할머니할아버지가 계단을 내려올 때 주디는 계단을 올라가고 있었는데, "어른들이 갑자기 굴러 떨어져서 내가 몸을 날려 막을 수밖에 없었어"(주디가 친구들과 통화하며 이렇게 말하는 것을 이디스가 들었다). 이디스와 나는 포치에 서서 소곤거리며, 누가 물어보면 이 셋 중에 어떤 이야기를 고수할지, 의사들에게 꽃을 좀 보내야 할지, 꽃을 보내는 건 지나친 일인지 토론을 벌였다. 주디를 뉴욕의 전문의에게 보이는 건 어떨까(뉴욕의 전문의라는 건 유대인 의사를 뜻했다)? 가끔은 코 부상이 뇌손상으로 이어질 수 있으니까, 보이지 않는 안쪽도 잘 낫고 있는지 확인하기 위해서라도.

"뭐? 어떤 의사가 그런 말을 해?" 내가 물었다.

"닥터 두리틀. 닥터 지바고. 상식이잖아. 코뼈가 뇌에 박히면 손상을 입힐 수 있지."

"주디의 코뼈는 뇌에 박히지 않았어."

"그걸 당신이 어떻게 알아?"

"설사 박혔더라도, 그걸로 애가 더 행복해졌잖아."

"애를 더 정신없게 만들었지. 난 이제 걔가 무서워. 가만 내버려두면 걔가 무슨 짓을 할지 무섭다고."

이건 이디스가 걱정을 드러낸 말이었지만, 동시에 우리의 크리스마스 약속에서 벗어나려는 시도이기도 했다. 아는 사람들과 예정된 여러 모임에 나 혼자 나가라는 뜻. 만약 내가 혼자서 그런 모임을 감당할 수 없다면, 그냥 빠지라는 뜻이기도 했다. 하지만 나는 어느 편이 더 나쁜지 판단이 서지 않았다. 교수가 아내 없이 혼자서 모임에 나가는 편이 더 나쁜지, 아니면 아예 안 나가는 편이 더 나쁜지. 아예 안 나간다면 내가 종교적인 이유로 그런 모임을 하찮게 여긴다고 해석될 것이다. 반면 혼자 나간다면 집에 문제가 있다고 암시하는 꼴이었다. 아내의 음주, 약 문제. 사냥감을 찾아 어슬렁거리는 교수.

"내가 어떻게 할까?"

"알 게 뭐야. 난 가기 싫어. 올해는."

"그 사람들한테 뭐라고 해?"

이디스는 잠시 가만히 있었다. "당신 아내가 딸을 혼자 두면 딸이 커튼 봉에 목을 매거나 비닐봉지를 뒤집어쓰고 질식하거나 가스 오븐에서 가스가 새어나오게 할 것 같아서 걱정한다고 말해."

"이디스, 그만, 비이성적으로 굴지 마."

"우리는 지금 겨울에 거의 빈 집에서 포치에 나와 소곤거리고 있어. 우리 둘 다 비이성적이라고. 내가 집에 남아서 아무 일도 생기지 않게 신경 쓸게."

"금 간 곳을 밟지 않는 사람이나, 실내에서도 우산을 펴는 사람이랑 비슷하네. 유성이 지구에 떨어질까 봐 잠들지 못하는 사람이랑 비슷해."

"바로 그거야. 사람들한테 내가 아프다고 말해."

"무슨 병으로?"

"감기. 지금 그런 계절 아니야? 게다가 누가 알아? 내가 정말 감기에 걸렸는지? 외투도 없이 이렇게 포치에 서서 지금 감기에 걸리는 중일 수도 있어."

전화벨이 울리자 이디스가 안으로 뛰어 들어갔다. 주디가 2층에 새로 연결해놓은 수화기를 들기 전에 이디스가 부엌에서 전화를 받아야 했다. 주디의 편의를 위해 주디 방의 협탁에 새 수화기를 설치한 것 역시 임시 조치였다.

만약 이디스가 주디보다 먼저 수화기를 잡을 수 있다면, 참을성을 발휘하며 침묵을 지킬 수 있다면, 주디의 통화 내용을 엿들을 수 있었다. 한 번은 엄마가 수화기를 들었는지 확인하려고 주디가 고함을 질러댔다. "엄마, 수화기 내려놔요! 듣고 있어요, 엄마? 듣고 있으면 수화기 내려놔요!" 그래야 목소리가 2층에서 1층까지 들릴 수 있다는 듯이. 이미 수화기 속에서 증폭되어 들리고 있는데도.

나도 안으로 들어가 포치 문을 소리 나지 않게 조심스레 닫았다. 그리고 최대한 시간을 끌면서 신발을 신고, 외투를 입고, 모자를 쓴 뒤 부엌으로 살금살금 들어가 다녀오겠다고 손을 흔들었다. 이디스는 나를 무시했다.

이런 집안 풍경을 눈에 담은 뒤 나는 차가운 바깥으로 나갔다. 아내가 부엌 조리대에 기대 통화를 엿듣고 있는 풍경. 귀에 댄 수화기의 송화구를 한 손으로 막고, 다른 손의 손가락으로는 전화선을 꼬고, 등 뒤의 포치 창문은 먼지가 떠다니는 오늘의 마지막 햇살을 적막한 부엌 안으로 인도하고.

그해에 나는 모든 파티에 지각했다. 차를 가져가지 않고 천천히 걷고 또 걸으면서 멀리 돌아가는 길을 택했다. 블루밍 플라워 베이커리에서 선물을 고를 때도 시간을 길게 끌었다. 상점에서 사간 율 로그크리스마스 장작 모양 케이크 덕분에 이디스가 아프다는 말이 진짜처럼 보였다.

"아내가 고약한 독감에 걸렸어요." 나는 우리 학과 크리스마스 파티에서 힐러드 박사에게 이렇게 말했다.

"모스 박사한테는 그냥 감기라고 했다던데. 이제는 독감인가?"

"아내도 잘 모르겠답니다."

"아이고, 어쩌나. 폐렴이 되지 않게 조심하게."

모든 교수가 참석한 크리스마스 파티에서 모스 박사는 이렇게 말했다. "부인이 아직 외출할 수 없다니 안타깝군. 도서관 사람들도 아쉬워하겠어. 나도 그렇고. 이디스가 건강했다면 직접 케이크를 구웠을 텐데."

"주디도 몸이 안 좋다면서요?" 모스 부인이 말했다.

모스 박사가 말했다. "무슨 터보건 썰매 사고라고 들었는데."

"넘어져서 코를 부딪혔어요. 게다가 그 부상 때문에 집에서 쉬다가 이디스한테서 병이 옮은 모양입니다."

"아유, 저런." 모스 부인이 말했다.

모스 박사가 말했다. "루브 자네한테도 그게 옮으면 안 되는데. 자네까지 옮을 때쯤이면, 그게 불치병이 될 거야."

"그건 진짜 끔찍한 일이겠는데요." 모스 부인이 이렇게 말하고 나서 씩 웃었다. "이제 산타 옷으로 갈아입어야 하지 않아요?"

모스 박사가 아내에게 자신의 트위드 재킷을 걸쳐준 뒤 아내를 가까이 끌어당겼다. "올해는 루브가 산타 역할을 안 할 거야."

"안 한다고? 어쩜, 아까운 일이네."

"루브가 지금 상당히 바쁠 거야, 여보."

"그럼 누가 산타 역할을 해?"

"아마 올해는 산타 없이 보내야 할 것 같은데."

모스 부인이 고개를 돌려서 내게 다정한 태도를 보여주었다. KKK단이 쳐들어와도 나를 숨겨줄 것 같은, 나뿐만 아니라 우리 식구 모두를 절대 그들에게 넘기지 않고 숨겨줄 것 같은 다정함이었다. 내가 매년 산타 의상을 입고, 선물을 들고, 모스 부인의 집 굴뚝을 미끄러져 내려가주기만 한다면.

"블룸 박사가 그 역할을 한 게 정말 마음에 들었어요. 그 정신을 제대로 표현했거든요. 그런 정신이 없는 사람도 있는데, 블룸 박사는 사람들이 뭘 원하는지 알고 그걸 거리낌 없이 내놓았어요… 그걸 부끄러워하지 않죠…"

내가 막 고맙다고 인사하려는데 모스 부인이 계속 말을 이었다. "나는 블룸 박사가 올해도 산타가 돼서 전통을 이어갈 줄 알았지 뭐예요. 수염을 다시 기른 걸 보고… 바보같이… 어쨌든 다행이에요.

수염이 블룸 박사한테 잘 어울려요."

내 양손이 얼굴로 획 올라갔다. 그런데 한 손에 맥주잔을 들고 있었기 때문에 맥주가 내 넥타이에 끼얹어졌다. 나는 양해를 구한 뒤 잔을 급수대 위에 내려놓고, 오글오글한 천으로 장식된 체육관을 나와 콘크리트 블록으로 지은 복도를 걸었다. 벽을 따라 코빈의 진홍색으로 그려진 줄무늬를 따라갔다. 줄무늬와 경주하듯이 지나친 코르크 게시판에서 압정으로 꽂아둔 공고문들이 혀처럼 날름거렸다. 나는 어느 전시용 케이스 앞에서 걸음을 멈췄다. 전면은 유리로, 후면은 거울로 되어 있는 상자 안에 밝은 황금색과 은색 트로피, 공을 든 남자들의 아주 작은 조각상이 가득 들어 있었다. 그 물건들 뒤편, 상자 후면에 비친 내 모습을 보았다. 나 자신을 보았다. 몹시 지친 모습. 엉망이 된 넥타이. 예상 밖으로 후줄근한 털. 이디스는 지금껏 아무 말도 하지 않았다. 내가 멍하니 거울을 본 지가 좀 된 것 같았다. 마지막으로 면도한 것이 언제인지 기억나지 않았다. 나는 말라붙은 크림을 닦아내듯이 털을 문질러보았지만, 날카롭고 뻣뻣했다. 입 주위가 곡식을 베어내고 밑동만 남은 얼어붙은 밭 같았다. 신호가 잘 잡히지 않을 때의 텔레비전 화면처럼 흑백, 신호가 잘 잡히지 않을 때의 텔레비전 화면처럼 회색. 턱에 다른 것보다 아주 조금 더 긴 터럭이 하나 있었는데, 이디스가 전화선을 꼴 때처럼 내가 그 털을 아무 생각 없이 꼬고 있었음을 이제야 깨달았다. 트로피 우상들 너머에서 지저분한 랍비 한 명이 혐오스러운 표정으로 나를 빤히 마주보았다.

집으로 돌아온 나는 목을 면도칼에 베어 화장지로 틀어막은 뒤, 드물게 내 서재를 그냥 지나쳐 결코 잠들지 못하는 아내 옆에 누웠다. 방송 종료를 알리는 소리가 복도에서 새어 들어오는 상황에서 잠이 드는 것은 불가능했다. 날카롭게 찢어지는 듯한 소리와 빛의 선들이 우리 방을 화면 조정 때의 텔레비전 화면처럼 만들었다. 거기에 익숙해지든지, 아니면 침대에서 일어나 문이 없는 주디의 방으로 가서 덮개 없는 소켓에서 플러그를 뽑는 방법밖에 없었다.
"하지 마." 이디스가 말했다.
"이러다 잠 못 자."
"주디가 잘 수 있으면 우리도 잘 수 있어. 애를 방해하지 마."
나는 다시 침대에 누워 아내에게 손을 뻗었지만, 아내는 몸을 굴려 피했다. "당신 취했어. 담배 냄새도 나고."
"미안."
"그리고 우리 딸을 너무 몰아붙이고 있어. 애가 뭘 해도, 좋다는 말을 안 하잖아. 에세이도, 성적도, 새로 사귄 친구도."
"미안해. 나도 알아."
"그래서 주디가 당신에게 쌓인 걸 아버님한테 푼 거야."
"알아." 그러고 잠시 뒤 나는 말을 이었다. "장모님이 그러셔? 장모님이 아마추어 분석가로 그렇게 해석하신 거야?"
"맞아. 그런 거야."
"그래서 당신은 뭐라고 했어?"
"공정하지 않아요, 엄마."
신년 전야에 갑자기 텔레비전이 꺼지고, 생방송 방청객들의 소리가 집을 가득 채웠다. 이디스와 내가 초대한 사람들이었다. 주디가 야외미술광 모임에서 사귄 새 친구들, 오케스트라의 목관악기 연주자 절반, 길버트·설리번의 작품에서 주디와 함께 공연했던 학생들,

로미오, 토드 프루, 메리 부스티, 조앤 게리(내 꿈에 나왔던 게리는 다행히 고문으로 상한 흔적이 전혀 없이 나타났다) 등이 왔다.

그들이 온 것은 주디를 데리고 댄스파티에 가기 위해서였다. 주디가 내려오기를 기다리는 동안 성실한 토드 프루가 이디스의 건강에 대해 물었다("몸이 나아지셨다니 다행입니다, 블룸 부인. 아버지가 그러시는데, 요즘 편찮으셨다면서요"). 주디의 조부모 건강에 대해서도 물었다("어르신들이 계단에서 그렇게 넘어지고서도 무사하시다면 다행인 거죠, 블룸 부인"). 이디스와 내게 저녁에 어떤 계획이 있는지도 물었다("요새 집에만 갇혀 있는 느낌이시겠어요").

그때 주디가 조심스레 계단을 내려왔다. 제 엄마의 하이힐과 몸에 딱 맞는 검푸른색 원피스로 반짝반짝하게 꾸민 모습이었다. 이디스의 부모가 망가진 선물 대신 새로 보내준 이 옷이 크리스마스 연휴에 딱 맞게 도착했는데, 대학을 방문할 때 입으라고 선물한 옷이었지만 주디는 그때까지 옷을 아낄 생각이 없는 모양이었다. 그 옷차림 위로 주디가 자랑스레 높이 들어올리고 있는 것은, 붕대를 푼 매끈한 코였다. 아직 멍과 부기가 조금 남아 있었지만, 옆에서 보면 흠잡을 곳이 없었다. 노르스름한 멍이 아직 남아 있어도, 반창고를 붙였던 자리가 약간 하얗게 변색되어 있어도, 주디가 컨실러와 볼터치로 매끈하게 가리고, 마스카라와 아이라이너와 진홍색 립스틱으로 상쇄 효과를 주어서 잘 보이지 않았다. 이디스의 콤팩트 절반이 화장에 들어갔다.

토드 프루가 이디스에게 고개를 돌렸다. "주디가 부인을 닮았네요." 그리고 이번에는 내게 고개를 돌렸다. "주디가 교수님 부인을 닮았어요."

"그래, 토드." 나는 주디의 손을 꼭 잡았다.

주디가 말했다. "내가 엄마를 닮았다고? 세상에, 그러면 진짜 안 되는데."

이디스는 풀이 죽었다.

주디는 잔인했다. 원하는 것을 쟁취한 사람 특유의 예리한 잔인함이었다. 주디는 원하는 것을 가장 공정한 방법으로, 즉 고통을 통해 얻어냈다.

8.

 이런 분위기에서 우리는 1960년을 시작했다. 추웠다. 나는 그저 내 서재에 머무르고 싶은 마음뿐이었다. 겨울방학 동안 3.6킬로그램이 늘어난 몸으로 타자기 앞에 앉아 기말시험 점수를 매기고, 남북전쟁 전의 적자와 채무에 대해 좀 생각해보고 싶었다. 하지만 불행히도 손님이 오기로 되어 있었다. 1월은 사교적인 만남에 좋은 시기가 아니다.

 주디는 월요일인 4일에 다시 코빈데일 고등학교에 출석했다. 대학 학기는 18일 월요일에야 시작되었는데, 그날부터 눈이 내리기 시작하더니 목요일까지 점점 더 심해졌다. 수요일에 이미 눈이 15센티미터쯤 쌓여 있었다.

 삽으로 눈을 치워봤자 소용이 없었지만, 아침에 깨어났을 때부터 나를 괴롭히던 두통이 사라지는 효과는 있었다. 그래서 나는 옷을 단단히 껴입고 도로 턱부터 시작해서 삽을 눈 속에 박아넣고 발로 누른 다음, 삽을 들어 길가의 죽은 화단 너머로 멀찍이 눈을 쏟았다. 숨을 몰아쉬고 몸에서 김을 피워 올리며 집 앞 현관계단까지 이르렀을 때, 도로 턱은 다시 하얀 눈으로 덮여 있었다. 나는 샤워를 하려고 살금살금 안으로 들어갔다.

 면도를 마치고 로션 냄새를 풍기며 계단을 내려오는데 케이스 안의 시계가 정오 종을 쳤다. 나는 창문으로 밖을 확인해보았다. 길이 다시 순백색으로 돌아가 있었다.

부엌에서는 이디스가 칼을 꺼내놓았다. 앞치마 끈을 단단히 묶은 이디스는 강철 칼을 휘둘러 치즈를 자르고, 사과를 이상한 백조 모양으로 깎았다.

"날씨가 엄청난데. 약속을 취소하지 않을까?"

이디스가 펼쳐놓은 음식의 양을 보니 거의 괴로울 지경이었다. 크리스마스를 보내고 나서 또 칼로리를 섭취하는 걸 누가 견딜 수 있을까? 어떤 음식에든 식욕이 느껴질까? 설사 도전 삼아 먹는 것이라 해도? 이디스가 무엇을 증명하려 하는 건지 알 수 없었다. 누구에게 증명하려 하는 건지도. 이렇게 과하게 음식을 차린 건 자신이 얼마나 아내 역할을 잘하는지 증명하기 위해서? 아니면 나나 내 학과의 요구가 지나치다는 걸 증명하기 위해서? 쟁반에 담긴 채소, 아미시의 우아한 그릇에 담긴 바삭바삭한 과자와 마지팬, 394번 도로변의 스칸디나비아풍 산장에 자리 잡은 기묘한 고급 식료품점에서 사온 고기파이.

"장차 동료가 될 수도 있는 손님을 교수 사택에서 접대하는 것이 코빈의 유구한 전통이야." 나는 모스 박사가 내게 한 말을 그대로 되풀이하며, 이 말이 이디스와 나 사이의 새로운 농담이 되기를 희망했다. "아니, '장차 동료가 될 수도 있는 손님을 교수 사택에서 모시는 것이 코빈의 친절을 보여주는 유구한 특징'이었나?"

이디스는 웃지 않았다.

"내가 여기 면접을 보러 왔을 때, 어디로 초대받았는지 알아? 카페테리아야."

나는 표면이 물집처럼 부풀어오른 크래커를 집으려고 했지만, 이디스가 돌아서서 칼을 번쩍이는 바람에 뒤로 물러났다.

나는 아래층 침실에서 잭슨이 국립은행을 부순 이야기를 담은 책을 들고 앉아, 창 밖에 하얗게 펼쳐진 잔디밭을 바라보았다. 내가 다시 일어나서 삽을 꺼내야겠다고 생각할 때마다 에버그린 거리를 굴러오는 자동차 소리가 들려서 나는 넋을 놓았다.

데이트를 기다리는 주디의 심정이 이럴 것 같았다. 비록 주디는 창가에서 기다린 적이 한 번도 없지만. 그 애는 품위 있게 자기 방에서 기다렸다.

일반적으로 앤드루 잭슨은 인디언을 죽인 촌뜨기로 알려져 있다. 그의 단순한 친구들이 취임식에 참석하려고 수도로 돌진해서 백악관을 난장판으로 만들었다고 한다. 진흙투성이 신발로 고급 천 장식을 짓밟고, 솜 부스러기를 뿌리고 접착시켜 무늬를 만들어놓은 벽지 사방에 구토를 했다고. 하지만 사실을 말하자면 잭슨이 그 대통령 저택을 새로 장식하고 싶었으나 돈이 없었기 때문에 일부러 그곳을 확실히 엉망으로 만들어줄 손님들을 초대한 것이다. 그는 다음 날 아침 숙취 때문에 비틀거리며 의회로 가서 저 난장판을 치우고 새 가구를 살 수 있게 도와달라고 간청했다. 주디가 한 짓이 생각나는 핑계다…

휘그당이 잭슨을 비난한 뒤, 미친 영국인의 대통령 암살 시도가 있기 전… 내가 읽다 만 부분이 여기였다… 오늘 우리 집에 오기 전에 네타냐후가 나와 주고받은 유일한 연락, 즉 '메리크리스마스' 카드가 책갈피에 꽂혀 있었다.

20/1 정오까지 가겠습니다. 주소는 모스 박사에게서 받았습니다.

P.S. 이런 카드를 보내서 죄송합니다.

B. 네타냐후 드림

그의 필체는 피그미족처럼 아주 작았고, 날짜를 거꾸로 썼을 뿐만 아니라 유럽식 표기법처럼 0에 사선도 그어져 있었다. 유럽에서는 여자들이 머리를 길게 기르고 속옷 없이 외출하며 아이들은 모두 담배를 피우고 포도주를 마신다.

자동차 한 대가 덜컹거리며 에버그린 거리를 굴러오다가 속도를 늦추며 도로 턱에 붙었다. 번지수를 보기 위해서였다. 우리 집 출입문 상인방에는 청동으로 18이라는 숫자가 붙어 있고, 우편함과 우편함 기둥에 붙어 있는 블룸이라는 이름은 북극 스타일로 화려하게 꾸며져 있지 않았다… 문에 화관이 걸려 있지 않은 것도 눈에 띌 것이다… 네타냐후에게 길을 가르쳐줄 때 이렇게 말했어야 했다. 산타의 공방이 아닌 유일한 집을 찾아보라고.

자동차는 40년대에 나온 사막 색의 녹슨 포드였다. 납작한 유선형 차체는 그 시대 물건치고 매끈하다고 해야 할 것이다. 하지만 그 자동차가 우리 집이 있는 거리를 미끄러져 올 무렵, 그 시대는 이미 지나가버린 지 한참 뒤였다. 전시戰時 생산중단 이후 포드가 처음 만들기 시작한 모델 중 하나이고, 얼굴이 있는 마지막 모델 중 하나이다. 여기서 얼굴이 있다는 말은 자동차 전면이 거의 사람처럼 보인다는 뜻이다. 널찍한 간격을 두고 높이 붙어 있는 헤드라이트는 눈이고, 그릴은 코. 이 자동차는 다정하고 멍청한 사람 같은 표정으로 다가왔다. 그것을 만든 자가 나치였다는 사실을 거의 잊어버릴 만큼 가련하고 의존적인 표정이다. 지금 우리 집 앞으로 다가온 차는 얼굴이 박살나 있다는 점에서 특히 신랄했다. 그릴은 사라지고, 우그러진 크롬 펜더는 절반만 차체에 매달려 마치 무력한 쟁기처럼 앞에 있는 눈을 튕겨냈다.

하지만 이 차를 모는 사람이 네타냐후가 아닐 수도 있었다. 우선 차 안에 사람이 너무 많았다. 한 명보다 많으면 너무 많은 것이다. 네타냐후는 카드에서 일행을 언급하지 않았는데도, 나를 향해 다가오는 자동차에는 사람이 꽉꽉 들어차 있는 것 같았다. 내 창문과 자동차 앞 유리창을 통해서 봐야 했기 때문에 정확히 몇 명이 타고 있는지, 그들이 차 안에서 뭘 하는지 확실하게 보이지 않았다. 서로 싸우는 건가? 아니면 옷을 입는 중인가?

당시 유행하던 것이 하나 있다. 특히 내 제자들 사이에서 인기가 높았는데, 바로 공중전화 부스 안에 사람이 몇 명까지 들어갈 수 있는지 직접 해보는 것이었다. 한동안은 이것이 아이젠하워 시대의 가장 시급한 문제 중 하나인 것 같았다. "우리가 핵전쟁으로 지구를 소멸시키게 될까?"라는 문제 바로 다음에 "이 공중전화 부스, 이 옷장, 이 냉장고의 마분지 상자 안에 남녀 대학생이 몇 명이나 들어갈 수 있을까?"라는 문제가 있었다. 어디서든 이런 묘기가 벌어지기만 하면 사진가와 동영상 촬영팀이 나타나, 호르몬이 날뛰는 젊은이들의 웃기는 짓을 기록해서 텔레비전 프로그램, 영화, 졸업앨범 화보로 만들었다. 아주 비좁은 곳에 그 젊은 육체를 최대한 많이 집어넣으려는 내 제자들의 끈질긴 노력은 성적인 접촉의 핑계였을 뿐만 아니라, 숨 막히는 획일성과 고삐 풀린 소비의 조합이라는 시대의 혼란스러운 현상을 몰아내려는 시도이기도 했다. 다가올 혁명을 위한 무의식적인 드레스 리허설과 비슷했다. 나는 그저 남의 젖꼭지를 만져보려고 이러는 게 아니야. 세계 신기록을 세우려는 거야… 크래커잭 포장상자 속에 내 친구를 몇 명이나 집어넣을 수 있는지…

이렇게 좁은 곳에 사람을 빽빽이 밀어 넣는 열풍은 자동차에도 닿았다. 특히 지금 우리 집 앞에 있는 낡은 포드 같은 자동차는 많은 학생들이 부모에게서 물려받아 갖고 있는 모델이었다. 나는 어깨를 들썩이며 외투를 입는 동안, 네타냐후의 차가 어딘가에서 고장을 일으키는 바람에 그가 히치하이킹을 시도했고 학생들이 그를 차에 태워준 것 같다는 생각을 했다… 그런데 캠퍼스로 향하던 학생들이 모종의 사고에 휘말렸고… 그렇다면 저 포드의 엔진덮개에서 팝콘 같은 연기가 구름처럼 훅훅 솟아오르고 부서진 펜더가 늘어진 채 덜컹거리며 덜레스의 집 앞을 지나 우리 집 앞에 멈춰 서서 진입로를 막고 있는 광경이 이해가 갔다.

내가 밖으로 나가는 순간 자동차 뒷문이 마침 열리면서 사람들이 엉덩방아를 찧으며 우르르 쏟아졌다. 의상을 완전히 갖춰 입고 나팔을 불며 접시 받기를 하는 광대들은 아니었지만 비슷했다. 무스탕 옷을 입은 아이들이 한 명, 두 명, 세 명. 나는 그 세 명을 헤아리는 데 시간이 좀 걸렸다. 소, 중, 대. 똑같이 생긴 무스탕 외투와 특히 갑자기 분출되기 시작한 에너지 때문에 그들이 훨씬 더 많아 보였다. 그들은 인도와 차도 사이에서 서로를 뒤쫓으며 눈을 던졌다. 그동안 그들보다 덩치가 큰 어른 두 명이 인도 쪽 앞문을 열고 밖으로 나왔다. 반대편 문은 어딘가에 걸려서 열리지 않았던 것 같다. 처음에는 그 두 어른이 완전히 똑같아 보여서 구분할 수 없었다. 아이들이 입은 것보다 크기만 클 뿐 똑같이 생긴 무스탕 외투로 몸을 감싸고 있기 때문이었다. 막대 모양의 단추가 달린 똑같은 털외투 다섯 벌. 상당한 할인가격으로 한꺼번에 구입한 물건이라면 좋을 텐데. 아이들이 제멋대로 눈 뭉치를 던지고 피하며 자동차 주위에서 재난 대비 훈련을 하는 것처럼 구는 동안, 두 어른 중 한 명이 후드를 쓴 머리를 하늘로 들어올리고 고함을 질렀다. 내가 어렸을 때 하느님이 사용하시던 언어였다. 그녀(목소리 덕분에 여성임을 알 수 있었다)가 아이들에게 그만 뛰어다니라고 말했음이 분명했다. 지금은 그녀가 입을 다문 뒤였다. 이것이 나와 네타냐후 일가족의 첫 만남이었다. '디 간체 미시포하.' 한 집안의 네트워크 전체를 일컫는 이디시어 표현

아내가 아이들을 건사하는 동안 남편은 후드를 뒤로 젖혀 얼굴을 드러냈다. 이력서 우측 상단에 아무렇게나 붙인 여권사진 크기의 사진 덕분에 내가 아는 얼굴, 아니 안다고 생각했던 얼굴이었다. 사진보다 나이 든 얼굴. 당시 그는 쉰 살 언저리였고, 강인한 이목구비에는 몽골인의 특징이 어렴풋이 섞여 있었다. 아주 작은 올리브 같은 눈과 엄청나게 크고 살집이 있는 굴 껍질 같은 귀. 또렷한 팔자주름은 '웃음 주름'이라고 부를 수 없는 모양이었다. 꽉 다문 입술에서 유머라고는 찾아볼 수 없었으니까. 머리 위에는 머리카락이 쌍봉낙타처럼 두 개의 혹 모양으로 솟아 있고, 그 사이에서 달걀처럼 둥글게 반짝이는 것은 주근깨가 있는 두피였다. 그가 내게 가장 먼저 한 말은 이거였다. "블룸 박사님이시죠?"

"만나서 반갑습니다."

"벤-시온 네타냐후 박사입니다."

그렇다, 처음에 그는 굳이 박사라는 호칭을 사용했다. 그렇다, 그는 부들부들한 손모아장갑을 벗지 않은 채 나와 악수했다. 그의 외국인 말씨가 생각보다 더 강해서 삐걱거리는 느낌이었지만, 나중에

나는 그가 일부러 '벤-시온'이라는 발음을 강조한 것 같다는 인상을 받았다.
"루벤이라고 부르시면 됩니다. 루브도 괜찮고요. 샬롬."
우리는 눈 위에 서 있었다. 원래 그 자리가 인도였는지 잔디밭이었는지는 알 길이 없었다. 그는 입술을 꾹 다물고 생각에 잠긴 표정으로 고개를 끄덕였다. 내 인사말을 모른다는 듯이, 아니면 그냥 체념하고 그걸 받아들이겠다는 듯이. "샬롬, 루브."
나는 눈이 가루처럼 뿌려진 길을 따라 앞장서서 집으로 향했다. 그와 그가 아직 소개하지 않은 아내와 아이들이 뒤를 따라왔다.
현관 계단을 올라와 집 안으로 들어서자마자, 땅딸막한 몸집에 앞머리를 이마로 내린 그의 아내가 말했다. "내 이름은 칠라예요." 하지만 이 말을 하는 동안 그녀는 자기 남편을 빤히 바라보고 있고, 남편은 내게 이렇게 말했다. "제 아내 칠라입니다." 내가 손을 내밀자 칠라는 그 손을 잡고 나를 끌어당겨 뺨을 내밀었다. 나는 거기에 뽀뽀했다. 그녀는 반대편 뺨을 내밀었다. 나는 거기에도 뽀뽀했다.
뺨이 차가웠다.
옷차림을 정돈한 이디스가 이를 드러내고 웃으며 인사하러 다가왔다. "칠라, 벤-시온, 이쪽은 이디스예요." 그러자 이디스가 말했다. "어머, 예뻐라… 아이들도 데려오셨네요… 이렇게 반가울 데가. 루벤한테서 아이들이 있다는 말은 못 들었는데… 자, 얘들아, 외투는 나한테 주겠니?…"
아이들과 부모가 똑같이 생긴 외투와 장갑과 스카프와 모자를 벗었다. 그걸 받아 팔에 쌓아 올린 이디스는 외투걸이처럼 변해버렸다.
"괜찮으시면…" 층층이 쌓인 옷 때문에 이디스의 쾌활한 목소리가 작게 들렸다. "신발을 벗어주시겠어요?"

하지만 부모는 이미 눈을 닦지도 않은 채 실내 매트를 지나 아래층 작은방에 들어선 뒤였다. 나무 바닥에 눈 자국이 남고, 녹아내린 눈이 웅덩이를 이뤘다.

아이들은 한꺼번에 새된 소리를 질러댔다. 셋 중에 가장 키가 큰 녀석이 눈덩이 한 개를 몰래 가지고 들어온 모양이었다. 녀석은 둘째 아이의 셔츠와 바지 속에, 허리춤 안쪽에 그 눈덩이를 어떻게든 집어넣으려고 애쓰느라 여념이 없었다.

칠라가 히브리어로 아이들을 나무랐다. 야단을 맞으면서도 둘째 아이는 형을 뒤쫓아 피아노 주위를 뱅뱅 돌았고, 막내는 울부짖었다. 바닥에 눈이 더 많은 웅덩이를 이루고, 발자국이 가짜 페르시아 융단의 가짜 아라베스크 무늬를 흠뻑 적셨다. 이디스가 다시 말해보았다. "부탁할게요. 신발을 벗어주시겠어요? 죄송하지만 저희가 집을 아시아식으로 꾸몄거든요."

칠라가 다시 뭐라고 말했다. 이디스의 말을 통역한 것이라고 보기에는 너무 간결한 말이었다. 짜증이 배어 있고, 밀도 높고, 시제와 격변화와 성별에 따른 변화가 알맞게 처리된 한 단어. 그러자 아이들은 한꺼번에 얼어붙어서 그대로 털썩 주저앉았다. 위의 두 명은 융단 위에, 막내는 쪽모이세공이 된 나무 바닥에. 그러고는 지나치게 단단히 묶인 신발 끈을 잡아당기기 시작했다. "두 분도요. 괜찮으시다면." 이디스가 칠라와 네타냐후에게 이렇게 말하자 두 사람은 기묘한 표정으로 서로를 보더니 하이드어베드에 앉아 신발을 벗었다.

가족들 중 누구도 부츠나 오버슈즈처럼 겨울 날씨에 조금이라도 적합한 신발을 신지 않았다는 사실을 나는 그제야 알아차렸다. 네타냐후는 구두를 신었고, 칠라는 플랫슈즈를 신었으며, 아이들은 싸구려 캔버스 운동화를 신었다. 칠라의 스타킹은 물에 흠뻑 젖은 상태였고, 네타냐후의 양말 한 짝에는 구멍이 나서 엄지발가락이 나와 있었다. 다듬지 않은 발톱이 울퉁불퉁했다.

 칠라가 자신과 남편의 신발을 이디스에게 건넸다. 이디스는 돌아다니며 아이들의 신발도 받았다. 아이들이 한 명씩 신발을 건넬 때마다 칠라가 이름을 말해주었다. 장남은 조나단, 둘째는 베냐민, 막내는 이도. 이디스가 말했다. "고맙다, 조나단. 고맙다, 베냐민. 고맙다, 키도." 그러자 칠라가 말했다. "이도예요." 하지만 이디스가 다시 "키도"라고 말하자, 위의 두 아이가 키득거렸다. 녀석들이 막내한테 히브리어로 지껄이는 말이 무슨 뜻인지는 몰라도, 맨 끝에 붙은 말은 "키도"였다.

 이디스가 신발을 말리려고 매트에 늘어놓는 동안 칠라는 아이들의 나이가 각각 열세 살, 열 살, 일곱 살이라고 말해주었다. 그때 내가 아이들의 터울을 계산해보고, 이 식구들한테 질서 있고 절제된 부분은 이것밖에 없는 것 같다고 생각했던 기억이 난다. 나는 이들을 보자마자 속으로 '야후 가족'이라고 부르기 시작했다. 이 거칠고 난폭한 야후 가족이 우리 집으로 쳐들어와서 바닥에 눈을 떨어뜨려 놓고, 이제는 다시 두 발로 일어서서 강도짓을 저지르기 전에 잘 살펴보려는 것처럼 방 안을 돌아다니고 있었다. 조나단과 베냐민은 벽난로 선반을 살펴보았다. 병 속에 들어 있는 메이플라워 호와 스피드웰 호를 이리저리 돌려보고, 해밀턴과 버의 태엽 인형을 아무렇게나 건드리고, 골동품인 백랍 천칭저울의 접시에 추를 지나치게 많이 올려놓았다. 추들이 부딪혀 계속 시끄러운 소리를 냈다. 이도는 두 아이의 다리 사이에서 철제 장작받침을 쑤시고 벽난로 안을 손으로 파다가 그 손으로 얼굴을 문질러 재를 잔뜩 묻혔다.

"루벤." 이디스가 말했다. "의자가 더 있어야겠어… 여기는 지상 관제소다. 루벤 블룸 나와라. 식당에서 의자를 몇 개 가져와야 할 것 같다."

칠라는 이디스의 말을 잘못 알아들었는지 아이들에게 틀림없이 앉으라는 뜻일 것 같은 말을 했다. 그러자 아이들이 잽싸게 앉을 곳을 찾아 움직였다. 조나단과 베냐민은 이디스와 내가 미처 말리기도 전에 하이드어베드 맞은편의 섬세한 셰이커 의자에 앉았다.

의자를 찾지 못한 이도는 조나단의 무릎 위로 올라가려다가 밀려나자 베냐민의 무릎으로 올라가려 했다. 베냐민 역시 그를 밀어냈는데, 그 바람에 의자의 나무 뼈대와 바구니처럼 짠 상판이 걱정스럽게 흔들렸다. 이도는 치펀데일식 탁자에 위험할 정도로 가까이 떨어졌다가 울면서 일어나, 새까만 재와 눈물이 묻은 얼굴을 하이드어베드 옆구리에 닦고 부모 사이에 자리를 잡았다.

나는 식당으로 가서 식탁의 튼튼한 알루미늄 의자 두 개를 가져와 모여 있는 사람들 가장자리에 놓고 둘 중 한 의자에 앉아 다른 하나를 빤히 바라보며 위의 두 아이에게 이쪽으로 와서 앉으라는 말을 어떻게 해야 정중하게 들릴지 고민했다.

"제가 스모가스보드여러 음식을 한꺼번에 차려놓고 덜어먹는 스웨덴식 식사를 조금 준비했어요." 이디스가 말했다. "짭짤한 요리들이 많은데, 아이들한테는 주전부리가 좀 필요하겠죠?"

칠라는 아무 대답 없이, 고래고래 소리를 질러대는 검은 얼굴 막내의 머리만 쓰다듬었다. 그래서 이디스가 다시 말했다. "제가 아이들한테 쿠우키이를 좀 가져다줘도 괜찮을까요?"

칠라는 혼란스러운 얼굴로 이디스의 말을 되풀이했다. "쿠우욱." 하지만 조나단이 제 엄마의 말을 잘 알았다. "쿠키예요. 쿠키라고 말하신 거예요." 그러고 나서 아이는 이디스에게 시선을 돌렸다. "우리 영어 할 줄 알아요."

베냐민이 말했다. "우린 바보 아니에요."

"그럼 막내는 어때?" 이디스가 이도에게 시선을 돌렸다. "너는 어떠니?"

"걔는 바보예요." 조나단이 말했다. "그렇지, 이디? 내 말이 맞지? 이디, 넌 영어도 못하는 바보지?"

이디는 제 엄마에게 손을 뻗으며 코가 꽉 막힌 목소리로 말했다. "쿠키."

칠라는 이도를 안아 올려 냄새를 맡아보더니 아이를 치펀데일 탁자에 눕혔다. 밑에 수건도 깔지 않은 채 바지를 아래로 내리고 기저귀를 벗기기 시작했다. "애들은 뭐든 잘 먹어요." 칠라가 엉망진창인 상황을 어떻게 해보려는 듯이 말했다. "사실 얘가 이렇게 기저귀를 찰 필요는 없어요. 차를 타고 오래 움직일 때나 밤만 제외하면."

이디스는 눈을 꾹 감고 부엌으로 사라졌다. 칠라가 가방 안을 뒤져 둘둘 만 화장지를 찾아내서 이도의 몸을 닦아주는 동안 내가 아이들에게 물었다. "벤, 존… 의자 바꿀래?"

하지만 베냐민은 동생의 잿빛 맨 몸 위로 몸을 기울여 아이의 고추를 손으로 튕기고 있었다. 칠라가 아이의 손을 찰싹 때리자 이도가 울부짖었다. "초코칩 똥 쿠키." 베냐민이 기저귀를 가리키며 말했다. "초코칩 브라우니 퍼지 똥 쿠키."

"이건 똥이 아니에요." 칠라가 내게 말했다. "이건 쉬, 쉬… 쉿…"

"오줌." 조나단이 이렇게 말하고 나서 포인세티아의 꽃잎을 한 장 땄다.

"이 애는 누굽니까?" 네타냐후가 사이드테이블에 놓아둔 가족사진들을 가리키다가 하나를 들어 자세히 살펴보며 말했다. "따님인가요?"

"주디. 주디스Judith입니다."

"예후디트Yehudit군요."

"하루 내내 학교에 있습니다. 고등학생이죠. 오늘 그 아이를 만나기는 어려울 겁니다."

"히브리 이름이네요, 예후디트. 이교도들은 예후디트의 책구약성서의 외경으로 <유디트서>가 있다을 받아들였는데, 유대교 경전에서는 점잖지 못하다는 이유로 제외됐죠. 영웅적인 유대인 여성인 유디트는 아시리아의 장군 홀로페르네스를 유혹하는 척합니다. 음식과 술을 계속 권해서 그를 만취하게 만든 뒤 칼을 가져와 그의 머리를 자르죠."

"우리 아이 이름은 이디스의 할머니 이름을 딴 겁니다. 할아버지는 트리어 출신의 곡물상이었는데, 나중에 34번가에서 지퍼를 파는 상인이 되셨죠."

네타냐후는 사진을 탁자 위에 내려놓았다. 주디와 이디스와 내가 램프에 거꾸로 기댄 꼴이 되었다.

"이도는 선지자로 여러 책을 썼습니다. 그 책들이 존재했던 건 분명한 사실이지만, 지금은 유실됐어요. 조나단은 요나탄이고, 베냐민은 비냐민입니다. 당신도 성경 정전 타나크를 읽었으니 다 아는 이름일 겁니다."

칠라가 그에게 둥글게 뭉친 기저귀를 건넸지만 그는 받지 않았다. 그냥 말을 계속했다. "요니, 비비, 이디… 저 아이들을 데려온 걸 후회하고 싶지 않지만…"

칠라가 그의 무릎에 기저귀를 떨어뜨리고 히브리어로 뭐라고 말했다. 바늘처럼 날카로운 말이었다. 나는 그녀가 반복해서 말한 단어 하나만 알아들었다. 내 귀에는 '주전자kettle' 또는 '상태fettle'로 들렸다. 칠라의 말이 계속 이어지자, 네타냐후의 시선은 점점 낮아져 눈에 젖고 해진 양말의 구멍과 거기서 튀어나온 발가락에 닿았다. 아내의 목소리가 점점 커질수록 그는 발가락을 꼼지락거리더니, 결국 발을 쿵 내려놓으며 불쑥 말했다. "영어로."

칠라가 말했다. 내게 하는 말이었던 것 같다. "저 사람이랑 같이 온 걸 이미 후회하고 있어요."

칠라의 영어는 남편의 영어에 비해 고르지 못하고 단어도 제한되어 있었지만, 발음은 더 좋았다. 목구멍을 긁는 레반트식 발음이 살짝 섞인 중서부 영어 같았다. "원래 애들을 우리… 여자가 봐주기로 했어요. 아이들과 같이 있는 여자요."

"보모." 네타냐후가 말했다. "화재 때문에 보모가 약속을 취소했습니다."

"파이프가 얼어서 집에 물이 넘쳤대."

"화재인 줄 알았는데."

"파이프가 얼어서 물이 넘치고, 화재도 있었고."

"어떻게 홍수랑 화재가 동시에 일어나지? 불이 나면 홍수가 멈추거나 얼었던 것이 녹지 않았을까?"

"그걸 당신이 어떻게 알아? 그 여자랑 이야기한 사람은 나야."

네타냐후는 내게 시선을 돌렸다. "방금 말했듯이 응급상황이었습니다. 보모가 아이들을 봐줄 수 없었고, 칠라는 아이들을 혼자 데리고 있지 않으려 했어요."

"칠라는 여기 있어요. 칠라는 여기 당신 바로 앞에 있다고요. 그리고 칠라는 아이들이랑 집에 있고 싶지 않았어요. 아이들도 칠라랑 같이 집에 있기 싫어했고요." 칠라는 여기서 히브리어로 언어를 바꿔서 이도에게 뭐라고 말한 뒤, 다시 영어로 돌아왔다. "아들의 속옷을 잊어버리는 엄마랑 같이 집에 있고 싶은 애가 어디 있겠어요?"

"차 안에 속옷이 하나 있지 않아?" 네타냐후가 말했다. "글러브박스 안에?" 그러자 조나단이 말했다. "내가 가서 가져올게요." 베냐민이 말했다. "내가 같이 갈게."

"아니." 칠라가 말했다. "차는 나랑 상관없어요." 이건 나한테 하는 말이었다. "차는 남편의 문제지 내 문제가 아니에요." 칠라는 화장지 한 칸을 뜯어 침으로 적신 뒤 이도의 드러난 그 부위 끝에 붙였다. "우선은 이걸로 될 거야." 그러고 나서 아이의 바지를 입히고, 아이를 일으켜 하이드어베드와 탁자 사이 자신 앞에 세우고는 배를 쿡쿡 찌르며 헬륨을 마신 사람처럼 아이 같은 목소리로 노래하듯 말했다. "우리 모두 아빠랑 같이 가고 싶었어! 항상 아빠랑 같이 있고 싶어! 아빠가 집을 비우는 순간 모든 것이 무너져!" 칠라는 이도의 스웨터와 그 아래에 있는 똑같은 스웨터와 그 아래에 있는 내의를 들고 허리를 숙여 아이의 배를 향해 혀를 부르르 떠는 소리를 냈다. 울부짖던 아이가 결국 정신없이 까르르 웃어댔다. "아빠가 없으면 어쩌지?… 부르르… 그래 그래 그래 그래 아빠가 없으면 어쩌지?… 부르르…"

"저도 같습니다." 내가 분위기를 누그러뜨리려고 입을 열었다. "이 디스가 없으면 저는 엉망이 될 겁니다."

칠라가 미간을 찌푸리며 이도의 옷을 정리했다. "우리 모두가 원한 건 뉴잉글랜드에서 휴가를 보내는 거였어요. 그런데 길을 나선 뒤에야, 우리 집의 위대한 천재께서 뉴욕주 업스테이트와 뉴잉글랜드를 혼동했다는 걸 지도를 보고 알아차렸죠."

"아니야." 네타냐후가 말했다. "여긴 뉴잉글랜드야."

"어떻게 생각하세요, 루브? 뉴욕주 업스테이트가 뉴잉글랜드인가요?"

"글쎄요." 나는 머뭇거렸다.

"솔직하게 말하세요, 루브."

"아마 대서양안 중부라고 할 수는 있겠지만, 뉴잉글랜드가 공식적인 지명인 것 같지는 않네요."

"아뇨, 지명이에요." 칠라가 말했다. "메인주, 뉴햄프셔주, 버몬트주, 매사추세츠주, 로드아일랜드, 코네티컷주, 여기가 뉴잉글랜드예요."

"그렇군요."

"지도가 틀렸습니다." 네타냐후가 말했다.

칠라가 말했다. "뉴욕은 대서양안 중부예요. 그 아래는 뭔가요?"

"많은 주가 있죠." 내가 말했다.

"대서양안 중부 아래에는 워싱턴 DC가 있고, 워싱턴 DC 아래에는 딕시_{미국 남부의 여러 주를 일컫는 말} 남부가 있어요."

"지도가 옛날 거야." 네타냐후가 말했다.

칠라가 남편에게 말했다. "지도가 변한다고? 주들의 위치가 바뀐다고? AAA에 전화해야겠네." 칠라는 A를 세 번 똑똑히 발음했다. "미국 자동차협회 말이야. 당신이 에덜먼한테 전화한 뒤에 그 협회에 지리에 대해 설명하면 되겠네."

그 이름이 귀에 들어왔다. 에덜먼.

네타냐후는 어깨를 으쓱했다.

"우리 남편이… 이 사람이 전화를 좀 써도 될까요, 루브? 에덜먼한테 전화해야 하거든요."

차임 '행크' 에덜먼. '필리'의 랍비, 그 사람이었다.

네타냐후가 히브리어로 뭐라고 말했다.

"이젠 히브리어로 말하시겠다? 전화해!"

"당신이 전화해."

"그건 아니지. 그 사람은 당신 친구잖아. 당신이 해. 전화하고 내다버려. 기저귀 말이야. 냄새 나잖아."

칠라는 남편을 똑바로 바라보며 이마에 주름을 잡았다. 결국 네타냐후는 기저귀를 들고 벌떡 일어섰다. "전화기가 어디 있습니까?"

나는 그를 데리고 부엌으로 들어갔다. 이디스가 코코아 가루를 숟가락으로 떠서 머그잔에 옮기고 있었다. "손님이 전화기를 사용하시겠대."

"안내해드려." 이디스는 이렇게 말하고 나서, 긴장된 손으로 숟가락을 움직였다. 조리대가 온통 코코아 가루 천지였다.

내가 쓰레기통 뚜껑을 열자 네타냐후가 기저귀를 던져 넣었다. 나는 욕실 옆 벽에 걸린 전화기로 그를 안내해준 뒤, 불이 있는 쪽으로 물러났다. 이디스가 끓어오르는 우유의 가장자리를 휘젓고 있었다.

"손님들끼리만 두면 어떡해. 저거 가져가."

가장자리를 따라 양말 모양의 오래된 쿠키가 있고 그 안쪽에는 캔디케인^{지팡이 모양 사탕} 울타리, 그 안쪽 중앙에는 오래된 생강빵 집이 놓인 접시가 있었다. 생강빵 집은 이디스가 도서관 동료인 스터노드스키 자매에게서 받은 것이었다. 남편과 사별한 이 자매는 매년 크리스마스 때 모든 동료에게 각자가 실제 살고 있는 집과 비슷한, 아니 적어도 그 자매가 보기에는 비슷한 모양의 생강빵 집을 만들어주면서 뿌듯해했다.

나는 하얀 당의^{糖衣}로 장식된 지붕에서 젤리 과자 하나를 떼어내서, 이디스 뒤로 다가가 추파를 던지듯이 그 과자를 이디스의 입에 넣어주려고 했다. 하지만 그녀가 입을 꾹 다물고 고개를 비트는 바람에, 설탕을 바른 빨간색 젤리가 바닥에 떨어져버렸다. 한참 다이얼을 돌리던 네타냐후가 그 광경을 모두 보았다. 그는 전화를 끊고 다시 다이얼을 돌려야 했다. 나는 바닥으로 허리를 굽혀 젤리를 주워서 싱크대에 놓았다. 그러자 이디스가 그것을 들어 쓰레기통에 던졌다. 트림 같은 소리를 내며 쓰레기통 뚜껑이 열렸을 때 기저귀 악취가 퍼지자 그녀는 오만상을 찌푸렸다.

"에덜먼, 아뇨, 에덜먼." 네타냐후는 히브리어로 말을 이었다. 미끄러지는 듯한 발음에 슬라브어 말씨가 섞여 있었다. 바르샤바가 생각났다.

내가 접시를 가지고 들어가 탁자에 내려놓기도 전에, 위의 두 아이가 생강빵 집에 달려들었다. 마당으로 밀고 들어가서 벽을 무너뜨리고, 납작한 설탕과자로 만든 문과 감초 덧창이 달린 마지팬 천창을 입에 잔뜩 밀어넣었다. 초콜릿과 과자 부스러기, 과자 위에 뿌린 장식이 바닥에 떨어졌다.

나는 냅킨을 가져오려고 다시 부엌으로 들어갔다. 하지만 이디스가 식당에서 내게 머그잔 여러 개가 담긴 쟁반을 내밀었다. 찰랑거리는 잔 꼭대기에서 마시멜로가 출렁거렸다. "이건 얼룩이 안 지는 코코아지?"

"맞아, 루벤. 그리고 당신 유머는 익살스러워." 이디스는 다시 부엌을 향해 돌아섰다. "어른들 음식도 금방 내갈게."

나는 쟁반을 들고 들어갔다. 조나단과 베냐민을 위한 거였다. 이도가 자기 것이 없다면서 새된 소리를 내자, 칠라가 나더러 "저 민트 막대기 하나"를 뽑아달라고 말했다. 캔디케인을 말하는 것 같아서, 나는 이발관 앞의 장식처럼 생긴 말뚝 하나를 울타리에서 뽑아 아이에게 주었다.

유리잔, 포도주, 크래커, 치즈, 그리고 뭔가를 펴 바를 수도 있고 찌를 수도 있는 무딘 단검. 어른들 음식이었다. 올리브와 견과류. 이디스는 올리브 그릇을 가지러 한 번, 견과류 그릇을 가지러 또 한 번, 올리브 씨와 견과류 껍질을 버릴 그릇을 가지러 또 여러 번 부엌을 오갔다. 이디스는 최대한 많이 부엌을 오가고 있었다. 아직도 통화 중인 네타냐후와 전화기를 한꺼번에 데려올 작정이 아니라면, 혹은 냉장고 안에 있는 버터, 달걀, 어제 먹다 남은 미트로프, 그 전날의 크림소스 치킨, 젤로 틀, 슈페츨레 제조기, 양푼, 믹서기뿐만 아니라 아예 냉장고까지 모조리 들고 올 작정이 아니라면 더 이상 부엌에서 가져올 것이 있을까 싶은 때가 되어서야 비로소 식탁에서 내 맞은편에 앉아 억지웃음을 지었다.

하지만 곧 자신의 허벅지를 철썩 치며 다시 일어섰다. "냅킨을 깜박했네요."

이런 것이 이디스의 방식이었다. 바쁘게 움직이면서 감정을 토해 내는 것.

그녀는 모두에게 냅킨을 나눠주었다. 위의 두 아이는 종이 냅킨을 무릎에 펼치지 않고 턱받이처럼 옷깃 사이에 끼웠다. 그 덕분에 아이들이 입은 싸구려 디즈니 스웨터는 보호할 수 있었지만, 코코아 방울이 우리 집 융단으로 떨어지는 것은 막을 수 없었다.

"종이 냅킨이네요." 칠라가 말했다. "종이 수건은 물론이고 심지어 종이 식탁보까지. 종이, 종이, 종이. 내가 이래서 미국을 좋아해요. 일해용 때문에."

"일회용품이에요." 내가 말했다.

"일해용 컵이랑 접시랑 그릇. 일해용 기저귀. 천은 없어요. 미국에서는 애들 키우기가 훨씬 더 쉬워요."

"그래요?" 이디스가 말했다.

"세탁기, 건조기, 설거지 기계. 따뜻한 물이 필요하면, 뜨거운 물이 필요하면, 수도꼭지만 틀면 돼요. 그러면 살이 델 것처럼 되죠. 물탱크를 기다리지 않아도 돼요. 여름에는 선풍기가 아니라 에어컨. 이스라엘에서 이런 건 사치품이라 가진 사람이 없어요. 하지만 여기 미국에서는 아주 쉽게 가져요."

"하지만 미국에서도 우리 부모님 세대는 우리에 비해 편하지 않았어요." 내가 말했다.

칠라는 한숨을 내쉬었다. "여기 사람들이 얼마나 행운아인지 믿기 힘들 거예요. 내가 말해도 믿지 않을 거예요."

이디스가 말했다. "필라델피아에 얼마나 계셨어요? 조금 됐죠? 아닌가요?"

"필라델피아라… 거기서는 하루도 짧지 않아요… 거기서는 하루가 영원이에요. 그 도시를 떠나는 건 가능하지 않아요, 불가능해요. 나가서 계속 차를 몰면서 생각해요. 아직도 필라델피아야? 맞아요, 아직도 필라델피아예요. 근교를 지나고, 농장을 지나고, 농장에서는 심지어 말도 빨리 달려요. 그렇게 계속 차를 몰아 달리면서 생각해요. 여기도 필라델피아야? 필라델피아예요."

"여기까지 오느라 지치셨겠어요. 더구나 이런 날씨에."

"이런 날씨는 신경 쓰지 마세요. 여름도 그래요. 앨런타운에 도착한 뒤에야 필라델피아를 떠났다는 걸 알게 돼요. 월크스 뭐더라. 링컨을 쏜 그 남자 이름이랑 비슷해요."

"월크스-베어." 내가 말했다.

"아뇨, 아니에요."

조나단이 얼마 되지도 않는 콧수염에 맺힌 코코아 방울을 소매로 닦아내며 말했다. "월크스 부스."

"맞아. 월크스 부스."

"월크스-베어예요." 내가 말했다. "스크랜턴 근처."

조나단이 말했다. "배우 존 월크스 부스가 아브라함 링컨 대통령을 쏫어, 아니 쐈어요. 미국 16대 대통령인 링컨은 1865년 남북전쟁이 끝났을 때 노예들한테 자유를 준 사람이에요."

이디스가 말했다. "쿠키 먹어봐, 루브." 이건 이 얘기를 그만하라는 신호였다. 이디스는 이어서 조나단에게 말했다. "네 역사 지식이 영어 실력만큼이나 훌륭하구나."

베냐민이 말했다. "내가 더 훌륭해요." 조나단이 말했다. "훌륭해요." 베냐민이 다시 말을 이어받았다. "하지만 이디는 바보라서 아무도 안 쏘았어요."

칠라가 말했다. "스크랜턴은 얼마나 흉한 도시인데요. 윌크스 부스를 지나가면서 도시가 이렇게 흉해질 수 있나 해요. 이보다 더 흉한 게 있나? 그런데 윌크스 부스를 나와서 스크랜턴을 지나가다 보면, 답을 알 수 있죠."

"석탄 광산지역이에요." 내가 어설프게 말했다. "상당히 황량하죠. 불모지예요."

"황폐한 곳이에요." 이디스가 말했다. "하지만 몸이 꽁꽁 얼지 않으려면 석탄이 필요해요."

"이 안이 춥습니까? 불을 피울까요?"

조나단이 말했다. "내가 불을 피우고 싶어요." 베냐민이 말했다. "리베커 그래츠가 불을 피웠어." 조나단이 말했다. "리베커 그래츠는 홍수를 당했어."

"리베커 그래츠가 너희 보모니?" 이디스가 말했다.

베냐민이 무미건조하게 말했다. "지금 전에는 리베커 그래츠가 로니 에덜먼을 사랑하는데, 지금 그녀는 조나단을 사랑하는데, 조나단은 그 여자의 젖통만 사랑해요."

조나단이 마시멜로를 공중으로 뱉었다가 다시 입으로 받아서 씹었다. "젖통만 사랑하는 건 아니야."

"모든 게 고장 나 있고, 모든 게 검어요." 칠라는 엄지에 침을 묻힌 뒤, 무릎에 앉힌 이도의 까만 얼굴을 하얗게 닦아주기 시작했다. "한낮에도 스크랜턴은 검어요. 차를 몰고 지나가면서 이런 생각을 해요. 해가 아직 나와 있어? 알 수 없어요. 정말로 알 수 없어요. 해가 어디로 갔지? 그러다 표지판이 나와요. '여기서부터 뉴욕주입니다.' 그러면 오케이, 됐어, 오케이, 뉴욕은 문명화된 곳이니까 모든 게 다시 좋아질 거야, 이러는데 아니에요. 전혀 그렇지 않아요. 뉴욕 경계선을 넘으면 어떻게 되는지 알아요?"

"뉴욕이 나오죠?" 내가 말했다.

"맞아요. 그리고 점점 더 심해져요."

"적어도 숲은 있잖아요." 이디스가 말했다.

"너무 지루해요. 숲과 농장. 바람을 쐬려고 창문을 열면 바람과 눈이 들어오고, 동물들한테서 기저귀 냄새가 나요." 칠라는 술을 더 채워달라고 포도주 잔을 내밀었다. 나는 병을 들어 그 잔에 술을 따르고 이디스에게도 따르고 내 잔에도 막 따르려는데 칠라가 나를 향해 나무라듯이 잔을 흔들었다.

나는 술을 아주 찰랑찰랑하게 따라주었다.

네타냐후의 목소리가 히브리의 고독한 뱃고동 소리처럼 갑자기 울려 퍼졌다. "에덜먼… 에덜먼." 조나단이 양손을 오목하게 구부려 그 소리를 흉내 내자 베냐민이 웃음을 터뜨렸다. 비엔나 핑거 굴뚝과 옥수수 사탕 지붕널이 입에서 튀어나왔다.

칠라는 술을 꿀꺽 마신 뒤, 아이들의 소리를 압도하기 위해 목소리를 높였다. "우리는 81번 고속도로를 쭉 따라 오다가…" 나는 그다음 단어를 놓쳤다. "…에서…" 여기서 또 단어를 놓쳤다. "…를 따라 올라가 그레이트 벤드에서 다리를 건넜어요. 내가 결혼한 집안의 위대한 천재, 지도를 갖고 있는 진짜 운전 전문가가 너무 빨리 달리기에 내가 천천히 가라고, 천천히 가라고 말하고, 홀스테드 근처에서 우리는 뚱보가 욕조에 스르르 들어가듯이 도로를 벗어나 …에 거의 들어갈 뻔했어요." 여기서 또 단어를 놓친 나는 도움을 청하려고 이디스를 바라보았지만, 이디스는 포도주 물이 든 칠라의 자줏빛 입을 경악한 표정으로 빤히 바라보고 있었다. "심지어 이건 우리 차도 아니에요. 에덜먼한테서 빌린 거예요."

"아이고, 이런. 아이고, 이런."

"엄청 화를 낼 거예요, 에덜먼이. 하지만 내 잘못이 아니에요…" 여기서 칠라는 잔을 탁자 위에 내려놓았다. 그 바람에 포도주가 이도의 머리에 조금 튀었다. "내 유명한 남편 잘못이니까, 그 사람이 에덜먼한테 설명해야 해요. 자기가 눈 속에서 너무 빨리 운전하다가 홀스테드에서 일가족을 거의 죽일 뻔했다고, 우리도 거의 …에 빠질 뻔했다고." 여기서 또 그 단어가 나왔다. 색설라 또는 색스발할라처럼 들리는 단어였다.

이디스가 말했다. "서스쿼해나 강."

"내가 말한 게 그거예요." 하긴 누가 알겠는가? 칠라의 발음이 옳을지도 모른다. 어쩌면 그녀가 원주민의 발음을 알고 있는 건지도 모른다. 나중에 칠라가 이디스에게 말하기를, 자신의 부모가 리투아니아 폴란드에서 미네소타를 거쳐 건국 이전의 이스라엘로 이주했다고 하지 않았던가. 약 10년 뒤 나는 골다 메이어(이스라엘의 제4대 총리)가 칠라와 똑같은 영어 발음으로 연설하는 것을 들었다. 그녀는 이민자 부모의 딸로 위스콘신에서 유년시절을 보낸 사람이다. 그래서 이스라엘과 노스웨스트 준주의 발음이 기묘하게 섞이게 되었다.

부엌에서 고함소리와 함께 종소리와 비슷한 쾅 소리가 들리더니, 네타냐후가 성큼성큼 방으로 돌아왔다. 위의 두 아이는 그를 흉내내던 것을 이미 그만두고, 삐걱삐걱 의자를 앞뒤로 흔들며 오줌을 참듯이 웃음을 참으려 애쓰고 있었다.

네타냐후는 아이들 옆을 지나면서 코코아를 내려놓으라고 말했다(히브리어로 말한 내용이 틀림없이 그것인 것 같았다). 아이들이 그의 말대로 코코아를 내려놓자, 그는 양쪽 손바닥으로 각각 두 아이의 머리를 잡고 한데 부딪혔다. 만약 그 장면을 애니메이션으로 표현했다면, 작은 새들이 머리가 빙빙 도는 것 같은 그림을 매달고 아이들 머리 주위를 돌아다녔을 것이다.

"아이들 대신 사과하겠습니다." 네타냐후가 이렇게 말하는 동안 아이들은 우는소리를 냈다. "녀석들이 얌전히 굴지 않으면, 우리 가족에게 휴가는 이번이 마지막일 겁니다."

나는 속으로 생각했다. 여섯 시간 동안 차를 타고 소가 풀을 뜯는 목장과 황폐해진 탄광촌, 그러니까 무연탄 때문에 까만 줄무늬가 생긴 황무지를 지나온 것이 휴가라고? 칠라도 (내가 보기에는) 나와 비슷한 생각을 하는 것 같았지만, 침묵을 지켰다.

"훌륭한 아이들이에요." 이디스가 말하면서 탁자 위에 놓인 아이들의 잔을 하나씩 차례로 들어 컵받침 위에 다시 놓아주었다.

칠라가 말했다. "그걸 영어로 뭐라고 하는지 잊었어요."

"코스터예요."

네타냐후가 말했다. "진짜 영어로는 매트라고 해."

칠라가 말했다. "영국식 영어가 이제 진짜 영어라고?"

"어떤 사람들한테는."

"뉴욕이 뉴잉글랜드라고 생각하는 그 사람들?"

시계 종이 1시를 알리자 네타냐후는 자신의 손목시계를 확인했다. 그가 믿는 시간은 그거였다.

"1시예요." 내가 말했다. "뉴욕 뉴잉글랜드 시간으로."

"이제 일 이야기를 하죠." 네타냐후가 말했다. "수업, 면접, 저녁식사, 그다음에는 리셉션이 있는 강연입니까?"
"그게 스케줄이에요."
"그 모든 자리에 위원회가 참석하고요?"
"그럴 겁니다. 수업은 아닐 수도 있지만. 그건 우리 학과 것이 아니니까요. 물론 면접은 위원회만의 일입니다. 저녁식사에는 위원들이 부부동반으로 올 거고요. 강연은 일반 공개니까 사람들이 많이 오면 좋겠습니다. 〈코빈데일 가제트〉에 공고를 냈고, 이디스가 도서관에 전단을 비치했습니다. 나도 만나는 사람들에게 모두 그 이야기를 했고요. 학생들에게는 참석이 필수라고 말해두었습니다. 행사에 사람을 참석시키는 게 항상 일종의 시련이에요. 선생님도 잘 아시겠지만. 크리스마스 이후에는 특히 힘들죠. 모두가 동면 중이잖아요. 그래서 우리가 각별한 노력을 기울이고 있습니다."
네타냐후는 관심 없는 표정으로 고개를 끄덕였다. "위원회는 모스, 갤브레이스, 키멀, 힐러드, 그리고 선생님이죠, 맞습니까?"
"그래요, 맞습니다."
"위원들에 관해 전부 조사해보았습니다만, 어떤 분들은 자료가 많지 않더군요. 그런 분들에 대해서는 선생님이 말씀해주셔야 할 것 같습니다. 예를 들어, 갤브레이스는 비시 정권에 대해 이야기할 때처럼 실제로도 멍청한 사람입니까? 그리고 키멀은… 독일인인가요?"
"키멀 박사는 비텐베르크에서 안식년 여름을 보낸 적이 있을 겁니다. 갤브레이스 박사는 루이지애나 출신이고요."
"그렇군요. 나중에 둘만 있을 때 더 자세히 이야기해주세요."
"면접과 저녁식사 사이에 내가 선생님을 코빈데일 인으로 데려가 숙박할 수 있게 도와드리게 되어 있었습니다만, 학교 측이 예약한 방은 십중팔구 1인실일 테니 방을 추가로 구하셔야 할 겁니다… 아이들이 올 거라고 생각한 사람은 아무도 없었을 거예요. 그러니까 아마도…"

칠라가 네타냐후를 바라보며 히브리어로 뭐라고 말하자 그가 차갑고 짧게 대답했다. 칠라가 말했다. "어이가 없네요. 내가 저 사람한테 미리 전화해서 우리가 같이 간다고 알리고 방을 하나 더 예약하라고 말했는데요."

"잊어버렸어." 그가 말했다.

"일러진 방. 내가 말했잖아. 일러진 방이라고."

"이어진이야. 잊어버렸어."

"괜찮습니다." 내가 말했다. "괜찮을 거예요. 내가 우리 학과 사람과 이야기해보겠습니다. 아니면… 이디스, 거기 코빈데일 인의 그 사람 이름이 뭐지? 주인의 아내 말이야."

"말 부인, 그렇지, 그 부인이 도서관에서 어린이 독서시간에 자원봉사를 하고 있어."

칠라가 말했다. "그럼 그분한테 전화를 해줄 수 있어요?"

네타냐후가 말했다. "방을 추가로 얻을 필요는 없어. 학교에서 비용을 부담하는 게 아니라면. 침대만 추가로 있으면 될 거야. 군대에서 쓰는 침상 같은 것. 아니면 그냥 애들을 바닥에 재울 공간만 있어도 되고."

칠라가 말했다. "싸구려처럼 굴지 마. 당신이 바닥에서 자든가. 아니면 욕조에서 자든지 해." 그녀는 이디스에게 시선을 돌렸다. "예약을 해주실래요?"

"물론이죠. 말 부인에게 전화해볼게요."

"학교 측이 비용을 부담한다고 알려주세요." 네타냐후가 말했다. "자, 루브, 이제 남은 문제는 하나뿐이군요."

"어떤 문제요?"

"에덜먼. 나한테 차를 빌려주었고, 내가 조금 전 전화한 사람. 혹시 당신이 좋은 정비사를 아는지 물어보라고 했습니다."

"글쎄요… 한 번 알아볼 수는…"

"아직 다 안 끝났습니다… 먼저 끝까지 들으세요… 에덜먼은 당신이 이 인근의 좋은 정비사를 아는지 물어보라고 했지만, 내가 보기에 에덜먼의 자동차는 문제없습니다. 전혀 문제없어요. 우리가 여기까지 오는 동안 발생한 손상은 순전히 외양에 국한되었을 뿐만 아니라 전적으로 에덜먼의 잘못입니다. 우리가 차를 몰기 전에 이미 자동차가 파손된 상태였어요. 그런 차를 우리에게 빌려준 에덜먼이 무책임한 겁니다. 아주 큰 위험을 무릅쓴 거예요. 사람이 다치거나 죽을 수도 있었습니다."

"자동차의 문제가 뭐라고 생각하십니까?"

"말했듯이 자동차에는 문제가 없어요. 우리 잘못도 아니고요. 잘못한 건 에덜먼이니, 아까 통화할 때도 그렇게 말했습니다. 그런데도 반드시 정비사에 대해 물어보겠다고 약속하라고 해서 나는 약속하고 선생님에게 물어봤습니다. 그러니 이제 선생님은 인근의 좋은 정비사를 모른다거나, 인근의 정비사는 모두 못된 도둑놈이라거나, 이렇게 눈이 내리는 날에는 즉시 정비를 해주는 곳이 전혀 없다고 말씀하시면 됩니다… 그런 식으로 말씀하시면 돼요…"

"내가 무슨 말을 해야 한다고요?"

"원하신다면, 직접 에델먼에게 전화해서 말씀하셔도 됩니다. 그게 부담스러우면, 우리가 캠퍼스에 갔을 때 선생님 연구실에 들러서 편지를 써도 되고요."

"편지를 쓰고 싶으신 거예요?"

"친애하는 네타냐후 박사님께, 1월 20일에 문의하신 사항과 관련해서, 안타깝게도 코빈데일 일대에는 현재 일을 맡아줄 좋은 정비사가 없습니다…"

"선생님 앞으로 된 편지를 쓰라고요?"

"그래야 그걸 에델먼에게 보여주죠… 아니면 칠라 앞으로 쓰셔도 됩니다. 그편이 덜 의심스럽겠네요… 친애하는 네타냐후 부인께, 코빈데일 일대의 모든 정비사가 이미 다른 일을 맡고 있음을 알려드리게 되어 유감입니다…"

"설마 진심입니까? 나더러 거짓말을 하라고요?"

"자동차 상태에 대해 거짓말을 하라는 게 아니잖습니까. 자동차 상태를 직업적으로 평가할 수 있는 사람에 대한 거짓말일 뿐이에요. 자동차 외부만 손상되었을 뿐 자동차 자체는 전혀 문제없으니 필라델피아까지 무사히 돌아갈 수 있을 것이라는 의견을 선생님이 독자적으로 밝히고 싶다면, 내가 뭐라고 그걸 막겠습니까?"

"무슨 말을 해야 할지 모르겠네요."

"방금 불러드린 말이 기억나지 않아도 걱정 마세요. 선생님 연구실에 도착하면, 내가 선생님 비서에게 불러주겠습니다."

"내 비서요?"

"아니면 선생님이 직접 타자를 치셔도 됩니다. 그 결정은 선생님께 맡기겠습니다."

나는 과장된 동작으로 벽시계를 보며 시간을 확인하는 시늉을 했다. "한 시간 안에 캠퍼스까지 가야 합니다. 우리한테 그럴 시간이 있을지 모르겠네요."

"그럼 이디스가 해줄 수 있을까요?"

칠라가 혀를 찼다. 이디스는 굳은 표정으로 앉아서 그릇을 차곡차곡 쌓았다.

"칠라가 도울 수 있을 겁니다." 네타냐후가 말했다. "부인과 칠라가 친구가 될 수 있을 거예요."

"물론이죠." 이디스가 말했다. "실례할게요." 이디스는 쟁반을 들고 부엌으로 갔다. 네타냐후는 서로 작게 중얼거리며 음모를 꾸미고 있던 두 아이에게 시선을 돌렸다. "너희는 네 엄마랑 블룸 부인한테 얌전히 굴어야 돼. 나중에 데보라가 오면 데보라한테도."

"데보라?" 칠라가 말했다.

"데보라?"

"주디스입니다." 내가 말했다. "주디예요." 나는 거꾸로 서 있는 우리 가족사진을 바로 세웠다.

"예후디트." 네타냐후가 말했다.

"주디는 학교에 있어요. 오늘은 만나지 못할 것 같습니다."

"좋군요. 그럼 오늘의 계획이 완성된 것 같은데요."

"그렇게 말씀하신다면야." 네타냐후는 자신의 서류가방을 뒤지기 시작했고, 나는 일어섰다. "저도 잠깐 실례하겠습니다."

나도 이디스와 같은 소리를 들었다. 네타냐후가 수화기를 제대로 걸지 않아서 연결이 끊어지는 소리. 내가 엉망이 된 우리 집의 잔해를 들고 부엌으로 들어갔을 때, 이디스는 마침 수화기를 다시 제자리에 거는 중이었다. 충격을 받아 창백해진 얼굴로 이디스가 말했다.
"이크 켄 니신."

이디스가 이디시어로 말할 때는 항상 나쁜 상황이었다. 주디나 이 방인들이 알아듣지 못하게 아이들처럼 우리끼리 쓰는 언어니까. 하지만 지금은 이디시어가 그리 유용할 것 같지 않았다.

"쉿. 저 야후들이 이디시어를 모를 것 같아?"

"누구?"

"우리 손님."

"아, 세상에, 내가 그 생각을 못했네."

"이디스, 소리 낮춰, 제발."

"야후라, 재밌어. 멋져… 루벤, 우리 둘이, 글쎄, 스와힐리어를 할 줄 알면 좋겠어. 둘이서 스와힐리어를 공부할 걸 그랬어." 침실에서 고함소리가 들려왔다. 쿵쿵거리는 소리도 섞여 있었다. "정말 끔찍한 사람들이야. 뻔뻔해."

"당신은 모든 유대인에 대해 똑같은 말을 할걸."

"루벤, 당신은 항상 너무 친절해. 그런 거 매력없어."

"이디스, 사과하고 싶어. 고맙다는 말도 하고 싶어. 나중에 내가 보상할게. 미안해."

"프리이어." 이디스가 말했다. 아니 그렇게 말한 것 같았다. 잘 속는 사람 또는 발을 닦는 현관 매트를 뜻하는 이디시어. 이디스가 턱을 돌리는 바람에 나는 허공에 키스했다.

식당을 통과해서 돌아와 보니, 이도는 피아노를 쾅쾅 치고 있고 두 아이는 텔레비전을 함부로 다루고 있었다. 베냐민은 다이얼을 돌려대고, 조나단은 안테나를 잡아당겼다.

나는 새해 첫날 토드 프루와 프루 박사 부자를 불러 함께 텔레비전을 아래층 침실로 옮겼다. 덕분에 내 척추에 상당한 부담이 갔다.

"인 파븐." 네타냐후가 말했다. 이디시어로 '컬러'라는 뜻이었다. 그는 신발을 신고 융단 위에 더러운 발자국을 찍으며 돌아다니다가 내게 한쪽 눈을 찡긋하면서 텔레비전을 고갯짓으로 가리켰다. "셰인." 이디시어로 '아름답다'는 뜻이다.

그가 선택한 언어를 제외하면, 그 무엇도 아이러니처럼 느껴지지 않는다. 이디시어는 내게 빈정거리는 말처럼 들렸지만, 그가 사용한 단어들은 묘하게 칭찬 같았다.

이도는 건반을 쾅쾅 두드려 곡조가 없는 반주를 하고 있었다. 거대한 괴물이나 악당이 화면에 등장하기 직전에 연속으로 코드를 연주하는 것 같았다. 아이 아버지가 아이를 피아노 의자에서 들어올려 바닥에 내려놓았다. 녀석은 울음을 터뜨릴 것처럼 보였지만, 불빛을 보고는 차분해져서 책상다리로 앉았다. 불꽃에 최면이 걸려 모닥불을 향해 몸을 웅크린 인디언 같았다.

그리스도교 세계의 세 번째 천년에 이 글을 읽는 사람은 1960년대의 아이가 그냥 텔레비전도 아니고 컬러텔레비전과 조우한 것이 어떤 의미인지 전혀 짐작도 못할 것이다. 먼저 1960년대에는 텔레비전을 소유하는 것이 반反지성적인 행위나 무비판적인 집단의식에 굴복하는 행위가 아니라 현대적인 행동이었다. 컬러텔레비전을 소유하는 것은 거기서 한 걸음 더 나아가 꿈같은 일이자 엘리트의 행동이었다. 그런 생각이 너무 강하다보니 내가 오히려 부끄러워질 지경이었다. 천문학적인 규모의 과소비를 한 것 같아서.

당시의 텔레비전 프로그램을 내가 아주 즐겁게 본 것도 지금 생각하면 부끄럽다. 선택권도 다양성도 없는 그 프로그램들은 지금 기준으로 보면 기가 막힌다. 퀴즈 프로그램과 서부극, 그게 전부였다. 퀴즈 프로그램과 서부극. 그런데 미국인들이 보기에 이 둘은 기본적으로 똑같았다. 승자와 패자가 나오고, 용기가 운의 시험을 받는 제로섬 시나리오라는 점에서.

"〈건스모크〉네."

아마 내 답이 틀렸던 것 같다. 이제 덩달아 가부좌를 튼 베냐민이 화면에서 눈을 떼지 않은 채 이렇게 말했기 때문이다. "아뇨, 〈보난자〉예요."

명상에 흠뻑 빠진 사람처럼 앉아 있던 조나단이 설명했다. "〈건스모크〉는 흑백, 〈로하이드〉도 흑백. 〈시스코 키드〉랑 〈보난자〉는 컬러 서부극이에요."

이디스가 네타냐후의 외투를 입기 편하게 들어주고, 네타냐후는 소매에 어색하게 팔을 끼웠다. 이런 도움에 익숙하지 않은 모양이었다. 나는 신발을 신고 외투를 입었다.

서부극의 이야기들은 대략 이렇다. 경계선을 넘어온 무법자 무리가 어떤 농장을 위협하자, 농장에서는 놈들을 처리하기 위해 어느 고독한 총잡이를 조심스레 고용한다. 싸움이 끝난 뒤 총잡이는 어느 다정한 매춘부가 마지막까지 가지고 있던 먼지투성이 귀중품과 보상금을 받는다… 야만적인 아파치족이 정직한 선교사들의 수레 행렬을 공격하자 선교사들은 폭력과 타협할 수밖에 없는 처지가 된다… 이런 이야기들이 네타냐후의 아들들이 미래를 결정하는 데 지나치게 큰 영향을 미쳤다고 말하려는 것이 아니다. 그들도 당시의 다른 아이들도 그런 드라마에 지나친 영향을 받지는 않았다. 어쨌든 나는 오버슈즈를 신고 이디스에게 손키스를 날렸으나 이디스는 받아주지 않았다. 나는 이랴 하고 말을 모는 소리와 총성 속에서 황야의 별장을 떠났다. 내가 이런 상상을 하게 된 것은 아이들의 아버지 벤-시온 때문이었다. 아니, 솔직히 모든 객원 강사와 교수를 볼 때도 나는 같은 상상을 했다. 그들은 습관적인 방랑자, 정신적인 방랑자로 이 도시 저 도시를 이방인으로 떠돌며, 과거를 씻어내고 싶다는 욕구, 잔인한 동시에 적대적인 사람들에게 자신의 장점을 증명하고 싶다는 욕구로 타오르는 고독한 총잡이였다.

지금까지 말한 것은 나와 나란히 걷던 야후, 나보다 앞서서 걷던 야후의 이야기다. 그는 어디로 가는지 모르면서도 앞서서 걸었다. 눈 덮인 황야에서 나침반도 없이 혼자 걷는 사람. 후드와 비버 모자, 엄지가 없는 손모아장갑, 자꾸 풀리는 스카프, 밑창이 말의 입술처럼 펄럭거리는 신발을 몸에 걸친, 총 빨리 뽑는 기술이 일품인 고독한 총잡이.

9.

코빈 신학대학(그 뒤로 신학 및 비교종교학 후세인-굽타 스쿨로 이름이 바뀌었다)은 우리 대학을 구성하는 단과대학 중 가장 먼저 설립되어, 한 세기가 훌쩍 넘도록 청교도/조합교회주의 교육을 받은 성직자들을 많이 배출했다. 신학대학의 석조건물들 중앙에는 예배당이 있고, 학생과 교수는 모두 그 예배당의 예배에 매주 의무적으로 참석해야 했다. 다만 학생들은 예배에서 영적인 도움을 얻어야 하는 반면, 교수들은 그냥 출석만 부르면 된다는 점이 달랐다. 당시 각 과는 가장 신참 교수에게 이 임무를 맡겼는데, 나는 월요일과 금요일의 학생들, 성이 W~Z로 시작하는 학생들을 맡았다. 그해에 월요일은 보통 결석하기 일쑤인 워배시 군(야구 스타)으로 시작해서 보통 과음·과식하기 일쑤인 지크 군(농업경제학 전공)으로 끝났고, 금요일은 참을 수 없을 만큼 기운이 넘치는 워시번 군(나중에 코빈 빨래방 주인이 되었다)으로 시작해서 얼굴에 여드름이 난 졸 군(나중에 베트남전에 나갔다)으로 끝났다. 알파벳 W~Z에 속하는 학생들이 가장 적었기 때문에, 나는 보통 학생들이 기도를 다 마치기도 전에 출석명단 작성을 끝냈다. 그래도 신도석의 내 자리를 떠나거나 학교 일을 하며 시간을 때울 수는 없었다. 신학대 학장이며 예배를 주재하는 허글스 목사 겸 박사가 정한 규칙이었다. 나는 처음에 예배는 말할 것도 없고 그런 규칙에도 반발했지만, 예배당 참석 의무에서 점차 편안함을 느끼게 되었다. 내가 마음을 비울 수 있는 것은 그때뿐이었다. '강의실로 나아가 진리를 추구하게 하소서, 예수의 이름으로 아멘'이라는 축복기도에 내포된 역설을 곰곰이 생각할 수 있는 시간 또한 그때뿐이었다.

우리는 예배당 뒤편의 목사관으로 향했다. 네타냐후가 강의하겠다고 동의한(그에게는 선택의 여지가 없었다) 성경연구 수업을 위해서였다. 만약 코빈이 그를 역사학과 교수로 채용한다면, 그는 신학대학에서도 한 학기에 최소한 한 강의를 맡아야 했다. 그에게는 굴욕으로 느껴질 이 일을 그는 지난주에야 통보받은 듯했다. 허긴스 박사와 통화 중에 알게 되었다고?

"허글스… 허글스 박사예요…"

"말도 안 됩니다." 네타냐후가 말했다. 우리는 맞바람을 받으며 에버그린 거리에서 방향을 꺾는 중이었다. "역사가한테 종교를 가르치라고 하다니요. 사제들한테도 역사를 가르치라는 말은 안 합니까?"

"이건 우리가 어쩔 수 없는 일이에요. 교수요원 채용 예산과 관련된 일이라서요. 허글스가 선생님을 신학대학에 받아들여주거나, 아니면 다른 누가 다른 학과에 받아들여주어야만 우리 역사학과도 선생님을 채용할 수 있어요. 가성비 문제죠. 본전을 뽑으려는 거예요. 모스 박사도 이런 상황을 좋아하지 않습니다."

"그러면서 전혀 손을 쓰지 않는다고요?"

"가톨릭교회에 반대한 중세 유대인들에 대해 선생님이 쓴 논문을 읽었습니다. 지금 우리 코빈 역사학과도 비슷한 곤경에 처해 있어요. 교회에 자비를 구해야 한다는 점에서. 만약 우리가 전능한 코빈 신학대학의 의지에 무모하게 반기를 든다면, 어떤 운명을 맞게 될지 생각도 하고 싶지 않습니다."

네타냐후는 눈이 둔덕처럼 쌓여 있는 덱스터 거리와 울컷 거리 길모퉁이에서 걸음을 멈췄다. 서로 다른 방향의 바람이 교차하는 곳이었다. "농담하지 마시고, 잠시 진지한 이야기를 해보시죠. 선생은 그 사람, 모스 박사의 뻔뻔함에 화가 난 것 같은데, 맞습니까?"

"뻔뻔함이라면 정확히 뭘 말하는 겁니까?"

"미국을 좋아하는 선생에게 유대인을 안내하는 일을 맡겼잖아요. 선생이 유대인이라는 이유로. 그러니 틀림없이 짜증이 났겠죠. 그럼 똑같은 이유로 성경 강의의 객원강사가 되어달라는 요청을 받는다면 기분이 어떻겠습니까?"

"어쩌면 그런 이유가 아닐 수도 있죠. 히브리어 실력 때문에 성경 강의를 해달라는 요청을 받은 것일 수도 있습니다."

"그건 시시콜콜한 얘기고요. 히브리어가 성경의 언어가 된 건 유대인의 언어이기 때문입니다. 유대인들이 그 언어를 말하든 말든 상관없이."

나는 허연 입김에 실려나온 그 말을 그대로 내버려두고 캠퍼스 쪽으로 방향을 잡았다.

네타냐후는 훅훅거리며 내 뒤를 따라오다가 나를 따라잡더니, 캠퍼스 정문이 불쑥 시야에 들어올 무렵에는 나보다 한두 걸음 앞에 가 있었다. 그의 말이 바람에 실려 뒤로 날아왔다. "성경이 무엇입니까? 징조와 이적, 기둥과 역병. 그런데 내가 이런 강의의 자격을 갖춘 건… 정당한 역사가라서? 설사 순전히 언어 때문이었다 해도, 뉴욕주의 젊은 게으름뱅이들과 미래의 양치기들에게 솔로몬과 에스겔, 예레미야와 모세의 언어를 어디서 전해줘야 합니까? 선생이 햄

버거를 주문하거나 교통표지판을 읽을 수 있다는 이유만으로 셰익스피어나 초서를 강의할 자격이 있습니까?"

"잠깐… 네타냐후 박사, 멈추세요… 그냥 하는 말이 아닙니다…"

그러나 네타냐후는 내 말을 무시하고 그대로 앞으로 나아가, 높이 쌓인 하얀 눈을 넘어가서 뛰듯이 빠르게 길을 건넜다. 차도 중간에 새로 차선을 만들고 있는 제설기를 이기려는 것 같았다. 그런데 제설기가 속도를 늦추지 않고 계속 다가오자 네타냐후는 당황해서 서류가방을 내던지고 맞은편 인도의 더러운 눈 산 위로 몸을 던졌다.

나는 제설기가 지나갈 때까지 기다리다가 조금 눈 세례를 받았다. 하지만 네타냐후는 온몸이 눈 범벅이었다.

나는 그의 서류가방을 주워 캠퍼스 정문에 툭툭 두드려 눈을 털어냈다. "저 운전사는 미친놈이네요." 그는 이렇게 말하고 나서 자기 가방을 채갔다.

캠퍼스로 들어서면서 나는 조잘조잘 안내를 시작했다. "저기 저쪽이 오늘밤의 무대입니다. 이쪽은 이디스가 일하는 도서관이고요. 바로 그 뒤에 프리도니아 홀이 있습니다. 역사학과와 모든 인문학 학과들이 있는 곳입니다.

하지만 네타냐후의 생각은 다른 곳에 가 있었다. "종교를 가르치러 가는 길에 유명한 역사학자가 목숨을 잃다… 지금 내가 딱 이런 말을 들을 자격이 있지 않습니까?"

"이해해주세요, 네타냐후 박사. 코빈은 작은 대학이니 우리 모두 두 사람 몫을 해야 합니다. 적어도 새로 채용되는 사람들은 그렇게 해야 할 텐데, 다른 교수들도 틀림없이 곧 그렇게 될 것 같습니다. 위원회의 위원들이 좋은 예지요. 우리 모두 언젠가 거기에 참여하라는 말을 들을 거라고 각오하고 있어요. 역사지리학자인 힐러드 박사는 측량을 가르치게 될 거라고 확신하고 있고요. 키멀 박사와 갤브레이스 박사는 이미 기초 독일어와 프랑스어 강의를 준비하고 있습니다. 심지어 내게 복식부기 강의를 맡기겠다는 얘기도 있어요."

"정말 황당하네요."

우리는 안마당을 통과했다. 우리 옆을 서둘러 지나치는 털뭉치들은 따끈따끈하게 데워진 학생들이었다. 눈사람의 코 대신 꽂아 놓은 긴 당근은 남근이 되었고, 또 다른 눈사람의 기괴한 젖가슴에는 젖꼭지 대신 잔가지가 삐죽 튀어나와 있었다. 고드름 옥좌에 앉은 매더 코빈의 동상이 보였다. 기업가이자 우생학자인 그의 머리는 오랜 세월 비바람에 시달려 여기저기가 패고 파란 녹이 슬어 있었는데, 거기에 흩뿌려진 비둘기 똥의 흔적들에 두개골 모양이 드러나 있었다.

네타냐후는 이 모든 것에 완전히 무심한 태도로 똑바로 앞을 향해 걸었다.

그는 밑창이 너덜거리는 신발을 내려다보며 찰싹찰싹 걸었다. 하지만 방향을 꺾어야 할 곳을 놓치고 안마당의 눈밭 속으로 곧장 발을 내디며 억지로 길을 내며 나아갔다. 무작정 나아가기만 했다. 지금 정신이 다른 곳에 팔렸거나, 아니면 아까 눈 속에 넘어져 법석을 떤 일에 다 목적이 있었음을 보여주려고 애쓰는 것 같았다. 틀림없이 온몸이 얼어붙고 있을 터였다.

"전에 이스라엘의 키부츠에 관한 글을 읽었습니다."

"키부침이라고 해주세요. 키부츠가 아닙니다. 영어식 복수 표현을 참을 수가 없어요."

"그래요, 키부침. 거기서는 모두에게 역할이 있다고 하더군요. 민

스크에서 바이올리니스트였던 사람이든, 핀스크에서 화가였던 사람이든, 르비우에서 시인이었든 거리 청소부였든 항공학자였든, 중요하지 않다고요. 키부츠에서는 모두가 노동자라고 했습니다. 모두가 번갈아가며 밭에 나가 괭이질, 밭갈기 등을 하는데, 그 책임에서 벗어날 길이 없다고 했습니다. 자기 차례가 오면 받아들여야 한다더군요."

"선생한테는 그게 마르크스주의겠죠. 삽으로 똥을 퍼내는… 그 작은 말을 뭐라고 부르죠?"

"당나귀?"

"아뇨."

"노새?"

"아뇨. 그 작은 말의 똥을 삽으로 퍼내는 것. 성경에서 말하는 동물…" 그는 걸음을 멈추고 신발 속으로 손가락을 넣었다. "성경이 아니라 토라…" 그는 신발과 양말 사이, 아니 양말과 살갗 사이로 손가락을 넣어 회백색 덩어리 같은 것을 꺼냈다.

"네타냐후 박사, 전화기가 있는 곳에 도착하면 내가 집에 전화해서 좀 신을 만한 걸 가져오라고 할까요? 이디스가 다른 신발을 가져올 수 있을지도 모릅니다."

하지만 네타냐후는 불만스러운 소리를 내며 계속 터벅터벅 걸어갔다.

"이 생각을 더 일찍 했어야 하는 건데, 미안합니다. 나한테 여분의 오버슈즈가 한 켤레 있어요. 아니면 그냥 고무장화라도. 날이 춥습니다."

네타냐후는 걸음을 멈추고 힘들게 돌아서서 이디시어로 내뱉듯이 말했다. "파르바스?" 왜요? "바일 이레 칼트, 줄 이크 치터?" 당신이 춥다고 하면 나는 덜덜 떨어야 합니까? "우리는 다리가 짧고 발도 작지만 눈 속에서 누구보다 잘 걸을 수 있습니다. 좌익 키부츠에는 더 좋은 신발이 있을 것 같습니까? 키부츠에는 왼쪽 신발밖에 없어서 사람들이 둥글게 원을 그리며 걷습니다. 나치 수용소에는 헤르몬 산보다 더 눈이 많이 왔는데, 거기 사람들은 죄다 누더기만 걸쳤잖습니까. 그래도 그럭저럭 견뎠습니다. 어떤 사람들은 살아남았고요. 엄지발가락이 사라진 자리를 누더기로 감싸고서. 지금 우리가 폴란드의 나치 수용소에 있다고 상상해보세요… 저 위에…" 손모아장갑을 낀 그의 손이 예배당의 뾰족한 시계탑을 가리켰다. "기관총 사수와 탐조등이 배치되어 있고, 저쪽에는…" 그는 맨살이 드러난 엄지손가락으로 신학대학 건물들의 벽을 가리켰다. "전기가 통하는 철조망이 있고, 여기에는…" 그는 손가락으로 여기저기를 겨냥해보았지만 딱히 가리킬 만한 곳이 눈에 띄지 않자 그냥 어깨를 으쓱했다. "지금 우리가 그런 상황이라고 생각하면, 내 발이 그렇게 마음에 걸리지 않을 겁니다."

우리는 신학대학 단지 입구에 서 있었다. 흐린 하늘처럼 맥없는 회색 건물들에 눈이 쌓여 있었다. 네타냐후는 나무 사이로 우뚝 솟은 십자가를 가늘게 뜬 눈으로 올려다보았다. 내게서 도망치기 위해 저 십자가라도 올라가야 하는 건지 생각하는 듯한 표정이었다.

"네타냐후 박사, 난 그냥 호의를 베풀려던 것뿐입니다."

"호의요? 난처한 일입니다. 날 난처하게 만드는 일이에요. 선생의 집착 말입니다. 나를 만난 뒤로 선생은 내내 내 발에 대해서만 이야기했습니다. 내가 선생의 집에 들어선 순간, 하느님이 모세에게 말씀하시듯이 말했죠. 신발을 벗어라, 네 발밑의 땅은 신성하노니.'"

"신성한 땅이 아니라, 그냥 좋은 융단일 뿐입니다. 하지만 내가 때로 이디스를 하느님처럼 생각하는 건 맞습니다."

"선생은 우리가 그 집을 더럽힌다고 생각했습니다. 하지만 우리는 예의바른 손님이니 지시에 따랐죠. 그랬더니 선생은 우리 양말을 비웃었습니다."

"누구도 양말을 비웃지 않았습니다." 에스키모 파카를 입은 땅딸막한 인물이 어기적어기적 우리를 향해 다가오는 모습이 네타냐후의 어깨 너머로 보였다. "어쨌든 난 지금 사막 얘기를 하려는 게 아닙니다. 내 집 이야기를 하려는 것도 아니고요. 날씨가 몹시 춥다는 말을 하는 겁니다."

"사막에는 추운 날이 없는 것 같습니까?"

"덤불이 불타고 있었죠. 불은 따뜻합니다."

"안녕하신가, 블룸 박사." 허글스 박사가 훅훅 숨을 내쉬며 우리에게 인사를 건넸다. 몸집이 작고 둥글둥글한 그는 작고 동글동글한 다초점 안경을 쓰고 있었는데, 뱃대끈 같은 그 안경에서 돼지주둥이 같은 얼굴이 툭 튀어나온 듯한 모습이었다. "얼마나 급한 신학적 문제가 있기에 이렇게 밖에서 토론을 하시는 건가?"

"바트 허글스 박사님." 내가 말했다. "이쪽은 벤-시온 네타냐후 박사입니다."

"반갑습니다." 네타냐후는 이렇게 말하고 나서 나를 이글이글 노려보며, 너덜너덜 해어진 장갑을 낀 손을 불쑥 내밀었다. "진짜 성경 전문가가 이렇게 바로 옆에 계신데 블룸 박사와 제가 멍청하게 이런 대화를 나눴군요. 허글스 박사님, 저희를 좀 도와주시겠습니까?"

"한 번 해보죠."

"저는 블룸 박사에게 히브리어 원전에서 제가 가장 좋아하는 구절들을 인용해주었습니다. 그랬더니 블룸 박사가 그중 한 구절이 성경 중 어떤 서의 몇 장 몇 절에 나오는지 물었습니다. 창피하게도 저는 그 답을 알지 못했고요." 네타냐후는 내가 브롱크스에서 살 때 배운 구절을 교활하게 이디시어로 옮기 시작했다. "마인 피스 제넨 나스, 아버 에 라이드… 제 생각에 출애굽기 3장인 것 같은데, 아닙니까?"

허글스 박사는 기운차게 고개를 끄덕였다. "그런 것 같습니다, 그래요. 출애굽기 3장."

"아니면 출애굽기 4장?"

허글스 박사는 완전히 말문이 막힌 표정으로, 다초점 안경을 쓴 눈을 깜박거렸다.

'마인 피스 제넨 나스, 아버 에 라이드.' 이 말은 이런 뜻이었다. 내 발이 축축하나, 괴로운 건 그다… 내 발이 축축하나 불평하는 건 그다… 내 발이 축축하나 그걸 신경 쓰는 사람은 그다…

허글스 박사는 자신의 영역인 석조건물 안으로 우리를 안내했다. 그동안 네타냐후는 사악한 이디시어로 계속 나불거렸다. "이 사람이 성경(토라)을 가르친다고? 이 수소(불반)는 이디시어가 히브리어인 줄 알고 내 말을 이해하는 척한 거야?"

"게누크." 내가 말했다. 그만하라는 뜻이었다.

"이런 사람한테서 뭔가를 배울 수 있을 거라고 생각하는 건 암소가 알을 낳을 거라고 기대하는 것과 같아요… 어이, 암소야, 날 위해 알을 낳아봐라…"

"시바이그." 내가 말했다. 입 다물어요.

"루브, 당신이 대답해주면 나도 입을 다물죠. 이 사람은 거짓말쟁이(리그너스) 대학의 바보(나르)인가요, 아니면 바보 대학의 거짓말쟁이인가요?"

나는 이렇게 말하고 싶었다. 그럼 당신은 뭐가 될 것 같아? 만약 여기서 일하게 된다면? 하지만 나는 그냥 영어로 대답했다. "여기 계신 허글스 박사님과 달리 나는 히브리어 학자가 아닙니다. 그러니 괜찮다면 계속 영어로 얘기하지요."

"게위스." 오케이.

"나의 모자람을 고려해주세요."

허글스 박사가 빙긋 웃으며 내 등을 찰싹 쳤다. 강의실로 들어설 때 박사가 나를 붙잡았다. 마치 자신을 배신하지 말라고 애원하려고 나를 멈춰 세운 것 같았다.

빈 좌석이 없어서 우리는 그냥 서 있었고, 네타냐후는 앞으로 걸어갔다. 허글스 박사는 여전히 나를 붙잡은 채 뒤편 칠판 앞에 자리를 잡았다.

성경 강의를 듣는 20여 명의 사람들이 고개를 획획 돌려 우리와 손님을 번갈아 바라보는 모습을 보며, 나는 우리가 입은 외투의 등판에 지워지지 않은 복음서 구절들이 서리처럼 덮이고 있다는 상상을 했다.

내가 코빈에 온 뒤로 이렇게 다양한 사람이 모인 강의는 처음 보는 것 같았다. 참석자 중 절반은 여자였다. 주일학교 교사가 되려고 공부 중인 사람들과 나이가 좀 있고 가까이 다가가기 힘들어 보이는 수녀 한 명. 흠잡을 데 없이 깔끔한 수녀복을 입고 앞줄에 꼿꼿이 앉아 있는 수녀는 이 강의실의 유일한 가톨릭신자였다. 어쩌면 아주

먼 수녀원에서 통학하는 사람일 수도 있는 그녀는 뒤를 돌아보지 않은 유일한 학생이었다.

네타냐후는 서류가방을 교탁에 놓고, 모자와 장갑과 스카프는 의자에 놓았다. 외투는 벗어서 강의실 안의 깃대에 걸었다. 눈에 푹 젖은 무스탕 외투가 성조기를 폭 감쌌다.

허글스 박사가 내게 고개를 기울여 투덜거리듯이 말했다. "속상한 일이야… 저 훌륭한 분을 캠퍼스로 모셔오려고 그렇게 공을 들였는데, 내가 이름을 잘못 알고 있었다니. 그동안 내내 내가 이름을 잘못 말하고 있었어. 나 혼자 있을 때도, 행정부서와 이야기할 때도. 심지어 학생들한테도. 자네가 먼저 이름을 말해준 게 얼마나 다행인지. 자칫하면 내가 멍청한 짓을 할 뻔했잖아."

"저 사람도 익숙할 겁니다." 내가 말했다. "이름을 잘못 발음하는 것에."

네타냐후가 나를 향해 한쪽 눈썹을 치떴다. 그의 외투에서 바닥으로 물방울이 똑똑 떨어졌다.

"다시 한 번 말해주겠나?" 허글스 박사가 말했다.

나는 이름을 말해주었다.

박사가 더 가까이 몸을 기울였다. "한 번 더."

나는 다시 말해주었다.

그가 더 가까이 다가왔다. "한 번 더. 내가 잊어버리지 않게."

내가 그의 요구에 따르는 것을 네타냐후가 들었다.

그가 고개를 들고 고함을 질렀다. "주목하세요!" 학생 몇 명이 키득거렸다.

"블룸 박사께서 아주 통찰력 있게 말씀해주셨듯이, 내 이름은 벤-

시온 네타냐후 박사이고, 나는 역사를 가르치는 사람입니다. 성경 교사가 아니에요. 하지만 여기 코빈 대학에서는 역사학자가 해야 하는 일 중에 성경 강의가 포함된다고 들었습니다. 내게 이렇게 추가 노동을 기대하는 것이 나의 특별한 능력 때문이라면 좋겠습니다. 공을 쿠팩스처럼 잘 던지거나 그린버그처럼 잘 치는 그런 식물학자가 직원 중에 있다면, 그 사람에게 코빈 야구팀의 코치를 부탁할 수도 있지 않겠습니까? 하지만 솔직히 나는 성경에 관해 특별한 능력이 없습니다. 성경에 대한 나의 해석은 자의적 주석에 가깝습니다. 또한 내가 속한 사회에서 성경을 가르친다는 것은 곧 아이들을 가르친다는 뜻이므로 보통 그 지역의 이름 없는 랍비의 아들 중 가장 늦게까지 결혼하지 않은 아들이 이 일을 맡습니다. 나는 이것이 명예로운 일이라고 계속 속으로 되뇌고 있습니다만, 사실은 힘들고 지칠 뿐만 아니라 솔직히 보람 없는 일이기도 합니다. 참고로, 보수도 적고 힘들지만 중요한 일, 예를 들어 쓰레기를 치우는 일이나 전쟁에 나가 싸우는 일 같은 것을 하라고 누군가를 설득할 때 보통 내가 지금 속으로 되뇌는 말을 합니다. 그래도 명예로운 일이라고 말이죠."

네타냐후가 잠시 말을 멈춘 사이, 그동안 쳉쳉 시끄러운 소리를 내던 라디에이터가 증기를 뿜어냈다.

"그래서 생각했습니다. 이 견본 강의를 어떻게 하는 것이 최선일까? 여기 계신 저 수녀님 외에도 가톨릭신자가 이 자리에 있다면, 구식 신학논쟁을 벌일 수도 있을 겁니다. 토론이 끝나고 나면 패자는 살해당하겠죠. 역사는, 다시 말씀드리지만 내 전공이 역사입니다, 어쨌든 역사는 내가 어떤 주장을 내놓든 결국 패자가 되어 살해당할 거라고 가르쳐줍니다. 그리고 그것이 오늘 저녁 내 강의를 크게 방해하겠죠. 분명히 말하지만, 내 강의는 재미있을 거고 여러분은 풍부한 반응을 보이게 될 겁니다… 거기 뒤편까지 잘 들립니까, 블룸 박사님?"

"네." 나는 이렇게 말하고 나서 가래를 꿀꺽 삼키며 말을 이었다. "똑똑히 잘 들립니다."

네타냐후는 고개를 끄덕였다. "여러분 모두는 아닐지언정 대다수가 어렸을 때부터 성경이 진리라고 굳게 믿었을 테니 대학에서 이렇게 성경 강의를 선택했을 겁니다. 하지만 대학에서 성경을 공부하는 방식은, 특히 나 같은 역사가 밑에서 공부하는 건, 성경의 진실성에 도전장을 내밀기 때문에 그런 믿음을 흔들어버리기 일쑤입니다. 아주 공정한 일은 아닌 것 같습니다. 어떻습니까, 수녀님?"

수녀는 말을 더듬었다. "교수님? 미안하지만… 질문을 다시 말씀해주세요."

"믿음의 대상을 공부하다가 믿음을 잃는 것이 공정한 일이라고 생각하는지 물었습니다."

"글쎄요… 꼭 믿음을 잃어야 하나요? 모두 그래요?"

"아니면 그냥 위험을 감수하는 겁니까? 믿음을 시험하는 건가요? 수녀님 말씀에 대답해봐요… 거기, 농장에서 일하는 사람처럼 생긴 친구… 멜빵바지를 입고 마구간에서 일하는 사람처럼 생긴 친구, 그래요, 학생… 어떻게 생각합니까? 믿음을 자세히 연구하는 바람에 그 믿음이 오히려 침식되는 것은 불가피한 일입니까?"

"어떤 경우에는 그렇습니다."

"그럼 학생은 어떻습니까?"

"저는 성경이 하느님의 말씀이라고 믿습니다."

"왜요? 어떻게? 하느님이 그렇게 말씀하셨으니까?"
"하느님이 그렇게 말씀하셨으니까요."
"학생에게 말했나요?"
"제가 아니라 누군가에게 말씀하셨습니다."
"그래요. 훌륭합니다. 하느님이 누군가에게 말씀하셨죠. 그리고 그 누군가가 다른 누군가에게 말하고, 그 다른 누군가가 또 다른 누군가에게 말하고. 그렇게 해서 하느님의 입에서 그 말씀이 나왔다는 출처가 만들어집니다. 하느님이 모세에게 말씀하시고, 모세는 여호수아에게 그 말을 전하고, 여호수아는 장로들에게 전하고, 장로들은 선지자들에게 전하고, 선지자들은 최고평의회 산헤드린에 전하고. 이것이 전달 경로입니다. 하느님의 말씀이 글로 기록된 토라, 여러분이 성경 또는 성서 또는 구약성서라고 부르는 그 책은 여러분이 호텔이나 여관에 들어갔을 때 협탁 서랍에 들어 있는 신약성서보다 앞서 나온 겁니다. 토라는 미슈나유대교의 구전 율법으로 탈무드의 1부에 해석되어 있습니다. 미슈나에 관한 논평은 게마라탈무드의 2부에 실려 있고요. 미슈나와 게마라를 합한 것이 탈무드입니다. 지금까지 이해 갑니까? 내 말이 무슨 뜻인지 알겠어요? 이건 내 아버지가 내게 말해주고, 내 아버지는 또 당신의 아버지에게서 들은 이야기입니다. 이렇게 끊어지지 않고 이어지면서 하느님의 말씀이 역사에 등장합니다."

네타냐후가 창밖을 바라보자 학생들도 그쪽 방향으로 목을 길게 빼고, 점점 자라나는 폭풍 속에 계시 같은 것이 나타났는지 살펴보았다. 네타냐후가 말을 이었다. "이런 관점에서 보면, 역사는 여러분이 믿어도 되는 것처럼 보입니다. 믿어도 실망하지 않을 것 같죠. 계시를 기다릴 필요도 없고, 기적을 기다릴 필요도 없습니다. 종교와 대조를 이룬다는 점에서 역사는 믿음직하게 보입니다. 역사는 과거의 어떤 것이 어떻게 현재에 이르렀는지를 말해줄 뿐 어떤 약속이나 맹약을 내리지 않습니다. 어떻게 현재의 우리가 됐는지를 말해줄 뿐이에요. 여기 강의실 앞쪽은 가르치는 사람의 자리입니다. 하지만 나는 여러분에게 나쁜 소식을 들려줄 수밖에 없어요. 역사가 항상 믿음직하지는 않습니다. 하느님의 말씀을 세대에서 세대로, 신앙에서 신앙으로 전달하는 것이 곧 삶인 유대인들은 이 점을 대부분의 사람보다 더 잘 알고 있습니다. 외국의 지배를 받았기 때문입니다. 그리스도교 세계에서 그들이 겪은 역사는 곧 그리스도교의 역사입니다. 무슬림의 땅에서 그들이 겪은 역사도 곧 무슬림의 역사입니다. 언제나 아부를 좋아하는, 아니면 하다못해 자신의 역할이 중심을 차지해야 한다고 고집하는 전제군주들의 후원을 받은 비非유대인들이 기술한 역사입니다. 모든 사람이 진리를 공유하는 것이 불가능하다는 사실을 가장 먼저 이해한 것은 유대인이었습니다. 지배자들, 즉 권력을 쥔 집단이나 그 하위 집단이나 가문이 진리를 공유하는 것만 가능하다는 사실 또한 유대인들이 가장 먼저 이해했습니다. 보편적인 진리라는 것이 만약 존재한다면, 그것을 찾을 수 있는 곳은 성경뿐입니다. 성경은 신의 맹약과 권위를 들먹이며 자신을 정확히 보존해달라고 요구했습니다. 이런 깨달음 덕분에 유대인들은 보존과 해석을 명확히 구분하게 되었습니다. 정확성을 광적으로 신봉하다가 생긴 트라우마가 만들어낸 심리적 그늘입니다. 성경이 다른 신앙의 손에 맡겨진 뒤, 유대인들은 해석에 관심을 갖게 되었습니다. 여러 면에서 해석은 그들의 유일한 자유였습니다. 이 해석능력 덕분에 그들은 역사 밖에 머무르며 신화 속에 살 수 있었습니다. 신화는 그들에게 도덕과 윤리를 가르치고, 달력과 공동체 생활의 구조를 잡아주었습니다. 유대인들이 정확하게 기록된 역사보다 교훈적이고 미학적인 이야기를 더 선호하는 것은 디아스포라라는 환경의 직접적인 산물입니다. 유대인들은 타지로 추방되어 억압받고, 자치의 권리를 누리지 못했습니다. 비유대인이 역사를 만들고 유대인은 고통을 당할 수밖에 없는 그런 추방지에서 세세한 부분이 중요했겠습니까? 스스로 사실을 만들어낼 수 없는데 왜 사실에 신경 쓰겠습니까? 그들을 추방한 도시의 이름과 위치, 그들이 불행과 살육을 경험한 정확한 날짜를 모두 기록하는 것이 무슨 의미가 있겠습니까? 유대인의 연대기에서 로마와 그리스와 바빌론이 무슨 차이가 있겠습니까? 여러 도시들은 모두 궁극적으로 그들을 억압했던 이집트의 변형에 불과하지 않았을까요? 그 도시의 통치자는 모두 기본적으로 파라오의 환생이 아니었을까요? 이렇게 성경을 반복적으로 현재와 연결시키는 과정에서 역사는 부정되었습니다. 똑같은 일이 반복될수록, 예를 들어 매주 돌아오는 안식일과 매년 돌아오는 명절이 반복될수록, 과거는 현재의 일부가 되었습니다. 나중에는 과거와 현재가 기본적으로 하나가 되어 매번 돌아오는 새해가 지난해와 똑같아졌죠. 모든 일이 동시대의 것이 되었습니다. 이렇게 시간이 무너지면서 유대인 개인의 일상생활과 유대인이라는 집단의 영적인 생활에 모두 일종의 구세주 사상이 생겨났습니다. 다시 말해서, 하느님의 말씀을 보존하던 사람들이 해석을 통해 스스로 보존되었다는 뜻입니다. 역사 속의 왕국인 시온을 예로 들어보죠. 시온은 파괴되면서 신화로 변형되었고, 디아스포라 속에서 시적인 비유이자 이야기가 되어 수천 년 동안 유대인들의 상상력을 무엇보다 강하게 지배했습니다. 세상에는 진짜 사건,

진짜 물건이 가득합니다. 그것들이 파괴되어 사라지고 나면, 그들의 존재는 역사기록 속에서만 기억될 뿐입니다. 하지만 시온은 역사기록이 아니라 해석이 가능한 이야기로만 기억되었기 때문에 이스라엘이라는 현대국가의 건국과 더불어 다시 현실 속에 존재할 수 있었습니다. 이스라엘의 건국으로 시詩가 현실로 되돌아왔습니다. 인류 문명에서 이런 일이 일어난 첫 사례입니다. 이야기가 현실이 된 첫 사례. 진짜 군대, 진짜 기본 서비스, 진짜 조약, 진짜 무역협정, 진짜 공급망, 진짜 하수도를 갖춘 진짜 국가가 되었습니다. 하지만 이스라엘이 존재하게 되면서 성경 이야기의 시대는 끝나고 우리 민족의 진짜 역사가 마침내 시작되었습니다. 만약 해답이 필요한 유대인 문제가 지금도 존재한다면, 그것은 우리 민족이 이 둘의 차이를 구분할 능력이나 의욕이 있는가 하는 의문입니다."

10.

 면접은 프리도니아 홀의 중앙 독서실에서 실시되었다. 학생들이 독서를 하기보다는 낮잠을 자는 데 이용하는 방으로, 학과회의가 열릴 때는 아예 낮잠도 잘 수 없게 벨벳 차단선으로 출입을 막았다. 우리는 벨벳 차단선의 고리를 풀어 네타냐후를 안으로 안내하면서 함께 어둑한 그 방으로 들어갔다. 창문에는 김이 서리고, 둥근 탁자에는 내 동료들이 앉아 있었다.
 채용위원 전원이 한 자리에 모인 것은 이번이 처음인데, 마치 내가 뭔가를 방해하고 있는 것 같은 느낌이 들었다. 동료들은 이미 얼마 전부터 이 자리에 와 있었거나, 심지어 내게 알리지도 않고 자기들끼리 회의를 하고 있었던 것 같은 느낌. 그 회의에서 그들은 네타냐후의 채용 문제가 아니라 내 문제를 토론했을 것 같았다. 내 능력을 평가하고, 샤프롱으로서 잘하고 있는지 채점하고, 내 실적에 점수를 매겼을 것이다. 혹시 그링글링 씨가 일할 수 없게 되는 경우를 대비해서, 내가 캠퍼스의 한 지점에서 다른 지점까지 그럭저럭 시간에 맞춰 사람을 데려올 수 있는지, 카페인이 든 음료를 가져올 수 있는지 확인했을 것이다.
 위원들이 푹신한 의자에서 비틀거리며 일어나 후보에게 감언이설을 늘어놓는 동안 모스 박사가 내게 일종의 신호를 보냈다. 그가 집게손가락을 들어올린 것을 보고 나는 방 안의 온도를 높이라는 뜻으로 받아들였으나 아니었고, 손가락 여러 개를 파닥거리는 것을 보고 나는 커튼을 닫으라는 뜻인 줄 알았으나 그것도 아니었다. 만약 그것이 진짜 암호였다면, 나는 그것을 해석할 능력이 없었다.

그러나 일단 네타냐후가 푹신한 의자를 짓누르며 자리에 앉은 뒤 나는 의자가 모자라다는 사실을 깨달았다. 내가 앉을 의자가 없었다. 그래서 독서용 긴 의자를 끌어오려고 끙끙거리며 힘을 주었지만, 의자가 벽에 나사로 고정되어 있었다.

"준비됐습니까?" 모스 박사의 질문에 내가 대답하려 했지만 박사가 곧 말을 이었다. "블룸 박사가 선생을 잘 보살펴주었으리라 믿습니다."

"그렇습니다." 네타냐후가 말했다. 갑자기 그에게서 영국 발음이 튀어나왔다.

그는 뺨의 살갗이 튼 모습으로 의자에 앉아 있었다. 무릎에 놓인 비버 모자 안에는 둥글게 뭉친 장갑과 스카프가 있었는데, 이상한 격자무늬 조롱박처럼 보였다.

그는 아직도 무스탕 외투를 입고 있었다. 신학대학에서 여기까지 오는 동안 외투를 뒤덮은 눈이 급속히 물로 변하는 중이었다.

"좋습니다." 모스 박사는 고무줄로 묶어둔 색인카드 같은 것을 풀어 뒤적거렸다. "선생에 대해 더 잘 알 수 있는 기회가 생긴 것이 무척 기쁩니다."

"그렇죠."

모스 박사는 카드의 앞면이 아래로 가게 탁자 위에 부채꼴로 펼친 뒤, 한 장씩 자신 앞으로 뽑아 놓았다. 부채꼴의 끝에서 뽑을 때도 있고 중간에서 뽑을 때도 있었다. 그가 카드의 내용을 소리 내어 읽었다. 선생은 강의와 연구 사이의 관계를 어떻게 봅니까? 학생들을 연구에 참여시키겠습니까? 왜 이 분야를 선택했습니까? 비판을 잘 받아들이는 편입니까? 에세이와 시험 중 어느 쪽에 더 비중을 둡니까? 역사교수에게 가장 중요한 능력은 무엇이라고 생각합니까?

모스 박사는 이 질문들을 차례로 던졌다. 네타냐후에게 대답할 틈을 주지 않았기 때문에 마치 도박사가 패를 하나씩 버리는 것만 같았다.

나는 모스 박사의 요청으로 이 질문들을 정리하면서 상당히 자랑스러웠지만, 지금 박사가 이렇게 맥락 없이 무작위로 소리 내어 읽는 것을 들으니 조금 지나치게 가볍다는 느낌이 들었다. 주디가 즐겨 보는 퀴즈 프로그램에서 지나치게 영향을 받은 것 같기도 했다… 자, 세후 연봉 5,700달러라는 하찮은 상금이 걸린 문제입니다. 학생들이 당신을 설명할 때 사용할 단어 세 개를 말하세요. 화났다, 화났다, 화났다…

지금 탁자에 앉아 있는 모든 사람을 대상으로 이 퀴즈의 답을 말할 수 있을 것 같았다. 독일학자인 키멀 박사라면 지루하다, 장황하다, 반복적이다. 프랑스 역사를 전공한 갤브레이스 박사는 통통하다, 작다, 반복적이다. 세 단어를 넘겨도 된다면, 두 사람 모두 '상아탑 ivory 리그'의 실패자로 지금은 아이비에 질식한 게으름뱅이었다. 고상하게 게으르고, 싸구려처럼 구는 브라만들. 키멀은 실제로 보스턴 출신이었던 것 같다. 갤브레이스는 금방 무너질 것처럼 위태롭고 증오가 가득한, 뉴올리언스의 외곽 교구 출신이었다. 키멀의 유일한 저서는 루터가 멜란히톤에게 보낸 단 한 통의 편지를 연구한 것인데, 그 편지는 나중에 위작으로 밝혀졌다. 갤브레이스는 그다지 유명하지 않은 나폴레옹 2세와 3세, 즉 나폴레옹의 아들과 조카에 관한 글을 썼다. 이 두 사람 사이에 앉아 있는 힐러드 박사는 출신이 그렇게 좋지 않았다. 그는 밭에서 열심히 일해야 근근이 먹고 살 수 있는 농부의 아들로 껑충한 몸에 분노가 가득했으며, 연대기와 역사지리학, 바이킹 관계사 전문가로 힘들게 바득바득 학계에 들어왔다. 퀴퀴한 냄새가 나는 양복에 끈 모양의 넥타이를 맨 독신남이며, 입냄새가 고약하고, 능력주의의 위험을 미리 알려준 선구자였다.

"저의 가장 나쁜 점 말입니까?" 네타냐후는 질문을 되풀이했다. 그의 입술이 둥글게 말려 올라가며 잘난 척하는 표정을 지었다. "제 아내에게 물어보면 아내는 이렇게 답할 겁니다. 걸핏하면 과로하는 것이 저의 가장 나쁜 점이라고요. 그것이 아내에게는 고민거리지만 제게는 기쁨입니다."

모스 박사가 미소 띤 얼굴로 다시 카드를 뒤적이는 동안 힐러드 박사가 끼어들었다. "과로라고 하니까 말인데, 거의 걱정스러울 정도로 다양한 연구를 하더군요, 네타냐후 박사. 그래서 이런 생각이 들었습니다. 선생이 우리를 위해 연구를 요약해줄 수 있을까? 아니면 최소한 가장 중요한 주제를 명확히 말해줄 수 있으려나?"

"물론입니다. 대부분의 사람들은 제가 이른바 중세시대의 유대인들을 다루는 줄 압니다."

"어떤 중세 말입니까? 초기? 말기? 중세의 범위는 아주 넓습니다."

"그리스도교로 점점 기울어지면서 유대인들을 다스린 최후의 위대한 제국의 멸망부터 이베리아 추방령 사이의 기간입니다."

"그러니까 중세 전부로군?"

"중세 중기도 포함입니다."

"대략 1천년밖에 안 되는 기간이군요."

"대략 1천년이죠. 원하신다면, 제가 범위를 더 콕 집어서 말씀드릴 수도 있습니다. 예를 들어, 무슬림과 그리스도교도가 이베리아 반도를 놓고 싸움을 벌인 약 800년간이라든가, 아니면 교황의 종교재판소 설립과 왕의 종교재판소 설립 사이 300년간이라든가. 솔직히 말해서, 제게는 구체적인 시기보다 유대인이 더 중요합니다. 제게 유대인은 역사가 집필되는 방식을 연구하는 도구라는 성격이 가장 강합니다."

"어떻게요?"

"저는 역사를 누가, 왜, 어떻게 쓰는지 연구합니다."

"유대인이 선택받은 민족이라는 건 알고 있습니다, 네타냐후 박사. 하지만 왜 이 연구에 그들을 선택했습니까? 이런 연구를 위한 최고의 도구가 그들이라고 생각하는 이유가 뭡니까?"

"세상의 모든 민족 중에 유대인만큼 역사적인 민족이 없기 때문입니다. 역사에 대한 의식도 가장 강하고요. 유대교의 역사가 아주 길다는 점을 감안하면 신기한 일입니다. 블룸 박사님이 틀림없이 여러분께 확인해주실 수 있겠지만, 요즘 미국의 유대인들은 자녀가 예를 들어 메시아가 되기보다는 소아과의사나 법률가가 되는 편이 더 낫다고 빈정거릴 때가 많습니다. 하지만 저는 메시아 신앙이, 설사 거짓 메시아 신앙이라 해도, 역사보다 더 유대인적이라고 말하고 싶습니다. 유대인이 통치자나 사실 같은 지상의 힘에 충성하면, 랍비들은 전통적으로 그것을 우상숭배로 보았습니다."

"선생은 통치자와 사실에 반대합니까?" 키멀 박사가 말했다.

"학장은 어떻습니까?" 갤브레이스 박사가 말했다.

"저는 반대하지 않습니다." 네타냐후가 말했다. "그저 적대관계에 관심이 있을 뿐입니다."

"어떤 적대관계요?" 힐러드 박사가 말했다.

"아주 다양합니다."

"예를 들면? 예를 하나 들어주겠습니까?"

네타냐후는 한숨을 내쉬었다. "예를 들어, 세상이 결코 끝나지 않을 거라고 믿었던 아리스토텔레스와 플라톤 사이의 적대관계가 있습니다. 플라톤은 오리게네스, 아우구스티누스, 아퀴나스와 마찬가지로, 세상은 창조된 것이므로 파괴될 수도 있다고 믿었습니다… 아우구스티누스 이야기가 나왔으니 말인데, 묵시록의 시대를 구분하는 가톨릭과 개신교의 방식인 아우구스티누스의 여섯 시대와 켈라리우스의 네 왕국 사이의 적대관계도 있습니다… 이 말을 하고 보니, 제가 제 나름의 순서에 따라 이런 사례들을 제공하고 있지 않다는 걸 알겠군요. 부디 양해해주시기 바랍니다… 정치적인 성격을 띤 유대교 구세주 신앙과 종교적인 성격을 띤 그리스도교 구세주 신앙 사이의 적대관계… 아브라바넬의 정치철학에서 인간의 통치와 신의 통치 사이의 적대관계… 유대인을 바라보는 그리스도교인의 시각과 유대인 자신의 시각에서 종교적인 정체성과 민족적인 정체성 사이의 적대관계, 이건 중요합니다… 또 뭐가 있을까요? 제가 깜박 잊어버린 게 뭐죠?" 네타냐후는 둥글게 휘어진 탁자 가장자리를 양손으로 붙잡았다. "역사는 결코 되풀이되지 않는다는 믿음과 이 동그란 탁자처럼 영원히 언제나 되풀이된다는 믿음 사이의 적대관계를 언급하면서 이만 말을 마치는 게 좋을 것 같습니다."

모스 박사가 빙긋 웃었다. "지금 말한 것을 모두 강연에 포함시킬 예정이라면 미안합니다."

네타냐후는 물러서지 않았다. "모스 박사님, 저는 다른 사람들의 생각을 인용하기만 하면서 강의한다고 주장하는 학자가 아닙니다. 제가 오늘밤에 할 강연의 내용은 모두 제 것임을 분명히 말씀드립니다."

"물론 그렇겠지요."

"그럼 다른 걸 물어보겠습니다." 키멀 박사가 말했다. "선생의 연구보다는 그 연구가 어떤 반응을 얻었는지 알고 싶은데요."

"네, 말씀하시죠."

"선생이 일부 논문에서 솔직하게 인정했듯이, 선생의 연구 중에는 동료들의 연구와 어긋나는 것이 아주 많습니다. 이렇게 서로 반대되는 입장에 대해 선생은 선생의 성격이 아니라 연구자료가 낳은 결과라고 설명했죠. 대부분의 역사가가 언어적인 문제로 접근하지 못하는 유대인 자료 말입니다. 자신이 속한 민족의 내부 자료에 대해 그토록 잘 아는 사람이라면, 그런 자료가 사용되는 방식에 대해 동포들이 어떤 반응을 보이는지도 잘 알 겁니다. 그 자료의 해석 방식에 대한 반응을 말하는 겁니다."

"제 연구가 다른 것은 연구 자료가 다르기 때문이 맞습니다. 하지만 저는 연구결과의 차이를 제 능력보다는 동료들의 무지 탓으로 돌리고 싶습니다. 방금 말씀하신 언어장벽을 저는 반유대주의로 봅니다."

"그렇게 볼 수 있지요." 갤브레이스 박사가 끼어들었다. "하지만 지금 질문의 요지는 그것이 아닙니다. 선생의 연구가 선생의 공동체에서 어떻게 받아들여지는지를 물었을 뿐입니다."

네타냐후는 침을 튀기며 말했다. "저의 뭐라고요?"

"다른 유대인들이 선생처럼 반反역사적인지 또는 역사에 무심한지 알고 싶은 겁니다."

네타냐후는 외투를 입은 채로 몸을 꼼지락거렸다. "어떻게 답변해야 할지 잘 모르겠습니다. 모든 유대인을 제가 대변할 수 있을 것 같지 않습니다."

모스 박사가 그를 달래려고 했다. "그냥 지배적인 의견만 말해주면 되지 않을까요?"

그 순간 네타냐후가 의자를 뒤로 밀며, 긴 의자에 앉은 나를 바라보았다. "블룸 박사에게 여쭤보는 게 낫겠습니다. 유대인 사회의 지배적인 의견에 대해 저보다 더 정통하실 것 같아요."

모스 박사가 말했다. "어떤가, 루브?"

"유대인이 두 명이면 의견은 세 개라고 합니다." 내가 멀리서 말했다. "저도 네타냐후 박사와 마찬가지로 모든 유대인을 대변할 수 없어요. 네타냐후 박사가 모든 이스라엘 사람을 대변하지 못하는 거나, 모스 박사님이 모든 학과장을 대변하시지 못하는 거나 마찬가지죠… 지도제작광, 진에 열광하는 사람, 파이프 수집가를 대변하시지 못하는 건 말할 필요도 없고요…"

모스 박사가 씩 웃었다.

네타냐후가 말했다. "훌륭한 답변입니다, 블룸 박사. 훌륭한 비非답변이자, 무척 유대인다운 답변이기도 합니다. 감탄스럽습니다. 세상에는 열정으로 사는 사람, 사실에 의거해서 사는 사람이 항상 있을 겁니다. 미국인이나 유대인이나 이 점에서는 똑같아요. 하지만 여기서 더 생각해봐야 할 점이 하나 있는데… 키멀 박사님, 한 가지 여쭙겠습니다. 만약 박사님이 츠빙글리스위스의 종교개혁 지도자를 비방한다면, 스위스인들이 어떤 반응을 보일까요? 갤브레이스 박사님, 만약 박사님이 코친차이나베트남의 한 지역 원정의 목적을 비방한다면, 드골이 박사님에게 전화를 걸까요? 모스 박사님, 만약 박사님이 영국의 인도 정책을 도전적으로 재평가하는 글을 감히 쓴다면, 런던이나 마드라스에서 박사님의 인형을 불태우는 시위가 벌어질까요? 공연히 경박하게 드리는 말씀이 아닙니다. 저도 제가 다루는 주제와 관련해서 똑같은 처지예요. 우리가 하는 일은 평범한 일상과 너무나 동떨어져 있기 때문에 거의 성직에 가깝습니다. 조용하고 부유한 미국이 이런 상황이라면, 제 고국에서도 마찬가지입니다. 제 고향의 평범한 일상은 최근 생존을 위한 노력에 완전히 점령되었기 때문에, 고향 사람들은 제 글의 각주를 읽는 것은 고사하고 제 존재조차 알아차리지 못합니다."

모스 박사는 카드를 묶었던 고무줄을 잡아당기면서 말했다. "당연히 생존이 무엇보다 중요하죠." 키멀 박사와 갤브레이스 박사가 고개를 끄덕였다.

네타냐후가 말을 이었다. "게다가 유대인과 역사가 서로를 증오하는 관계라는 주장은 아마 유대인에 관한 주장 중에서 가장 덜 과격한 축에 속하는 게 아닌가 합니다. 그 카테고리에 그리스도교와 마르크스주의를 포함시킨다면 말입니다. 심지어 그리스도교의 맥락에서도 그 주장은 과격하지 않습니다. 그리스도교에서는 환생 같은 개념에 대한 믿음이 흔하죠. 지금도 학교에서 그런 것을 가르치는 사람들이 있습니다. 오늘만 해도 저는 이곳으로 오기 직전에 그런 사람을 한 명 만났습니다. 그분이 맡은 성경 수업에서 오늘 제가 강의를 했거든요. 그분은 동정녀의 출산 같은 것을 믿고 있습니다… 하지만 그분을 비방하려는 것은 아닙니다… 분명히 말씀드리지만 그런 믿음은 히브리 대학교에서 저를 가르치신 선생님들 중 일부가 고백한 믿음에 비해 특별히 더 이상하지도 않습니다. 히브리 대학교의 선생님들은 세상이 창조된 정확한 해와 에덴동산, 시내 산, 호렙 산, 소돔, 고모라, 6일 동안 흐르다가 7일째에 쉬는 불의 강, 즉 삼바티온의 정확한 위치를 알아냈다고 믿습니다. 제가 아는 고고학자 중에는 신화 속 하자르 왕국의 유적을 발굴하려고 원정대를 조직하는 사람, 율법의 궤를 돌려달라고 바티칸에 압력을 가해달라는 청원서를 자주 이스라엘 정부에 제출하는 사람도 있습니다. 드루즈파, 사마리아인, 쿠르드족, 파슈툰족, 에티오피아인, 카슈미르인, 인디언 레나페족에서 사라진 10지파를 찾아냈다고 주장하는 동료, 원래 유대인은 아메리카 대륙에 노예로 끌려온 아프리카 사람들이며 오늘날 스스로 유대인이라고 주장하는 백인들은 그 흑인들의 진정한 혈통을 부정하는 음모에 관련되어 있다고 단언하는 동료도 있습니다. 저는 평판이 높다는 학자들과도 일한 적이 있는데, 그들은 홍해가 갈라진 것은 오로지 혜성으로만 설명할 수 있으며, 노아의 홍수가 일어난 것은 지진 때문이거나 아니면 목성이나 토성에서 나온 전자기파가 지구의 궤도와 지축 기울기를 바꿔버렸기 때문이라고 생각했습니다. 유럽의 유대인들은 추방되거나 말살된 것이 아니라 외계인에게 납치되어 고대 이집트, 메소포타미아, 메조아메리카로 시간여행을 한 뒤 강요에 못 이겨 피라미드 건설 기법을 누설했다고 주장하는 예전 동급생도 있습니다. 그 친구는 나중에 이 주장을 수정해서, 유대인들 본인이 외계인이라고 단언했지요. 모든 종족의 역사는 그들이 보여준 광기의 역사이기도 합니다. 과학이 종교에 가까워질수록, 종교는 더욱 과학 행세를 하면서 논리적인 설명을 필사적으로 찾아 헤맬 수밖에 없습니다. 이런 맥락에서, 역사에 대한 유대인의 저항을 다룬 제 논문은 정신적으로 멀쩡하기 그지없습니다."

모스 박사는 배를 쑥 내밀며 의자에 등을 기댔다. "흥미롭군요. 감사합니다." 나는 내내 박사를 지켜보고 있었고, 박사는 내내 창문 쪽으로 몸을 비틀어 눈이 내리는 모습을 지켜보았다. "자, 질문이 더 없으면… 이제…"

"하나만 더 물어봐도 되겠습니까?" 힐러드 박사의 목소리가 높고 크게 밀고 들어왔다. "선생의 연구에 대한 반응을 우리가 궁금해한 데에는 이유가 하나 더 있다고 할 수 있습니다. 우리가 유대인이나 이스라엘의 입장을 잘 알 수 없다는 점과는 아무 상관이 없는 이유입니다. 강단에서 공격받는 것을 두려워하는 사람은 이 자리에 없습니다. 적어도 허글스 박사를 제외한 누구의 비난도 우리는 두렵지 않습니다. 그러고 보니 종교적인 면에서 선생을 심사할 사람은 우리가 아니라 허글스 박사로군요. 교리는 신학대학의 관심사지, 역사학과의 관심사가 아니니까요."

"맞습니다." 모스 박사가 말했다. 그는 어스름해진 하늘을 심사하듯 바라보고 있었다. 칵테일을 마시는 시간.

힐러드 박사가 말을 이었다. "단도직입적으로 말해서, 나는 지금 정치적인 이유가 있다고 말하는 겁니다. 종족마다 역사와 다른 관계를 맺고 있어서, 사실을 통해 공통된 결론을 이끌어낼 수 있는 하나의 역사가 아니라 완전히 다른 역사들이 만들어질 정도라는 선생의 믿음에서는 솔직히 그동안 수정주의라고 불리던 것의 냄새가 납니다. 학계의 새로운 트렌드 중에서 유해한 쪽에 속하는 이 수정주의를 학창시절 내 은사들은 결코 용납하지 않았을 겁니다. 하지만 요즘 우리는 상당히 관대해졌지요. 당연히 역사의 목적이라고 받아들여야 하는 것, 즉 우리 정부와 정치제도의 강화라는 목적을 나쁜 방향으로 이끌고자 하는 빨갱이들이 훌륭한 동료들 사이에 침투하는 모습을 목격하는 것이 정직한 사람에게는 그저 고통스러울 수밖에 없습니다. 목적의 왜곡이 어떻게 일어나는지 이제는 분명히 밝혀져 있습니다. 이제는 일종의 공식적인 절차처럼 보일 정도입니다. 먼저 빨갱이 교수가 역사의 세부사항 하나를 잡아내서, 학문적인 엄정함이라는 명목하에 그것을 정제하고 재정의하려고 시도합니다. 영웅이 폭군이 되고, 시민은 피해자가 될 때까지. 이런 식으로 무도하게 바탕을 허무는 일이 오늘날 고등교육에서 하나의 규범처럼 이루어지고 있습니다만, 여기 코빈 역사학과에서는 아닙니다. 우리는 미래의 자랑스러운 미국인들을 더욱 훌륭한 사람으로 다듬는 데 헌신하고 있어요." 힐러드 박사는 잠시 말을 멈췄다가, 마치 비밀을 털어놓는 사람처럼 목소리를 낮춰 속삭였다. "네타냐후 박사가 이 점을 알아주기 바랍니다. 나는 남에게 정치적 성향을 대놓고 묻는 사람이 아니라는 것. 그런 면에서 나는 애국심이 너무 강하고, 모두에게 개인적인 선택의 자유가 있다는 점을 마음에 새기고 있습니다. 그래도 선생이 괜찮다면, 이 수정주의라는 주제에 대한 선생의 의견을 듣고 싶은 마음이 상당히…"

네타냐후는 턱짓으로 그의 말을 받아들였다. "감사합니다, 힐러드 박사님. 이 감사의 마음을 보여드리기 위해, 박사님이 예의 때문에 차마 묻지 못하신 질문에 솔직히 답변하겠습니다. 저는 분명히 사회주의자도 공산주의자도 아닙니다. 만약 제가 그 둘 중 하나였다면 지금도 고국에 있었을 겁니다. 그곳은 그런 정치적 견해가 환영받는 곳이니까요. 아니, 그뿐만 아니라 오히려 장려되는 곳입니다. 제가 지금 이곳에 있다는 사실, 미국에서 일자리를 구하고 있다는 사실만으로도 저 역시 박사님과 같은 염려를 안고 있다는 충분한 증거가 될 겁니다."

"하지만 선생이 모종의 파괴분자거나 이곳에 침투하려는 첩자라는 증거도 될 수 있습니다."

"인정합니다. 사실 저를 그렇게 본 사람들도 있었습니다. 이곳의 매카시보다 더 강한 사람들이었죠. 영국의 상원의원부터 하잘것없는 볼셰비키에 이르기까지 온갖 사람들에게서 파괴분자, 첩자, 선동가 취급을 받았어요. 물론 수정주의자 취급도 받았고요. 여기서 볼셰비키라는 말은 미국식 욕설이 아니라 소련식 명칭입니다. 진짜 볼셰비키들, 상트페테르부르크 겨울궁전의 베테랑들. 수정주의라는 말은 이상한 단어입니다. 유용하고, 유연하고, 정말로 국제적인 용어예요. 히브리어를 부활시킬 때 우리는 새로운 어휘를 많이 만들어내야 했습니다만, 대부분은 어디선가 빌려오고 수입하는 것으로 해결했습니다. 오토, 슈퍼마켓, 수정주의 같은 기괴한 현대식 어휘들은 성경에 전혀 나오지 않습니다. 성경에는 전화도 없지만, 이스라엘에는 있습니다. 동사로는 l'talphen이라고 하죠. 저는 metalphen하고, 아내는 metalphenet합니다. 자주. 처음 수정주의revisionism라는 단어를 들었을 때 저는 그것이 수정과 비슷한 뜻인 줄 알았습니다. 글을 쓰고 나서 수정할 때처럼요. 글을 편집하고, 표현을 바꿀 때처럼. 물론 그 단어의 진짜 의미는 전혀 다릅니다. 그 단어를 사용하는 사람들 각자가 품고 있는 의제에 따라 의미가 달라집니다. 이것을 저는 시간이 흐르면서 점차 알게 되었습니다. 라틴어에서 유래한 revisionismus는 처음에 반反마르크스주의 용어였습니다. 세계혁명을 통한 사회주의 추구를 거부하고, 대신 입법개혁을 통해 국가별로, 부문별로 차근차근 사회주의를 도입하는 쪽을 옹호하는 철학을 뜻했습니다. 이 사상은 부르주아가 프롤레타리아의 물질적 열망을 반드시 인정해야 한다고 주장했습니다. 또한 프롤레타리아는 부르주아와 적이 아니라 동맹이 되어야 하며, 그들을 살육하는 대신 타협을 추구해야 합니다. 베른슈타인은 마르크스를 수정하고, 카우츠키는 베른슈타인을 수정하고, 트로츠키는 카우츠키를 수정했습니다. 그리고 레닌은 이들 모두를 수정했습니다. 하지만 소련이 등장하면서 수정주의에도 변화가 필요해졌습니다. 이제는 공산주의, 아니 소비에트 이데올로기에서 일탈한 것을 의미하는 단어가 되어야 했습니다. 레닌과 그의 뒤를 이은 스탈린이 원한 역사를 바꾸려고 시도한 모든 사람에게 씌워진 혐의가 바로 '수정주의'였습니다. 오늘날 미국에서도 수정주의의 의미가 거의 똑같다고 저는 의심하고 있습니다. 다만 이 단어를 둘러싼 권력구조가 다를 뿐입니다. 이른바 지배계급을 불편하게 만들고, 정부와 기업의 기능을 방해하는 방식으로 역사를 집필해야 한다고 강력히 주장하는 것이 수정주의니까요. 솔직히 저는 이런 의미 변화에서 의욕을 느낍니다. 처음에는 급진적인 사상을 누그러뜨려 타협을 추구하는 것을 의미하던 단어가 지금은 기존 질서에 대한 위험한 위협을 뜻하게 되지 않았습니까? 하기야 타협할 때는 항상 이런 일이 일어나는 법이지요. 내가 패배하면 내가 추구하던 대의는 사라지고 나의 약점이 내게 불리하게 이용되는 식으로요. 또 다른 맥락에서 수정주의라는 단어의 다재다능함, 어떤 정치적 목적에도 적용할 수 있다는 점에서 저는 또 다른 단어, 즉 유대인이라는 단어의 사용법과 남용을 떠올립니다. 이 단어 또한 누구에게든, 무엇에든 내던져질 수 있고 실제로도 그렇게 사용되었습니다. 수정주의자 유대인. 이 두 단어는 아주 많은 일을 할 수 있습니다. 하지만 궁극적으로는 이 단어를 입에 담는 사람의 편협함 외에는 그 무엇도 표현하지 못하는 것 같습니다. 수정주의 역사, 유대인 역사… 수정주의 과학, 유대인 과학… 이 두 단어는 호환될 수 있습니다. 바꿔 쓸 수 있습니다. 경제학자라면 이 둘을 대체 가능한 통화라고 부를지도 모릅니다. 그런 의미에서 이 둘은 저와 마찬가지로 근본적으로 자본주의적이라고 생각합니다. 사실 아까 블룸 박사의 멋진 집에서 박사가 새로 구입한 컬러텔레비전에 감탄하면서… 제 아이들에게 그것을 봐도 좋다고 기꺼이 허락하는 척했습니다만 솔직히 제가 그것을 보며 즐거웠습니다. 계속 그 자리에 남아 〈보난자〉를 끝까지 볼 수 있었다면 기꺼이 그렇게 했을 겁니다. 다음 프로그램이 〈로하이드〉였거든요. 저는 그 훌륭한 라우디 예이츠가 또 어떻게 곤경에서 빠져나올지 항상 궁금합니다… 하지만 물론 저는 강연도 해야 하고 이렇게 여러분에게 면접도 받아야 하니까…"

11.

 그 네타냐후의 날에 가장 선명하게 내 기억에 남은 일은 그런 날씨에 밖으로 나간 것이다. 그날의 거센 바람은 내 마음속에서 커다란 불안감을 휘저어놓았다. 캠퍼스에서 내가 위치를 잘 모르는 건물들 사이를 지나 서둘러 움직여야 한다니. 내가 눈으로 보지는 못하고 이름만 아는 건물도 있고, 눈으로 본 적은 있지만 이름은 모르는 건물도 있었다. 나는 약속에 늦을까 봐 불안했고, 얼음판 위에서 구를까 봐 불안했다. 하지만 면접이 끝난 뒤에는 무엇보다도 이성과 인내심을 모두 잃어버릴까 봐 불안했다.
 땅거미가 내리는 가운데 캠퍼스를 벗어나 시내를 통과하는 동안 네타냐후가 뒤로 처져서 바람의 언어로 울부짖었다. 히브리어로 말했다는 뜻이다. 나는 대충 무슨 뜻인지 알 것 같았다. 그는 자신이 과소평가되었고, 사람들이 마치 선심을 쓰는 것처럼 굴며 자신을 깎아내렸다고 생각했다. 모욕감을 느꼈다. 먼저 모욕을 던지고 이제는 호의를 구하려고 찾아온 것은 본인이면서. 전체적으로 봤을 때 내게는 친숙한 광경이었다. 주디가 학교에서 연극공연을 마치고 무대에서 내려오며, 만약 자신의 연기가 형편없었다면 그건 순전히 다른 출연자들이 연극을 망쳤기 때문이라고 투덜거리던 모습이 생각났다. 걔들이 자기 순서를 망쳐버렸어. 걔들이 내 대사랑 겹쳐서 말했어. 나는 그런 게 아니라고 주디에게 얼마든지 말해줄 수 있었다. 무거운 신발을 신고 마음의 상처를 입은 네타냐후에게도 매복공격 같은 걸 당한 게 아니라고 얼마든지 말해줄 수 있었다. 내 딸과 네타냐후 모두 과잉 반응하는 성격을 타고 났기 때문에, 자신이 받아야 할 비난을 남에게 돌리는 역할을 최고로 해내고는 박수갈채를 요구했다. 그러다 박수가 나오지 않으면 자기연민에 빠졌다.

"미안합니다." 나는 칼리지 드라이브 모퉁이에서 그를 기다리다가, 그가 다가왔을 때 이렇게 말했다. 그 자리의 가로등에 불이 들어와 있었다. "아까 뭐라고 했는지 못 들었어요."

"선생과 그 위원들 전부." 네타냐후는 침을 뱉었다. "멍청이, 저능아, 바보. 이게 내가 기억하는 분류법입니다. 정신적인 결함의 삼위일체. 성부, 성자, 성령이 아니라, 멍청이, 저능아, 바보."

"갤브레이스 박사, 키멀 박사, 힐러드 박사 말입니까? 아니면 힐러드 박사, 모스 박사, 그리고 나인가요?"

"그자들이 알면 뭘 압니까? 자기들이 뭐라고 나한테 이의를 제기해요?"

"동료입니다. 동료가 될 수도 있는 사람들이에요."

"전문가를 평가할 수 있는 건 전문가뿐입니다." 이 말을 하고 나서 그는 서류가방을 휘둘러 내 오금을 쳤다. "유대인을 평가할 수 있는 건 유대인뿐이고요."

"그렇게까지 나쁘지는 않았습니다." 나는 다리를 문지르며, 그가 뱉은 침이 눈서리 속으로 가라앉는 것을 지켜보았다.

"그건 코빈 종교재판이었습니다."

"선생은 거기서 살아남았죠."

"다른 위원들한테도 그렇게 말해보시죠. 내 아내한테도 그렇게 말해보세요."

"그분들이 내 의견을 그리 무게 있게 받아들이지 않을 것 같은데요."

"어쨌든 선생에게는 선생의 의견이 있잖습니까. 반드시 있어야 합니다. 그 사람들한테 뭔가 말해야 할 테니까. 뭐라고 할 겁니까?"

"모르겠습니다… 내가 왜 지금 선생한테 대답해야 하는지 모르겠습니다. 선생이 내 입장이라면 뭐라고 할 겁니까?"

"내가 선생 입장이라면… 오늘 선생이 던진 질문 중에 가장 영리한 질문이로군요…" 그는 금방 가루로 부서질 눈에 뒤덮인 내 신발과 자기 신발을 차례로 보았다. "이 사람이 오늘 던진 질문 중에 가장 영리해."

"선생의 발을 향해 말하는 겁니까?"

"내 말에 귀를 기울여주니까요."

"만약 신발이 대꾸를 한다고 주장한다면, 그건 선생이 저체온증에 시달린다는 뜻이겠네요."

그는 발을 굴러 앞코의 눈덩이를 털어낸 뒤 천천히 무거운 발걸음을 옮겼다. 인도에 뿌려놓은 소금 입자들이 그의 발에 갈렸다.

"역사학과는 어떤 유대인에 대해 반드시 결정을 내려야 하기 때문에 다른 유대인에게 도움을 청했습니다. 자기네 유대인한테. 자기들이 잘 아는 유대인한테. 적어도 부분적으로나마 자기들이 믿는 유대인한테."

나는 그와 보조를 맞췄다. "그게 나죠."

"이건 역사적으로 존경받는 자리입니다. 선생은 잘 모르시겠지만, 그래요. 보통은 선대에게 물려받는 세습직이죠. 엘 주디오 드 코르테, 데어 호피우드, 궁정 유대인. 보호받는 유대인. 주머니에 넣어두고 세금에 대한 자문을 구하는 유용한 유대인. 때로는 중개인도 되고, 때로는 조정자도 되는 사람. 항상 상충하는 이해관계의 균형을 맞추는 사람. 유덴라트나치 독일이 만든 유대인 평의회의 장로. 게슈타포가 유대인 1천 명을 죽여야겠다고 말하면, 그 1천 명을 골라내는 사람이 바로 그 장로죠. 황제가 슈타들란당국과 협상하는 역할을 맡은 유대인 사회의 조정자을 불러서 우리 금고에 돈이 더 필요하다고 말하면, 그는 금액을 낮춰보려고 흥정하면서 동시에 유대인 학살을 막으려 애씁니다. 보잘 것없는 일이죠. 온갖 종류의 부패에 취약하기도 하고요. 힘은 있지만, 그 힘이 가장 강하지는 않습니다. 또한 양쪽의 부분적인 신뢰밖에 얻지 못하고, 어느 쪽에도 전적으로 소속되지 못하죠."

"이디스와 주디가 내게 그걸 끊임없이 일깨워주고 있습니다. 그건 학계를 설명하는 말이라기보다는, 여자들만 있는 집에서 아버지가 어떤 사람인지 설명하는 말에 더 가까워요."

"나는 조상 대대로 내려온 것에 대해 말하는 겁니다. 그것이 중앙위원회 정치국이든 여기 이 학교의 위원회든 상관없어요. 선생은 자신이 동등한 구성원인지 의심합니다. 그래서 불안한 거예요. 자신이 충족해야 하는 역할이 있다는 느낌이 드니까. 뭔가 더 해내야 한다는 느낌. 그걸 해내지 못하면, 선생이 위원회의 일원이 된 건 순전히 억지로 나를 데리고 다니며 구경시켜준 보상에 지나지 않으니까요."

"그건 부탁과 요청이었습니다. 억지로 강요하는 것보다는 정중했어요."

"만약 역사가 하나의 전조라면, 위원회는 결정을 내릴 때 선생의 의견을 지나치게 깎아내리거나 지나치게 반영할 겁니다."

"둘 중 하나라고요?"

"둘 중 하나죠. 어느 쪽이 될지 선생은 영향을 미칠 수 없습니다. 선생이 찬성표를 던지든 반대표를 던지든 똑같이 의심받을 거예요."

"그래도 선생은 어느 쪽인지 알고 싶은 거죠? 찬성인지 반대인지?"

"아뇨. 그저 내가 선생의 입장이라면 어떻게 할지 말하는 것뿐입니다."

"어떻게 할 건데요?"

"아무것도 안 합니다."

"그게 전부예요? 아무것도 안 한다고요?"

"그냥 그들의 장식품이 될 겁니다. 그들의 크리스마스트리에 매달린 눈송이 장식처럼."

네타냐후는 매클리 철물점의 진열창에서 망치질을 하거나 나사를 돌리는 꼬마요정들 앞에서 다시 걸음을 멈췄다. "딱 하나만 부탁할게요."

그러면 그렇지. 나는 속으로 생각했다. 이제 나를 회유하려고 하는군. "딱 하나요?"

"부탁이라고 할 것도 없습니다. 내가 사례금을 언제쯤 받을 수 있는지 알아봐주세요."

"네?"

"오늘 저녁 강연에 대한 사례금을 언제 어떻게 받게 될지 알고 싶습니다." 이 말을 하고 나서 그는 다시 터벅터벅 걷기 시작했다. 나도 그의 옆에서 걸었다.

"그건 정확히 말해서 내 담당이 아닙니다."

"그럼 오늘은 돈을 못 받는 겁니까?"

"이건 바르 미츠바 같은 게 아니에요. 현금을 담은 봉투를 건네주는 방식은 아니라는 겁니다. 지불을 위한 처리가 있어요. 수표가 우편으로 갈 겁니다."

"확실합니까?"

"지금 무일푼인가요? 뭘 걱정하는 겁니까? 오늘 저녁에 선생이 카스트로를 찬양하고 사유재산에 반대하는 강연을 해도, 자본의 제국주의적 축적이나 돈이라는 개념 자체에 반대하는 강연을 해도, 사례금은 반드시 나갈 겁니다. 그런 건 개인적인 감정의 문제가 아니에요. 불만도 적의도 없습니다. 자동적인 시스템입니다."

"만약 그렇지 않다면요? 수표가 안 오면요?"

"오늘 어딘가에 서명하지 않았습니까? 선생의 인적사항을 적었죠? 그랬다면 돈은 반드시 갈 겁니다."

"그래도 혹시 안 오면요? 내가 선생한테 전화하면 선생이 처리해주겠습니까?"

"점점 화가 나네요."

"약속하는 겁니까?"

나는 칼리지 드라이브에서 방향을 꺾어 A&P 주차장을 가로지르다가 빙판이 된 아스팔트에서 미끄러져 넘어질 뻔했지만, 네타냐후가 나를 잡아주었다. 그의 팔이 내 허리를 감쌌고, 다 해진 그의 장갑이 내 장갑을 악수하듯 잡았다. "고맙습니다." 내가 조금 미끄러졌지만 그가 계속 손을 잡은 채로 나를 지탱했다. "내가 특별한 대접을 요구하지 않은 걸 아실 겁니다. 난 그런 걸 요구하지도 않고, 원하지도 않아요. 선생의 압박감을 이해합니다. 어쩌면 선생은 그걸 모를 수도 있지만, 나는 정치학을 공부한 사람입니다. 유대인한테 무엇을 기대해야 하는지 압니다. 이교도 사회에서 다른 유대인을 상대할 때 유대인은 무엇보다 강력한 연대감을 보이거나 무엇보다 지독한 배신을 하는 수밖에 없습니다."

"선택지가 그 둘입니까?"

"선생이 둘 중 무엇을 택할지 나는 영영 모르겠지만, 그래도 내가 선생을 존중한다는 걸 알아주세요."

"고맙습니다. 그런 것 같아요."

자동차 한 대가 주차장으로 들어오려 하는데, 우리가 그 앞을 막고 있었기 때문에 경적이 울렸다. "이제 손을 놓아도 됩니다." 하지만 네타냐후는 나를 놓아주지 않았다. "이제 괜찮아요." 그래도 그는 계속 나를 붙잡은 채로, 살갗이 튼 얼굴을 내게 가까이 들이댔다.

"만약 상황이 바뀌어서 선생이 내 처지가 되어 이스라엘로 왔다면, 내가 선생에게 일자리를 찾아줄 수 있었을 거라고 장담할 수는 없습니다. 그래도 선생에게 좋은 아파트를 찾아주려고 내가 할 수 있는 모든 일을 다 했을 겁니다. 전쟁 중이라면, 선생을 대신해서 죽을 수도 있습니다."

코빈데일 인에서 반 블록쯤 떨어진 곳에서 우리는 거리 한복판에 있는 응원단 피라미드와 마주쳤다. 옷을 얇게 입은 치어리더들이 서로의 몸 위로 올라가려다가 차가운 바닥으로 널브러졌다. 자그마한 여자 한 명이 삼각대에 올린 카메라를 들고 그들에게서 멀어졌다. 우리가 있는 쪽으로 뒷걸음질을 하다가 가끔 멈춰 서서 화면에 치어리더들과 코빈데일 인이 모두 들어오는지 확인했다. 그러고는 눈 속에

삼각대를 콕콕 박아 세우고, 모두에게 웃으라고 호소했다. 그런데 맨 아래에 있던 남학생이 쓰러지는 바람에 그 위에 있던 여학생들이 와르르 무너졌다. 네타냐후가 야유를 받으면서도 전혀 움츠러들지 않고 그 화면 속으로 걸어들어간 뒤, 나도 그의 뒤를 따라 걸어가며 유쾌하게 술에 취한 사람들 사이를 통과했다.

동문 부자女子들이 다시 만난 기쁨에 취해 붉어진 얼굴로 거리에 북적거렸다. 여우털 외투를 입고 너구리털 모자를 쓴 사람들이 코빈데일 인의 계단과 건물을 빙 둘러 나 있는 포치에 잔뜩 모여서 우리를 환영하거나, 지분거리거나, 그냥 페넌트를 흔들어댔다.

안으로 들어간 뒤 나는 안경에 서린 김을 닦아내고서야 사물을 분간할 수 있었다. 아직도 크리스마스 분위기가 그대로인 로비에서 짝이 맞지 않는 초라한 빅토리아 시대 골동품을 몸에 걸친 혈색 좋은 커플들이 그로그주를 쭉 들이켜고 있었다.

한 커플은 잡다한 모양이 뒤섞이고 짝이 다 맞지도 않는 체스 말로 체커를 두었고, 또 다른 커플은 책을 꽂아놓은 구석에서 서로 꼭 붙어 앉아 에티켓과 성적인 위생에 관한 책들을 뒤적이며 여기저기 구절들을 손으로 가리키고 웃음을 터뜨렸다.

네타냐후는 프런트 앞에 늘어선 줄 뒤에 섰고, 나는 불가에서 어슬렁거렸다. 아내와 아이들이 어느 방에 숙박하고 있는지 네타냐후 본인이 직접 알아보게 할 작정이었다.

프런트 직원이 한 명뿐이라서 줄이 금방 줄어들지 않았다. 게다가 모두가 저마다 가볍게 술에 취했을 뿐만 아니라 문제를 하나씩 안고 있는 것 같았다.

적지 않은 주州기록과 연방기록에 포함되어 있는 이 호텔의 역사가 벽난로 선반 위에 걸린 양피지 문서, 식당 메뉴판 뒷면에도 적혀 있었다. 바에서 나눠주는 종이성냥 겉면에는 요약된 내용이 실렸다. 나는 나중에 이 이야기를 꺼내야겠다고 머리에 새겨두었다. 중립적인 화제가 될 것 같았다. 워싱턴이 여기서 양을 헤아렸다던가 하는 이야기들.

양피지 문서 위에 걸린 너덜너덜해진 까마귀 박제에서는 속이 흘러내리고 있었다. 학교의 마스코트를 표현한 것 같은데, 내 생각에 마스코트는 갈까마귀였던 것 같다.

깍깍거리며 불만을 늘어놓는 모양으로 굳은 까마귀의 머리에는 진홍색 비니가 비스듬히 씌워져 있었다.

하지만 내게 들려온 목소리는 네타냐후의 것이었다. 목구멍을 긁는 듯한 그 목소리가 틀림없었다. 그가 고개를 움찔거리며 나를 찾았다. 나는 본능적으로 대롱대롱 매달린 양말 속으로 숨고 싶었지만, 그가 시선으로 나를 찾아내는 바람에 그쪽으로 다가갔다. 중개인. 조정자.

"이 사람이 예약 기록을 못 찾겠답니다." 네타냐후가 말했다.

"네타냐후입니다." 나는 불안해하는 그를 옆으로 밀어내고, 그의 이름 철자를 직원에게 불러주었다.

"아, 이제 알겠어요." 직원이 말했다. "이디스의 남편이시죠, 그 교수님… 그리고 이분은…" 직원이 네타냐후를 향해 말했다. "또 다른 교수님이시네요…" 그녀는 다시 내게 시선을 돌렸다. "이분이 말씀하신 이름을 제가 못 알아들었어요. 선생님이 말씀하시니까 알겠네요. 오늘 손님이 많았거든요."

"괜찮아요."

"다 처리되었으니 걱정하실 필요 없어요, 블룸 교수님. 교수님께 청구서가 날아가지 않을 거예요."

"청구서가 안 온다고요? 무슨 뜻입니까?"

"학교에도 청구서가 가지 않아요. 하지만 교수님이 학교에 확인을 해주실 필요는 있을 것 같네요."

"확인이라니요?"

"예약이 취소되었다는 확인요."

"취소라니 무슨 소리예요?" 네타냐후가 말했다. "누가 취소했어요?"

"난 아니에요. 아니, 난가?"

"이건 말도 안 돼."

프런트의 여성 직원은 나이가 지긋하고, 희끗희끗한 퍼머 머리였으며, 코를 킁킁거렸다. 입은 마비된 것 같았다. 내가 말했다. "도서관에서 일하는 분인가요?"

"전 말이라고 해요." 그녀가 말했다.

"네. 도서관에서 일하는 말 부인. 이디스한테서 말씀 많이 들었습니다."

"이디스가 제 이야기를 자주 하는데, 자신이 예약을 취소했다는 말은 교수님한테 안 했다고요?"

"안 했어요."

"아니, 이디스가 아니라 못된 외국인 부인이었어요."

"뭐가 어떻게 된 건지는 모르겠지만, 새로 예약을 해야겠어요."

"죄송하지만 그건 힘들겠어요, 블룸 교수님. 그 방 때문에 벌써 경기를 줘버렸어요… 아니, 벌써 방을 줘버렸어요…"

"경기 때문에요?"

"스포츠 프로그램 안 보세요? 우리가 아이오타랑 붙잖아요. 아니, 아이오타가 우리랑 붙죠."

"그렇군요."

"아이오타가 우리의 가장 중요한 라이벌이잖아요. 제 조카가 하프백이거든요? 클라이머 아세요?"

"그렇군요."

"데이비스 클라이머예요."

"그렇겠죠."

"미식축구?"

우리 뒤에 줄을 선 사람들이 술에 취해 심술을 부리며 투덜거렸다. 얼룩고양이 한 마리가 내 다리에 몸을 치대다가, 우리 뒤편에서 목줄이 매어진 퍼그가 짖어대자 도망처버렸다.

"나는 도우려고 했어요." 말 부인이 말했다. "외국인 말씨를 쓰는 그 못된 외국인 부인과 이디스를요." 이 말을 하고 나서 그녀는 네타냐후를 노려보았다. "하지만 이디스한테 설명했듯이, 방이 전혀 없어요. 더블룸도, 서로 붙어 있는 방도, 어떤 방도. 이제는 처음에 예약하셨던 그 싱글 트윈룸도 없네요."

"우리랑 아이오타가 붙는다는 그 미식축구 경기 때문에."

"방이 꽉 찼어요. 남은 게 전혀 없어요."

"호텔에 방이 없다."

"전혀요… 부인이랑 얘기해보세요, 블룸 교수님. 저기 바에 있거든요. 아마 외국인 말씨를 쓰는 그 못된 외국인 부인과 같이 있을 거예요."

네타냐후는 이미 로비를 뛰듯이 가로지르다가 석쇠 모양의 환풍기와 부딪혔다. 나는 가만가만 그를 따라가 후덥지근하고 시끄러운 술집 안으로 들어갔다. 반짝거리는 벚나무에 놋쇠 난간이 있는 사각형 바가 술집 중앙에 있었다.

이디스와 칠라는 옷을 잘 차려입고 입구 맞은편에 앉아 각각 술잔을 앞에 두고 있었다. 네타냐후가 두 사람을 다른 곳으로 데려가려고 애쓰는 중이었다. 그가 두 사람 사이로 끼어들려고 했지만 술집에 사람이 너무 많아서 세 명 모두 빨리 움직일 수 없었다.

이디스가 나를 보고 일어나서 바를 빙 둘러 다가오더니 나를 끌고 화장실 입구 앞의 공간으로 들어갔다. 그리고 담배 판매기 쪽으로 술잔을 들고 몸을 기울여 내 포옹을 피했다.

"어떻게 된 거야, 이디스?"

"이 사람들은 진짜 구제불능이야, 루브. 당신도 놀랄 거야."

"난 지금 당신이 술을 마시고 있다는 게 놀라워. 당신 취했어."

"아주 조금 마셨어, 루브. 지금은 이게 필요해."

나는 잔을 향해 손을 뻗었지만, 이디스가 놓으려 하지 않았다. 오히려 잔을 내 입술에 기울여 맛을 보여주었다. 마티니 잔 아래에 가라앉은 올리브가 앞을 보지 못하는 눈 같았다.

"방은 어떻게 된 거야, 이디스? 당신이 취소했어?"

건장한 운동선수들이 우리 옆을 쿵쿵 지나쳐 화장실로 향했다. 그들이 지나갈 수 있게 내가 이디스에게 몸을 밀착하자, 이디스가 팔꿈치로 나를 밀어냈다.

"내가 방을 추가로 예약하려고 전화했더니 말 부인 말이 예약이 꽉 찼다는 거야. 그래서 잠시 기다리라고 말하고 나서 칠라한테 말을 전했지. 그랬더니 칠라가 내 손에서 수화기를 뺏어 들고, 가엾은 말 부인을 을러댔어. 그래도 소용이 없으니까 칠라는 어차피 자기도 그 더러운 싸구려 호텔에는 있고 싶지 않다고 고함을 질러대면서… 말 부인한테 예약을 밀어버리라고 말했어. 정확히는 예약을 부인의 엉덩이 속으로 밀어버리라고 했지. 엉덩이를 이디시어로 말했어. 그러고는 전화를 끊더니 우리 집에 묵겠다는 거야."

"뭐?"

"어쩜 그렇게 철면피인지. 나한테 묻지도 않고 통보를 하더라니까. 자기 혼자 결론을 내리고서. 그러고는 집 안을 돌아다니면서, 자기랑 남편은 아래층에서 자겠다고 말했어. 애들은 당신 서재 바닥에 재우면 되겠다나. 멋대로 결정해버리더라고." 이디스는 술잔을 담배 판매기 위에 쾅 내려놓았다. "그렇게 간단히."

"그렇게 간단히."

"나 지금 화났어… 아니, 화를 좀 가라앉히려고 술을 마시는 거야. 칠라는 나름대로 놀라운 여자야. 나쁜 년 파워가 얼마나 센지. 어쩌면 내가 지금 질투하는 건지도 모르지. 하지만 그렇게 강한 게 바로 못된 년이 되는 걸 의미한다면, 난 빼줘."

"미안해."

이디스는 마티니를 한 모금 마셨다. "미안해? 방금 내가 한 말 들었어? 그 여자랑 남편이 아래층에서 자고, 애들은 당신 서재 바닥에서 잔다고. 그런데 뭐? 미안해? 애들은 지금 어디 있느냐고 물었어야지. 당신은 그런 일은 절대 생각 안 하지, 루벤. 그런 일은 그냥 당신 머리에서 사라져버려."

"지금 애들은 어디 있어?"

"그 야후들? 주디랑 같이 집에 있어. 주디가 개들을 봐줘야 한다고 칠라가 결정했거든."

"설마."

"진짜야. 내가 온갖 핑계를 생각해봤거든? 주디가 리허설을 해야 한다, 클럽활동이 있다… 학교에 있는 주디한테 연락해서 집에 오지 말라고 연락할 방법도 고민했어. 그런데 칠라가 내 옆을 떠나질 않는 거야. 애들은 텔레비전을 보면서 시끄럽게 소리를 질러대고. 그래서 연락할 기회가 없었어. 주디가 집에 오자마자 그 여자가 애한테 달려들더라."

"주디 반응은?"

"주디? 정신이 없었지. 칠라가 곧바로 아부를 떨었거든. 어쩜 이렇게 예쁘냐, 어쩜 이렇게 똑똑하냐… 주디는 목도리도 못 풀고 그냥 문 옆에 서서 어리둥절한 표정이었어. 이상한 이스라엘 여자가 엄청 너스레를 떨면서, 자기 남편이 강의하는 걸, 그러니까 영어로 하는 걸 들어볼 기회가 한 번도 없었다고 말하는데, 주디는 그 여자가 말하는 남편이 누군지 전혀 몰랐을걸. 집에 손님이 올 거라고 우리가 미리 말한 것도 까맣게 잊어버렸을 거야. 그래서 그냥 거기서 벗어나려고, 그 정신 나간 야후 세 마리를 봐주겠다고 동의해버렸지."

"어쩌면 주디한테는 좋은 일인지도 몰라. 책임을 맡는 게."

"걔가 애들을 '세 얼간이'[미국의 코미디 팀]라고 부르지 않는다면 그렇겠지. 애들이 무슨 야생동물처럼 주디한테 들러붙었어. 그라우초, 치코, 그리고 또 누구더라?"

"매니, 모, 잭. 주디한테 돈은 얼마나 준대? 애가 돈을 좀 버는 것도 좋지. 덜레스의 집에서는 주디가 얼마를 벌지? 한 시간에 1달러?"

"그 사람들이 돈을 줄 것 같아? 제정신이야? 이 사람들은 남의 걸 가져갈 줄만 알지, 내놓는 법이 없어."

버펄로 가죽으로 온몸을 감싼 남자가 흔들거리며 공중전화로 다가가 동전을 넣었다.

"그게 다가 아니야." 이디스가 말을 이었다. "칠라가 여기에 와야겠다고 결정하자마자 입을 옷이 없다고 말했거든. 그래서 나를 끌고 2층으로 올라가서 내 옷장을 뒤지고, 내 장신구를 자기가 해봤어."

"어쩐지 귀걸이가 낯익더라."

"목걸이가 내 거야, 루벤… 옷도. 몸이 옷에서 터져 나올 것 같은데도 계속 그게 자기 사이즈래."

버펄로 가죽 남자는 수화기를 한 귀에 대고, 다른 귀에는 손가락을 찔러 넣었다. "내가 크라우스 총액을 40달러로 가져갈 거야. 시러큐스 마진은 25달러로 해줘. 우리 펜 스테이트로 쭉 50달러까지 달려보자고… 걱정 말고 걸어…"

이디스가 열변을 토하고 있었다. "그렇게 내 옷을 입더니 자기 옷은 빨래통에 넣었어. 정신을 차리고 보니까 내가 다림판을 꺼내서 그 여자 대신 다림질을 하고 있더라고… 반항할 수가 없었어. 거절할 수가 없었어… 나는 왜 거절을 못하지?… 그냥 여기까지 끌려와서 술을 마시고…"

통화 중이던 남자가 용두질하는 시늉을 했다.

"우리 자리로 가자."

이디스가 웃음을 터뜨렸다. "저 남자가 당신 제자인 것 같아서 그러지?"

"목소리 낮춰."

이디스는 내 말을 따르지 않았다. "당신은 저 남자가 제자인 줄 아는데, 사실은 아니야. 당신은 누구나 다 당신 제자라고 생각하잖아. 교단에 선 지 고작 1년밖에 안 됐는데, 제자를 못 알아볼까 봐 걱정스러워서 대신 모든 사람을 제자로 생각해버려. 그건 전부 당신이 남한테 잘해주려는 마음이 너무 강해서 그래. 남들 말을 너무 잘 들어줘서 그렇다고. 그게 나한테도 옳은 거야."

"누가 사례 연구라도 해야 할 판이네. 장모님한테 한번 말해봐."

이디스가 내 가슴에 잔을 꽉 밀어붙였다. "난 얼굴을 좀 손볼 테니까 당신은 가서 술을 한 잔 더 사와. 나 지금 운 것처럼 보여."

"마티니를 또 마신다고, 진짜?"

"금방 나가." 통화 중이던 남자가 곤봉을 휘두르듯이 수화기를 움직여 전화를 끊었다. 이디스는 좁은 틈을 뚫고 화장실로 향했다.

술집 안은 아까보다 훨씬 더 북적거려서 나는 사람들 머리 위로 고함을 질러 술을 주문한 뒤 현금을 건네고, 간청하듯 거스름돈을 받아냈다. 내가 마티니 두 잔을 마침내 손에 쥐었을 때, 이디스는 네타냐후 부부가 있는 자리로 돌아와 서 있었다. 아까 이디스가 앉았던 의자를 네타냐후가 비워주지 않은 탓이었다.

네타냐후가 자신의 잔을 들어올렸다. "우리의 진정한 보스들을 위하여." 아마 우리 둘의 아내들을 뜻하는 말인 것 같았다. "루브를 위해서도 건배하고 싶습니다. 친절함의 미덕을 온몸으로 구현하는 용감한 여성과 결혼하는 지혜를 지녔으니까요."

"댁의 딸을 위해서도 건배합니다." 칠라가 말했다. "엄청나게 예쁜 데다 머리도 좋고 우리가 새 친구들과 이렇게 밤 시간을 보낼 수 있게 우리 애들을 맡아줄 만큼 착하기도 하니까요. 내 남편이 여기서 일자리를 얻을 수 있게 두 분이 아주 많이 도와주실 거라고 믿어요…"

네타냐후는 움찔하면서 칠라의 잔에 황급히 자신의 잔을 부딪쳤다. 그 바람에 포도주가 이디스의 옷으로 쏟아졌다. 그러니까, 칠라가 입고 있는 이디스의 옷.

"미안해요." 칠라가 말했다. "이 사람 대신 사과할게요."

"나 대신?" 네타냐후가 말했다. "실수한 건 당신이야."

칠라가 남편과 히브리어로 뜻을 알 수 없는 말을 하는 동안 이디스는 이 지역에서 생산되는 싸구려 포도주 얼룩이 묻은 자신의 옷을 냅킨으로 살살 두드렸다.

하이드어베드에 묻은 그 까만 얼굴 자국을 이디스가 지웠는지 궁금해졌다.

"술을 마시면 영어를 다 잊어버려요." 칠라가 말했다. "그리고 남편은 절대 말해주는 법이 없어요…" 칠라는 가슴에 냅킨이 붙은 채로 내게 시선을 돌렸다. "저, 루브, 면접이랑 수업이 어땠는지 말해줄 거죠? 가망이 있어 보여요?"

"아이오타한테 이길 가망 말입니까?" 허글스 박사가 뒤에서 다가오며 말했다. "아니면 날씨 때문에 경기가 지연되거나 취소될 가망?"

"여기서는 모든 게 취소되나 봅니다." 네타냐후가 말했다.

허글스 박사는 자신의 맥주잔으로 건배를 했지만 다른 사람의 잔과 잔을 부딪히지는 않았다. "선생의 강연은 취소되지 않을 겁니다. 다행이죠. 우리한테도."

키멀 박사와 갤브레이스 박사가 우리에게 합류했다. 두 사람 모두 아내를 동반하지 않았다. 원래 아내가 없는 힐러드 박사도 그들과 함께 왔다. "운동선수들이 발을 내딛기 두려워하는 곳에 인문학자는 달려들어갑니다." 그가 말했다. "그렇지 않습니까, 나의 신학 동료인 허글스 박사, 네타냐후 박사? 지혜를 추구하는 데에 무자비함이란 없지요?"

"저는 미식축구를 전혀 모릅니다." 네타냐후가 말했다. "신학에 대해서도 별로 나을 것이 없고요."

"겸손한 말을 하는군요." 허글스 박사가 말했다. 힐러드 박사가 곧 말을 이어받았다. "하지만 미식축구에 대해 선생이 유일하게 난처해하는 것 같기는 합니다."

"아마 가장 격렬한 동시에 가장 전략적인 스포츠일 겁니다." 키멀 박사가 말했다. "아니면 가장 전략적인 동시에 가장 격렬한 스포츠라고 할 수도 있고요."

"이걸 전투에 비유하는 사람이 많죠." 갤브레이스 박사가 말했다.

"글쎄요." 네타냐후가 말했다. "그게 세상에서 가장 신사다운 구식 전투라서, 시간과 장소는 물론이고 심지어 무기조차 미리 협상으로 결정된다면 또 모르죠. 전투원들이 맞부딪혀서 서로를 죽고 죽일 때, 양쪽 장군들이 절벽 위에 모여 앉아 저녁식사를 하는 전투라면 또 모르겠습니다."

"그럼 장군들은 무슨 이야기를 할까요?" 모스 부인과 함께 방금 도착한 모스 박사가 물었다. 모스 부인은 이디스에게 자기 손이 너무 차갑다면서 만져보라고 말하고 있었다.

"미식축구." 힐러드 박사가 말했다. "바로 미식축구 이야기를 할 겁니다. 아마 장군들은 전장을 내려다보면서 이런 말을 할 걸요. '저걸 보니 우리가 옛날에 미식축구를 하던 시절이 생각나는군.' 그러고는 아직 전방패스가 인정되지 않고 선수들이 헬멧도 쓰지 않았던 젊은 시절을 그리워하며 계속 이야기를 나눌 겁니다."

"아니면 축구 얘기를 할 수도 있죠." 허글스 박사가 말했다. "축구는 어떻습니까?"

"미국인이 아닌 사람들만 풋볼이라고 부르는 스포츠죠."

"우리는 미식축구를 풋볼이라고 부릅니다." 네타냐후가 말했다. "축구를 부르는 말은 따로 있습니다."

"뭐죠?"

"카두레겔."

"뜻은?"

"카두르는 '공'을 뜻하고, 레겔은 '발'입니다. 그러니 풋볼이죠."

"내가 맞게 이해했는지 모르겠군. 미식축구는 히브리어로 풋볼이라고 부른다. 히브리 축구를 부르는 이름이 따로 있으니까."

"그 이름을 문자 그대로 번역하면 풋볼이라는 뜻이고요." 힐러드 박사는 이렇게 말하고 나서 네타냐후에게 시선을 돌렸다. "그런데 우리가 공을 뭐라고 부르는지 압니까? '돼지가죽$_{pigskin}$'이라고 부릅니다. 그렇다고 공을 진짜 돼지가죽으로 만드는 건 아니에요. 공의 겉면은 항상 소가죽입니다. 그런데도 그런 별명이 붙은 건, 과거 선수들이 한 줄로 서서 공격과 수비를 한꺼번에 하던 시절에 소가죽 안을 돼지 방광으로 채웠기 때문입니다. 그 방광을 사람의 평판처럼 부풀릴 수 있었죠."

칠라는 흠뻑 젖은 냅킨을 가슴에서 떼어내며 물었다. "죄송하지만 이건 제가 전혀 모르는 얘기라서요. 하지만 풋볼은… 그쪽 풋볼은…"

"이분은 칠라예요." 이디스가 모스 부인을 향해 말했다.

"미식축구에서는 공을 던질 수도 있죠… 그런데 발로 차는 건 언제인가요?"

"키커가 공을 차고, 쿼터백이 공을 던집니다." 키멀 박사가 말했다. "킥에는 두 종류가 있어요. 필드골과 펀트."

"다운은 공격을 말해요." 갤브레이스 박사가 말했다. "네 번 공격해서 점수를 올리거나 10야드를 전진합니다."

"칠라의 옷이 마음에 드세요?" 이디스가 물었다.

"글쎄요." 모스 부인이 말했다. "이디스는요?"

"10야드라." 허글스 박사가 말했다. "미터법으로 하면 얼마죠? 1미터가 몇 야드더라… 아니, 1야드가 몇 미터지?"

"전에는 좋아했어요." 이디스가 말했다. "제 옷이거든요."

"아이고, 나 좀 보게." 모스 박사가 말했다. "수에즈 운하의 미래나 갈보리에 대한 박식한 토론을 하며 저녁시간을 보낼 줄 알았더니."

"모스 박사." 허글스 박사가 말했다. "갈보리 이야기를 하고 싶다면 난 말리지 않아요."

"그 얘기는 내 아내랑 해요." 모스 박사가 말했다. "난 루브랑 이야기를 좀 해야겠으니까." 그는 나를 데리고 주방 쪽으로 가서, 어떤 선반 앞에 나를 가두듯이 섰다. 오지 맥주컵, 손잡이가 달린 포도주 병, 설대가 긴 도자기 담뱃대가 가득한 그 선반 앞에서 그가 내게 접은 쪽지 하나를 건넸다.

"오늘 저녁 강연을 소개할 말을 미리 썼어. 자네의 의견을 겸손히 기다리겠네."

"지금요?"

"안타깝게도 그링글링 씨가 없어서 다시 타자를 칠 수 없어. 오늘 밤에는 바느질을 할 거라고 했거든. 그러니 제발 내가 알아볼 수 있게 써주게."

우리 둘 다 펜이 없었기 때문에 모스 박사가 펜을 구하러 갔다. 그 틈에 나는 네타냐후의 자기소개서를 읽었다. 여러 수정 버전 중 하나였다. 내가 그것을 다시 읽었다고 말해야겠다. 네타냐후가 이력서, 지원서와 함께 보낸 자기소개서였으니까. 모스 박사는 소개말을 작성하면서, 네타냐후가 일인칭으로 한 말을 삼인칭으로 바꿔놓았을 뿐이었다. 따라서 "저는 ~ 분야에서 최고의 권위를 인정받고 있습니다"라는 말이 "그는 ~ 분야에서 최고의 권위를 인정받고 있습니다"로 바뀌었을 뿐만 아니라, "끈기가 저의 가장 중요한 ~ 중 하나라고 믿습니다"도 "끈기가 그의 가장 중요한 ~ 중 하나라고 그는 믿습니다"로 바뀌었다.

나더러 뭘 봐달라는 거지? 전부 문제 있는 내용 아닌가?

모스 박사가 펜을 들고 돌아왔다. 놀라울 정도로 화려한 싸구려 펜이었다. "힐러드 박사 거야. 이런 걸로 허세를 떨 수 있는 사람은 독신남뿐이지."

이디스가 다시 술을 주문하고 있었다. 허글스 박사는 모직 옷의 옷자락을 정리하는 중이었다.

"그거 다 본 뒤에 나랑 같이 트리티룸으로 가서 저녁을 먹세."

나는 미처 수정하지 못한 '제 자신'이라는 말을 하나 찾아내서 그 훌륭한 펜으로 '그 자신'이라고 수정한 뒤, 또 술을 마시려는 이디스를 구하러 갔다.

하지만 이디스가 이미 모든 여자들을 위해 마티니를 한 잔씩 주문한 뒤였다.

"마티니가 아니라 마티나야." 이디스가 말했다. "여자들이 마실 마티니니까. 남자들이 마시는 마티니랑 똑같지만, 여자들이 마실 거야."

"모스 박사도 마실 거예요." 모스 부인이 말했다. "적어도 내 술을 조금 마셔주면 좋겠어요. 무슨 술이든 내가 끝까지 마시지 못하는 걸 남편이 항상 마셔주거든요."

트리티룸에서 우리는 탁자에 빙 둘러 서서 칠라의 자리가 마련되기를 기다렸다. 네타냐후는 칠라의 다그침으로 신발과 양말을 벗어 장작 화덕 옆에 두고 왔다. 접시, 식기, 유리잔. 나는 네타냐후의 하얀 맨발, 잘 정리된 하얀 발가락을 내려다보았다.

네타냐후에게는 탁자 상석이 안내되었고, 칠라는 그의 오른쪽에 앉았다. 오른쪽에 사람이 좀 더 많았다. 나는 네타냐후의 왼쪽에, 이디스는 내 옆에 앉았고, 이디스 맞은편에는 힐러드 박사가 있었다. 당시 유행하던, 남녀가 엇갈리게 앉는 방식에서 벗어나기가 조금 번잡스러웠다. 그 방식으로 앉으면 디너파티에서 부부가 항상 떨어지게 마련이었다. 내 동료들 중 일부는 틀림없이 이디스가 자기 옆에 앉기를 바랐을 것이다. 하지만 그들은 아내를 데려오지 않았고, 나는 이디스가 술을 마시는 것이 걱정스러워서 단호한 태도를 취했다.

음식이 나오자 빵 냄새와 발 냄새가 뒤섞였다. 하얗고 뜨겁게 떠돌아다니는 발들이 빵 바구니가 되었다. 이디스는 샐러드를 쿡쿡 찌르다가, 도망치는 완두콩을 찌르려다 놓치고 나서, 내 귓가에 입술을 붙였다. "이상해." 하지만 뭐가 이상하냐고 다시 물으면, 이디스는 명확히 설명하지 않았다. 그러다 양고기가 나왔을 때 또 내게 몸을 기울이며 그 말을 반복했다. 내게 몸을 기대다 못해 나중에는 내 무릎 위로 쓰러질 것 같았다. "이상해."

"뭐가?" 나는 이디스의 마티니 잔을 멀리 옮겼다.

"그거 손대지 마… 날 애 취급하고 있잖아… 내 말은, 내가 아무런 유대감도 느끼지 못하는 사람들 앞에서, 역시나 아무런 유대감도 느끼지 못하는 또 다른 사람들 앞에서 이렇게 민망한 기분이 드는 게 이상하다는 거야."

"미안한데, 누구 앞에서 누구 때문에 민망하다는 거야?"

이디스는 마티니 잔을 가져가서 한 모금 마셨다. "이상해. 무엇에도, 누구에게도 유대감이 느껴지지 않아. 보통 누군가 때문에 민망해지려면 그 사람한테 유대감을 느껴야 하거든."

네타냐후는 음식에 거의 손을 대지 않았다. 그냥 냅킨을 원뿔 모양으로 둘둘 말았다가 다시 펴기를 반복할 뿐이었다. 냅킨이 창 밖에서 눈을 텁수룩하게 이고 있는 가문비나무와 비슷해 보였다. 뾰족한 고깔모자, KKK의 뾰족모자와도 비슷했다.

모스 박사가 말하고 있었다. "강연을 마친 뒤에는 질의응답 시간이 있을 겁니다. 만약 학생들이 수줍음 때문에 질문을 던지지 않으면, 블룸 박사가 분위기를 바꿔줄 겁니다. 자기가 먼저 질문을 던질 거예요." 모스 박사가 내게 시선을 돌렸다. "자네가 할 거지, 루브? 자네가 먼저 테이프를 끊을 거지?" 그러고 나서 그는 다시 네타냐후에게 말했다. "그러니까 원하는 질문이 있으면 말만 해요."

"기회를 주셔서 감사합니다." 네타냐후가 김이 피어오르는 축축한 양말을 걷어서 발가락을 꼬물꼬물 집어넣으며 말했다.

모스 박사는 요령 좋게 손목시계를 확인했다. "우린 이만 움직여야겠군." 그는 이렇게 말하고 나서 아내에게 다가가 겉옷을 입혀주었다.
"어떻습니까?" 내가 말했다. "원하는 질문 있어요?"
네타냐후는 신발을 신고 있었다. "코빈이 날 채용할 것 같은지 물어봐줘요. 그게 원하는 질문입니다. 나한테 그걸 물으면 내가 대답하죠."
"선생이 무슨 예언자라도 됩니까?"
"선생이 보기에 그런가요?"
나는 이디스에게 외투를 입혔다. 이디스가 집으로 가서 잠을 좀 자거나 주디와 아이들의 말동무를 해주면 좋을 것 같았지만, 칠라가 비틀거리며 이디스의 허리를 붙잡고 목발처럼 이용했다.
우리는 밤거리로 나와 다시 캠퍼스로 향했다. 바람을 거스르며 불빛이 있는 곳을 향해 비틀거리며 걸어갔다. 하얀 눈과 바람이 구분되지 않아서 나중에는 하늘에서 계속 내려오는 것이 무엇인지, 이미 바닥에 떨어져 바람에 흩날리며 유령처럼 우리 주위에서 소용돌이치는 것이 무엇인지 아무도 알 수 없게 되었다.

12.

모스 박사가 네타냐후를 소개한 뒤 그 큼직한 몸으로 앞줄에 자리 잡기를 기다리는 동안 네타냐후는 강단에 서서 언뜻 아쉬운 기색을 드러냈다. 우리 모두에게, 즉 코빈 교수들과 신학생들과 코빈데일 로터리 클럽 회원들과 우애결사 회원들과 그들의 아내들과 어쩌면 내 제자가 될 수도 있었던 학생들과 내 제자가 아닌 한국인 교환학생 등 지나치게 과열된 강당에서 삐걱거리는 의자에 앉아 꼼지락거리는 우리 모두에게 이것이 누구나 들을 수 있는 강연이므로 상당히 일반적이다 못해 심지어 대중적인 내용의 강연을 할 수밖에 없음을 일깨워주는 표정이었다.

"오늘 저는 제가 연구하는 주제에 대해 말하고자 합니다. 이 자리에 계신 모든 분이 그 이야기에 공감하실 수 있다면 좋겠습니다." 원래 희망적으로 들렸어야 할 이 말이 그의 입에서 나오자 경멸에 살짝 꼬집힘을 당한 사과처럼 들렸다.

그는 자신의 연구주제가, 아니 자신의 연구주제 중 하나가 중세 이베리아의 유대인이라고 설명하면서, 오늘날의 미국에서 이 강당을 채운 이교도들에게는 적절한 주제로 보이지 않을 수도 있다고 인정했다. 그러나 그런 생각을 몰아내는 것, 그것도 즐거운 방식으로 그렇게 하는 것이 자신의 목표라면서 그는 미소를 지었다. 그가 애쓰고 있음이 역력히 보였다. 남의 비위를 맞추는 일이 그에게는 부담이었다.

그는 이 강연의 목적을 위해, 이베리아 반도의 유대인 역사 중 두 약탈 사이의 기간만 다루겠다고 말했다. 하나는 초승달에 의한 약탈이고 다른 하나는 십자가에 의한 약탈이었다. 첫 번째 약탈은 1140년대에 일어났다. 근본주의 무슬림 베르베르족이 세운 알무와히둔 왕조가 알무와히드 왕조를 불리치고 알안달루스, 즉 무어인이 통치하는 이베리아를 손에 넣었다. 그들은 유대인을 강제로 개종시키려 했으나, 유대인들은 이를 거부하고 유럽의 다른 지역뿐만 아니라 마그레브까지 도망쳤다. 두 번째 약탈은 수백 년 뒤에 일어났다. 레콩키스타 기간 동안 이베리아로 돌아온 유대인들이 가톨릭 군주들에 의해 추방된 것이다. 그들이 스페인에서 추방된 시기인 1492년은 콜럼버스가 첫 원정을 떠난 시기와 거의 정확히 일치하며, 포르투갈에서 추방된 시기인 1496년은 콜럼버스가 두 번째 원정에서 돌아온 해다.

적어도 전통적인 역사에 따르면 이렇지만, 네타냐후는 이 역사로 인해 고통받은 사람들의 기준으로 보면 완전히 정확한 역사가 아닐 수도 있음을 인정했다. 중세에 여기저기서 추방된 거의 모든 유대인들과 달리, 즉 프랑스에서 다섯 차례(1182년 필리프 2세, 1250년 루이 9세, 1306년 필리프 4세, 1322년 샤를 4세, 1394년 샤를 6세)나 추방당한 유대인들이나 1276년에 바바리아에서, 1288년 나폴리에서, 1290년 잉글랜드에서, 1360년 헝가리에서, 1421년 오스트리아에서 추방당한 유대인들과 달리, 15세기 말에 이베리아에서 추방당한 유대인들은 전혀 유대인이 아니거나, 스스로를 유대인으로 생각하지 않았거나, 오로지 그리스도교인으로만 생각했을 가능성이 있었다.

그건 그들이 개종했기 때문이었다. 아니, 그들의 조상이 개종했다. 12세기에 강제적인 이슬람교 개종에 저항해 도망쳤다가 한 세기 뒤 레콩키스타와 함께 이베리아로 돌아온 유대인들의 후손이 자유의지로 수십만 명까지는 아니어도 최소한 수만 명이나 그리스도교로 개종하기 시작했으며, 그 뒤로 두 세기 동안 더 많은 유대인의 그리스도교 개종이 이어졌다. 이것은 세계 역사상 최초이자 유일한 유대인 대량 개종운동인데, 가장 중요한 사실은 강제가 아니라 자의로 이루어졌다는 점이다. 그리스도교 치하에서 사회적·물질적으로 한 단계 올라설 수 있는 기회를 이용하고 싶다는 욕망에서부터 무슬림과 그리스도교도가 수 세기 동안 끊임없이 전쟁을 벌이면서 유대인들이 갖게 된 묵시록적인 태도까지 이유는 다양했다. (무슬림들이 그라나다를 제외하고는 안달루시아 땅을 모두 잃은 1212년 라스 나바스 데 톨로사 전투 이후) 그리스도교 국가들에게 이로운 쪽으로 분위기가 바뀌는 듯하던 바로 그 시기에 이런 태도가 또렷이 드러났다. 네타냐후는 이런 대규모 개종에는 과거에 갖고 있던 정체성의 취약점 못지않게 새로운 정체성의 강점도 크게 작용한다고 말했다. 십자군 시대 유럽 전역에서 유대주의는 이미 반反유대주의 입법, 억압적인 과세, 폭력적인 유대인 학살 등으로 상당히 약화되어 있었다. 네타냐후는 이런 이유를 포함한 수많은 이유 때문에 이베리아의 유대인들이 특히 15세기가 밝아올 무렵에 교회로 떼지어 몰려가 놀라운 속도로 개종했다고 주장했다. 메시아에 대한 열광적인 기대를 그 속도가 보여줬는데, 일부 유대인은 이베리아의 재再그리스도교화뿐만 아니라 유대인 또는 세상의 구원에도 자신들의 개종이 반드시 필요하다고 생각했다. 그들이 겉으로 내세운 동기가 무엇이든, 이 점만은 분명했다. 개종자들은 진심이었으며, 대대손손 영원히 그리스도교인으로 살아갈 작정이었다. 그들은 그리스도교도로서 교회에 십일조를 바쳤고, 교회에서 세례를 받은 그들의 자녀들은 그리스도교도라는 정체성 외에 다른 것을 알지 못했다. 그들은 고해를 하고 영성체를 받고 하느님의 아들인 그리스도가 구세주라고 믿었다.

네타냐후는 이것이 역사적 사실이라고 말했다. 여기에는 논쟁의 여지가 없었다. 그러나 오랜 세월 동안 해답을 찾지 못했을 뿐만 아니라 아예 누가 제기한 적도 없는 유대인 문제가 있었다. 만약 그토록 많은 유대인이 기꺼이 그리스도교도가 되었다면, 종교재판이 왜 필요했을까? 아니, 달리 표현하자면, 그리스도교 신앙이 혼자서도 잘 세력을 넓히고 있는데, 오로지 그리스도교 신앙을 더 많이 퍼뜨리는 데에만 헌신하는 조직을 만드는 것이 무슨 의미가 있었을까?

네타냐후는 바로 이 문제의 해답을 찾으려 했다. 그는 이를 위해 온갖 종류의 고의적인 모호함과 헛소리를 뚫고 나아가야 했다고 말했다. 여기에는 종교재판소의 몫도 적지 않았다. 그들의 문헌은 콘베르소(스페인어로 개종자)들이 편의상 그리스도교인 행세를 할 뿐 여전히 남몰래 유대교를 믿고 있다고 주장했다. 콘베르소들이 검을 들이댄 강압이나 금품 때문에 개종했으므로 그들의 개종이 무효라고 주장하는 문헌도 있었으나… 전부 별로 말이 되지 않았다. 원래 개종자를 지원해야 하는 종교재판소가 왜 바로 그 사람들을 공격했는가? 개종자를 새로 만들어내는 것이 바로 종교재판소의 목적인데. 왜 그런 출혈을 감수했는가? 왜 그런 수고를 했는가? 종교재판소는 교회가 항상 열심히 전도해서 데려온 개종자들을 벌하는 데 몰두했다. 바로 이 역설 때문에(네타냐후는 거의 유대인식 역설이라고 말했다)

네타냐후는 종교재판의 본질에 대해 다시 생각하게 되었다.

  그는 자신이 내린 결론을 이 자리에서는 일부만 요약해서 말할 수밖에 없는데, 바로 종교재판의 기원에서 유래한 결론이라고 말했다. 간단히 말하자면, 이단을 뿌리 뽑는 일을 맡은 이베리아 종교재판소(스페인 종교재판소와 나중에 생겨난 포르투갈 종교재판소) 자체가 이단적이었다. 그 이름과 헌장을 통해 이베리아 종교재판소는 자신이 중세 가톨릭교회 종교재판소의 외피라고 주장했으나, 다른 종교재판소들은 교황의 지휘를 받는 반면 이베리아 종교재판소는 군주의 뜻으로 움직였다. 이 차이가 몹시 중요하다. 이베리아 종교재판소가 종교적인 기관이 아니라 정치적 기관이라는 뜻이기 때문이다. 군주와 귀족 사이, 즉 왕국의 수장과 지역 통치자들 사이의 긴장을 누그러뜨리려고 설립된 기관이었다. 카스티야의 이사벨라와 아라곤의 페르디난드 2세가 1469년에 결혼으로 하나가 되었듯이 각자의 왕국을 하나로 합치고자 했을 때 가장 강력한 반대세력은 귀족, 제후, 대공 등이었다. 그들은 각자 지역에서 행사하던 권한을 내놓아야 한다는 데에 저항했다. 그 결과 벌어진 대결에서 두 군주는 귀족의 재산과 권력을 체계적으로 빼앗으려 했으나, 귀족계급을 직접 공격하는 것은 내전에 버금가는 현명하지 못한 행동이었으므로 일종의 대리인을 내세우는 것이 최선의 방법이라는 결론을 내렸다. 귀족의 재산을 관리하고 그들을 위해 세금을 징수해주는 유대인을 억압하는 방식으로 귀족을 공격하기로 한 것이다. 이 방법을 결정한 뒤, 두 군주는 그리스도교로 개종한 유대인 또한 탄압해야만 귀족계급을 완전히 억누를 수 있다는 것을 깨달았다. 비록 기독교로 개종한 유대인이 아주 많다 해도, 그들이 이어온 가업과 국제금융 영역의 인맥은 여전했기 때문이다. 이와 동시에 두 군주는 평민들에게 내재된 반유대주의를 자극해서 반콘베르소 감정으로까지 확대해 중상모략과 폭동을 부추겼다. 이로 인해 사회적 질서가 무너지고, 폭동을 진압하려고 나선 귀족들의 자원이 고갈되었다.

　귀족들에게서 유대인의 서비스를 빼앗는 일은 쉬웠다. 유대인 학살이 언제나 가능한 일이었기 때문이다. 그러나 귀족들에게서 콘베르소의 서비스를 빼앗는 것은 다른 문제였다. 콘베르소는 공식적으로 그리스도교인이라서 그들의 권리를 빼앗고 개종을 무효화하려는 시도는 모두 교회의 고결성을 위협했다. 스페인 종교재판소는 이러한 제약에서 벗어나 콘베르소 억압을 정당화할 구실을 마련하기 위해 설립되었다. 그래서 스페인 종교재판소는 군주에게 유대인의 정의를 간단히 바꿔주었다. 유대주의는 줄곧 자기만의 교의와 의식을 지닌 종교로 규정되었다. 유대인들 자신도 그렇게 규정했다. 그러나 스페인 종교재판소의 천재들은 유대인이 민족이라고 주장했다. 그리스도교로 개종한 사람조차, 새로 열렬한 그리스도교 신자가 된 사람조차 마음으로는 여전히 유대인이라는 뜻이 여기에 숨어 있었다. 유대주의가 처음부터 그들의 피를 타고 흐르기 때문이었다. 이렇게 새로운 개종자를 혈통으로 분류해서 다시 유대인으로 돌려놓으니, 그들을 탄압하는 일이 가능해졌다. 엄청난 세금을 물릴 수도 있고, 그들의 재산을 몰수할 수도 있었다. 그러다 귀족계급이 그들을 보호할 수 없을 만큼 무력해지면, 그들을 아예 나라에서 쫓아낼 수도 있었다.

　네타냐후의 주장을 거칠게 요약하면 이렇다. 이베리아 유대인이 거의 변하지 않는 그곳 서민들과 정복이 있을 때마다 항상 달라지는 통치자 사이에 줄곧 붙들려 있었다는 것. 이 정치세력들 사이에 긴장이 높아질 때마다 귀족을 유능하게 만들어주는 유대인이 화풀이 대상이 되었고, 사회는 그들을 탄압함으로써 균형을 회복했다. 이 과정에서 가장 필요한 것은 유대인이 계속 유대인으로 남는 것뿐이었다. 그래서 유대인이 그들의 역사상 처음으로 기꺼이 개종하기 시작했을 때, 유대인으로 태어난 사람은 결코 다른 것이 될 수 없다는 훈계와 처벌이 이루어졌다.

이 대목이 네타냐후의 강연에서 하나의 축이 되었다. 단조로운 학자의 말투가 사라지고, 베테랑 선동가의 분노가 느껴졌다. 홍보 전문가가 순회강연을 하면서 자신의 망상을 결정적인 주장으로 선전하는 것 같았다.

그의 목소리가 더 크고 더 느슨해지자, 신학대학생들과 한국인들이 자리에서 몸을 뒤척였다. 이디스는 내가 갖고 있던 강연 프로그램("B. Z. 메타야후를 소개합니다")을 가져다가 마치 애도하듯이 가늘게 찢기 시작했다.

칠라는 고개가 힘없이 축 늘어지는 것으로 보아 졸고 있는 것 같았다.

네타냐후는 스페인 종교재판소가 바꾼 유대인의 정의가 혁명적인 영향을 미쳤음을 반드시 강조해야겠다고 주장하며, 강연대를 철썩 치는 것과 동시에 말투를 싹 바꿨다. 그는 사람이 자의든 타의든 근본적으로 바뀔 수 없다는 생각을 스페인 종교재판소가 도입했다고 주장했다. 인류의 타락 또는 스페인 사람들이 림피에자 데 상그레, 즉 '순혈'이라고 부르는 동족결혼 시대 이후로 얼마나 때가 묻었는지 같은 물질적 요인이 사람을 규정하고 결정한다는 생각이었다. 스페인 종교재판소는 이 생각을 널리 퍼뜨리는 과정에서 유대인을 다른 무엇보다 우선 민족으로 취급하는 역사상 최초의 기관이 되었다. 피를 타고 유전되는 이 특징은 어떻게 해도 사라지지 않았다. 그는 이것이 그 뒤에 수없이 종족말살을 시도한 악명 높은 정권들에게 선례가 되었다고 말했다. 그 정권들을 내가 열거할 필요는 없을 것이다. 그런데 네타냐후는 열거했다. 나치 독일, 소련, 아랍 움마. 이 중에서 가장 마지막에 언급된 아랍 움마는 겨우 10여 년 전 자기들 땅의 유대인 인구를 거의 모두 추방해 그 난민들이 모로코, 튀니지, 알제리, 리비아, 이집트에서 이스라엘로 흘러들어가게 만들었다.

이 강연을 들을 때는 네타냐후의 말투 변화가 귀에 거슬렸지만, 지금 생각해보니 통렬하다. 그가 선동가 말투로 새롭게 주장하는 내용, 즉 이교도 역사에서 벗어날 길은 시온을 통하는 길뿐이라는 주장을 그동안 자보틴스키의 천막 부흥회를 따라다니며 중요 지역의 시나고그와 예배당과 학교에서 헤아릴 수 없이 많은 '연설' '웅변' '공개대화'를 통해 완벽히 다듬었을 것이라는 확신이 들었다. 그냥 그럴 것 같았다.

그는 주먹으로 강연대를 치고 그 위로 몸을 기울여, 영락없는 광신도의 모습으로 폴란드에 대해 이야기했다. 20세기에 유럽에서 벌어진 두 번의 대전 중 첫 번째 전쟁 때, 제국들이 부서지던 그 시기에 그가 태어나 자란 곳이 바로 폴란드였다. 오스트리아-헝가리 제국의 쇠망은 지역주의, 편협한 지방 근성, 자율적인 국민국가에 대한 욕망의 증대를 낳았다. 아니, 이것들이 제국 쇠망의 원인이었다. 아니, 둘 다였다. 네타냐후는 열에 들떠서 둘 다라고 말하는 것 같았다. 어쨌든 제국에서 변방의 정체성을 지닌 사람들에게는 항상 이런 일이 일어났다. 국경을 초월한 프로젝트가 실패한 뒤 사람들이 민족, 부족, 종교, 또는 단순히 언어를 기반으로 한 정체성으로 돌아가는 것. 자신을 더 이상 오스트리아-헝가리 제국의 시민으로 생각할 수 없고 그 시민권이 자신의 존엄성과 위신을 높여준다는 생각이 들지 않게 된 뒤에야 사람들은 자신을 폴란드인, 체코슬로바키아인, 루마니아인, 불가리아인, 시온주의 유대인으로 생각할 수 있다. 20세기의 두 번째 전쟁도 끝나고 아시아적 소비에트가 유럽의 새로운 제국이 된 지금, 궁극적으로는 똑같은 일이 일어날 것이다. 사람들의 생각보다는 더 빨리. 사회주의, 공산주의가 각 부족의 정체성으로 쪼개질 것이라는 뜻이다. 바로 이런 이유로 아랍 연맹 또한 결코 살아남을 수 없다. 아랍인만큼 씨족을 중시하는 사람들이 없어서, 그들의 근본적인 충성 대상이 심지어 종파도 아닌 가문이기 때문이다. 여러 종족에게 공통의 정체성을 제공해주는 것이 제국의 기능이었다. 이런 기능을 하지 못하게 된 제국은 멸망했다. 심지어 미국도 마찬가지다. 미국에서 사람들은 정체성에 대한 질문에 아일랜드인, 이탈리아인이라고 대답한다. 4분의 3 스코틀랜드인, 벨기에인과 네덜란드인 반반이라는 터무니없는 대답을 내놓는 사람도 있고, 멕시코계 흑인이라는 사람도 있다. 미국인이라는 대답은 나오지 않는다. 만약 미국이라는 제국이 출신보다 민주주의에 충성하라고 사람들을 설득하지 못한다면 무너질 것이다. 네타냐후는 눈 한 번 깜박이지 않고 나를 빤히 바라보며 이 말을 했다. 미국은 무너질 겁니다. 심지어 나를 손가락질하는 것 같은 느낌도 있었다. 당신은 무너질 거야. 시온주의가 등장했을 때 유럽의 상황이 언젠가 미국에서도 벌어질 것이다. 한때의 동화정책이 사기로 드러나는 것. 아니면 유대인뿐만 아니라 모든 사람이 동화되어야 할 대상이, 그러니까 고갱이나 타고난 심장 같은 것이 나라에 전혀 없음이 드러나는 것. 적어도 그가 암시하는 내용, 그의 강연 원고 뒤에 숨은 원고의 내용은 이런 것이었다. 네타냐후는 준비한 말을 다 끝내고 감사의 말을 하면서 가볍고 예의바르고 안도한 듯한 박수갈채를 향해 고개 숙여 인사하면서도 그 깊숙한 초원의 눈으로 나를 바라보며 말을 계속했다. 이것이 바로 내가 생각하는 미국이다. 미국은 아무것도 아니다. 이것이 바로 내가 생각하는 미국 유대인이다. 그들은 아무것도 아니다. 당신들의 민주주의, 당신들의 포용성, 당신들의 예외적 상황, 모두 아무것도 아니다. 당신들이 살아남을 가능성은 전혀 없다. 루벤 블룸, 당신은 역사를 벗어났다. 이미 끝났다. 앞으로 한두 세대만 지나면, 당신들에 대한 기억은 죽어버리고, 미국은 이미 알아볼 수 없이 변해버린 당신의 후손들에게 자신의 종족을 느낄 수 있는 생생한 증거를 전혀 제공하지 못할 것이다. 지루해하는 당신 아내, 프로그램을 잘게 찢어 작은 흰색 종이 알약처럼 만들고 있는 당신 아내는 단순히 당신이나 직장 일 때문에, 또는 이 나라에서 교육받은 여자에게 선택권이 많지 않은 현실 때문에 지루해하는 것이 아니다. 그보다는 중요한 시대에 인생을 온전히 살지 못했다는 느낌에 가깝다. 당신 딸이 미친 짓을 하는 것은 단순히 도시에서 시골로 납치되어 성공과 성취의 압박에 지나치게 시달리는 사춘기 청소년의 미친 짓이 아니다. 그보다는 자신이 앞으로 어떤 일을 찾아서 하든 자신에게는 아무런 의미가 없고 대학선택부터 직업선택에 이르기까지 자신 앞에 들이밀어진 모든 도전이 불행히도 오늘밤 자신이 돌보게 된 내 아들들의 고민, 예를 들어 그 아이들이 언젠가 감당해야 할 도전들, 이를테면 새로운 땅에서 새로운 사람들이 어떻게 하면 살아있는 역사를 만들어나갈 수 있을까 하는 고민들에 비하면 사소하다는 사실 때문에 분노가 치솟아서 하는 행동에 가깝다. 여기서 당신의 삶은 물질적으로는 풍요롭지만 정신적으로는 가난하다. 냉장고와 컬러텔레비전이 있어도 하찮고 기억할 가치가 없다. 텔레비전 앞에서 당신은 인스턴트 음식을 저녁식사로 우적우적 씹어먹을 수도 있고, 농담에 웃음을 터뜨릴 수도 있고, 자신이 타고난 권리를 렌즈콩 한 그릇과 바꿔버렸다는 깨달음에 목이 막힐 수도…

…아니면 최소한 피처럼 빨간 싸구려 포도주 한 잔과 내 권리를 바꾼 건지도 모른다. 박수소리가 가라앉은 뒤 모스 박사는 모두에게 그 포도주를 권하면서…

다행히 질의응답 시간에 대한 말이 나오지 않았다. 그렇지 않아도 이미 강연이 길었다. 사람들은 밀치락달치락 의자에서 일어나 강당 밖의 리셉션장으로 나가서 얇게 저민 하몽과 만체고와 백미 파에야에 얼굴을 처박고 있었다. 1960년대 코빈데일에서 최선을 다해 타파스를 흉내 낸 이 음식들은 역사학과, 신학대학, 히스파니올라회가 힘을 합쳐 차린 것이었다.

크고 단단한 블록 같은 치즈에 모두가 손을 댔다. 햄은 사슴뿔 손잡이가 달린 크고 날카로운 칼과 나란히 도마 위에 놓여 있었다. 포도주는 이베리아산이 아니라, 네타냐후가 아까부터 마시고 있는, 설탕을 첨가한 나이아가라 빈티지였다. 피아스코 병에 든 포도주를 스스로 따라 먹는 식이었다.

나는 가짜가 된 느낌이었다. 내 양복, 넥타이, 파이프, 피부가 모두

의상 같았다.

땀을 후광처럼 두른 네타냐후는 칠라와 나란히 서서 칭찬과 신학생들과 허글스 박사의 벽에 가려져 있었다. 칠라의 양손에는 포도주 잔이 하나씩 들려 있었다. 네타냐후는 나와 눈이 마주치자 윙크를 했다.

"피곤하다고 했잖아." 이디스가 말했다. "내 말 듣고 있어?"

"듣고 있어. 나도 피곤해."

"집에 가고 싶어."

"가자. 우리 손님들은 알아서 길을 찾아오겠지."

"설사 못 찾아오더라도 나한테는 비극이 아닐 거야."

"난 당신이 혼자 걸어가는 게 싫을 뿐이야."

"걷는 건 괜찮아, 루벤. 소파베드를 나 혼자 펼치는 게 좀 그런 거지… 당신이 하다못해 그거라도 도와주면…"

이디스는 극도로 피곤한 것 같았다. 아까는 술에 취했지만, 강연을 들으면서 거의 술이 깼다. 가벼운 이야기도 좀 나누는 것 같더니 지금은 그것도 끝난 모양이었다. 내 배우자로서 의무를 다했다. 이제 남은 것은 이불을 덮고 눕는 일뿐이었다. "내가 가서 우리 외투를 가져올게." 이디스가 말했다. 하지만 외투 보관실로 가는 도중에 그만 모스 부인에게 길게 붙들리고 말았다. 모스 부인은 파에야에 관심이 많았다.

그래서 내가 옷을 가지러 갔더니 힐러드 박사가 내 주머니를 뒤지고 있었다. "뭘 잃어버리셨어요?"

"자네가 나한테서 가져간 걸 찾는 거야." 박사는 안주머니에 손을 넣어 자신의 훌륭한 펜을 꺼냈다.

"그냥 습관처럼 거기 넣어둔 모양입니다."

박사가 내게 내 외투를 건넸다. "그거 흥미로운 습관이군."

나는 이디스의 외투를 옷걸이에서 벗겨내고, 선반에 있던 내 모자도 꺼냈다. 그리고 일부러 더 경박해 보이려고 모자를 그에게 내밀었다. "이 안쪽도 확인해보실래요?"

박사는 비듬이 묻은 모자 안쪽을 들여다보고 나서 말했다. "자네가 쓰고 있을 때도 이 안은 비어 있잖아."

모스 박사가 자신과 아내의 물건을 가지러 들어왔다. "힐러드 박사, 들었습니까? 우리도 몰랐는데, 루브한테 감사할 일이 더 있어요."

그는 네타냐후의 무스탕 외투를 챙겼다. "블룸 부부가 네타냐후 박사와 그 가족들을 집에 재운답니다." 박사는 네타냐후의 외투를 힐러드 박사의 짐 위에 쌓았다. "정말로 헌신적인 행동일세, 루브. 코빈데일 인이 이렇게 심하게 우리를 실망시킨 마당에 자네가 나서다니."

"이디스한테 감사할 일이죠, 분명히."

"자네 말이 그렇다면야."

힐러드 박사는 무스탕 외투에 눌린 채 투덜거리며 걸어나갔다.

"정말 고맙네. 그러니 이 고마운 마음을 표현하려면 최소한 집까지 바래다줄 사람을 붙여줘야겠다 싶어… 오늘 저녁에는 미식축구를 하는 놈들이 사방에 퍼져 있으니…"

우리는 그렇게 출발했다. 강연을 들으러 왔던 사람들은 연결통로를 통해 시어터 아츠의 어두운 복도로 함께 나갔고, 우리가 점점 추워지는 밖으로 나갔을 때는 이디스가 아주 빠른 걸음으로 이미 한참 앞서나가는 중이었다.

가끔은 대학의 복도들이 한없이 이어져 있는 것 같다는 느낌이 든다. 여기서 결코 빠져나갈 수 없을 것 같다. 똑같아 보이는 복도가 너무 많아서, 길을 잃은 것 같은 느낌이 들 때도 있다. 익숙한 출구로 나갔는데 갑자기 낯선 세상과 맞닥뜨릴 때도 많다. 여기가 어딘지 알아차리는 데 시간이 조금 걸린다. 특히 눈보라가 칠 때는 더욱더.

나는 팔을 구부려 이디스의 팔에 끼우고 아내를 부축하려 했다. 눈 속에서 하얀 눈을 밟아 구멍을 만들며 빠르게 앞서나가는 아내의 속도를 늦추려고 했다.

적막이 대학 안마당을 지배했다. 고딕 소설 같은 적막이었다. 석조 건물들은 먼발치의 산이었다. 나는 아내의 차가운 귀에 입을 가까이 대고 물었다. "당신이 보기에는 강연이 어땠어?" 강연과 리셉션이 끝난 뒤 집으로 돌아가는 길에 의무적으로 던지는 이 질문은 대개 아내에게서 웃음을 짜냈다. 웃음이 아니라면 하다못해 억지 미소라도 짜낼 수 있었다. 하지만 지금은 아내가 어깨를 움직여 내 팔을 떨쳐냈다.

옥좌에 앉은 우리의 설립자 매더 코빈의 동상에 뒤에서부터 살금살금 다가가면서 나는 아내의 기분을 다시 한 번 북돋워보려고 이렇게 말했다. "이 우상 앞에서 절하라, 여자여. 그대의 신 앞에서 그대를 낮추라."

하지만 이디스는 콧방귀도 뀌지 않았다. "그만해, 루벤."

"그대가 저지른 사통에 대해 죽음을 선택하는 건가, 여자여?"

"안 재밌어. 난 당신이 그만하는 쪽을 선택할 거야."

"미안."

"당신이 날 가만히 내버려두는 쪽을 선택할 거야. 생각 좀 하게."
 나는 그 말대로 했다. 이디스는 기분이 안 좋았다. 겨울 외투와 스타킹 차림의 이디스. 아내는 머플러를 고쳐 매고, 콧구멍 주위의 건조한 피부를 뜯었다. 가스등 불빛 아래에서 내 아내는 겨울 외투와 스타킹, 발을 내려다볼 때면 두 겹이 되는 연약한 턱, 항상 눈신을 신은 것처럼 어기적거리는 걸음걸이 그 자체였다.
 내가 붙잡고 있던 적막이 서둘러 캠퍼스를 벗어나며 바람결에 흩어져, 흥청거리는 사람들의 고함소리와 음탕한 까마귀들의 울음소리를 실어왔다.
 내가 말했다. "어른들이 아래층을 차지하고 애들은 내 서재에서 재우기로 이미 결정된 건 아는데… 애들을 소파에 재우고 어른들한테 우리 방을 내어주면 어떨까? 우리는 내 서재에서 같이 자고."
 "당신은 구제불능이야, 루벤."
 "재밌을지도 모르잖아. 나랑 당신이랑 주디가 침낭에서 자면?"
 우리는 눈이 한바탕 몰아친 길모퉁이에 서 있었다. 이디스는 우리 뒤편 캠퍼스 출입문에서 빛나는 램프들을 바라보았다. 문 앞에서 동료들이 망령처럼 손을 흔들며, 독신남의 작은 방으로 돌아가는 힐러드 박사와 작별인사를 하는 중이었다.
 "우리가 어렸을 때 기억나, 루벤?"
 "기억나."
 "어렸을 때는 뭐든 진지하게 받아들였지. 글로 읽은 것도, 전시회나 콘서트나 책도. 시란 시도 전부. 우리는 진지한 사람들이라서 이런저런 것들을 믿었어. 이런저런 생각들. 어쩌나 진지했는지. 우리 말투는 또 어땠고. '윤리적 미학'이라느니 '문화의 도덕적 열정'이라느니… 정치에 대해 이야기할 때는 '두려움으로부터의 자유' '결핍으로부터의 자유' 같은 말을 했어. 조국에 봉사하는 건 정말 명예로운 일이라든가, 조국을 회의적으로 바라보는 것조차 조국에 봉사하는 일이 될 수 있다든가 하는 이야기들도… 우리는 정말 성실하고 원칙적이었지만 너무 열렬했어. 민주주의와 사랑과 죽음에 대해서. 마치 그것들이 뭔지 알기라도 하는 것처럼…"

"기억나. 우리는 착한 유대인 애송이였어."

"왜 그런 소리를 해? 내가 언제 유대인 이야기를 했어? 유대인 이야기라면 이제 신물이 나. 난 그냥 우리 둘의 이야기를 하는 거야."

"미안."

"내가 하려는 말은 이거야, 루벤. 저 끔찍한 남자와 그의 끔찍한 아내를 만나고 나니 내가 뭔가 깨달음을 얻었어. 내가 이제는 그 무엇도 믿지 않는다는 깨달음. 아니, 그냥 믿지 않는 정도가 아니라 아무래도 상관없어. 믿음이 전혀 없는데도 나는 아무렇지도 않아. 아무렇지 않은 정도가 아니라 기뻐… 내가 신념 없이 늙어간다는 게 기뻐…"

"주디랑 걔 친구들이 항상 하던 말이 뭐더라? 끝내준다?"

"끝내주지."

이디스는 다시 내 팔을 잡았다. 우리는 한 쌍의 연인처럼 눈 속을 걸었다. 우리 집 인근은 완전히 눈에 흠뻑 젖어 있었다. 눈이 소복이 쌓인 산울타리. 진줏빛 혹 같은 자동차들.

우리는 발을 끌면서 집 앞 계단을 올라갔다. 눈이 부드러운 가루 같았다. 처마에 가려진 계단 맨 위에도 종아리 높이로 눈이 쌓여 있었다.

나는 그것을 축복으로 생각한다. 결코 문을 잠그지 않기를… 결코 문을 잠글 필요가 없기를… 나는 문을 열었다. 아내를 신부처럼 획 안아들고 싶은 충동을 억누르며, 이디스가 들어갈 수 있게 문을 붙잡아주었다. 이디스는 안으로 들어갔다. 뽀드득 소리와 함께 깔개 위로 올라가 신발 끈을 풀려고 허리를 숙였다가 멈칫하더니 몸을 돌려서 내게 매달렸다. 나는 안개처럼 흐려진 안경 렌즈를 통해 아내의 어깨 너머를 보았다. 우리의 새 텔레비전 캐비닛이 앞으로 기울어져 있고, 화면이 박살난 것이 보였다. 네타냐후의 막내아들은 집 모양의 생강빵 부스러기와 유리가 쌓인 둔덕 위에 태아처럼 몸을 동그랗게 말고 있었다.

녀석이 텔레비전을 제 몸으로 잡아당겼음이 분명했다. 삼손이 기둥을 당길 때처럼. 나는 아이가 틀림없이 죽은 줄 알았다. 삼손은 원래 다치지도 않는 인물인데. 그때 아이가 사탕 지붕을 씹으면서 자세를 조금 바꿨다. 그러자 아이 몸 아래에서 유리가 쟁쟁 부딪혔다.

"잠들었어." 이디스가 말했다.

아내도 아이 이름을 잊어버렸던 것 같다.

이디스는 안으로 들어가 불을 켰고, 나는 위층이 조금 부산해지는 것을 알아차리고 계단을 올라갔다. 중간쯤 올라갔을 때, 둘째 아이인 베냐민이 계단 꼭대기 바로 앞 복도에 깔린 카펫 위에서 인디언 정찰병처럼 웅크리고 있는 것이 보였다. 주디의 방에 새로 단 문이 살짝 열린 틈새로 새어나온 빛에 아이의 통통한 얼굴이 은색으로 빛났다. 아래층에 불이 켜지자 아이가 고개를 돌렸다가 나를 보고 얼어붙었다. 전등 빛에 사로잡혀 얼어붙은 통통한 아기사슴처럼 나를 내려다보던 녀석이 조금 열린 문을 올려다보았다가 다시 나를 내려다

보며 고함을 질렀다. 고함을 질렀던 것 같다. "요니!" 하지만 그 말이 "제로니모!"와 같은 뜻이라도 되는 것처럼 내게 돌진해 나를 층계참 벽에 밀어붙이고는, 난간에 핀볼처럼 부딪히며 우당탕쿵쾅 나를 지나쳐 1층까지 쭉 내려갔다. 내가 정신을 차리고 보니 맏이인 조나단이 내 딸의 방에서 알몸으로 미친놈처럼 뛰쳐나오는 것이 보였다. 녀석의 고집 세고 빳빳한 음경이 새까맣고 꼬불꼬불하고 무성한 음모의 둥지 속에서 발을 디딜 때마다 흔들리며 나를 찌를 것처럼 건방지게 겨냥하다가 천장을 향해 똑바로 곤두서기를 반복했다. 나는 너무 놀란 나머지 녀석을 붙잡지도 못하고(솔직히 정확히 어디를 어떻게 붙잡아야 할지 알 수 없었다) 벽에 다시 바짝 몸을 붙였다. 녀석이 나를 지나 층계참으로 뛰어 내려갈 때, 그 몸에서 틀림없는 열기와 섹스의 냄새가 났다. 주디는 제 방 문간에서 문 뒤에 벌거벗은 몸을 숨긴 채 비명을 질러댔다. 이디스가 이제야 계단을 뛰어올라와 나를 옆으로 밀치며 주디를 향해 소리를 질러댔다. 그러자 주디도 마주 소리를 지르며 문 뒤에서 나와 젖가슴과 수풀을 모두 드러냈다. 라인댄스를 추는 무희처럼 다리를 휘두르며, 엄마에게 맞서 이제 매끈해진 코와 자신의 몸을 지킬 준비를 했다. 그때 엄마가 주디를 몸으로 덮쳤다. 나는 서둘러 올라가 이디스를 떼어내려 했지만, 젖은 신발 뒤축에 눈을 얻어맞고 계단 몇 칸을 주르르 미끄러지다가 머리를 부딪히면서 막내 녀석의 이름이 기억났다. 키도… 아니 이도가 아래층에서 울고 있었다. 하지만 아래를 내려다보아도 녀석이 보이지 않았다. 나는 계단을 내려가 주위를 둘러보다가 벽장도 열어보고, 탁자 아래도 들여다보고, 피아노와 이젤과 선반 옆도 확인해보았다. 그러나 내 목을 스치는 바람 한 줄기와 아주 가까이에서 들리는 울음

소리에 화들짝 놀라 돌아섰더니, 녀석이 벽난로에서 새까맣게 재를 뒤집어쓴 모습으로 나오는 것이 보였다. 엄지손가락을 빨면서 눈물을 흘리고 있었는데, 가림막 파편에 베인 발이 피투성이고, 발가락은 무지개색 가루로 반짝였다. 녀석의 뒤로 유리, 가루가 된 과자, 피 묻은 발자국 일부가 열린 문 바깥으로 길게 이어져 눈 속에 골을 파놓았다. 나는 그 자국을 따라 밖으로 나갔다. 나와 이디스가 남긴 자국들이 그 자국과 어지럽게 얽혀 있었다. 그 자국이 지그재그 모양으로 이어져 있어서, 마치 부상당한 사람이 덜레스의 경계선 안쪽으로 비틀거리며 쓰러진 것 같았다. 나는 거기서 모스 박사와 네타냐후를 만나, 그들 너머로 에버그린 거리를 바라보았다. 길 건너편도 보았다. 나는 그들의 눈을 피하려고 애쓰며 간신히 이렇게 말했다. "선생 아들들을 아직 못 봤죠?" 그때 이디스가 태클을 거는 라인배커_{미식축구 수비수 포지션}처럼 길을 따라 구르듯 달려와서 미끄러지듯이 곧장 칠라에게 달려들어 눈 위로 쓰러뜨렸다. 두 사람은 덜레스의 잔디밭을 차가운 담요처럼 덮은 눈을 마구 흐트러뜨리며 이리저리 굴렀다. 이디스는 고함을 지르고 있었다. 아내가 그렇게 공공장소에서 고함을 지르는 모습을 그때 처음 본 것 같다. 아내가 욕하는 건 한 번도 듣지 못했다. "이상한 놈! 변태! 미친 성범죄자! 너희 아들들은 강간 짐승들을 가두는 동물원에 있어야 돼!" 나는 아내의 발목을 붙잡고 떼어내려고 안간힘을 썼다. 모스 박사와 네타냐후는 망연자실해서 가만히 서 있기만 했다. "가서 당신 아들들을 찾아." 내가 고함을 질렀다. 나는 한데 엉켜서 굴러다니는 두 여자 옆을 빙빙 돌면서 계속 아내를 떼어내려고 애쓰는 중이었다. "녀석들 도망쳤어." 덜레스의 집 안에 불이 켜지자 나는 모스 박사에게 말했다. "괜찮으시다면 저기로 가서 덜레스 부부에게 경찰을 불러달라고 해주시겠습니까? 사내아이 두 명이 이 동네를 뛰어다니고 있는데, 한 놈은 알몸이라고요."

"알몸이라고?"

"한 명만요."

모스 박사는 커다란 덩치로 서둘러 덜레스의 문 앞으로 갔다. 이디스는 머리카락을 베일처럼 늘어뜨린 채 네 발로 엎드려 칠라를 찍어 누르면서 숨을 헐떡거렸다. 바닥에 깔린 여자는 깔깔 웃고 딸꾹질을 하면서 히브리어로 미친 사람처럼 뭐라고 지껄이고 있었다.

"뭐가 그렇게 재밌어?" 이디스가 숨을 몰아쉬었다. "이 미친년이 뭐라는 거야?"

네타냐후가 차분하고 위엄 있는 모습으로 말했다. "내 아내인 그 미친년은 부인이 청교도라고 말하고 있습니다. 화를 내야 할 사람은 자기라는군요. 우리 아들 중 한 명과 댁의 딸 사이에 성적인 일이 발생했다면, 그건 나이가 많은 당신 딸의 잘못이랍니다."

"웃지 마. 넌 취했어."

"하지만 부인에게 화를 내고 있지는 않습니다. 전혀요." 네타냐후는 아내가 지껄이는 말을 계속 번역해주다가, 잠시 말을 멈추고 어떤 구절을 확인하더니 인상을 구기며 다시 말을 이었다. "사실 아내는 이 집에서 적어도 누군가는 성적인 관계를 맺고 있으니 기쁘답니다."

칠라가 악을 쓰자 이디스가 눈을 한 줌 쥐어서 칠라의 얼굴에 비벼대고는, 일어서서 비틀거리고 미끄러지며 집으로 향했다.

네타냐후가 아내를 일으켜 세우는 동안 나는 속으로 말했다. '사과하지 마. 지금 사과하는 건 겁쟁이뿐이야.' "위의 두 아이만 도망쳤습니다. 이도는 아직 우리 집에 있어요."

칠라가 눈을 뱉었다. "유혹녀인 댁의 딸이랑 둬도 걔가 안전한 거 맞아요?"

모스 박사가 덜레스의 집에서 나와, 경찰이 두 아이의 정확한 이름과 나이, 그리고 알몸과 알몸의 동료라는 말보다는 더 자세한 인상착의를 원한다고 말했다.

나는 내 집 경계선을 넘어가 창고로 들어가서 삽을 가지고 나와 그들의 차를 눈 속에서 파내기 시작했다. 그들이 움직일 수 있게 되면, 여기서 사라져버리면 좋을 것 같았다.

하지만 그들은 굳이 내가 운전하는 차에 타겠다고 고집했다. 그래서 나는 랍비 에덜먼 박사의 고고학 유물 포드 자동차 운전석에 앉아 통행이 힘든 거리를 오락가락했다.

작동하는 헤드라이트가 하나뿐이라서 앞을 보기 힘들었다. 불빛이 약한 데다 흔들리기까지 하는데, 전파가 끊어진 세상의 잡음처럼 쉭쉭거리며 내리는 눈은 방송 시대가 끝나고 남은 재 같았다.

"이런 날씨에 애들이 알몸이라고?" 칠라가 뒷좌석에서 소리를 질러댔다. 내가 모는 차의 뒷좌석에 두 사람이 나란히 앉아 있었다.

"조나단만."

칠라가 소리쳤다. "요니!" 하지만 네타냐후는 이렇게 말했다. "그게 무슨 상관이야? 비비가 알몸이라고 말했어도 당신은 똑같은 소리를 질렀을걸."

"도대체 왜 애들을 쫓아내기 전에 옷 입을 시간을 안 준 거야? 요니는 추운 걸 싫어해. 그럼 비비는 뭘 입고 있는데? 잠옷?" 칠라는 내가 앉은 운전석 등받이를 쿵쿵 쳤다. "그러다 죽어! 당신 때문에 애들이 죽는다고!" 칠라는 손을 뻗어 나를 때리려고 했다. 차에 타면서 들고 온 삽이 그 손에 쥐어져 있었지만, 네타냐후가 삽을 억지로 빼앗아 가운데에 놓았다. 마치 자기들 자식의 조용한 대용품 같았다.

나는 어깨를 웅크리고 눈을 가늘게 뜨며, 자동차에 하나뿐인 와이퍼가 반원형으로 닦아놓은 유리창으로 밖을 보려고 애썼다. 검게 뻗은 길에, 아직 크리스마스 장식을 걸어둔 몇몇 집의 불빛만이 간간이 희미하게 반짝였다. 대부분의 집은 어두웠다. 기껏해야 침실 어림쯤에 전구 하나가 외로이 밝혀져 있을 뿐이었다. 번쩍거리는 장식들이 헝클어진 채로 바람에 날아다니다가 완전히 새까만 호랑가시나무 관목 속으로 들어가 내 딸의 수풀처럼 반짝였다. 운전대 위로 보이는 정지 신호는 젖가슴이었다. 빨갛게 긁혀서 소름끼치는 모양이 된 젖가슴.

내가 차를 멈추자, 맞은편에서 다가오는 자동차들의 불빛이 영사기처럼 나를 비추면서 비비의 환영을 상영했다. 발이 달린 파자마를 토실토실한 몸에 입은 녀석은 예비용 카펫에 제 몸을 박고 있었다. 살짝 열린 문 너머에서 형 요니가 보여줬던 것처럼 신음소리를 내면서, 몸을 앞으로 퍽퍽 내밀며 리본을 뿜어내는…

내 차 유리창에 불빛을 쏜 자동차에서 라틴어와 맘보 음악이 쾅쾅 울려나오고, 그 박자에 맞춰 경적이 울렸다. 나는 몸을 아래로 웅크리고 살금살금 교차로로 나와 브레이크를 밟았다. 갑자기. 길을 건너는 학생들을 치지 않기 위해서였다. 그 대학생들 중 남학생 한 명이 병으로 자동차 엔진덮개를 쾅 때리고, 다른 학생은 자동차 옆구리에 깡통을 던졌다. 치어리더 몇 명이 방사능을 맞아 엄청나게 커진 눈송이처럼 생긴 응원용 수술을 내게 흔들어댔다.

저 녀석들을 따라가면, 남학생들이 무너질 듯한 그리스식 주택에서 물구나무를 선 채 술통의 술을 콸콸 마시며 서약하는 모습을 보게 될지 궁금했다.

칠라가 딸꾹질을 했다. 네타냐후는 침묵을 지켰다.

경찰 순찰차가 다가와서 나는 창문을 내렸다.

"아이들을 찾으러 나오신 겁니까?" 경찰관이 소리를 질렀다. "저는 다른 일 때문에 출동하는 중이었습니다만…" 그는 한 손을 들어 올린 뒤, 무전기를 향해 말했다. "여기 낡은 포드에 탄 외국인들이 있다. 이들을 데려가서 뮤스 쪽의 신고를 확인할 생각이지만, 틀림없이 프사이 입실론이 이오타 알파 피스와 여학생 팬티 뺏어오기 로데오를 하고 있을 것이다…" 무전기에서 알아들을 수 없는 소리가 나오고, 그가 다시 무전을 쳤다. "알았다, 오버." 그러고 나서 그는 내게 이렇게 말했다. "다른 팀이 벌거벗은 남학생회 녀석들을 처리할 테니, 우리는 벌거벗은 아이들을 찾죠… 그 닭장 같은 차로 쫓아올 수 있을지 모르겠지만, 그냥 내 뒤만 따라오세요." 그는 고개를 한쪽으로 비스듬히 기울여 내게 따라오라고 신호했다. 나는 그의 차를 뒤따라가며 창문 손잡이를 돌리고 또 돌렸지만, 창문이 다시 올라가려 하지 않았다.

우리가 운동장 옆을 돌아갈 때 눈송이가 안으로 들이쳐 내 무릎을 차갑게 식혔다. 순찰차의 경광등이 하얀 눈길 위에 초라한 빨간색 그림자를 드리웠다. 운동장 골대가 마치 부서진 광고판처럼 보였다. 예전에는 거기 스크린이 붙어 있었던 것처럼 보였다. 운동장에 덮어둔 방수포에서 눈에 보이는 것이라고는 네 귀퉁이를 표시하는 불빛뿐이었다. 관중석이 하늘까지 이어졌다.

우리는 감옥 같은 뮤스로 향했다. 새로 지은 조립식 아파트 단지인 그곳에 학교 직원들이 살고 있었다. 요새 같은 모양으로 다닥다닥 붙어 있는 우중충한 집들은 버스 정류장과 폐기된 기찻길을 굽어보는 위치에서, 가난한 동네의 판잣집과 이동주택 구역으로부터 캠퍼스를 보호하고 있었다. 경찰차가 골목으로 들어가서, 브롱크스의 가장 깊숙한 동네를 축소해서 옮겨놓은 듯한 풍경 속을 계속 달렸다. 근교 마을 같은 느낌은 거의 나지 않았다. 경작지 옆의 좁은 길에는 눈을 수의처럼 뒤집어쓴 쓰레기가 흩어져 있었다. 우리는 차에서 내려 걸었다. 경찰관이 맨 앞에 서고, 네타냐후 부부와 나는 터벅터벅 걸었다. 경찰차 두 대가 우리 뒤쪽에서 새로 나타났고, 머리 위의 창문에서는 검은 얼굴들이 겁먹은 표정으로 우리를 내려다보았다. 경광등, 사이렌 소리가 없어서 더 으스스한 경광등 불빛이 주위를 훑고 지나가면서 그들의 겁먹은 얼굴에 홍조를 띄우고, 건물의 텅 빈 옆구리를 붉은 불빛으로 훑었다. 뒤에 나타난 경찰차 두 대는 서로 비스듬한 각도로 멈춰 서서, 골목 저편의 낡은 쓰레기 수거함에 원뿔형 불빛을 비췄다. 해체된 크리스마스트리들이 거대한 빙판 위에 숲처럼 박혀 있었다. 거기 금속 벽 앞에 파자마 차림의 통통한 사내아이가 웅크리고 앉아서 덜덜 떨고 있었다. 차갑게 쪼그라든 음경을 기도하듯 손으로 감싼 아이의 형은 덜덜 떠는 아이 옆에서 막대인형처럼 보였다.

내가 마지막으로 본 네타냐후 가족의 모습은, 칠라가 조나단의 허리에 자신의 무스탕 외투를 둘러주면서 자신에게 무스탕 외투를 둘러주려는 남편의 손을 물리치는 장면이었다. 두 사람이 그 일로 언성을 높이고 경찰들과 말다툼을 벌이는 동안 베냐민은 방금 새로 도착한 소방차로 다가가 넋을 잃었다.

나는 브롱크스 동네 같은 길을 다시 걸어나와 포드 자동차에서 삽을 꺼내 손잡이를 아래쪽으로 해서 지팡이처럼 사용하며 꽉 막힌 자동차들 사이를 지나갔다. 구급차 한 대와 학내 경찰차 한 대와 보안관서 자동차 한 대.

조수석 창문이 열려 있고, 엄지손가락을 빨며 꾸벅꾸벅 조는 이도가 그 창문을 넘어 구급요원의 품으로 건네지는 중이었다. 구급요원은 팔을 길게 뻗어 아이를 멀리 안고, 마치 더러워진 소포를 전달하듯이 부모에게 데려갔다.

창문으로 안을 들여다보았더니, 모스 박사가 나더러 뒤에 타라고 손짓하는 모습이 따뜻하고 고약한 이동식 우리 안의 짐승 같았다. "굉장한 밤이네요!" 내가 말했다.

모스 박사는 끙 하는 소리를 냈다.

보안관(나는 뒤에서도 몇 가닥이 보일 만큼 금발 콧수염을 길게 길렀다는 사실 외에는 그의 이목구비를 결코 온전히 알아볼 수 없었다)이 부드럽게 차를 몰면서 침묵을 명했다.

나는 삽이 여기저기 부딪히지 않게 하려고 애썼다.

보안관이 칼리지 드라이브에서 속도를 늦추자, 모스 박사가 차에서 내렸다. "정말 고맙습니다, 보안관." 그리고 나서 내게 말을 이었다. "내일 보세, 루브. 아주 파란만장했어."

박사가 사라지자 보안관은 다시 차를 몰았다.

"해밀턴에서부터 걸어가면 됩니다."

"댁까지 모셔다드리죠."

"그러시지 않아도 됩니다."

"그건 나도 압니다. 하지만 난 지금 선생의 의사를 묻는 게 아니라 그냥 통보한 겁니다. 내가 댁까지 모셔다드리겠다고. 이런 날씨에 거리에 나온 사람이 있으면 안 되니까요. 설사 내가 밤새 택시 노릇을 하는 한이 있더라도요."
"친절하시네요, 경관님."
"보안관입니다."
"보안관님… 여기서 방향을…"
"어디 사시는지 압니다, 블룸 교수님."
나는 의자에 등을 기대고, 좌석 중간의 볼록한 곳에 내 삽을 올려 꽉 붙잡았다. 그리고 창살이 달린 뒷좌석 창문으로 밖을 바라보았다. 마당에서 눈에 파묻힌 눈사람들, 내 이웃들이 자고 있는 어두운 주택들.
보안관이 에버그린 거리로 방향을 꺾어 우리 집 앞에 차를 세웠다.
"감사합니다."
"선생 자신에게 감사하세요. 모든 납세자에게 감사하십시오."
나는 밖으로 나가려고 했지만 그럴 수 없었다. 이 갑갑한 감옥을 벗어나 잔디밭 너머의 또 다른 감옥으로 들어가고 싶은 마음뿐이었다. 코에 멍이 들고 맨살을 드러낸 채 고함을 질러대는 내 딸이 틀림없이 내 집을 가득 채우고 있을 것이다. 그런데 순찰차의 뒷문에는 심지어 손잡이도 없었다.
"진짜 빌어먹을 밤입니다." 보안관이 말했다. "망할 인간들 같으니. 죄송합니다, 블룸 교수님. 그래도 망할 인간들이에요."
보안관은 한숨을 내쉬고는 차에서 내려 나를 자유롭게 해주었다. 나는 목동의 지팡이처럼 삽을 들고 차 밖으로 기어나갔다.

"감사합니다, 보안관님. 그 사람들에 대해서는 나도 같은 생각입니다. 그 애들 부모 말입니다. 터키인들이에요." 나는 길을 걸어갔다.

하지만 우리 집 문이 잠겨 있었다. 나는 열쇠가 없어서 문을 두드리고는, 이디스가 문을 열어줄 때까지 기다리며 보안관을 향해 계속 내 삶을 흔들어댔다. 그리고 중얼거렸다. "터키인들한테… 뭘 기대해?… 그냥 정신 나간 터키인들이야…"

감사의 말

조금 전까지 이야기한 그날 저녁의 일로부터 4년 뒤, 제브 자보틴스키의 유해가 롱아일랜드의 공동묘지에서 이스라엘로 옮겨져, 예루살렘 헤르츨 산 꼭대기에 있는 테오도르 헤르츨의 무덤 인근에 다시 묻혔다. 화려하게 치러진 이 행사는 명예로운 것처럼 위장되어 있었지만, 근본적으로 일종의 모욕, 사후死後 상해였다. 자보틴스키가 갈망하던 영국 땅에 묻히는 것을 거절당한 일보다 더 그의 존엄성과 유산을 손상시킬 수 있는 유일한 일은 현대 국가가 된 이스라엘이 그의 라이벌 이름을 딴 산의 꼭대기에, 그 라이벌의 무덤 옆에 그를 다시 묻어주는 것뿐임을 벤구리온과 이스라엘 주류 세력이 마침내 알아차린 것이다.

같은 해인 1964년에 조나단(요나탄) 네타냐후(18세)는 이스라엘로 돌아가 이스라엘 방위군에 낙하산병으로 입대했다. 그는 6일 전쟁과 욤키푸르 전쟁에서 전공을 세워, 일반참모 정찰부대(히브리어로는 사이렛매트칼Sayeret Matkal)라고 불리는 엘리트 대테러 특공대에서 병사들을 지휘하는 직위를 얻었다. 나중에는 그의 두 형제도 모두 이 부대에서 복무했다. 1976년 6월 27일 에어프랑스 139편이 텔아비브에서 파리로 출발했다. 그런데 경유지인 아테네에서 새로 탑승한 승객들 중에 팔레스타인 해방을 위한 혁명전선 조직원 두 명과 동독 혁명세포 조직원 두 명이 있었다. 비행기가 아테네에서 이륙한 직후, 이 네

명의 테러리스트가 비행기를 탈취해 리비아의 벵가지로 방향을 돌려서 연료를 보급받은 뒤 우간다 엔테베로 출발했다. 우간다는 얄궂게도 영국이 유대인들의 새로운 고향으로 처음 제안한 나라인데, 당시 이름은 영국령 동아프리카였다. 엔테베 공항에서 비행기의 인질 241명은 낡은 공항 터미널의 승객 라운지로 끌려갔다. 거기서 범인들은 유대인을 따로 분리한 뒤, 비유대인들은 프랑스로 돌려보내고 유대인은 승무원과 함께 붙잡아두고 몸값을 요구했다. 당시 이스라엘 감옥에 갇혀 있던 팔레스타인 전투원과 친팔레스타인 전투원 53명, 그리고 서독, 케냐, 스위스, 프랑스의 감옥에 갇혀 있던 무리를 석방해주고 미화 500만 달러를 주면 승객들을 석방하겠다는 것이었다. 후자의 무리 중에는 적군파, 일명 바더 마인호프 그룹 관계자들과 1972년에 팔레스타인해방기구의 깃발을 내걸고 이스라엘의 로드 공항에서 23명을 살해한 일본인 오카모토 고조도 포함되어 있었다. 테러리스트들은 만약 요구를 들어주지 않으면 인질들을 살해하겠다고 협박했다. 이스라엘 정부가 대응 방안을 고민하는 동안, 이디 아민 우간다 대통령의 지시를 받은 우간다 군인들이 엔테베 공항의 테러리스트들을 지원하려고 나섰다. 1976년 7월 4일, 미국인들이 건국 200주년을 축하하고 있을 때 이스라엘 특수부대가 엔테베 공항을 기습해 테러리스트와 우간다 군인으로부터 인질들을 구하는 데 성공했다. 사상자는 단 한 명, 조나단 네타냐후뿐이었다. 곱슬머리의 서른 살 미남인 '요니'는 그 후 수많은 책과 텔레비전 영화를 통해 순국영웅이 되었다. 이스라엘 군인의 용맹을 보여주는 국제적인 상징이 된 그는 형제들의 출세와 가문의 정치적 신화 확립에 몹시 중요한 역할을 했다.

베냐민(비냐민) 네타냐후는 수십 년 동안 이스라엘과 미국을 오가며 군복무(사이렛매트칼), 학업(MIT와 하버드), 민간부문 근무(보스턴 컨설팅 그룹), 유엔 주재 이스라엘 대사 근무(1984~1988)를 경험한 뒤 고국으로 영구 귀국해서 리쿠드당에 들어가 고위 공직을 지향하겠다는 포부를 밝혔다. 당시 이스라엘 총리이던 이츠하크 라빈에게 반대하는 것만이 그의 정치적 지향점인 것 같았다. 오슬로협정(1993~1995)의 틀 안에서 웨스트뱅크요르단강 서안지구의 유대인 정착민을 다른 곳으로 이주시키고 팔레스타인에 그 땅을 양보하겠다는 라빈의 뜻 때문이었다. 그는 나치 군복을 입은 라빈의 인형이 등장하는 집회에 나가, 라빈의 정부가 "유대인 전통…과 유대인의 가치관과 동떨어졌다"고 비난하는 연설을 했다. 사람들이 카디시를 낭송하며 라빈의 관을 운구하는 모의 장례식도 열렸다. 라빈의 목숨을 위협하는 세력에 대한 믿을 만한 정보가 있다는 말을 이스라엘 보안 관련 관리들에게서 미리 들었는데도, 네타냐후는 자기 지지자들의 행동을 나무라지 않았다. 1995년 11월 4일, 독실한 유대교 신자인 이갈 아미르가 라빈을 암살했다. 그는 네타냐후의 집회에 참석한 적이 있고, 살인에 대해 랍비의 율법을 내세웠다. 자신이 한 유대인의 생명을 취한 것은 오로지 수많은 유대인의 생명을 구하기 위해서라면서, 자신이 보기에는 이 살인이 종교적으로 재가된 것일 뿐만 아니라 꼭 필요한 것이기도 하다고 주장했다. 1996년 팔레스타인의 테러공격이 빈발하고 라빈의 후임자인 시몬 페레스 치하에서 정착지들의 운명이 점점 더 불확실해지는 와중에 리쿠드당이 선거에서 다수당이 되면서 네타냐후는 총리 자리에 올랐다. 이스라엘 역사상 최연소 총리이자, 이스라엘 땅에서 태어난 최초의 총리였다. 나중에 바락, 샤론, 올메르트 총리의 정부를 거치면서 이스라엘이 10년 동안 수많은 사상자를 낳은 2차 인티파다를 겪은 뒤인 2009년에 네타냐후는 다시 총리가 되었고, 2013년과 2015년에도 재선에 성공했다. 2019년에는 그가 뇌물과 사기 혐의로 기소된 뒤였지만, 의회 다수당이 확실히 갈리지 않는 선거결과가 연달아 나오면서 총리서리로 계속 권좌에 남아 이스라엘 역사상 최장 기간 동안 자리를 지킨 국가수반이 되었다. 그의 지지자들은 그를 "비비, 멜렉 이스로엘"이라고 부른다. "비비, 이스라엘의 왕"이라는 뜻이다. 장벽과 정착지 건설, 팔레스타인인에 대한 국가 폭력과 점령의 일상화가 특징인 그의 재임기간은 그의 아버지가 널리 퍼뜨렸으나 과거 무시당했던 수정주의 구상이 궁극적으로 승리했음을 보여준다.

미국 전역의 여러 학교에서 보조적인 지위를 거친 뒤 코넬 대학에서 중세사 교수가 된 벤-시온 네타냐후는 조나단이 죽은 뒤 학교에 휴가를 내고 칠라와 함께 예루살렘으로 돌아갔다. 그리고 그 뒤 20년 동안 1,384쪽 분량의 대작 《15세기 스페인 종교재판의 기원》을 집필하는 데 힘을 쏟았다. 그가 영어로 써서 세상을 떠난 장남에게 바친 이 책은 1995년 미국에서 출판되었으며, 비록 논쟁의 여지는 있어도 여전히 많은 찬사를 받고 있다. 칠라는 2000년에 88세로 세상을 떠났지만, 벤-시온은 둘째 아들의 총리 시절을 즐길 수 있었다. 그의 아들은 집중적인 선전활동으로 아버지의 명성을 높여 그를 미국-이스라엘 관계의 아버지로 만들었다. 미국 유대인의 역사를 연구하는 한 저명한 역사가가 아무런 근거도 없이 "미국 정치에 유대인 유권자의 표라는 개념을 도입한 사람"이라고 그를 평가한 말이 그가 102세의 나이로 사망한 2012년에 적잖은 사망 기사에 문자 그대로 인용되었으며, 심지어 미국 의원들도 이 말을 인용했다.

이 집안의 꼬마 셋째이자 전형적인 유대인인 이도 네타냐후는 학업과 군복무를 마친 뒤 뉴욕주 호넬에 정착했다. 스투번 카운티의 서쪽 끝에 있는 이 색다른 마을은 과거에 제분소와 철도가 중심이던 곳인데, 이도는 여기서 방사선과 의원을 운영하면서 가문의 역사에 관한 글을 많이 썼다. 과거 인물들의 언행록 형식을 띤 이 글들은 내가 이 책을 쓸 때 헤아릴 수 없이 귀한 자료였다. 특히 그 글에 생략된 부분들이 귀중했다. 이도는 2008년 은퇴한 뒤로 호넬과 예루살렘을 오가며 주로 희곡 집필에 집중하고 있다. 그는 나치즘의 부상, 빅터 프랭클의 이론, 알베르트 아인슈타인과 임마누엘 벨리코프스키의 복잡한 관계에 대한 대본을 쓴다. 나는 이메일, 전화, 편지를 통해 이도에게 몇 차례나 연락을 취하려 했으나, 그는 지금까지도 내 시도를 거부하고 있다. 호넬에 있는 그의 집에 내가 들렀을 때 그는 예루살렘에 있었던 것 같고, 내가 예루살렘에 있는 그의 집에 들렀을 때는 그가 호넬에 있었던 것 같다. 나는 텔아비브에서 열린 어느 파티에서(또는 파티 후의 사교모임에서, 아니 젊은이들이 모이는 광란의 파티였던 것 같기도 하다) 이도의 자녀 한 명을 만났으나, 그 자리를 떠난 뒤에야 그 사실을 알아차렸다. 내 사촌의 사돈 중에 로체스터의 변호사가 있는데, 그가 예전에 의료과실로 이도에게 소송을 건 적이 있었다. 그는 가족들이 모인 바르 미츠바 행사 때 내게 이도를 가리켜 "다정하고 친절한 사람"이자 "기본적으로 무해한 사람"이라면서 "그 사람한테 못되게 굴지는 않을 거죠?"라고 말했다.

나는 미국의 저명한 비평가 해럴드 블룸이 말년에 이르렀을 때 그와 아는 사이가 되어, 코네티컷주 뉴헤이븐에 있는 그의 집을 제법 자주 드나들게 되었다. 나는 해럴드의 제자나 동료였던 적이 없고, 그보다 거의 쉰 살이나 어리다는 점에서, 그리고 해럴드가 내 소설로 나를 가장 처음 접했다는 점에서 그에게 호의를 품은 수많은 사람 중에서 아주 변칙적인 존재였다. 나는 해럴드가 휠체어를 타고 나타나기를 기다리며 그의 식탁에 자리를 잡고 앉아 그 위에 새로 쌓인 책들을 자세히 살펴보곤 했다. 해럴드는 식탁 상석에 휠체어를 고정한 뒤 심문을 시작했다. 문단과 출판계가 어떻게 돌아가고 있는지, 내가 무슨 글을 쓰고 있는지, 그가 언제 그 글을 읽을 수 있는지, 카프카, 프루스트, D. H. 로렌스("데이비드 허버트 로렌스")와 너새네이얼 웨스트("네이선 와인스틴")을 내가 어떻게 생각하는지, 어떤 신간들이 나왔는지, 곧 출간될 책들이 무엇인지, 그중에 내가 읽고 싶은 책이 무엇인지, 그중에 "입맛에 맞는" 책이 무엇인지, 그 책들의 저자에 관해 내가 어떤 소문을 알고 있는지. 나는 최대한 빠르게 그의 호기심을 충족시키려고 최선을 다했다. 그래야 그가 지치기 전에 그의 생각에 대해, 특히 그의 작품들에 대해 이야기를 꺼낼 수 있기 때문이었다. 우리 사이가 점점 가까워지면서 그가 속내를 더 많이 털어놓았기 때문에, 나는 그의 생각과 작품을 더욱더 아끼게 되었다. 해럴드는 원래 기억력으로 유명해서 고령에 몸도 쇠약해진 상태인데도 문헌들을 완벽히 기억하고 있었으나, 내게는 그의 추억이 무엇보다 소중했다. 가끔 완벽해지는 그의 과거 회상, 친구와 적과 도시와 다툼에 관한 이야기들. 해럴드의 글을 진지하게 읽은 사람이라면, 그가 세상에 내놓은 수많은 책 중에 회고록이 없는 이유에 대해 확신할 수밖에 없다. 해럴드에게는 자신이 읽은 글과 삶이 하나로 이어져 있었으며, 영향력과 그에 따른 불안을 지닌 학자로서 선배들을 너무 직접적으로 언급하는 것은 문학적인 자기 파괴행위가 될 위험이 있었다. 그렇다고 그에게 허영심이 아주 없는 것은 아니었으므로, 내가 자꾸 캐물으면 특유의 높은 콧소리로 이야기들을 쏟아냈다. 점잔을 떠는 영국식 말씨의 브롱크스 소년의 꿈을 이야기하는 그의 입에서 침, 물, 알약 조각, 흰살 생선 조각이 함께 튀어나와 초콜릿 바브카와 호밀빵에 똑같이 듬뿍 뿌려지기도 했다. 그는 그랜드 콘코스에서 보낸 어린 시절, 모이세-라입 할페른과 제이콥 글랫스타인의 시를 처음 읽은 순간에 대해 내게 이야기해주었다. 그때는 시장에서 생선을 신문지(〈포르베르츠〉, 〈모르겐 프라이하이트〉)로 싸서 팔았는데, 해럴드가 신문지를 벗겨내면 생선 옆구리에 잉크가 묻어서 신문에 실린 시 구절들이 그대로 남아 있곤 했다. 그는 그 글자들을 읽어보려고 했다. 무지갯빛을 띤 축축한 비늘에 거꾸로 새겨진 이디시어 구절들을 읽으면서 저자가 누구인지 추측해보려고 했다. 그는 용감한 전도사들이 공짜로 집 앞에 가져다둔 이디시어 신약성서를 처음으로 읽었을 때에 대해서도 내게 말해주었다("예수가 예슈아였던 게 기억나. 그런데 슐리킴[사도들]이 전부 그를 레베[랍비]라고 불렀어"). 낭만주의자들과의 첫 만남에 대해서도 말해주었다("낭만주의라는 그 이름은 지금도 나한테 매력적이야"). 그와 알고 지낸 작가들에 대한 이야기도 있었다. 버나드 맬러머드는 포커 게임에서 해럴드의 주머니를 깨끗이 털기 일쑤였고, 솔 벨로는 해럴드보다 앨런 블룸을 더 좋아했으며 나비넥타이에 대한 도벽이 조금 있었다. 필립 로스는 《새버스의 극장》의 주인공을 창작할 때 이렇게 자문했다. "만약 해럴드가 아이비리그에 진학해서 부모님의 자랑스러운 아들이 되지 않고, 1950년대에 그냥 시들어버렸다면 어땠을까?" 이건 로스 본인이 인정한 사실인 모양이다. 해럴드는 존 홀랜더와 함께 머물렀던 여름 오두막에서 우글거리는 박쥐들과 싸운 이야기, 폴 드 만과 함께 자동차 사고를 당한 이야기, 자크 데리다와 함께 알몸으로 수영한 이야기("그 사람 몸이 상당히 좋았어"), 델모어 슈워츠와 함께 크로케를 한 이야기("상당히 정신없고 매력적인 패러디를 썼지만, 자기 패러디는 전혀 못 썼어"), 드와이트 맥도널드와 술꾼이 된 이야기("진실한 트로츠키 추종자, 비록 진실하지 않은 트로츠키 추종자는 상상하기 어렵지만, 하여튼 항상 술에 취해 있었어")도 들려주었다. T. S. 엘리엇("그가 밀턴에게 거부반응을 느낀 건 안타까운 일이야"), 노스롭 프라이("내 동료 중에서 엘리엇이 그리스도의 지상 대리인이라는 말을 믿지 않은 희귀한 사례야"), 수전 손택, 커밀 파리어, 토니 모리슨, 신시아 오직 등에 관한 일화도 있었다. 그가 공부했던 코넬과 영문과 최초의 유대인 종신교수가 되었던 예일 대학에서 반유대주의를 주제로 강연했던 이야기도 해주었다. 또 뭐가 있나? 림보와 연옥을 놓고 앤서니 버지스와 벌인 논쟁("버지스는 나쁜 길로 빠진 가톨릭신자이니 지옥에 갈 테지만, 나는 아직 여기 있어. 어디에도 가지 않을 거야"), 나보코프와 체스를 둔 일("내가 이기지 못한 건 누구에게도 놀라운 일이 아니었어"), 돈 들릴로와의 대화("나는 대화를 했는데 그는 아니었어"), 코맥 매카시와의 대화("욕조에서 카우보이처럼 흠뻑 젖은 채로 나한테 전화를 걸곤 했지"), W. G. 제발트와의 대화("부드러운 사람, 어쩌면 너무 부드러웠는지도"), 게르숌 숄렘과의 대화도 있었다. "내가 예루살렘 아브라바넬 거리에 있는 게르숌의 아파트로 찾아가면, 그는 항상 자신을 3인칭으로 말했어… 그러니까 전형적인 영어 문장을 예로 든다면, '이러저러

한 주제에 대한 누구누구의 판단은 이러이러하지만, 숄렘은 말하기를…' 지금 우리 대통령하고 같은 습관이지. 대통령도 이렇게 말하잖아. '이스라엘을 위해 도널드 트럼프보다 더 많은 일을 한 사람은 없습니다'… 문학에서는 자신을 3인칭으로 지칭하는 걸 일리이즘illeism이라고 하지." 내가 독신으로 살아가는 것에 대해서는 "다시 말하네만, 조슈아, 다시 생각해봐"라고 말했고, 남성들의 일반적인 독신생활에 대해서는 "전체적으로 봤을 때, 조슈아, 이 주제를 다룬 문헌들은 독신생활을 추천하지 않아"라고 말했으며, 그 밖에 유대인다움의 동성애성과 동성애성의 유대인다움에 대해서도, 〈뉴요커〉에 입사한 옛 제자의 똑똑함에 대해서도, 그 똑똑함이 그만그만한 〈뉴요커〉와 어울리지 않는다는 점에 대해서도, 존 애시버리의 시 "나의 분노를 이용해 그런 다리를 지으리라/아비뇽 다리 같은 것"에 대해서도, 하트 크레인의 시 "이주에는 텅 빈 기억이 필요하고,/발명은 마음의 조약돌"에 대해서도 뭔가 의견을 말했다. 또 뭐가 있나? 정체성 정치(그는 이것을 '분노의 정치'라고 부르며, "최고의 작가들 중에 '분노'를 원래 부정적인 것으로 보는 사람이 그토록 많다는 점이 신기하다"고 말했다)을 둘러싼 분쟁, 상대주의, 해체주의, 구조주의, 후기구조주의, 영지주의, 카발라, 그리고 이스라엘의 무명 역사학자 벤-시온 네타냐후라는 사람의 캠퍼스 방문을 돕는 일을 맡았을 때의 이야기. 당시 네타냐후는 취업 면접 및 강연을 하러 오면서 아내와 세 자녀를 동반했는데, 결국 난장판이 벌어졌다고 했다. 해럴드가 들려준 모든 이야기 중에서 내 마음에 가장 강하게 남은 것이 바로 이 이야기였다. 어쩌면 그가 가장 마지막에 들려준 이야기 중 하나이기 때문인지도 모른다. 2019년에 그가 세상을 떠난 뒤 나는 이 이야기를 글로 적으면서, 그가 빼먹은 세세한 부분들을 상당히 지어내는 수밖에 없었다. 그리고 내가 지금부터 설명할 이유 때문에, 몇 가지는 소설처럼 묘사하는 수밖에 없었다. 미국 경제사를 가르치는 평범한 교수 '루벤 블룸'의 모습에 해럴드 블룸을 투영할 생각이 없었다는 말은 굳이 하지 않아도 될 것이다. 해럴드 블룸은 평범함과는 거리가 멀어도 한참 먼 영문학 교수였다. 같은 맥락에서 '이디스'에게 해럴드의 아내 진을 투영할 생각도 없었다. 진은 대단히 교양 있고, 예리하고, 재치 있는 사람이었으며, 네타냐후의 방문에 대해 남편이 들려준 이야기를 확인해주고 내가 그 이야기를 사용해도 좋다고 너그러이 축복해주었다. 하지만 한 가지 조건이 있었다. 내가 먼저 '주디스'에게 허락을 받아야 한다는 것. 해럴드와 진에게는 딸이 없었지만, '주디'라는 여자 친척은 있었다. 그녀가 브롱크스에서 벗어나기 위해 블룸 부부의 집에 와서 신세를 지고 있었다는 말 외에는 내가 할 수 있는 말이 거의 없다. 나는 그녀를 직접 만난 적이 없다. 그녀가 해럴드의 추도식에도 오지 않았기 때문이다. 그래서 온라인으로 그녀를 찾아내 현재 내가 어떤 글을 쓰고 있는지 알렸더니, 그녀는 자기 이야기를 빼달라고 말했다. 나는 누구도 그녀를 알아볼 수 없게 최선을 다해보겠다고 대답했다. 그 약속을 지키려고 애쓰는 과정에서 나는 그녀의 성격을 바꾸려면 블룸 부부의 성격도 바꿔야 한다는 사실을 깨달았다. 그렇게 해서 곧 '블룸' 일가는 자기만의 생명을 얻었으나, 네타냐후 일가는 그냥 네타냐후 일가로 남았다. 원고를 퇴고하던 중에 나는 '주디'가 그녀를 알아볼 수 없게 바꿔놓겠다는 내 이메일에 답장을 보내지는 않았으나 나를 자신의 '전체론 치료 및 동종요법' 이메일 명단에 넣어둔 것을 알게 되었다. 따라서 적어도 한 달에 두 번씩, 어떤 때는 매주, 내게 명상 수련원, 자석 치유, 환각제 치료법, 킬레이션 요법 실험, 미국 선거를 망치려는 러시아 정보부 작전 등에 관한 메일들이 한바탕씩 날아온다. 물론 지구의 오염과 인류세의 임박한 재앙에 관한 이메일도 있다. 이 책의 초고를 완성한 뒤, 나는 어리석게도 그런 메일 중 하나에 답장하면서 원고 파일을 첨부하고, 내가 '주디'의 교정과 의견을 간절히 바라고 있음을 알렸다. 다음은 그녀의 답장이다(그녀의 포맷을 그대로 옮겼다).

조슈아 코언 님께,

방금 당신의 '책'을 다 읽었습니다. 이제 딱 한 번 내 의견을 말하겠습니다. 유대주의는 **가부장제(와 가부장적 헤게모니)**를 일컫는 또 다른 말에 불과합니다. 우리는 모두 인류라는 하나의 종족이며, 우리들 사이에는 차이점이 전혀 없습니다. 지구는 망가졌고, 기계들이 점점 세력을 얻고 있으며, 유대인 어쩌고 하는 헛소리 중에 지금도 중요한 것은 하나도 없습니다. **정신차려요!!!!!!** 요즘 누가 책을 읽습니까. 유대인들은 역사의 뒤안길에 있거나 아니면 그냥 아무 상관없는 존재입니다. 만약 당신이 정체성의 위기를 겪고 **있는 거라면**, 유감입니다. 하지만 당신에게는 의식을 넓혀 인류와 힘을 합쳐서 오염과 기술에 맞서는 공동의 투쟁에 참여하거나 아니면 과거를 되돌리려고 애쓰며 평생을 보내는 방법밖에는 없습니다. 지금 우리가 과거로 돌아가려고 이런 일들을 하는 건지는 몰라도, 솔직히 과거가 그렇게 훌륭했을 것 같습니까? 당신이 믿는 건 모두 존재한 적이 없습니다. 당신의 자아도 포함해서요. 당신은 그런 현실을 바꿀 수 있다고 믿었는지 모르겠습니다만. 인정하세요. 심지어 글을 읽고 쓰는 능력도 죽어가고 있습니다. 당신 같은 구식 유대인들이 마지막 한 사람까지 마침내 (((하느님)))처럼 죽어버렸을 때, 긍지 높고 논바이너리 다이크기존의 성별 개념으로 규정되기를 거부하는, 남자 역을 하는 레즈비언인 나는, **그래요, 다이크입니다,** 나는 그의 무덤 위에서 알몸으로 미친 듯이 춤을 출 겁니다.

J. C.
뉴욕시
2020